GUOSHI WUSHUANG

【老千】卷四

何许人 ◎ 著

世纪文景

世纪出版集团 上海人民出版社

急打慢千，轻敲而响卖。隆卖齐施，敲打审千并用。

十千九响，十隆九成。敲其大而推其比，审其一而知其三。

一敲即应，不妨打蛇随棍上，再敲不吐，何妨拨草以寻蛇。

先千后隆，无住不利；有千无隆，帝寿之材。

故曰：无千不响，不隆不成。学者可执其端而理其绪，学一隅而知三隅。

随机应变，鬼神莫测，分寸已定，任意纵横。

目录 CONTENTS

当晚，欧总打给SUSU，却怎么都不在服务区了。第二天，欧总按照名片上的电话打给点石广告公司的李总，他的号码也不在服务区了。直到这时，他才觉得有些不对劲，等他赶到点石公司，昨天还有的写字楼和摄影棚，已经人去楼空变成了一堆烂摊子，连公司的招牌都不见了踪影。

那些究竟是什么人？欧总这才想起赶回公司细查，昨天带去拍广告的所有名表全都变成了水货仿品。

因为黑道追杀，他们甚至不敢跟同行接触。毕竟悬在他们身上的是一千万暗花，一千万，足够让许多人背信弃义。人都是经不起考验的，更何况是当老千的同行，师父告诉过他，每个人都有一个底线，只是大部分时候，遇到的诱惑或折磨都达不到而已。事实证明，的确每个人都会改变。就像司徒颖，曾经陆钟以为她是内心最强大的女人，名和利于她而言全是浮云，她当老千完全是为了满足自己的挑战欲，永远不会被人打倒。但现在看来，她的锐气也被那个人打磨得一干二净。

就算是黑水城那边，也只有每年秋天胡杨树的叶子被霜打得黄了时，游客才最多，一年里倒有大半年没什么生意。平时大家只能靠着养羊养骆驼过活，能混饱肚子就不错了，走远路去捡点草药就算是给家里挣上零花钱了。别的地方下这么大的雪，高兴还来不及，雪水冻死害虫，来年大丰收，可这里的大雪下除了石头什么都没有，实在太干了，一开春，冰雪融的水被风吹上几天就都跑回天上去了。要是碰上雪灾，山上的狼没吃的，成群结队地闯进圈里，一年的收入就打了水漂。

鲁道魁是个简单粗暴的人，他认定这种方式办事效率最高，不论是黑道还是白道，他都用这种办法摆平。简单是个优点，相对罗华龙那种阳奉阴违诡计多端的人来说，跟鲁道魁打交道更让人放心，于是不少曾经是罗华龙的客户都被他挖走了。但简单的同时也意味着他是个不太聪明的直肠子，听了陌生人说的一大堆乱七八糟，鲁道魁脑子都糊涂了。

第五章　夺宝奇兵

"你可以搜，要在我家再搜出第二张，那我不要你一分钱。"卷毛小子表情变得很严肃，跟刚才傻头傻脑的模样完全不同，"我不知道那印章能找到值多少钱的宝藏，但我知道我这人就这点福分，能离开这鸟不拉屎的地方我就满足了。你们能赚到多少我一点儿也不眼热，也不会跟任何人说。"

第六章　博物馆计划

同样是做贼，小偷小摸蹲点守居民区的只能算初级，能摸进别墅区的算中级，只有能搞定金行金库和博物馆这类高级别保安系统的才算高级。入行这么多年，陆钟他们还从没试过挑战博物馆，不过事关黑将军宝藏的玛瑙印章，他们无论如何也要试试。

第七章　触犯门规

中国五千年文化的确博大精深，就连小小的千门一行都有无数经典，毒骗、虐骗、购物骗、丹客骗、色骗、盗骗、连环骗……每一种骗法后面都有无数种可能和变化。套用《道德经》中的说法：骗生一，一生二，二生三，三生万骗，只要抓住每种骗法的关键，即可万骗不离其宗。为了让自己更静下心来，陆钟捧着笔记本坐到了老韩对面，师父虽然闭着眼睛在打盹，但也能让他保持精神高度集中，不再走神想司徒颖。

第八章　临时性合作

《正义未死，勇敢还在——一位女英雄的诞生，被拐男孩千里归家全记录》，这个标题很知音体，很啰唆，但所有人只要看上一眼，就都知道上面说的是谁。这篇报道以整版的规模被刊登在全城发行量最大的报纸上，并不是只为芬姐歌功颂德，其中也引用了某位知名少年儿童预防犯罪专家提供的"十人四追法"，告诫市民该如何正确应付孩子失踪的同类事件。

第九章　倒插门女婿

"为了骗到这笔钱，那帮骗子做了不少调查，知道您和汪家人的一切。您虽然在公司没多少实权，但您毕竟是汪家的女婿，可以靠近董事长，拿到他的个人印章，再模仿他的签名，可以不通过董事会得到这笔融资款。他们查过，你们公司的账一月一查，现在是月初，直到下个月都不会有人发现少了两千五百万。我的计划是，您帮忙搞到两千五百万，两千万会打到骗子们的账户上，另外五百万您自己留着，赶紧跟汪家小姐离婚。我有办法把这笔钱洗白了，您再换个身份生活，出国，或者换个地方生活都可以。等到汪家发现您这笔款子有问题时，已经找不到您了。"乐乐像打机关枪一样说完。

第十章　何小宝

"同样是骗人钱财，老千却有着自己的职业操守，不是所有人都骗，也不是所有钱都能骗的。的确是能赚大钱，但绝没有你想的那样随心所欲，我们每天都把心悬在嗓子眼里，万一哪一步走错，轻则惹来牢狱之灾，重则引来杀身之祸。你觉得这样的生活，威风吗？"陆钟说得很慢，让何小宝把每个字都听清楚。

第十一章　师父的秘密

"其实我最想跟你说的是，振兴门派的事，你不必放在心上了。其实自从上次听了神叨叨说的那一番话后，我就一直在想，究竟我要做的事是对还是错，如今的社会，是否还有必要振兴这门派。这些日子，我不用操心你们怎么赚钱，怎么应付各种来路的人，每天我都在考虑这个问题。今天，我终于想通了。"老韩本来光是呼吸都痛得厉害，说完这一大堆话，已经有些喘不上气，狠狠地咳了一阵，咳出好大一口血，才喘上气来。

第十二章　南京，南京

"这南京是六朝古都，孙中山说过，南京这内陆城市，有高山有深水有平原，是难得的风水宝地，不少皇帝都定都于此。有皇帝老儿的地方，肯定就有好吃的，这南京菜，又叫金陵菜，重火候讲刀工，特别出名的就是做烧烤和鸭子。有著名的'八大叉'：叉烤鸭、叉烤鱼、叉烤乳猪、叉烤鸡、叉烤火腿、叉烤山鸡、叉烤酥方、叉烤鹿脯。满汉全席里，叉烤鸭和叉烤乳猪是列为不可少的两大件，号称'双叉双烤'。"陆钟忽然打破了沉默，一边往嘴里塞着食物，一边叽里呱啦地说了一大堆。

第十三章　双管齐下

钱是什么，赚了就是给花的，如果不用掉，放在银行里只是一堆数字，毫无意义。他对女人没什么兴趣，对社会地位，对当官，却是大大的有瘾。齐达伦不是个好伺候的主子，讨得他开心，得把自己逼成太监。当然不是身体上的太监，而是形式上的，主子要办的事从不能说不，主子要听的话，就算再难听也得说好了说圆了。这些年来，鞍前马后地讨好齐达伦，每天都纠缠在虚伪和谎言中，谎言的大小和他的收获成正比。这些年他赚钱可比当小包工头更累，不过他乐意，能哄得过齐达伦，也就能哄得过其他人。

第十四章　祸事连连

第一张照片，齐达伦正和一位妖艳的美女面对面坐着，美女帮他解开衬衣纽扣，旁边还有一位美女，正拿着一瓶小洋酒往他嘴里送。那是张彩色照片，尽管光线黯淡，却还能看出他面孔赤红，兴奋的汗水打湿了他的头发。那几缕地方支援中央的头发歪到了一边，显得十分可笑，他那贪婪急切的脸更是丑陋不堪。

第二张照片，天已经亮了，齐达伦闭着眼，在驾驶座上睡着了，在他身边坐着的，是那个死掉的伪娘。他的脸还是红的，伪娘的脸却是煞白，嘴唇也是那种死人特有的浅色。两个人衣冠不整，齐达伦的胸口赫然印着醒目的唇印。

第三张照片是齐达伦正扳过伪娘的脸，伸手去试他的鼻息。

第四张照片是齐达伦咬牙切齿地把伪娘拖下车。

第五张照片是齐达伦把尸体扔到了路边上的树丛里。

第六张照片是齐达伦开着车扬长而去。

咣咣咣咣！隔壁的监房里，不知犯人在用什么敲击着铁门，听起来，八成是哪个狠角色在拿自己的头撞击铁门，凶悍无比。隔着墙，陆钟看不见那边究竟住了几个犯人，但是吵闹声越来越大，空气里弥漫着尿骚汗臭还有发馊的饭菜气味。

这还只是看守所，并不是正式的监狱。陆钟在澳门路环监狱待过，他知道这只不过是冰山一角，如果进入真正的牢房，毒犯，杀人犯，抢劫犯，强奸犯，变态狂，什么人都有，他能应付，兄弟们，还有司徒颖，能应付吗？一想到司徒颖，陆钟就不由得心痛，她不能再受任何伤了。这个决定必须慎重，这不是他一个人的未来，是每一个人的未来。

吧唧：陆大人，先说句题外话，现在全世界经济都不景气，听说您跟司徒嫂子赚钱的本事一流啊，请问有没有什么发财致富的路子，可以帮帮俺们吗？

何许人：对啊对啊，发财的路子，我也很关心。

司徒颖：对不起啊，这几年我们已经退出"千"湖了，收入方面么，完全是在吃老本。

陆钟：所谓致富手段，每个人都不同，我们不炒股也不炒房，人生哪，还是平平凡凡才是真啊……所以抱歉，帮不上啥忙。

小姑娘（突然不知从哪里又冒了出来）：别听我爸妈的，他们明明在计划……

第一章　从头再来

A

年关将至的晚上，除了超市和商场里挤满了办年货的人，路上鲜有行人。街上刮着凉飕飕的冷风，温州市的大小酒吧KTV里高朋满座人气爆棚。

有人说温州人就是中国的犹太人，生意做到哪里就发到哪里，还有人说温州的千万富翁高达六位数，还没算上在国外做生意发大财的温州人。平日里在全国各地忙炒房和搞民间融资的各路大小老板们都回来过年了，说不定身边随便一个擦身而过的人都是身家千万的富二代。

一家酒吧的盥洗室里，一位三十来岁的男人刚方便完正在洗手，大概是喝了酒，脸色有点红，听着外面的舞曲轻轻地晃着头。舞曲声忽然大响，扭头一看大门开了，一位穿得很正式的高个子帅哥急匆匆地闯进来，低下头到处看，像在找什么东西。地面上，洗手台上，甚至三间无人使用的小卫生间里，帅哥都看了个遍，可一无所获。

"先生，请问你有没有看到一枚钻戒？白金的，八心八箭的一克拉钻戒。"帅哥急切地问这位陌生男人。

"没有啊。"男人一听是钻戒，也帮忙在洗手台上看了起来。

"完了，今天是我女朋友生日，我要跟她求婚，现在去买戒指也来不及了，这可怎么办。"帅哥急得直挠头，也顾不上脏，蹲在地上在洗手台下找了找，就在这时他手机响了起来，帅哥看了看，更急了，"是我女朋友，她一定等急了。"

"实在不行就去再买一个，现在商场应该还没关门。"男人很热心地看了看时间。

"我得去了，不好意思，这是我名片，要是您看到那枚戒指请打电话，我给您一万块现金。"帅哥急匆匆地说完，从口袋里掏出一张名片塞在男人手里，这才接听了电话，"喂，兰兰，我马上来……"

帅哥匆匆离去，如同他匆匆地来，男人拿着那张名片看了一眼，隆浩房地产公司副总经理……刚看了个名头，连名字还来不及看，就听到身后传出一阵稀里哗啦的冲水声，男人不由得回过头去瞟了一眼，只见一个穿着真皮夹克戴眼镜的胖子站在背后，满脸诧异地盯着自己。

"你盯着我做什么？"男人觉得对方的目光里别有内容，这让他很不舒服。

胖子不说话，伸出手指指男人的脚下。男人顺着他指的地方看去，只见自己脚下两只皮鞋中间，有什么东西隐隐发亮。男人弯下腰把那东西捡起来，正是一枚白金钻戒，钻石还不小，圆的，八心八箭经典款，即便是卫生间的灯光也照得璀璨出火。

"你看着我做什么，又不是我故意藏起来的。"男人觉得对方把自己看低了，很大声地说。

"不用解释，刚才你们说的话我都听见了，见者有份啊，就算今天走运了。"胖子瘪瘪嘴，走到男人身边洗起手来。

"喂，你这是什么话，我马上就打电话还给人家。"男人严肃地拿出那收到的名片，准备看电话号码。

"打什么电话，他只给你一万块而已，何必这么积极。这么大又切工这么好的裸钻最少要三万块，要是专柜款，没有十万拿不下来。"胖子一边说，一边觊觎着男人手里的戒指，目光中自然流露出几分贪婪。

"这我当然知道，但是人家……"听胖子这么一说，男人本来看名片的目光转移到了戒指上，此刻那颗透明石头显得光彩夺目十分诱人。

"这样吧。在你脚边捡的，你拿大头好了，随便给我几千块就行。我又不认识你，不会说出去，你就当几千块买了个钻戒回去送老婆也好送小蜜也好，反正买LV买香奈儿也是买，这个还便宜。"胖子已经洗完了手，把手放在烘干机下吹干。

"说的也是，嘿嘿，老弟在哪里发财啊？"男人一边说，一边把戒指对着灯光欣赏。

"那你就别操心了，反正你不想要就让给我，这是五千块，戒指给我好了，我正好可以送女朋友。"胖子擦完手，把腰包拉开，掏出一叠厚厚的人民币，就要动手去拿男人手里的戒指。

"哎，五千块我也有的，来来来，你收好，戒指我还是自己留着吧。"男人见对方要来抢，拿戒指的手马上往后一缩，"不过我没现金，我们去楼下提款吧。"

十分钟后，胖子揣着刚刚到手的五千块，不太情愿地跟捡到戒指的男人挥手道别。两分钟后，他离开酒吧，登上早在路边等着的一辆标志408，扬长而去。如果那个见到戒指的男人多在楼下待一会儿，就能看到车上驾驶位上坐着的根本就是丢戒指的帅哥。

"你猜刚才那家伙多久会发现戒指是假货？"高个子帅哥就是单子凯，他回头看一眼已经远离的灯红酒绿。

"就算现在发现也没什么，我在卫生间里听到他打电话，前一个电话指示卖房的，几百万的房子一出手就是十套八套的，后一个电话就是给什么'处长'、'局长'送酒送红包的。五千块对他们来说跟五十块差不多，本来就不是啥好人。"胖子就是梁融，他忙着换衣服，并对着化妆镜往嘴唇上揭假胡子，所有娱乐场都有监控，不断更换形象有利于安全。

"那咱劫富济贫了。"单子凯从梁融的鼻梁上摘下那副平光眼镜，给自己戴上。

"对，咱们现在穷得叮当响啊，赚点钱好过年，师父还等着我们的医药费呢，走，下一站。"梁融把胡子收好，从车后座拿过一个购物袋，里面满满当当放了几十个首饰盒，全都是从网上批发买来的高仿锆石戒指，带盒只要三十八块。

B

进城的高速公路路口上，收费站前大排长龙，宝马奔驰欧宝沃尔沃，还有法拉利和保时捷，放眼望去各种豪车应有尽有。过了收费站大约两百米处，大部分车才刚刚开始加速，只见路边的紧急停靠车道上竟然站了位身材窈窕的美女，美女身后停着一辆黑色丰田，车前盖大开，看样子是车出了问题。

远远望去，车不怎么样，美女却很不错，穿一件短短的皮草夹克，紧身皮裤绷出一双绝美的双腿，逆光中，经过的车辆带起一阵小小的风，撩起她的长发，别有一番江南女子的秀美。美女似乎在等人，不过她的目光却往眼前经过的车上不断打量，那些坐满了人的车她扫一眼就放弃了，副驾驶位置上坐了人的她也马上转移目标，车不够高档的她的视线完全不会停留，等了好一会儿，一辆白色的奔驰进入她的视线，车里只有一个人，大概二三十岁的男人。

美女马上伸出手去，做出要搭车的动作。路边忽然冲出来这个美女，司机被吓了一跳，不过他马上就看到那是个身材不错的美女，车速放慢，车前灯大亮，明晃晃的LED车前灯映出一个如花似玉的姑娘。开车人心里不由得一动，朝着美女开过去把车停了下来。

"车坏了，可以载我进城吗？我付钱。"美女音色温柔，不过她并没有笑，眼角依稀有淡淡的泪痕。

美女说话时俯下了身子才把脸凑近车窗，皮草夹克下面竟然只穿件黑色的真丝抹胸，白花花的胸脯深深的乳沟，是个男人都会盯着多看一眼。如此尤物如果拒绝，那可真是太不人道了，男人点点头，打开副驾驶的车门。

"谢谢。"女人回车上拿了个小包，却坐进了车后座。

男人有些失望，眼睛却不住地往后视镜里看，只见女人蹙着眉看着窗外，并不说话。男人心里活动开了，这女人准是遇上了伤心事，看她这身行头，应该不用为钱发愁，八成就是为了情，转念间，男人将车前自己孩子的玩具偷偷塞进了暗格里。

"姑娘，是不是有什么心事？"男人怜香惜玉起来，早把老婆抛在脑后。

这不问还好，一问之下，美女居然哭了起来，那伤心的小模样谁见了都会心疼。

"别哭啊姑娘，哪个王八蛋欺负你，跟哥说，哥帮你。"男人豪气顿生，拍着胸口说道。

"还不是你们男人！呜呜……"美女终于开腔了，抬起那张梨花带雨的脸，愤怒地看着男人。

"开口了就好。"男人见美女终于肯跟自己说话了，心头一喜，"谁欺负你这么好的姑娘，简直就是畜生，跟哥说说，哥真能帮你。"

美女大概是气坏了，被男人几句好话一哄，把未婚夫跟她最要好的闺密私通，又被她捉奸在床的事统统说了出来。

"别气别气，气坏了身体那帮狗男女更开心。"男人安慰道，眼看就要进城，他一想到美女就要下车便有几分不舍，便想请美女去酒吧坐坐，说不定能发展出一段艳遇，心里正嘀咕着怎么开口合适，没想到美女先提出来了。

"大哥，看得出你是个好人，我想请你帮我个忙。"美女不好意思地说。

"有事尽管说，我们能碰上也是缘分，杀人放火都包在我身上。"这话当然是开玩笑，跟美女套着近乎。

"我想……我想……我想请你去开房。"美女说完，羞涩地低下了头。

"啊？"男人以为自己听错了。

"你要是不嫌弃，我想跟你去开房。别误会，我不是坏女人。我只是想报复那个坏男人，我们两家的生意在一起，分手是不可能的，他可以跟别人上床，我也可以跟别人上床。一想起他们在床上的样子，我就难受得想死，再不做点什么肯定要疯掉的。实在是不好意思，提出这种过分的要求，你不答应也没关系，我可以去酒吧找别人，碰碰运气。"美女说得有些没头绪，显然情绪失控。

"别别别，千万别去酒吧，你知道酒吧里都是些什么人吗？搞不好染上什么脏病，哥会心疼死的，你……你都这么痛苦了，我要不帮还算个男人吗？"男人心里简直乐开了花，艳福不浅，居然有这等好事送上门来。

半个小时后，男人躺在酒店房间的大床上，倾听着从浴室里传出来的水声，路上捡来的大美女正在洗澡，男人抚摸着美女留在外面的那件皮草夹克，轻柔温软的感觉让他浮想联翩，他简直要笑出声来，老天爷对他可真是太好了。

不一会儿，美女裹着白色的浴巾出来，香喷喷的，就像一个打开了包装的奶油蛋糕正待人享用。

"大哥，谢谢你，你是个好人。"美女在男人身边坐下，拉着他的手，深情地望着，"你也洗洗吧，今天是我们之间的第一次，也是最后一次，我希望有个美好的印象。"

"当然，当然，我一定会给你一个最美好的印象。"男人兴奋不已，乖乖地进了浴室，心里还想着：等你尝到我的滋味，是不是最后一次可说不定哦。

"大哥，记得刷牙哦。"美女在外面叮嘱道。

"放心，我一定洗得干干净净！"男人心花怒放，让他刷牙的意思，是不是暗示着一会儿还要接吻？哈哈，真是爽歪了。

十分钟后，浑身上下洗得一尘不染，连牙齿都精光锃亮的男人走出了浴室，大灯关了，床头灯只照着面积很小的一块，不过可以看出被子下面美女的身子蜷成一团。

"好妹妹，哥哥来了。"男人欣喜若狂地扯掉身上的浴巾，径直扑上床。不对，手感不对，男人掀开被子一看，里面放着两个大枕头，美女人呢？

C

不仅是美女不见了，连同包、手机、车钥匙，统统不见了。等到他追到停车场，自己的白色奔驰也不见了踪影。男人这才回想起，刚才他在一楼大堂登记的时候美女一个劲地低头，生怕遇到熟人，其实是怕被监控摄像头拍到。他绝对想不到，其实就在美女上了他的车后，那辆"坏"了的丰田车里居然走下来一个男人。男人刚才一直躺在车后座里，车前座还藏了个女人，外面的人看不到，他把车前盖盖好，坐上副驾驶的位置，远远地跟着那辆白色奔驰，进了城，并停在停车场。

"你真的不怕她有危险？"车上的女人是曾洁。

"别小看大小姐，她很厉害的。"车上的男人是陆钟。

"在澳门遇上了那么可怕的事，我怕她心里有阴影。"曾洁担心地说。

"她是我见过内心最强大的女人。"陆钟点燃一支雪茄，远远望着不远处的电梯口。

"那个人，也是我见过势力最强大的男人，至少我们都不能动他。"曾洁对澳门发生的事念念不忘。

"你想说什么？"陆钟敏感地看了他一眼，眼神中有几分锐利，他不想讨论这问题。

"没什么，我只是觉得出事后你对司徒太冷淡了，她需要人关心。"曾洁有些多事了。

"师父说过，不够坚强的人不能当老千，如果她真的受不了了，自己会退出。"陆钟的口气很硬，完全不带个人感情。

"你舍得她退出？"曾洁决定把这个问题说到底，虽然她才进入这个团队没几天，但也感觉到了司徒颖和陆钟之间微妙的关系。

"没什么舍不得的，大浪淘沙，总有些不能适应的人要离开，不当老千对她来说是件好事。找个人结婚，或者过她的大小姐生活，衣食无忧，多好。"陆钟喷出一口浓烟，有些不耐烦了。

"可是……"话没说完，司徒颖就已经带着刚刚收获的东西走出了电梯，陆钟赶紧下车，曾洁只好把话给咽了下去。

司徒颖面无表情地走来，和陆钟擦身而过的瞬间把车钥匙放进他口袋里。陆钟身上带了个手机大小的干扰器，既能干扰车载GPS卫星信号，又能干扰GPRS定位系统，他只要把车开到预先找好的黑车行当掉。司徒颖和曾洁还要换一条高速公路的收费站，再演一遍同样的戏码。

这种想趁弱女子情伤之际占便宜的已婚男，本来就不是什么好鸟，骗他一骗也无妨，至少下次再遇上这种事，会多想一想，就算遇不上这种事，以后也不会只要看到美女就头脑发昏忘记对家庭的责任。男人的包不错，留着日后当道具。手机也不错，留着，卡折断了扔掉。钱包里还有些现金，那辆车其实也不算损失多少，开得起这种车的人大多买得起全险，保险公司会赔偿。

每座城市，总有那么一两家收售黑车的车行，传说中的套牌车走私车，统统来源于此，通常车行老板都是黑白两道通吃的人物，虽然算不上什么大哥，但各方面都打点得妥当，生意也就能一直做下去。当老千的，每到一个城市都要先搞清销赃的地方在哪里，否则手里的东西不能变成钱，就是虚的。

陆钟他们离开惠州时几乎身无分文，除了已浑浑噩噩的老韩忘记了自己的账户，其他所有人的银行户头都被刀疤强清空，一夜回到解放前。刀疤强也算讲信用，收了这么多钱，把他们平安送到了他们选择的目的地——温州。为了生存，为了给师父赚到养老送终的钱，大家不得不从零开始，先赚点小钱，再找机会做个大趟子。老韩因为老年痴呆症不能再参加行动，好在多了曾洁帮忙。

把车开到车行之前，陆钟打了个电话给梁融。这家车行的老板人不地道，欺负他们是外地来的，黑市上最少可以卖二三十万的车，压价压到十万，最后只给了七万。

不过不要紧，对付不地道的人，老千们当然会用不地道的办法。

司徒颖和曾洁赶在十二点钟收工前又到手一辆九成新的雷萨克斯，同样只卖出了几万块的超低价。就在陆钟交车拿钱离开后不久，梁融以洗车打蜡为由去了车行，时间已晚，车行本来早就要关门了，因为等陆钟的第二辆车才特意延长了营业时间。梁融说有朋友明天结婚，临时要用车，走遍全城都只有这一家车行还在营业，愿意多付两百块洗车钱。

小工们走得只剩下两个，一听有小费，很愿意留下来加班。等候的时间，单子凯找老板咨询二手车事宜，吸引了老板的大部分注意，梁融趁无人注意，摸进老板的办公室里，用两把假钥匙，跟老板抽屉里的两把真车钥匙（注1）换了一下。

半夜三四点，陆钟和单子凯拿着两把原配的钥匙，去车行门口把这两辆车开走，开上两三个钟头赶到义乌，再卖给另外一家车行。

天亮前，风尘仆仆的陆钟和单子凯包了辆的士赶回温州，眼睛都熬红了，好在手里多了二十万。酒店套房里，老韩睡得不踏实，经常传出咳嗽，司徒颖和曾洁睡得很安静，隔着房间的门听不出半点动静。梁融却还没睡，他在忙着网店的生意，桌上堆了几十个刚刚打好的包裹。

他开了家网店，专卖明星纪念品、签名照片专辑和写真集之类的东西，当然都是假的，市面上买来的普通专辑，再从网上搜来签名照依葫芦画瓢。一张照片变成二三十块，一盒专辑变成百八十，很有赚头。梁融的办法是有人下单并把钱打到支付宝里他才去音像店买专辑，再加一支黑色的油性笔，大笔一挥而就。

"那些小粉丝怎么会相信这些东西真是明星签的呢？不会真这么容易吧？"单子凯打着哈欠凑到电脑面前看了一眼，不看不知道，一看吓一跳，那些明星照里还有他昔日的同学。

"很简单，P一个S，去那些明星论坛里找些粉丝和明星的合照，把你的头弄上去，看起来每次活动我都参加了，他们当然相信。"梁融一边忙着贴快递单，一边解释道。

"为什么是我？天啊，你居然把我的照片都给P上去了。"单子凯点开其中两个商品链接，打开来一看才发现，商品介绍中竟然真的有自己跟明星的合影照，不过是戴着墨镜的。梁融在简介里写着他是某娱乐小报的记者，于是有机会接触各类明星。被P过的单子凯个头矮了不少，不过戴着墨镜的脸同样英俊，有几张甚至比明星本人还抢镜。

"你是帅哥当然用你，瞧，不光东西卖得多，店铺留言几乎十条有八条是求交往。"梁融已经忙完了手里的活计，点开店铺留言那一栏给单子凯看。

"真的嘿，没想到不用本人出马都能泡到妞，不过我不喜欢这些没品位的粉丝。"说到这里，单子凯忽然正色道，"没经我同意就使用我的头像，你这家店我要占五成。"

"嘘，小点声，年底分成行不行，这可是我的私房外快。"梁融压低了声音。

"怎么还不睡？明天要去广告公司，没精神可不行。"陆钟从浴室里走出来，口吻有些严厉。

梁融和单子凯吐了吐舌头，赶紧点头。自从上岸后，这几天陆钟都没笑过，关于赚钱他还有个不错的计划，已经预约了明天跟对方见面，现在的确是该休息了。

D

"欧总您好，我们是点石广告公司的，谢谢您给我们这次机会，我是公司负责人，您叫我小李就好。"陆钟满脸堆笑，恭恭敬敬地递上一张名片。

"废话少说，我忙着呢。"欧总忙着整理手边的文件，没拿正眼看人。

"虽然我们是新成立的广告公司，但我们的设计团队很优秀，总策划和艺术总监都是从上海的4A公司跳槽出来的，我们的专属模特也是很不错的，您看看，这位SUSU小姐虽然是新人，但条件很不错。"陆钟把坐在他左手边的司徒颖介绍给欧总。

欧总用手扶了扶鼻梁上的金丝边眼镜，司徒颖起来欠了欠身，甜甜地笑了一笑。她穿米色羊绒及膝裙，黑色丝袜黑色麂皮矮靴，纤细的腰身在裙子下曲线玲珑。

"嗯，是还不错。但我们公司是代理国外奢侈品的，对你们这种刚刚成立的小公司没兴趣，抱歉，还是请你们回去吧。"欧总总算是正眼看人了，可口气硬得很。

"拜托您给我们一个机会吧，我们愿意免费为您做一次新年推广计划。免费，无论您满不满意都不用付钱。为了表示我们的诚意，连计划书都做好了，您看看，效果图在这里。"陆钟说完，马上招呼坐在他右边的胖子设计师梁融，奉上一个文件夹。

总经理听说不用付钱，重新打量了一番这三个新人，接过他们递过来的文案看了起来。那是几张广告硬照，穿得相当清凉的美女手上戴着这家公司代理的名表，摆出种种诱人姿势，赏心悦目的图片让经理一张张地浏览下去，最后一张照片上美女竟然全裸出镜，双手巧妙地遮挡住关键部位，全身上下唯一的装饰就是腕上的一款钻表。

广告词是：每一个成功男人的背后，都有……

"不错，SUSU小姐很上镜嘛，广告词也不错，每一个成功男人的背后，都有一个如花似玉的女人。这款表，是成功男人送给红颜知己最合适的新年礼物，焦点突出。"欧总满意地点点头，对这家小公司的印象好了许多。

"因为没有实物，所以这手腕上的表是我们P出来的，让您见笑了。如果您肯给我们这个机会，我们保证能做出比这几张照片更好的效果，您放心，我们绝对免费，咱们可以签一份协议。"陆钟马上热情地跟进。

"小公司不容易，请您帮帮忙，赏我们一口饭吃吧。"司徒颖楚楚可怜地看着欧总，一双水汪汪的大眼睛让人不容拒绝。

对方也确实有心，虽然是免费的服务，但连前期策划都做完了，而且并不比原来的广告公司水准差，那家广告公司虽然是全市最好的，但也是业务最繁忙的，在他们面前，欧总可没有现在这种优越感。正好马上要给百货公司上新海报，不妨试试，反正不要钱。

"这样吧，我可以给你们个机会，把广告做出来看看。公司会组织一次内部比稿，是不记名投票，你和我们现在的广告公司竞争，成功的话，这个设计我们就用了。"欧总想了想，老成持重地说。

"真是太谢谢您了，我们下午就可以开始拍摄，我们公司全体工作人员都会为了这个广告全力以赴。"陆钟激动地站起来，伸出双手跟欧总握了又握。

"好，你们这种效率我很欣赏，我让秘书给你一份产品目录，上面有我们重点推广的项目，下午我带着表去你们公司看看拍摄现场。"欧总很满意对方这种感恩戴德的态度，他说完，目光朝着SUSU小姐的身上溜去，他不但要看现场，更要看这位模特新人如何全裸出镜。

下午三点，欧总如愿以偿。点石广告公司的摄影棚里，SUSU小姐在专业化妆师的打扮下显得格外漂亮，穿上白色的纱裙变身天使，穿上黑色小礼服变成诱惑的小恶魔，再穿上大红色连衣裙嘴里叼上一支白玫瑰，更是变身纯洁版卡门，在她身上带着一种刚出道新人本色的纯真和不谙世事。这种感觉正好是成功男人们喜欢的类型，仿如初恋，又美又纯，一看就是那种肯奋不顾身爱一场的女人。

欧总赞叹连连，不过他也没忘记照看自己带来的数款价值百万的名表。每一款表和妆容都是他亲自认可才入镜，他卖名表给这个城市的成功人士，他自己也是一位成功人士，正因为此，他才更了解成功人士们需要怎样的女人，需要怎样的广告。SUSU小姐的镜头感和表现力超强，在他心里已经对这家新公司完全接受，甚至希望SUSU小姐能担任明年的形象代言人，只有这样，他才有机会跟她做更进一步的了解和接触。

拍完了准备好的七八套衣服，终于轮到最后的全身赤裸入镜的部分。因为要脱衣服，SUSU小姐只留下了造型师一个人在摄影棚里，欧总和广告公司的其他工作人员都在外面等着。同时留在摄影棚里的，还有那些名表。

等待的时候，欧总没忘记跟广告公司的人打听SUSU小姐的年纪和学历，得知她还是在读研究生后，对她的印象分又加了十分。

再次进入摄影棚，欧总多年不为女人所动的心，居然有些失控，SUSU小姐手腕上戴着全部八款名表，趴在雪白的羊毛垫上，那完美的腰臀线条让他甚至有了生理反应，赶紧抓来一份报纸挡在身前。

从那一刻起，欧总的眼里脑子里全是SUSU小姐的倩影，那完美的人体简直就是造物主的恩赐。他心神不宁地看完了最后的拍摄过程，甚至带走那些名表的时候都忘了多检查一遍，只记得借口自己手机没电，跟SUSU借了手机打给朋友，其实是打给自己，使他这个风月场上的老手弄到了SUSU的号码。

可是当晚，欧总打给SUSU，却怎么都不在服务区了。第二天，欧总按照名片上的电话打给点石广告公司的李总，他的号码也不在服务区了。直到这时，他才觉得有些不对劲，等他赶到点石公司，昨天还有的写字楼和摄影棚，已经人去楼空变成了一堆烂摊子，连公司的招牌都不见了踪影。

那些究竟是什么人？欧总这才想起赶回公司细查，昨天带去拍广告的所有名表全都变成了水货仿品。

注1：

越来越多的中高档汽车配备具有防盗功能智能钥匙，其遥控系统叫做进入认可系统与驾驶认可系统，只有得到认证的含有遥控功能的钥匙才能打开车门并启动发动机，否则强行打开车门也无法启动发动机。

拿奔驰车来说，遥控钥匙采用红外线和无线电波的双重数据传输，有八个轨道，每个轨道能存三组电子密码，理论上最多支持24个钥匙，换句话说，钥匙如果丢失二十四次这套锁就需要更换。请车主们妥善保管车钥匙和购车资料，如果钥匙丢失，请去授权服务中心检查，到底是哪个轨道的哪把钥匙没有了，服务中心可以关闭相应的钥匙。如果连同机械钥匙也丢失，最保险的办法是更换全车锁。

第二章　拐来的孩子

A

"盆满钵满才有安全感。"梁融合上化妆箱，夹层里藏着价值百万的数块名表。

"算上写字楼一个月的租金，还是不便宜，怎么说都只用了一天而已。"单子凯一边开车，一边摇头。

"已经不错了，不然的话人家怎么肯租，一个月是最短的租期。"曾洁帮忙整理着其他现金，把这些钱塞进一只备胎里。

"那个欧总可不是什么好人，上周撞伤老人还逃逸。事后被交警查出车牌录像，也不知他从哪里搞来一辆报废车，做了个假牌套上去，就这么逃了过去。"陆钟这话是说给老韩听的，老韩交代过无数次，不能骗好人。

每到年底，也是公安机关抓捕逃犯的重要时刻。大小车站和机场，高速公路甚至国道上都有警察临检，为了避免不必要的麻烦，此时商务车已经上了县际公路，离满城尽是大富豪的温州城越来越远。今天是小年，距离年关只有几天了，越往北走气温越低，空中偶尔飘下两片薄薄的霜花，怕是要下雪了。

"干爹，上海和杭州，您想去哪儿？"虽然车内有空调，司徒颖还是很贴心地帮老韩披了披领子。

陆钟从后视镜里看了看师父，瘦削的脸颊上，那双曾经能够洞察一切的锐眼，现在却混浊不堪，和任何一位敬老院里的普通老人没什么两样。上海对老韩来说相当于第二故乡，他在沪上出的道，又在那里成的名，如果说老韩的日子不长了，在上海找个地方平平安安地过完最后的日子是最理想的。而杭州有无非子老前辈，如果可以再见见他，也许还能帮师父一次。虽然上次无非子说过，他的祝由术最多保三年，但现在时隔两年，说不定老前辈的功力又有精进，可以再施一次术。

也不知老韩听没听懂司徒颖的话，只是像个孩子似的摇头，"我要走，不要停。"

陆钟明白，虽然师父表达不清了，但他还是本能地想完成深藏心底一辈子的远大目标。那帮混蛋，不知道对师父究竟做出过怎样的恶行，看着师父哆哆嗦嗦的样子，陆钟就打心眼里难受，有朝一日，他一定要把这个公道讨回来。只是现在还不行，至少在师父有生之年不行，且不说要去新加坡找杨海波前辈，大家现在手里的钱也只够过一阵子的，必须再干一票大的。可是怎么干，目标是谁，暂时没有了目标。

因为黑道追杀，他们甚至不敢跟同行接触。毕竟悬在他们身上的是一千万暗花，一千万，足够让许多人背信弃义。人都是经不起考验的，更何况是当老千的同行，师父告诉过他，每个人都有一个底线，只是大部分时候，遇到的诱惑或折磨都达不到而已。事实证明，的确每个人都会改变。就像司徒颖，曾经陆钟以为她是内心最强大的女人，名和利于她而言全是浮云，她当老千完全是为了满足自己的挑战欲，永远不会被人打倒。但现在看来，她的锐气也被那个人打磨得一干二净。

如今的司徒颖，跟曾经的大小姐判若两人，温柔似水安良娴静。这些天来，虽然逃离了那个人的掌握，但阴影始终笼罩着她，每次结束任务她就一句话也不说，再也不像从前那样跟大家开开玩笑，拿眼神明里暗里地瞄着陆钟。可陆钟宁可她还和从前一样刁蛮泼辣，就算再被她骂上几句都好，再被她挑战也好。她究竟遇到了什么？这是陆钟最想知道的，但他也知道，她一定不会说。再也看不到她鲜活的眼神了吗？答案几乎是肯定的，这让陆钟愈发难受，很久没这样了，对现实束手无策。

车驶入路边的小加油站。连夜出行，如果走高速，早到上海了，可现在只能舍近远地走破破烂烂的县际公路，开了整晚又一个上午也没走出多远。车要加油，大家也都饿了，眼下不能指望加油站附近能有什么好吃的，能买到几碗方便面都好。

在车上坐久了，腿都麻了，所有人下车活动活动。老韩指着路边的大广告牌，痴痴地说："螃蟹。"陆钟顺着师父的手看去，这是块农家大闸蟹的广告，只可惜现在来的不是时候，如果是秋天，他一定要让师父吃上肥肥的大闸蟹。

"干爹，您保重身体，明年咱们一定来吃大闸蟹。"司徒颖给老韩系上围巾，轻声说着。

"好，好。"老韩笑嘻嘻地连连点头，大家却听得心酸，师父能否活到明年秋天，谁都不敢保证。

"呦，是你们啊。"

身后忽然传来一个声音，听起来有几分熟悉，这非常时期，会是谁呢？陆钟和单子凯、梁融交换了一下视线，大家立刻提高了警惕。

打招呼的人从一辆小小的面包车上下来，很热情地拍了拍老韩的肩膀，"老前辈，没想到在这儿遇上你们了，这是上哪儿去啊。"

打招呼摘下帽子，露出大光头，他的脸半边像人半边像鬼，严重损毁的皮肤上纠结着许多蚯蚓般的疤痕，一只眼睛大大的放着精光，另一只眼睛的眼皮被疤痕扯得耷拉着只剩下一个三角形小洞。

老韩简直吓坏了，哆哆嗦嗦地跑到司徒颖背后躲起来，低着头不敢看人。反倒是司徒颖一眼认出此人，正是把李木木卖给她的人贩子。

"林松！"司徒颖替师父跟大光头打了个招呼。除了曾洁不太了解情况，其他人都知道此人的身份，事实上他这张脸就够吓人的了，很难忘得掉。陆钟他们不想跟砟子行的人渣打交道，不过也不便得罪，都冲他点点头算是打了招呼。

"前辈这是怎么了？"林松一边吩咐加油站的人加油，一边关心起老韩来。

"师父他老人家病了。"陆钟把手搭在林松肩上，把他从老韩身边拖开，小声说了句老年痴呆症。

"痴呆症，啧啧。"林松回头去多望了一眼，瘪着嘴摇摇头。

"您这是上哪儿发财呢？"陆钟不希望再跟林松谈师父，顺便问起对方的来路。

"呵，我刚从内蒙古回来，放了几只'鹰'，顺便捎回来几个小兔崽子。内蒙古那边水土不好，人都长得不咋的，只能便宜卖了，只当是赚点零花钱。"林松记得这几位出手豪爽，也就没什么保留，大咧咧地交了底。

听他这么一说，大家才发现小面包车里还挤着几个小孩子，七八岁的样子，红彤彤的脸蛋污糟糟的头发，正眯缝着内蒙古人特有的小眼睛打量着外面。坐在副驾驶上的是个女人，小有姿色，就是穿戴打扮土了些，不知是林松的"鹰"还是老婆。

"这么小，能卖到哪儿去？"陆钟一听这话就火了，不过他把火压在心里，掏出一盒烟来递了一支给林松。

"工厂呗，这么大都可以干活儿了。有些工厂污染大工资又低，很难招到人，这么大的孩子正好，给什么吃什么，什么活儿都干，又听话，一个也能卖个好几千。"林松丝毫没感觉到不妥，继续介绍着。

这帮人渣！陆钟跟大家交换了一下视线，曾洁更是用毫不掩饰的目光怒视林松。

"这位面生，好像没见过。"林松注意到了曾洁，那女人身上有种让他害怕的力量。

"她啊，厉害着呢。林大哥还没吃饭吧，走，我请客，带上嫂子咱去吃个火锅。"陆钟指指加油站旁边的小饭店，赶紧把话题岔开。

B

半个小时后，桌上的火锅里还在翻滚着肉片，林松和他的女人却趴在桌上动也不动了。陆钟让梁融在酒里下了点速眠灵，赶紧把菜吃上几口，大家架着这两个满身酒气的家伙在这家可以住宿的小饭店里开了间房，并且预付了房费。

"他们真的没事？"上车前，曾洁不放心地问道。

"放心吧，最多十二个小时，药劲过了就会醒。"陆钟忙着把打包的热饭热菜带给孩子们吃。

"你就不怕得罪人？"曾洁毕竟是第一次跟陆钟他们正式上路，有些胆小。

"我更怕得罪老天爷。"陆钟停下手里的动作，认真地说。

"没错，关二爷都会支持我们。"单子凯接过陆钟手里的饭菜，抢先回到小面包车上。

"我说，你到底是帮我们还是帮那两个人渣？"梁融对曾洁的立场表示怀疑。

"我只是怕他们报复，他们这些人心黑着呢。"曾洁解释道。

"比他们更黑的咱都领教过，不怕。"陆钟坚定地说。

"姐，你要是怕现在退出还来得及。"司徒颖拉着曾洁的手，救命之恩在身，她并不希望曾洁走上这条不归路。

曾洁却摇了摇头，释怀地笑笑，自告奋勇地坐上那辆小面包车的驾驶座，笑着问该往哪儿开。

是啊，该往哪儿开，所有人都看向陆钟，连老韩也看着他，大家已经把他当成话事人了。

"现在到处有人在找咱们，不如去内蒙过年吧。把孩子们送回家，顺便避避风头。"

这个决定来得突然却又必然，大家分乘两车，曾洁和司徒颖带着那些懵懵懂懂的孩子，陆钟他们几个大男人留在商务车里照顾师父，加满了油又在加油站的小超市里买了不少零食，大家开始了新的旅程。

"大叔呢？"

"阿姨你是谁啊？"

"我们还去赚钱吗？"

"阿姨你带我们去哪儿？"

蒙古族的孩子倒是生性外向，并不畏生，狼吞虎咽地吃完打包的饭菜，一抹油嘴，七嘴八舌地问开了。司徒颖被问得想哭，她还不知道怎么跟孩子们解释，他们是被人贩子拐了，即将遭受悲惨的命运。她想起了留在北京的木木，那个聪明又命苦的小女孩不知怎么样了，她好想回去看看，可她又不想回去，不想面对爷爷和家里的亲人们。

这一路走走停停，大家费了不少口舌才跟孩子们解释清楚究竟怎么回事。蒙族的人大多有名无姓，孩子们还没上过学，既不会写自己的名字也讲不清家乡究竟是哪里。直到两天后，车都开到了内蒙古境内，其中年纪最大的一个孩子说了一个黑水城的传说，大家在网上查了许久，才搞清这几个孩子都来自内蒙古的额济纳旗的一个小到不能再小的镇子。

旅途中闲来无事，大家用手机卡上网，搜寻关于黑水城的故事，这一搜之下，还真有发现。

黑水城这地方在额济纳旗达赖库布镇东南25公里的荒漠中，是西夏十二监军司之一的黑山威福军司治所，也是西夏防卫吐蕃和回鹘的西北军事重镇，更是从河西走廊通往漠北的交通枢纽，地理位置十分重要。

许多年前，这地方并非沙漠，而是有水有树有河流的富饶绿洲。西夏鼎盛时期，黑水城不仅仅是单纯的军事城堡，而是一座经济文化发达的繁荣城市。考古学家发现，当时的城内，官署、民居、店铺、驿站、佛教寺院以及印制佛经、制作工具的大小作坊布满城区。

早在李元昊于兴庆府建立大夏国几百年前，有位哈拉巴特尔将军，在黑水城立下一番基业。哈拉巴特尔将军，翻译成汉语就是黑将军。黑将军英武盖世所向披靡，并不满足当这一城之主，打算进军中原与汉人争霸天下。朝廷听到消息后，派一位将军率领了强大的军队前来讨伐。

黑将军损兵折将屡战屡败，不得不退回黑水城。中原的将军一路追杀，最后追到了黑水城外屯兵围城。根据守城判卒的口供，中原将军在上游截断了通往黑城的弱水，绝其水源。没多久，城中储水耗尽，士兵饥渴难耐只好打井求水，可一直挖到八十多丈还是滴水不见。黑将军心知已成败局，决定拼上一场。一个月黑风高夜，他把城内所存的八十余车金银连同珍宝全部倒入一口枯井，为免妻儿受辱，又亲手杀死了妻妾和孩子。一切处理停当之后，黑将军便破墙打洞，率领士兵倾城出战，一番殊死拼杀，终因众寡悬殊全军覆没，黑将军自刎而死。黑水城沦陷后，中原将军带人大肆搜寻，未能找到宝藏。

这故事只是传说，黑将军是否真有其人不得而知，但黑水城的确存在。1226年，成吉思汗率领蒙古大军征伐西夏，首先攻破了黑水城，并由此南下，直取西夏国都中兴府。次年，西夏灭亡。元朝建立后，黑水城的名字依然沿用，而且受到元朝统治者的重视，当时这一地区划归甘肃行省。1286年，元世祖在此设亦集乃路总管府。黑水城北走岭北、西抵新疆、南通河西、东往银川，是中原到漠北的必经之路。若干年后，马可波罗沿着这条古道，走进了东方天堂杭州。

故事到这里当然没有结束，更吸引人的还在后头。

1909年，沙俄上校、俄国皇家地理学会会员科兹洛夫，率领一支全副武装的探险队打着考察野生动物的旗号前往黑水城。在与当地人的交谈中，科兹洛夫听到一个故事：一位额济纳老妇人和儿子们寻找几匹丢失的马，遭遇风暴，意外地撞上了黑水城的城墙。因躲避风暴，他们在城墙下过了一夜。第二天风暴平息，他们在空无人烟的城中走了一圈，老妇人捡到一串闪闪发光的项链。回额济纳后，一支汉人驼队来到他们的住地，汉人看到那串项链后，用整个驼队的货物换走了那串项链。

科兹洛夫找到了当地的蒙古王爷巴登札萨克，用武器贿赂，得到了前往黑水城的地图和向导。翻过蒙古高原，科兹洛夫的远征队靠着骆驼行进在茫茫沙海中行进了半个多月，最终找到了那座传说之城。传说中的宝物在疯狂发掘下最终现身：佛塑、麻布和绢质的佛画、钱币、金属碗、妇女饰物、日用器具、佛事用品以及波斯文残卷、伊斯兰教手书经和西夏文手抄本等大量文物，用了足足40头骆驼偷运到圣彼得堡。这批珍贵文物在俄国公开展出后，轰动了全世界。这一发现被公认为是继殷墟甲骨、敦煌遗书之后的中国第三大考古发现。

第二年，科兹洛夫重返黑城，不惜一切代价，集中人力、物力和时间再次探寻发掘。他们扎起营帐，雇用当地人运水、运粮挖掘土方。科兹洛夫把他的手下人分成两组，从城内到城外的远近荒漠、残垣断垒中搜索探察。经过9天的掠夺式挖掘后，科兹洛夫带着从数量到质量都比第一次挖掘更为丰厚的文物悄悄离开了黑水城。

据说科兹洛夫当年除把能运走的运走外，一些例如等身的大佛像等大件不便运走的就近埋在了古城的周围一个秘密地点。1926年，他对黑城进行了第三次也是最后一次考察，但他竟未能找到15年前所藏匿的文物。这部分文物至今下落不明，究竟埋在什么位置，埋了多少，至今还是个谜。

在科兹洛夫之后，还有英国的奥莱罗·斯坦因，美国的兰登·华尔纳，瑞典的斯文·赫定先后来过这里，没有人空手而回。

C

谜，那真是个诱人的谜。

宝藏，传说，还有俄国人真实的巨大收获，成了一路上大家议论的焦点。如果宝藏是真的该有多好，只要大家找到，就可以直接退休了。

进入内蒙古境内之前，陆钟决定把商务车和小面包车换成了两辆越野吉普，因为接下来的路况谁也说不准。另外为了有个像样的身份，大家还购置了几台专业单反相机和专业的户外装备，像是防水防滑的徒步鞋、防水速干的冲锋衣等，就连孩子们也全都穿上了新衣服。单纯的孩子们是第一次离开家离开父母，他们不像内地的孩子那么娇气，饿了冻了都不说，乖乖地等着大人们的安排，碰上要帮忙拿点什么东西，全都很积极。

根据孩子们说的，他们的家都在牧区，这一路不知还有多远，万一路上遇不上旅馆，住宿也是问题，所以帐篷和保暖睡袋，还有罐头压缩饼干之类的，也都添置了不少，把后备厢给塞得满当当的。

千门有句话说财去人安乐，一路上钱花了不少，大家都很开心，甚至把这趟内蒙之行当成了真正的自驾游。不久前的可怕经历，内心的创伤，还有新成员的融入，都使这支队伍有了起色和活力。越往北走，气温越低，但车内的欢声笑语越来越多，看着大家不再绷紧神经，陆钟放了心。唯一一没有表达出兴奋的就是老韩，他总是长时间地盯着车窗外的风景，偶尔发出一声只有他自己能听到的叹息。

进入内蒙之后，孩子们脸上的笑容越来越多了，马上就要过年了，他们都盼着早些见到父母，大人们讨论的却离不开宝藏和传说。

中国地大物博，五千年悠久历史，神州大地上究竟还埋藏着多少不为人知的宝藏，谁也说不清。念中学时，陆钟的老爸天天泡在牌桌上，输得家底都快没了，陆钟做梦都想发一笔横财，可发横财的机会在哪儿呢？他翻遍了图书馆里的书，知道的确有那么几个地方还存在着宝藏的传说。

四川成都曾流传过一首民谣：石牛对石鼓，银子万万五。民谣说的是张献忠的藏宝线索，据说张献忠建立的大西国，所有财富都埋在锦江江底。抗日战争时期，成都还有人开了家锦江淘银公司，在九眼桥下大张旗鼓地挖掘，真的在河底淘出一只石牛、一只石鼓。民谣不假，但继续淘下去，却终未找到宝藏。解放后，许多人明里暗里地找过宝，但直到现在，宝藏始终未被发现，

除此之外，据说当年李自成在大顺王朝倒掉后"神秘消失"了，他隐姓埋名，在湖南张家界天门山的夹山寺出家当和尚。李自成的手下大将李过，率领一百多残部把从崇祯皇帝那儿弄到的宝物带上了山，这些宝贝全都埋在天门山上。李过为掩身份也当起了和尚，法号野佛，那些宝贝本来是打算日后复辟派上用场，后来李自成真死了，那笔宝藏也没能等到复辟的那一天。千百年来，天门山一代野佛藏宝的传说经久不衰。

放眼全球，不仅仅是中国有类似宝藏的传说，国外也有许多类似的传说，各种海盗宝藏、沉船宝藏、各国王室密藏，数不胜数。在国外，寻宝猎人是一项正当职业，有人干了一辈子连一块金子都没见到，也有人一出手就捞到整箱的古金币，一夜之间变身亿万富翁。

世界上恐怕没有比寻宝更有意思的更刺激的游戏了。既然有这样的传说，为什么不把这个传说变成现实呢？

四川成都人口千万，张家界天门山如今也是人气旺盛的旅游区，要想去这些地方寻宝根本是不可能的任务。反而这远在大漠的黑水城，只存在传说中的古城，最好下手。

陆钟忽然心头一亮，连日来寻寻觅觅而不得的大买卖跃然脑海。制造一个奇迹，是他的拿手好戏，这片一眼望不到头的茫茫雪原，是最好的传说背景。

# 第三章　为这个穷地方做点什么

A

　　额济纳旗，当地人又称额旗，在内蒙古的最西边，地方不大，却有着五百多公里的国境线，与蒙古国交界。孩子们的家乡，距离黑水城还有几十公里，忙着赶路，大家并没有去欣赏风景，而是朝着孩子们指出的方向开去。一眼望不到边的白雪，胡杨树上挂着一米来长的冰凌，还有被冻结后变成水晶般漂亮的小湖泊。

　　额济纳年降雨量只有三十毫米，尽管冷，雪却是很薄的，下去踩一脚就会发现貌似浩荡的雪原只能盖住脚面，只因无人涉足沙漠，才显得格外壮观。从未领略过如此北国风光，来自南方的年轻人全都乐坏了，要不是急着把孩子们送回去，大家准会下车打一场雪仗。大年三十这天，两辆车已经开进了额旗，路上的雪不多却还是很滑，尽管车胎绑上了铁链，还是只能慢慢走。单子凯和梁融端着相机一路狂拍，可车窗不能打开太久，被风吹一会儿，鼻息里呼出的热气都会变成冰凌，眉毛睫毛上都会冻出白霜，外面的温度是零下二十多度。

　　前面的路被雪挡住，气温实在太低，车熄火后发动不起来了。孩子们七嘴八舌地吵着该往哪里走，虽然意见不太统一，但可以肯定这里距离他们的家不远了。

　　"要不咱们就在这里过年吧，孩子们，咱们还有不少好吃的。"雪景虽美，却也让人犯愁，曾洁看着好端端的路消失在雪原中，再看看天边就要落下的日头。

　　"姨姨，咱们下车走吧，只要翻过这个山头，再拐一个弯就进屯子了。"一个女孩子嚷嚷着。

　　"可这么大的雪，怎么走啊。"司徒颖看着车外的大雪，为难地看着孩子们。

　　"我们不怕冷。"一个男孩子在嚷嚷。

　　"对，我们不怕冷。"另一个男孩子立刻回应道。

　　"要不我们自己回去吧。"个头最高的男孩子急得恨不能马上跳下车。

"那怎么行。不急，你们先坐好，我去问问前面的叔叔，看他们怎么说。"曾洁怕自己安不住孩子们，找陆钟他们想办法。

就在这时，身后远远地传来一声"驾——"，曾洁回头一看，一辆马车正过来，马车上坐了两个穿成棉球般的大人，车上还载着不少东西。

"你们这是要去哪儿啊。"还没走到跟前，马车上的大爷就喊了一嗓子。

听到这声音，车上的孩子们再也忍不住了，自己打开车门，像几颗小豆子般蹦了出来，朝着那位大爷使劲挥手。

大爷正是孩子们一个屯子里的，看到孩子可高兴坏了，"可把你们盼回来了，我就知道你们没事，没事。"

大爷带上两个孩子先回屯子，半个小时后，几辆马车又回到这里，车只能留在原地，所有人带上行李坐马车回去。

关内人哪受过这种严寒，虽然穿着全套户外的装备，可坐在露天的马车上又吹着冷风，还是冷得够呛。陆钟他们还好，毕竟年轻，血气旺，只是老韩给冻得直哆嗦。大爷笑呵呵地，拿了件羊皮大袄给老韩披上，又拿出一个盛着奶酒的皮口袋，让大家都喝几口暖暖身子。

奶酒是凉的，看起来就像豆浆，喝到嘴里微酸，却有一股浓郁的酒香。说来也怪，冰凉的液体竟然能够让身体由内而外地散发出热量，好像喝下去的是几口汽油。老韩虽然脑子不太中用了，可一闻到酒香却像是勾上了馋虫，抱着酒瓶不肯松手，喝了一口又一口。

"老哥哥，别着急，一会儿让你喝个够。这酒好啊，自家马奶酿的，不伤身子还不上头，咱们蒙医还用来做药引子，什么老风湿腰腿疼肺结核，喝了都有好处啊。"大爷笑呵呵地，黑红黑红的脸在皑皑白雪的映衬下就像油画里的人一样。

一听说对肺也有好处，徒弟们便都不喝那奶酒了，留着让师父喝。老韩倒也不客气，抱着个酒壶不撒手，像个贪心的孩子。大爷跟大家自我介绍，说自己叫纳而图。

回屯子的路上，纳而图大爷说了不少感谢的话，屯子穷，大伙儿把孩子拉拔到这么大很不容易，多亏了这几位好心人，把孩子们送回来。

陆钟说自己和伙伴们是摄影爱好者，专赶着雪天来黑水城拍雪胡杨的，路上遇上这几个孩子，当时那个光头不知碰上了什么冤家，被人打得躺在了地上，浑身是血。几个孩子一看就像是蒙古族的，一问才知是被拐了，反正顺路，就把孩子捎上了。这些话是早就想好的，用来应付淳朴的牧民没问题。

纳而图大爷说，屯子附近的姑娘谁都不愿意嫁过来，嫌这里偏远穷困。前不久一个光头来这里卖媳妇儿，带了三个挺不错的内地姑娘，几个老光棍们卖了所有的羊，为自己买了个媳妇。光头临走的那天，屯子里的几个老光棍一起办喜事，屯子里所有人都去凑热闹。大家本来要请光头喝酒，可他说赶着回去过年，饭也没吃就走了。当时事多没在意，结果光头一走，村里的孩子们也不见了。大人们急坏了，已经报了案，可这冰天雪地的，又赶上过年，真不知上哪儿找。大喜事才办了没几天，几个新媳妇说要去额旗买身新衣服过年穿，刚做了新郎的老光棍们跟着一起去，没想到几个新媳妇在市场里转了转，一会儿的工夫就都不见了。纳而图大爷去额旗找人，顺便捎些年货，没想到路上这么巧，竟碰上了孩子们。

陆钟他们一听就知道，那几个跑掉的新媳妇就是光头林松放的鹰，只是没想到，这几只鹰飞得那么快。话说得差不多，马车就要进屯子了，得到消息的十多个大人拢着袖子在冰天雪地里等着孩子们。一群黑色和黄色的狗们抢在主人前面冲了过来，不过它们并不叫，很亲人的样子，拿头蹭着陌生人的膝盖，鼻子在大家的徒步靴上使劲地嗅。

虽然离开父母身边才来天的功夫，孩子们全都扑进爹妈怀里哭了，滚烫的眼泪挂在脸上，不一会儿就变成了小冰珠。

"恩人们，谢谢了，谢谢你们啊！"蒙古族大哥大姐一边说着，激动得就要往雪地里跪下。

"别别别，这么大的礼可要折煞我们了，这是应该做的。"

陆钟他们也被这群朴实的牧民们感动了，赶紧把他们搀起来，心里有种无法用言语表达的满足感和成就感，就算账户里多出一千万，也比不上这开心。

"大冷的天儿，还在外面啰嗦什么，赶快把恩人带回家去啊。"纳而图大爷发话了，大手一挥，大家纷纷帮恩人们拿行李，把他们往自己家里带。

B

孩子们叽叽喳喳地告诉父母，一路上吃了连名都说不出，他们的父母连见都没有见过的好东西，蒙族人的眼睛笑得眯成了两条缝，缝缝里又淌出两道清凌凌的泪水。

纳而图大爷是屯子里最年长的人了，他跟大伙儿商量着，年夜饭在屯子里屋子最大的人家吃，大伙儿都带上菜来。纳而图大爷发过话后，所有人都忙活开了，把火烧旺把水煮开，不知是谁喊了一嗓子："咱请恩人吃烤全羊！"

从元朝起，蒙古族就接受了汉朝的历算法，也过新年。汉族人的正月就是蒙族人的白月，白色是蒙族吉祥如意的象征，这个月内蒙族人和汉族人一样，讲究全家团聚欢乐，吃团圆饭，喝团圆酒。孩子们的归来让这个小小的屯子充满了欢乐。

陆钟走出小屋，欣赏着别样的景色，白茫茫的雪原里，这个屯子里住着几十户人家，原来蒙族人也不全是住蒙古包的，还有这样用土和石头垒的房子。宽宽的院子是用胡杨木或者梭梭柴围出来的，牲畜圈里挤了些牛羊，有些人家还养了骆驼，低矮的平房里透出昏黄的灯光，空气里却飘着一股浓浓的肉香。

跟城市里那些添加了过多调味料的肉香不同，这肉香香得纯粹，甚至还带着些青草的味道。真好，这地方就像永远也不会沾染世俗的污染。一回头，司徒颖也出来了，正背对着他，饶有兴趣地看着圈里的牛羊，那些披着厚厚羊毛的绵羊们，满头满身的雪花，看到生人咩咩地叫着，着实新鲜。陆钟注意到她没戴手套，一双小手冻得通红。不知哪里来的勇气，就像是未经大脑似的，陆钟忽然冲动地握住了她的手。

那简直不是一双手，是一块冰，陆钟心里一惊，不过更让他惊讶的是司徒颖的眼神，比冰还冷，是刻意回避更是斩钉截铁的拒绝。她什么也没说，冷冷地抽回自己的手，头也不回地往屋里走去。陆钟这才意识到自己太唐突，是他还不习惯放弃对她的关心，她的眼神像一把刀子，在他心头狠狠地来了一下，看不见的疼。

"小伙子，在看羊呐？"身后忽然传出纳而图大爷的声音。

陆钟回过头，也不知纳而图大爷是不是看到了刚才的那一幕，有些尴尬，只好点头。

"咱额济纳的羊了不起啊，吃的是中草药，喝的是矿泉水，走起路来像跳舞，还听得懂多种语言，多才多艺，时不时地出个国啊。"纳而图大爷笑呵呵地介绍着。

"这是什么意思？"这话陆钟可听不懂。

"嗨，这吃中草药啊，就是说咱们这戈壁滩上遍地是草药。矿泉水呢，就是咱们这儿的水虽然少，但全是无污染的。走路像跳舞就是羊太肥了，走起来一步三晃，跟小猪崽一样。平时不论说汉语还是蒙语，咱一吆喝它们都能听懂。出国啊，就是有时候他们会走到国境线上吃草呐。"纳而图大爷得意地大手一挥，"走，跟我看宰羊去，今晚加菜。你们会尝到世界上最好吃的羊肉是啥滋味儿。"

既来之则安之，陆钟把儿女情长暂且放在一边，跟着纳而图大爷走近隔壁的一间屋子。一位蒙族汉子正在宰羊，他使的刀子很短，比水果刀长不了多少。动手时并不切断羊的喉管，而是先挑断脊梁动脉，让羊血流入腔内，不致流失浪费，直到羊死，身上也没被血弄脏。接下来再徒手将羊皮剥开，最后小刀插入羊的腿脚，各个关节皆一一卸开。整个过程不过半小时即告完毕，看得陆钟有些发愣，真是术业有专攻，庖丁解牛也不过如此。纳而图大爷介绍说宰羊的汉子叫腾格尔，蒙语中是蓝天的意思。

腾格尔大哥在陆钟心里留下了深深的印象。这只羊是加菜的，现宰现烤，其他的菜倒是已经上桌了，陆钟他们几个人被奉为贵宾，安排坐上首。浓香可口的奶酪摆满盘子，刚出锅的牛羊肉饺子让人吃得停不住口，热乎乎的手扒肉堆成小山，香喷喷的奶酒一碗接着一碗。老韩喝得红了脸，笑呵呵地接过纳而图大爷递给他的最好的掀板肉（注1）。自从离开香港，这还是师父第一次露出笑脸，几位徒弟见师父开心，这才放心地吃了起来。

奶酒打开了大家的话匣子，蒙族大哥们听说陆钟他们要去黑水城，就七嘴八舌地说了起来。

"都是额旗，黑水城和居延海那边跟咱们这儿可不一样，热闹着呐。"

"跟你们一样，都是扛着大相机，还有香港人和外国人呢，十到二十个人，组队往沙漠里走，叫什么徒步的。放着车不开，非得自己走，真傻。"

"大导演张艺谋拍的那个《英雄》，就是在咱旗的达来呼布镇胡杨林拍的，电影俺们没看过，不过听说可美了。"

"是啊，秋天还有胡杨节，好多人开车来旅游。"

"对，傻，那戈壁滩里有啥好看的。"

"你们咋这大冷的天儿来呢，要是秋天来，那胡杨树金灿灿的，可美了。"

"咱们的屯子，也有游客来吗？"陆钟听出大伙儿对黑水城那边的赞美中不乏羡慕。

一说起自己的屯子，刚刚热乎起来的气氛顿时凉了几度。屯子所在的这片区域算得上超干旱荒漠区，一年也下不上几场雨，只有附近一个小小的湖，距离风景区太远了，方圆百里都是贫瘠的戈壁滩，遍地沙砾没什么好看的，一般的游客都不会过来，偶尔有几个带着相机的还是走错路的。

就算是黑水城那边，也只有每年秋天胡杨树的叶子被霜打得黄了时，游客才最多，一年里倒有大半年没什么生意。平时大家只能靠着养羊养骆驼过活，能混饱肚子就不错了，走远路去捡点草药就算是给家里挣上零花钱了。别的地方下这么大的雪，高兴还来不及，雪水冻死害虫，来年大丰收，可这里的大雪下除了石头什么都没有，实在太干了，一开春，冰雪融的水被风吹上几天就都跑回天上去了。要是碰上雪灾，山上的狼没吃的，成群结队地闯进圈里，一年的收入就打了水漂。

"听老人说，几十年前俺们屯子还不是这样，黄沙坡后头那边积水遍地，草多鸟也多，夏天的时候随便下去一趟都能摸上来几条鱼。冬天水结冰，黄羊在冰上走不快，拿棒子都能逮住。"一位十七八岁的少年颇为落寞地插了一句。

"看到你们的样子，好像从来没有忧愁过，能生活在这里，真是幸福。"司徒颖看着屋子里这群仿佛活在古代的人们，他们是那么知足，只要能吃上饱饭就可以放声欢歌。

"谁说咱没愁？苦得很，愁得很呢！没有权，没有钱，想个媳妇都没有，还不是穷开心嘛！"说话的是一位坐在角落里的黝黑汉子，有人低声告诉大家这位是老光棍，刚跑了新媳妇。

听完这话，大伙儿狠狠地抽了口土烟，端起碗灌上一大口酒。

"你们想走吗？离开这里，去内地找工作，赚钱，生活。"陆钟用期待的眼神看着在座的蒙古族人，如果他们愿意，也许可以帮上一把。

"哪儿那么容易啊。有出去打工的，老板欠了工钱就跑了，白干了半年。也有去挖煤的，差点命都丢了。咱们没文化，出去了也干不了啥。"一位胖乎乎的大婶跟腾格尔大哥一起把烤全羊给端上了桌，油光光的羊肉香气扑鼻。

"咱的日子不错了，每天放牧只要早早地把牛羊赶出去，不用人管，到了晚上狗就会领着它们回来。能顿顿吃上肉喝上酒，老婆孩子热炕头，有空了弹弹琴唱唱歌，咱知足了。"腾格尔大哥搂着说话的大婶，颇有些自豪地说。胖大婶是他的老婆。

听到他的话，大伙儿们也都笑了，似乎对繁华的都市并没什么向往。

"今儿是好日子，咱的娃都回来了，高兴还来不及呢，说这些干啥。"纳而图大爷责怪地看着刚才说话的晚辈们，转而换上笑脸，豪迈地吆喝着，"来来来，给恩人把酒满上。"

蒙古族人就是实在，大碗酒大块肉，连小孩子也凑过来抿上几口。喝美了，有人掏出马头琴，叮叮咚咚地弹起来，还有热情的蒙族大妈唱起了歌，虽然听不太懂蒙语唱的什么，但那浑厚的嗓音跟专业女中音有得一拼。大小媳妇们连同孩子，随着音乐跳起了蒙古舞，一张张饱经风霜的脸上洋溢着满足的幸福。起先陆钟他们还只是看，没多久大伙儿就把几位恩人都拉起来一起跳，老韩看得笑呵呵，一个劲地拍手。没有电视，看不到春晚，可这个大年夜却是陆钟他们过得最开心的，那浓浓的酒香，甚至钻进了他们的梦里。

半夜里，屋外刮着呼呼的白毛风，屋里是腾格尔大哥的打呼噜，风声和呼噜声混在一起，组成特别的和声。干燥的牛羊粪还在炉子里烧着，空气里有股挥之不去的膻味，矮桌上还摆着大堆剩下的酒肉。按照蒙族人的习俗，大年夜里酒肉剩得越多越好，寓意来年酒肉丰足。

蒙古族人实在太热情了，即便是不认识的陌生人上门问个路，他们都会拿出家里最好的食物招待，对于恩人，他们更是热情得有些诚惶诚恐，宁可自己打地铺，也要把家里最厚的褥子床让给恩人们睡。老韩陆钟和单子凯梁融同睡一屋，司徒颖和曾洁被安排在隔壁的一户人家里。

半夜里，陆钟睡在羊皮褥子上，马奶酒的燥热让他辗转反侧，热情的蒙古族人，让他陷入前所未有的思索。原来人还可以这样简单的生活，他们的世界那么小，也许一生遇到的人都没有城市里一天遇到的人多。他们的世界又是那么地大，拥有全国最清澈的天空，全世界最好吃的羊肉，最好喝的奶酒。幸福，还是不幸，并没有真正的界限。环境如此恶劣，这些淳朴的蒙古族人民却不在乎，他们以自己的方式与大自然生死相依，保持了世世代代的和谐。这种和谐，源于民族的本能。

半梦半醒中，恍惚看到师父站在窗前，背着手。师父的目光深邃清明，跟白天里糊涂的模样截然不同。梦中陆钟喊了声师父，也不知究竟有没有喊出声来，师父似乎没听见，却自顾自地长叹了一声。那个梦很快变成了其他的风景，雪地里竟然奇迹般地出现了海市蜃楼，这个小得不能再小的屯子居然坐落在一座金碧辉煌的古城里，地上金灿灿的，铺着一块一块的金子……

第二天一早，陆钟还躺在床上，就闻到了浓浓的奶茶香。按照蒙古族人的规矩，大年初一的早上得喝奶茶吃茶食，中午才摆蒙餐饭菜。人们见面都要喊一声过年好，串门子拜年要带一小包茶叶回家，意为"带喜回家"。

陆钟起床时师父已经起来了，正端着一杯热热的奶茶小口小口喝，那眼神还是痴痴呆呆的，只盯着眼前的桌子。不过昨夜没听到他老人家咳嗽，陆钟放下了心，走出屋子呼吸一口新鲜的冷空气，那清冽直刺进肺里。

院子里单子凯和梁融跟男孩子们在放二踢脚，买不起花炮，这几个二踢脚是特意留下来初一才放的。司徒颖和曾洁正陪着女孩子们玩，可怜的孩子们什么玩具都没有，几个羊膝盖骨就能玩上一整天。所有的孩子脸上都写满了心满意足，这种表情在城市里拥有无数昂贵玩具的孩子们脸上，绝对看不到。

看着这个简单得不能再简单的小屯子，看着这些豁达粗犷，对生活充满了热爱的牧民，还有这些小脸通红，鼻子下面挂着冰鼻涕的孩子们，陆钟很想为他们做点什么。

C

陆钟他们从大年三十那天进的屯子，一住就是半个月。这半个月里，蒙族兄弟好酒好饭地招待，他也没有停止过思考怎样制造那个传说。

额济纳说起来只是内蒙古的一个地区，其实还是相当大的，面积有十二万平方公里。整个内蒙古自治区的平面地图看起来就像一匹草原上的狼，额济纳所在的阿拉善盟就是这匹狼的大尾巴，而额济纳正是狼尾巴上最末尾的那一截。

数字是枯燥的，完全不能表现出这片大漠的宽广，换句话说，十二万平方公里等于两百个新加坡，或者三个瑞士。这个屯子所在的马鬃山苏木（注2），面积就有五万一千平方公里，相当于两个半海南省，跟整个台湾省差不多，可台湾省有三千多万人，马鬃山那个乡却总共才五十多户，不足二百人。

这大大地激发了陆钟的想象力，这么大的面积，这么少的人口，想要藏点什么那可是轻而易举，但想要把东西找出来，绝对是难上加难。只要有难处，就有下手的地方，这就是陆钟他们最大的契机。

　　额济纳虽然贫瘠，却是个有历史的地方，千百年来铁血的英雄，慷慨的诗人，挖掘宝藏的八国联军全都在这里留下过故事。即便是近百年来的额济纳，也不是完全像现在这样，几十年前的文化运动中，不少内地的知识青年曾下放至此，如此丰富的人物背景，完全可以塑造出一个经得起推敲的故事。既然有了宝藏的传说，为什么不能来个故事新编呢？同样用宝藏做线索，把剧情改一改，千百年前的事谁都说不清，越是没谱越好创作。黑将军也好，俄国人也好，甚至马可波罗、老喇嘛和当代老知青，全都可以拿来用。

　　优秀的老千和优秀的武者一样，必须有强大的学习能力，不但能见招拆招，更要有过目不忘的本领，其他门派的武功领教过一次就能变成自己的本事。当那个大胆的计划在心中渐渐成型，陆钟越想越兴奋，正月十五的那晚，半夜三点，他忽然从羊皮褥子上爬起来，把单子凯和梁融摇醒。

　　第二天一早起来，陆钟他们就跟屯子里的牧民们道别了。孩子们对这几位教他们认字画画的叔叔阿姨恋恋不舍，但临走的时候他们说，很快就会再回来。当天晚上，睡了半个月地铺的腾格尔大哥回到了原本属于自己的羊皮褥子上，他在枕头下面摸到了一个硬纸包，打开来一看，里面是满当当的两万块钱。

　　陆钟他们这一走，只是离开了屯子，并没离开额济纳，而是开着车，把大半个额旗跑了个遍。每一个骗局最关键的地方就是真实性，不认真考察就编出来的故事是经不起推敲的。用了足足半个月的时间，把马鬃山，奶头山，乌兰泉吉，古日乃，苏泊卓尔，温图高勒苏木甚至国境线附近都跑了个遍。这个时间段，正好游人稀少，经常把车开一天，人影都见不到，倒是很方便办事。有时候碰上牧民的蒙古包，讨顿饭吃总会遇到热情的招待，陆钟他们也总会留下饭钱。好几次还遇上了边防线上的战士，生活条件相当艰苦，守在潜伏点上的战士更是做梦都想碰上生人好说说话。

　　也许是内蒙古清新的空气和连日来的规律生活，老韩的咳嗽竟然没有恶化，脸色也红润了一些。自从他出事后，就没再抽过雪茄，偶尔陆钟抽上一支，他连看都不多看一眼，好像自己根本不感兴趣。师父的身体让徒弟们放心，大家都期待着这一单能把之前的亏空给填上。那异乎寻常的热情和执著让陆钟甚至有种错觉：大家都盼着填上亏空可以早早退休。大家是不是真这么想，他不知道，他只知道眼前这个大买卖千万不能搞砸，师父等不了太久，至少要赚够钱让他安度最后的时光。

这半个月时间过完，整个正月也结束了，平安无事，陆钟他们还是没有回屯子，而是回了北京。

又过了半个月，省博物馆收到了一件捐赠，一方红色的玛瑙印章。奇怪的是印章本身并不特别，残缺不全，质地还一般，只是上面雕刻的图文也奇奇怪怪，像残缺的西夏文，连专家都看不出究竟是什么时代的东西。

更奇怪的是，捐赠人竟然是一位俄罗斯的小伙子，说是祖父倾其一生也没有解开藏在玛瑙印章中的秘密，不久前老人去世了，遗愿是一定要把这东西送回中国。俄罗斯小伙子金发碧眼个子高高，显得很有教养，可他的真实身份却怎么都不肯说。小伙子雇的女翻译人很不错，最后还说服雇主出资十万块作为研究经费，希望早日解读出那方印章上面的内容。

这件事很快上了报纸，印章本身不算太吸引人，吸引人的是俄国人，当年三挖黑水城的科兹洛夫就是俄国人，他带走了那么多宝贝，究竟小伙子跟他有没有关系，这可不好说。不过这件事在报纸上也就是巴掌大小，国家的宝物跟老百姓没多大关系，人民更关心物价涨不涨房价跌不跌，就算是超市打折的广告也比它更有关注率。

这一期的报纸很快就被人们随手丢弃，有人用来包东西，有人拿来练毛笔字，更多人把所有看过的旧报纸积攒起来等着卖给收废品的。不过在马鬃山苏木的那个小屯子里，有一个人，却把这张报纸小心翼翼认认真真地地糊在了墙上。

注1：

掀板肉：羊的后座部位有胛板骨，牧民把胛板骨上的肉称为掀板肉。上手扒肉时主人特意将"掀板"放在最上面，最好的肉，要大家分享，通常是由年长者或由主人指定最尊贵的客人来分。

注2：

苏木：蒙语中是"箭"的意思，和"旗"一样，是对行政区的称谓。清朝时称呼蒙古族"旗"的下一级行政单位，跟汉族的乡差不多。每个苏木由150名箭丁组成，每旗下属苏木数不等。解放后，内蒙古自治区在牧区依然采用这一称谓，作为区级政权。苏木达，相当于乡长和镇长。

第四章　伪君子和真小人

A

北京一家拍卖公司的交易大厅里人头攒动，这是今年第一场当代油画拍卖会。就在刚才，一组争议特别大的作品"草"，被罗华龙以一百万的高价买下，创了本场拍卖会的记录。

同题作品"草"一共有四幅，看起来就像完全没有绘画技巧的幼儿信手涂鸦之作，画风草率，造型荒诞，一挂出来就引得在场的买家和艺术评论家们议论纷纷。但是买家罗华龙是京城炙手可热的藏界大腕，他的藏品从珠宝玉器到古董家具甚至现代艺术品，几乎无所不包。

这边拍卖会刚结束，那边就有网站记者发布了新闻：全世界最贵的"草"，价值百万。

罗华龙坐在他的奥迪A8后座上，正从手机里看着这条新闻标题，嘴角轻轻地牵起，很好，收了钱做起事来果然有效率，明天大大小小的报纸和最近两三个月的时尚杂志上，这堆杂草都会占据一席之地。

"草"的画家是个刚刚出道的年轻人，不久前跟罗华龙名下的画廊签下了十年的长约，这次的作品其实是他以别人的名义送拍，自己再花钱买下，百分之十的佣金加上给记者们的小小红包，总共也不超过二十万。二十万买不到报纸整版广告，也买不到电视台的十秒，但是现在，这堆乱七八糟的"草"却会成为年度艺术界最富争议的话题。究竟是不是艺术，究竟美不美，究竟能从这堆草里看出什么深邃内涵，全都不重要，能卖出钱来就是正经。究竟是玩艺术，还是被艺术玩，才是罗华龙的生财之道。

他这个人就是喜欢当第一，从小考试爱当第一，后来搞政治运动当红小兵抢着当第一，上山下乡他也是第一，就连回京安排工作也是全知青点的第一，这几十年搞收藏玩艺术，他在圈内的实力和名气也算得上第一。年近五旬，这辈子还能当几次第一呢？他的问题不是钱不够花，眼看着自己目前是一辈子里最好的状态，最能接受挑战的时候，偏偏鬓角的头发白了，时间不够啊，这个世界越来越精彩，他想玩的东西还有太多太多。

车还没开出停车场，罗华龙忽然心血来潮想要自己开，让司机下车，自己坐上了驾驶位。这辆车的外观看起来跟普通的商务车没太大区别，在停车场里看起来跟周围的那些斯文车别无二致，只有亲自驾驭过它的人才知道，中规中矩的外表下有一颗无比奔放强劲的心，必须有足够的理智才能控制自己不要越过危险的极速。罗华龙不喜欢张扬的跑车和装逼的房车，他觉得这辆车就像他自己，一只披着羊皮的狼。

车刚开出停车场，正准备上路，忽然从后面冲出来一个黑色的影子"唰"地拉开车门，等到罗华龙回过神来，副驾驶的位置上已经坐上了一位浑身户外装备的年轻女子。

"姑娘，你上错车了。"罗华龙脑子里正想着去哪儿飙上一段，这从天而降的姑娘让他丈二和尚摸不着头脑。

"快开车，别让他们追上我。"姑娘头也不回，小心翼翼地看着车外，绷紧的身子显得很紧张。

"不好意思，我不认识你，请你下车吧。"罗华龙这把年纪对艳遇完全免疫，冷下面孔说。

"罗先生，您不会是那种见死不救的人吧。"姑娘回过头来，一双黑葡萄般的大眼睛正汪汪地看着罗华龙。

她称呼我罗先生，她知道我是谁。罗华龙的眉头皱了起来，他不喜欢被人算计，因为他自己天天算计人。

"我不管你是谁，请下车，否则我马上叫保镖过来。"罗华龙一边命令着一边掏出手机，他说的没错，就在他身后二十米外还有助理和保镖的两辆车，只要电话拨出去马上就会有人来。

"你比我了解的还要冷酷。"姑娘愤愤地抱怨着，从怀里掏出两张照片。

那是两张7寸大小的普通照片，第一张照片上有位头发蓬乱穿着蒙族袍子的老人，满脸的老年斑，眼神恍惚没有焦点。照片的背景是个破破烂烂的蒙古包，除此之外再也看不出其他内容。第二张照片上却是一张类似羊皮卷的东西，不知有多少年的历史，已经残缺不全了，上面的字比划繁复，结构均匀造型工整，见多识广的罗华龙知道，那是失传的西夏文。

"什么意思？"凭着两张照片，罗华龙没搞清对方来意。

"您不认识我，但京城玩收藏的谁不知道您的大名，有好东西才来找您的，没想到一露面就被外面那帮混蛋盯上了，不得已用这种鲁莽的方式来见您。"姑娘说着话，眼睛却死死地盯着外面的动静，几个高大的男人站在街边，正四下搜索着她的身影，她不得不弓起身子，以一种极不自然的姿势跟罗华龙说话，"求您了，快开车，这帮人要是找到我，宝藏就完蛋了。"

"给你三十秒，说到底怎么回事。"罗华龙无动于衷，每天他都会遇到各种各样想卖东西给他，或者想从他手里买东西的人，什么方式的都有，这姑娘的死活对他来说毫无关系。

"大爷，祖宗，一两句话说不清，那可不是一件宝贝，是一大堆宝贝，先开车行吗？"姑娘急得快哭了，小脸煞白。

罗华龙见对方是真害怕了，这才心不甘情不愿地把车开上了路，经过那伙人身边的时候，他一脚油门加快了速度，可是那帮人还是注意到了车里藏着的姑娘，飞奔着追过来，还有两个人赶回去开车来追。罗华龙从后视镜里看到追过来的不过是两辆日本车，好胜心被激起，故意放慢了速度钓鱼般逗了逗对方。那两辆车里的人从车窗上探出头来，司机在不停地按喇叭，等到他们努力追上，只相差几米的时候，罗华龙忽然猛踩油门，车速在短短的两三秒内飞速提升，一下子就把对方甩在了刚刚变成红灯的十字路口上。

提速时罗华龙没有打招呼，那姑娘被突如其来的推背感甩到了靠背上，"大爷，慢点儿行吗，我没系安全带。"

"说吧，一大堆宝贝在哪儿？"小露了一手的罗华龙正有些得意，斜了眼那姑娘，细看起来眉眼还挺标致，只是身上中性化的冲锋衣掩盖了她的娇俏本色。

B

一个小时后，罗华龙跟那位叫做贾梅的姑娘钻进了一条胡同。

胡同里的一扇小门里，几间破破烂烂的厢房围出个巴掌大的四合院，门窄得连单车都进不去，过道上还堆满了各种各样的陈年杂物。院子里没有别人，贾梅熟门熟路地敲开了东厢房的门，一男一女在整理东西，男的中等身材，女的个子挺高。虽然是大白天，但窗帘拉得严严实实，像是在搞什么见不得人的事。床上摊着许多照片，墙脚边放着三个超大容积的专业背囊，背囊鼓鼓的，至少还有大半东西没拿出来。

那一男一女都跟贾梅一样，从头到脚都是户外衣服，从装备来看，他们是正宗的驴友。见罗华龙进来，他们马上停下了手里的事，对望一眼，似乎有些意外。贾梅张罗着请罗华龙坐下，又忙着倒茶。

"不麻烦了，我还有事，你们直说吧，到底什么宝贝。"罗华龙抬起手看了看时间，快中午了，他的确还有饭局。

"这事儿真一两句话说不清，您要是有事就先忙去吧。"男的看起来不到三十岁，风尘仆仆的，鼻梁上架着玳瑁色眼镜。

此话一出，贾梅马上冲他使眼色，意思是不能怠慢了贵客。

"你知道我是谁吗？"罗华龙见对方居然摆谱，有些意外。

"知道。"眼镜男挺认真地点点头，直视这位贵客，好像他只是个普通人。

"是你们要请我来的吧。"罗华龙奇怪了，那姑娘求着自己来，可来了他们又不肯说，到底是什么名堂。

"确切地说，是她要请你来。"眼镜男看一眼贾梅，并不觉得自己的态度有什么不妥。

"既然我都来了，你还是说说吧，这一走，我肯定就不会回来了。"罗华龙的好奇心被吊了起来，干脆一屁股坐下，随手拿起几张照片来看。那都是些风景照，清澈的天空，奇异的树木，遍地的白雪和荒漠，还有一些蒙古族人民居住的蒙古包。

见来客不走了，屋子里的三个人沉默了一会儿，最后还是眼镜男吭声了："其实我们手上暂时还没有真正的宝贝，我们只有一个关于宝藏的线索。发掘这个宝藏需要很大的力量，凭着我们三个人，能力还单薄了些。不过我们不一定需要您的帮忙，已经有位实力雄厚的大哥表示，愿意资助。所以，还是请您回去吧。"

"你们瞒着我跟那个人联系了？我都说过那个人跟罗先生是对头，你们怎么能这么干呢？"贾梅一听这话就激动了，气愤地质问着。

"不是我们联系他，是他先找到我们，他已经发现这件事了。"高个子姑娘解释道。

"等等，你们说我的对头，什么人是我的对头？"罗华龙听出这三个人有矛盾，但他更在意的是他们居然说他有对头。

三个人都沉默了，好一会儿贾梅才不好意思地说，那个人就是鲁道魁。

"是他。"罗华龙的眼前一下子浮现那张满脸油光的圆脸，那个满口粗话的东北人以前是混黑道的，十年前带着一帮弟兄来北京，什么生意都敢做，完全不讲规矩，抢过他不少买卖，的确是他的对头。不过两人不曾正面交手，鲁道魁是个真小人，没文化气量小还特别容易冲动，张口闭口灭了谁谁的。在他看来，跟那个土鳖斗简直降低自己身份。

"您一定知道他是个很麻烦的人，他找到了我们，所以这单生意，我们不方便跟您做，请您回去吧。"眼镜男摆出要送客的样子。

"不，这单生意我还真有点兴趣了，鲁道魁是个不入流的家伙，你们说吧，到底怎么回事。"罗华龙非但不走，反而跷起了二郎腿，轻轻地晃了起来。

罗华龙毕竟是有身份的人，他不肯走，当然不能赶他走。三个人你看我我看你，最后还是把那件事说了出来。

这屋里的三个人都是学考古的，也是户外旅游爱好者，毕业后没有找工作，而是天南地北地寻宝。事情要从两个月前说起，一位对西夏文化特别有兴趣的日本人，请他们去内蒙古走一趟，找些跟黑水城有关的东西。

付钱的日本人是个满头白发的老头，因为身体原因不便自己行动，双方约定一旦取得有价值的线索马上通知他，他坐飞机过来。每一次接受任务，这三个人也会自己考虑一下，一百多年前，除了俄罗斯和英国法国有人来黑水城寻宝外，日本人也把他们的魔爪伸向了这片大漠，当时的王爷是亲日派，不仅提供向导还提供粮食补给，甚至在额济纳的某块戈壁滩上还曾存在过一个日军的飞机场。在这样的条件下，日本人也收获了不少有价值的文物。具体他们带走了什么，又带走了多少，谁都不知道。

既然那个日本人指明要去黑水城，十有八九他接触过当年日军带走的西夏文物，是不是那些流落异邦的文物中隐藏了什么秘密呢？黑水城宝藏的秘密世人皆知，不过这么多年都没有人找到，是否真的存在还是个秘密。三个年轻人带着疑问出发了，跑遍大漠，非但没有搞清这个秘密，反而越来越迷惑了。

古老的传说，和一位居住在偏远地区的蒙族老人传唱的民歌，内容大相径庭。如今蒙古长调更是被联合国教科文组织，认可为人类口头和非物质遗产代表作。大部分的长调歌词内容都是关于草原，雄鹰，蓝天，白云，许多牧民是不识字的，回过头去，几百年前不识字的牧民更多，历史事件的确可能编成歌谣来流传。

种种迹象表明，黑水城的确是有一笔宝藏的，而那笔宝藏并不像传说的那样，统统倒在了黑水城内的一口井里。黑水城总面积只有四个标准足球场大小，一旦被人攻破，城主也自身难保。能当得起城主的人肯定是聪明人，聪明人就不会把最珍贵的东西放在最危险的地方。相对来说最安全的地方又是哪里呢？当然是一望无际的大漠，千百年前的大漠不像现在这样满地沙砾，许多地方水草丰美，不论把财宝藏在哪里，都能躲过汉人的掠夺。

说了这么许多，眼镜男嗓子都干了，打开一只录音笔，把他们在牧区录下的蒙语长调放给罗华龙听。罗华龙听不懂蒙语，不过贾梅表示可以复制一份给他，带回去叫人翻译。

"如果我是黑将军，那个破城之夜肯定会想着保住性命，靠着那些藏在外面的财宝东山，将来重新武装一支队伍杀进城来。反过来说，如果那些宝藏全都埋在城里，汉人一旦占据，黑将军也就失去了最后的机会。"一说起宝藏，贾梅两眼晶亮。

"听起来你们做了许多工作，但是，到目前为止，我还没有听到任何有价值的信息，你们说的全都是可能，可能而已。"罗华龙不满意地摇着头。

"您说得对，在我们遇到那位老人之前，这一切仅仅是个可能。"高个子姑娘从那一大堆照片里挑出几张来递给罗华龙看，"这位老人有老年痴呆症，我们在路上遇到他时，他已经饿得快不行了。他不会说普通话，我们无法交流，不过我们还是把他带到了附近的蒙古包里。当地人说，这位老人一直独居，脾气很怪，从不跟人打交道。"

"按照当地人的指点，我们把老人送回他住的地方，就在他的家里，我们发现了这张羊皮。"贾梅接过话茬，同时再次掏出那张羊皮照片给罗华龙看。

"西夏文是李元昊正式称帝前命大臣野利仁荣用三年时间才创成的，共6 000多字。这种文字从创制到消亡，大约经历了460年，是中国中古时期使用时间最长的少数民族文字。既然你们是学考古的，有一点你们肯定也知道，传说中的黑将军是在李元昊之前几百年的人物，如果你们说的宝藏真的存在，应该不会用西夏文记载下来。"罗华龙听得很认真，当即指出了其中的问题。

"您说的没错。西夏文的确是在黑将军之后几百年才有的，但是如果您搞清了那些长调里吟唱的内容，就会明白您那位对头为什么会找我们了。不早了，故事我们讲完了，您也可以回去了。"说到关键的地方，那个眼镜男忽然打住了。

罗华龙很不喜欢人家对他耍心眼，这个年轻人未免太不自量力，他对眼镜男有了很不好的印象。瞟一眼桌上散落的东西，手绘的路线图，还有两本厚厚的旅行日记，以及墙角里堆成小山的罐头和压缩食品，立刻猜到他们即将远行。不过既然对方这么明确地表示了不欢迎，他再不走就不合适了，罗华龙站起身来，有些失望地看了眼把他带到这里来的贾梅，什么话也没说就出了门。

C

走出那条逼仄的胡同，罗华龙回到自己的车上。已经过了吃饭的点，但他完全不饿，也不想吃，心里想的全是刚刚看到的照片，一个存在于传说中的宝藏，听起来跟这个灰扑扑的城市格格不入，却让人无比向往。西夏文物，在藏界一直是冷门，如果真有那么一堆的宝贝，那绝对是轰动全国的大新闻。把珍贵文物捐给国家，晋身政界的不乏其人，如果他得到了那批宝藏，拿一小部分捐给国家，会换来什么……可一想到这巨大的蛋糕被鲁道魁那个恶棍独吞，他心里就像吞了只苍蝇，难受得厉害。

就在他满心惆怅之时，车门再次被人拉开，车后座里被扔进一只大包，贾梅像一阵风似的，再次坐上了副驾驶位置。

"呦，怎么了这是？"罗华龙觉得这姑娘挺咋呼。

"我跟他们吵了一架，闹崩了。"贾梅脸上带着残留的愤怒。

"好好的，吵什么呢。"

"还不是因为您嘛。实话跟您说吧，其实我找您是瞒着他们的，我不喜欢鲁道魁，那人的样子太不可靠了，一看他就是会黑吃黑的样子。就算真找到宝贝，他也会独吞，根本不会分给我们。"贾梅噼里啪啦地说道。

"话是没错，姓鲁的不地道，可你干吗上我的车？"罗华龙很清楚自己的身份，这小姑娘一定是对自己有目的。

"您愿意跟我合作吗？他们跟鲁道魁说好，事成之后分三成，我们三个人每人一成。但是如果我跟您合作，您能分我三成吗？我想多赚点钱。"一说到钱，贾梅格外认真。

"姑娘，你胆子倒不小，但你这么干也不太地道，毕竟你们是同学，多年的朋友，凭什么就信任我这个陌生人啊。"罗华龙也是对钱格外认真的人，只要跟钱有关，他就立刻提高了警惕。

"他俩好了。"贾梅叹了口气，低声说。

"什么？"罗华龙很不适应姑娘的大拐弯。

"我跟大龙是一个院子长大的，打小就在一块儿，青梅竹马十几年了。上大学的时候，董丽跟我一个寝室的，我俩关系特好，所以我们三个人经常一起玩儿。本来没什么事，但自从董丽攀上一个俄罗斯的小子后，大龙就变了，处处讨好她。我看不过眼，跟大龙说这次就不带董丽了，结果你猜他说什么？他居然说就算不带我也不能不带她，我刚才跟他说了，分手。"贾梅把头低下来，声音有些哽咽。

"敢情你们仁关系还挺复杂。"罗华龙并不关心儿女私情，不过正是这段关系导致了贾梅投奔自己。

"大叔，我不愿意他俩好，更不愿意他俩找到宝藏。昨晚上我把地图和那张羊皮扫描了，要是你愿意跟我合作，咱们一定能抢在他们前头找到宝藏。上学那会儿我就很关注您，您上的节目，您写的专栏，还有您做过的公益事业我全知道，您跟鲁道魁可不一样，我愿意跟您混。怎么样，成吗？"贾梅满心期待地看着罗华龙。

"你这姑娘，还挺有心计的。"罗华龙笑了，并没立刻答应。

"您就跟我明说吧，咱能不能合作，要是不行我立马下车找那个日本人去。"贾梅是个急性子，风风火火地说。

"得。可不能再让日本人占了便宜，看你也挺可怜的，我就……勉为其难地答应吧。"罗华龙见贾梅把手放到了车门上，赶紧先应了下。

"太好了，来，预祝咱们合作顺利，寻宝成功！"贾梅主动伸出了手。

"好，合作成功！"罗华龙也伸出了手，表面上只是微微一笑，心里却乐开了花，只是花点小钱花点时间，万一真的发现了宝藏那可就赚大了。不过这个老谋深算的家伙，不会真的那么容易就被一个小姑娘说服，回头他会告诉手下人去打听鲁道魁的动静，只有姓鲁的真动身去内蒙古，他才会行动。

奥迪A8离开了这条小街，贾梅兴奋地给罗华龙讲着更多关于那笔宝藏的线索。

就在奥迪A8离开后的十分钟，恶名昭著的鲁道魁接到了一个陌生人打来的电话。

打电话的人自称是搞文物的，叫大龙，手上有笔了不起的大买卖，罗华龙不知怎么地听到了风声，就在刚才还找上了他。大龙说，罗华龙是个伪君子，有个兄弟在他手上吃过大亏，不敢跟他合作，又不好明着拒绝，问鲁道魁愿不愿意跟自己合作。

鲁道魁是个简单粗暴的人，他认定这种方式办事效率最高，不论是黑道还是白道，他都用这种办法摆平。简单是个优点，相对罗华龙那种阳奉阴违诡计多端的人来说，跟鲁道魁打交道更让人放心，于是不少曾经是罗华龙的客户都被他挖走了。但简单的同时也意味着他是个不太聪明的直肠子，听了陌生人说的一大堆乱七八糟，鲁道魁脑子都糊涂了。

不过那一大堆话里有两个关键词，一个是大买卖，一个是罗华龙。跟罗华龙有关的大买卖，鲁道魁当然有兴趣，立马约定跟这个叫大龙的家伙见上一面。

第五章　夺宝奇兵

A

已经开春了，京城的气温还是很低，天色阴沉，冰冷的风里夹杂着细小的沙子，吹在人的脸上很不舒服，匆匆的路人纷纷把纱巾和口罩捂住口鼻，但是强劲的风把沙子刮进人的眼睛里，让人涕泪横流。很少人知道，这常年骚扰京城的沙尘，竟然是源自千里之外的额济纳，那片盛产传说的大漠。

早上七点半，漫天风沙中，三辆吉普牧马人和一辆悍马组成的迷你车队驶离城区，朝着张家口方向驶去。这一路共有一千五百多公里，从张家口再到呼和浩特然后是包头和巴彦淖尔，然后经杭锦后旗至银根再到乌力吉，最后一站就是额济纳。自巴彦淖尔之后就没有高速，全是省级和县级公路，如果一路上没有堵车，没有坏天气，轮着开车的话，第二天早上应该能赶到额济纳。

车队的话事人是鲁道魁，他亲自驾驶着悍马走在队伍的最前头，副驾驶上坐那个叫大龙的小子，后排座位上还有大龙的女搭档董丽和鲁道魁的女人兰姐。

出了城区，风沙渐渐小了，视野也清晰许多。鲁道魁心情不错，他喜欢悍马，这车跟他的身材很搭，一样魁梧结实，够硬够粗。他从后视镜里看了眼坐在后排的董丽，又看了看坐在身边的大龙，从鼻子里哼出一声："老毛子真说那鬼地方有宝？"

"我已经跟您解释过了，那位俄国人的祖上是当年跟随科斯洛夫去黑水城挖过宝的，这是我们调查的结果，俄国人自己并没承认过。"大龙很认真地纠正道。

"算了，反正我买了新车，这趟就算是玩儿，万一能碰上真宝贝就更好，没碰上也没关系。"鲁道魁信口说道。

"我可以保证您不会空手而回，就算失败也只是收获大小的问题。我只是真的不希望宝贝落到那些道貌岸然的家伙手里。"大龙一边说，一边打开笔记本电脑，"按照您的吩咐，我在罗华龙的车上留下了一个追踪器。您看，他也动身了，不过落后我们两公里。"

"老王八蛋仗着自己人脉广，玩独的，这次得让他知道知道，不是他一个人会玩阴的。"鲁道魁不屑地看了眼笔记本屏幕，有一个正在移动的小光标，"你们那个叛徒姑娘，这两天可天天跟老王八蛋在一块儿，我可有点担心。"

"您放心，她知道的不过是皮毛，碍不了咱。我们打小就住一个四合院，我了解她，也就是一时冲动，关键时刻要是我再给她联系联系，说不定她还会帮咱。"大龙胸有成竹地笑笑，他已经跟鲁道魁说过三个人的关系了。

"丑话说前头，我不管她怎么回事，万一真有宝你们只能拿两成，就算她到头来帮咱们，你们那两成也铁板一块，不能变。"鲁道魁人虽然粗，一旦涉及钱的可比谁都敏感。

"好，两成就两成，要是宝藏真能找到，两成也够我们吃一辈子了，对吧董丽？"大龙说着，朝后面的曾丽看去。

董丽似乎对这个数字并不满意，没有点头也没有摇头，扭过头看向窗外。

"老弟，对女人你可得跟老哥我学学，别太惯着她们啊，不是我大男子主义，老爷们儿就该有老爷们儿的派头，哪能看娘们儿脸色。"鲁道魁在后视镜里看到了董丽的不悦。

"您说得对，眼下寻宝还得靠她，将来一定好好调教。"大龙小声说道，看得出他对董丽还是很客气的。

话不太投机，大家没有再聊下去，反正是临时组合，将来也不一定再在一起。高速的路上还不错，路都好走，速度也快，可过了巴彦淖尔下了高速后，路程就开始艰难起来。映入眼帘的少有绿色，参差不齐的荒山上只有泛黄的杂草，还有大大小小的雪层，路上都是碎石，颠簸得厉害。有些地方沙多，车轮陷进去就不能开了，得在轮胎前后垫上石块，再让前面的车往前拖几米，这么一来行进的速度就变慢了，好在车多人多，大家路上有个照应，总算有惊无险。出了乌力吉，一路上再没有加油站，大龙提醒鲁道魁让大家都把备用油壶加满，又足足开了七八个小时，终于赶在天黑前到了额济纳，在旗里饱餐一顿，再次赶路，晚上九点抵达了第一个休息站，马鬃山苏木下的小屯子。

朴实的牧民们并不知道他们是来掠夺蒙族人的宝藏，只当他们都是摄影家大龙和董丽的好朋友，来这里旅游。热情的牧民们还杀了两只羊，用最香醇的马奶酒招待他们。鲁道魁和他的弟兄们就像土匪进了村，虽然肚子不太饿，敞开肚皮胡吃海塞。董丽和兰姐给孩子们带去了巧克力和玩具，每人发几个小本子和铅笔都让他们乐得合不拢嘴。

看着孩子们高兴，牧民们也高兴，虽然时候不早了，大家还是载歌载舞地唱了起来，听了一会儿，大龙提议让纳而图大爷唱一段蒙语的长调。纳而图大爷喝干净碗里的酒，大大方方地亮出了嗓子。

大爷唱的时候，大龙特意用眼神瞄了眼鲁道魁，暗示他正是这一段长调里暗藏了传说中的玄机。等到大爷唱完，鲁道魁假装听不懂，让大爷解释唱的是什么。大爷说，这段长调是老一辈们传下来的了，歌词大意是：草原上的雄鹰哈拉巴特尔，英勇杀敌顽强不屈，红玉髓凑齐光芒绽放，草原的雄鹰将再度翱翔。

"巴特尔在蒙语里是英雄的意思，哈拉巴特尔就是黑水城里的黑将军，这歌里唱的是一个传说，黑将军留下了一笔宝藏，当时局势很乱，他没法告诉后人宝藏到底在什么地方，也不想把宝藏留给汉人，于是留下了几块红玉髓分发他的追随者作为线索，等到将来红玉髓凑齐了，就能找到那个藏宝的地方，咱们草原上的牧民们得了宝，就都能过上好日子。"纳而图大爷耐心地解释道。

"那红玉髓是什么样，您知道吗？"鲁道魁的鱼泡眼里，闪出贪婪的光。

"我哪能知道啊，那就是一首歌，不知道唱了多少年了。其实除了那几个红玉髓，另外还有张地图，黑将军把地图留给了他最信任的副将，红玉髓是打开宝藏的钥匙，但没有地图就算有钥匙也没用。这都是我爷爷听人说的，我爷爷的太爷爷，曾经是住在黑水城那边的，以前那边水草好啊，后来沙子越来越多，我们才搬到了马鬃山这块，这里也越来越不行了。"纳而图大爷不住地晃着脑袋，显出几分无奈。

"您知道还有多少人会唱这首歌？"鲁道魁追着宝藏的线索不放。

"那我就不知道喽，现在的年轻人都唱流行歌曲，情啊爱呀的，谁还学这些老掉牙的歌呦。"纳而图大爷笑呵呵地往嘴里塞了块羊肉，忽然想起了什么来，"我说年轻人，你老是问这些，是不是来寻宝的？"

"不是，不是，我们要出版一本额济纳的书，地质学家说二十年后可能额济纳的许多地方都会变成荒漠，我们这次来就是要给额济纳做一次全方位记录的。"大龙马上打起了掩护。

"啊呀，那可真是太好了。这几年啊，好多外国人来寻宝，来了一拨又一拨，带着帐篷进沙漠，十几天都不出来。其实哪儿有什么宝啊，遍地的石头。来来来，多吃点肉。"

纳而图大爷忙着给大家分手撕羊肉。

鲁道魁接过羊肉却不吃了，外国人来寻宝说明什么？无风可不起浪，没准这茫茫沙砾下，真的藏着了不起的宝贝。当晚，他们分成几拨人住在屯子里，鲁道魁跟大龙睡一屋，他们掏出那张羊皮卷看了又看，寻找明天的目标。

"如果真是千百年前的地图，还真能收到现在？我们东北也有羊皮，这玩意儿绝对不会超过两百年。"鲁道魁把羊皮卷翻来覆去，又放到鼻子底下嗅嗅，有股浓烈的汗味和霉味。

"这问题我跟董丽讨论过，如果地图真被黑将军最信任的副将保存，这人很可能把地图传给后代，代代相传。地图而已，烂了可以复制一份，要不人家为了张羊皮还把这天大的秘密给失传了不成？"大龙把羊皮夺过去，揣在怀里，"睡吧，养足精神明天去趟黑水城，西夏城的文物百分之九十出自城里，附近还有个老高苏木，说不定能有收获。"

B

"好，明天咱们要比他们更早动身去黑水城。梅子，没想到你这么机灵，居然会有这么好的窃听器，这么一来咱们可要占据先机了。"罗华龙坐在他的路虎揽胜上，满意地拍了拍副驾驶上贾梅的肩膀。

不过几天的工夫，罗华龙居然称呼贾梅为梅子了，显得格外亲切。事实上通过这几天的相处，他倒是跟这个姑娘很投缘，她聪明，急性子，还有点任性，全都像他，更重要的一点，她也和罗华龙一样爱钱，正好罗家只有儿子没有女儿，儿子还是个败家子，只会花不会赚。罗华龙甚至动了心思，等这件事搞定，收下梅子做干女儿，准能成为他的左臂右膀。

"是我早就防着他呢，看出他跟董丽之间不对劲，我就送了他那个改装过的手机，只要他带着手机，我就能随时听到他说话的声音，二十四小时监听。"贾梅有些小得意，不过她马上想起了那位大爷说过的红玉髓，"对了，那位大爷歌里唱了红玉髓，谁知道那是个怎样的玩意儿。"

"我刚才也注意到了，红玉髓就是玛瑙，是佛教七宝之一，驱邪避秽安心定神。极品玛瑙是带水的，又叫水胆玛瑙，要是水胆又是红色就是上上极品，俗话说玛瑙带红一辈子不穷，带在身边相当旺财。"罗华龙到底是老藏家，说起宝贝经一套一套的。

"这些我都知道，可是玛瑙并不贵重，跟猫眼翡翠红蓝宝石什么的没法比。"贾梅也是懂行的。

"此言差矣，中国佛教印度佛教和藏传佛教，都认为玛瑙有神奇的力量。玛瑙在宗教上的地位相当高，这内蒙古可是玛瑙的产地，黑水城的居民大多是有宗教信仰的，黑将军如果确有其人，又正好手边需要一样东西做宝库钥匙的话，用玛瑙很合理，也很合适。"罗华龙越分析越觉得这事靠谱，虽然连宝藏的影子在哪儿都不知道，不过最初的怀疑已经消除了。

"您真是见多识广，跟您在一起我可长见识了。"贾梅认真听完，对罗华龙相当钦佩。

"呵呵，这不算什么，以后我带着你，你还会长更多见识。"被年轻漂亮又聪明的姑娘由衷地称赞，罗华龙很开心。

罗华龙带来了三辆车，除了路虎，另外两辆是大众途锐。车如其人，他的车都是内敛不张扬，跟鲁道魁完全不同路线。这一晚，这三辆车在屯子外两公里的地方停下，只睡了三四个钟头，天亮前两小时，罗华龙就催促大家动身前往黑水城。

鲁道魁路上累了，第二天早上八点半才起床，等到大家饱餐一顿再上路，已经将近上午十点。不过大龙说没关系，天气冷，又没多少风景看，黑水城应该没什么游客，早点晚点没关系。

经过两天的适应，鲁道魁他们已经对戈壁滩的路适应了许多，凭GPS卫星导航，他们把油门踩到底，几辆越野车你追我赶地就像脱缰的野马，纵情驰骋。干燥的风把残雪吹得只剩下东一块西一块的了，驾驶的乐趣加上对宝藏的期待，让鲁道魁很开心，乐呵呵地拍着大龙肩膀，大喊痛快。

和顾着飙车自爽的鲁道魁他们不同，一路上接连不断的胡杨树吸引了大龙的视线，从需二人合抱的老树，到手臂粗细的幼枝，那遒劲残缺的树干，全都是他们为了生存挣扎过的痕迹。这生而不死一千年，死而不倒一千年，倒而不朽一千年的独特树种是大漠的英雄，拥有一亿三千万年的悠久历史，却在日益残酷的环境下岌岌可危。

到达黑水城时，已近中午，不过大家没人提午饭吃什么的话题，鲁道魁和他的弟兄们都被茫茫戈壁上忽然冒出来的这么一座城池给惊呆了。几柱白色的佛塔伫立在被风沙摧毁的城墙残骸中，那是人为修补过的，于风沙中看起来摇摇欲坠，在湛蓝的天空映衬下，有种不协调的存在感。

整个黑水城跟四个足球场差不多大小，城池西北角有个大大的坑，那是当年科兹洛夫挖掘过的地方，就像一个巨大的疮疤盘桓在这片残缺不堪的沙城之中。鲁道魁他们是有备而来的，带来了六把高频率金属探测器。可围着整个黑水城里里外外地扫过一遍，只捡到两个被埋在沙子里的易拉罐和三块五毛钱硬币。

"奶奶的腿儿，老毛子忒黑了，下手咋恁狠呢，都挖成这样了，下边还能有啥。"鲁道魁站在城中心，叉着腰虎着脸，吼了一嗓子。

这一嗓子惊飞附近的一只鹰，巨大的翅膀在天空划出一道冷峻的飞行线，神态自若地俯瞰着地面上这几个生人。

"这的确是老毛子动的手，他先后三次来到黑水城，包括西城墙那边的佛塔，都是他剖开的，他带走数千种刻本抄本，两万多卷古代藏书，三百多幅绘画精品，除此之外还有不少文物，这些东西足够装备一个中型博物馆了。但是您想过没有，时隔十年，他又回来了，为什么拿走了这么多东西他还不满足？"

"宝藏，一定是宝藏！"鲁道魁抽着烟，用脚划拉着地上的沙子，浮沙的下面露出一块不知什么朝代的陶器碎片。

"别急，现在咱们来了，只要宝藏还没被人挖走，就有机会。"大龙掏出那张羊皮地图，铺在地上，认真地看了看，又叫过董丽研究了一会儿，最后他们说，去附近的老高苏木看看。

老高苏木，也就是过去的绿庙，这一带坟墓很多，不过早就被人挖了个遍，收获并不大，虽然大家又是一番精心搜索，最后也只发现了两个说不出什么时期的小碗。大龙说，看器形像是冥器，应该是古时候的真东西，不过不太吉利。鲁道魁才不管吉不吉利，只要是值钱的东西他都要。

整个下午只收获了两个小碗，董丽说不如下一站去温图高勒苏木那边看看，虽然车上带着帐篷和干粮，但如果能够赶到苏木政府那边过夜，会安全许多，戈壁滩上可是有狼。

几辆车再次驰骋在大漠上，路上颠簸，鲁道魁的女人兰姐一个劲地埋怨，惹得大家好生心烦。鲁道魁回头就是脆生生的一巴掌，兰姐不再说话了，捂着腮帮子委屈得直哭。本来这趟是不打算带她来的，是因为大龙带着董丽，这一路有个女人照应会方便许多。

从黄昏开到天黑，大家一路不停，在车上吃了些东西，终于赶到了苏木政府。几百里路开过来都没见到人影，到了这里，终于见到了几栋土坯房。

政府所在地叫做伊和扎格敖包（注1），大伙儿下了车，发现除了土坯房外还有个小礼堂，可这些房子空无一人，门窗都是破破烂烂，比黑水城遗迹好点的地方就是多了个屋顶。墙壁上还能看到"文革"时期留下的标语，不知出于何人之手，不过看得出这些房子不过都是近几十年来修建的，是风沙让这里面目全非。

虽然屋子破，也好过没有，这戈壁滩上半夜里还有嗖嗖的大风一个劲地刮。鲁道魁让几个手下人在小礼堂里面搭帐篷，晚上就睡在这儿了。为了安全，临睡前还得出去巡视一番，鲁道魁带着大龙董丽，还有两个弟兄开车在附近兜了一圈。没想到附近有个很大的草甸子，草地上铺着厚厚的一层动物骨骼，在明亮的月光下白花花的，把董丽吓得直叫，就连鲁道魁也心里发毛，"这什么鬼地方。"

"别怕，这里曾是东蒙的王爷德穆楚克栋鲁普的军队驻扎过的地方，那家伙是个亲日派，一直想自己搞个蒙古国，当年他的军队也有几千人马，住在这里的时候每月要吃掉成百上千只牛羊和骆驼。这些骨头就是那伙人留下的。"

"小子，你一汉人咋知道这么多？"鲁道魁摸摸胸口，还有点惊魂不定。

"我上次来认识了一个朋友，是本地苏木老知青的儿子，那家伙是土生土长的本地人，没见过世面，给他点甜头什么都说。对了，他说这附近有个畜牧点，叫瓦日图，是冬天游牧的营地，那儿有一口深水井，明天我们去找找那小子，让他带我们去井那边看看，说不定有线索。"大龙扶了扶眼镜，诚恳地说。

C

这一夜虽然住在帐篷里，鲁道魁还是不太放心，吩咐几个弟兄轮流守夜，第二天天一亮，大家就上路了，去找大龙说的那个老知青的儿子。鲁道魁怕吓住人家，让弟兄们在附近一公里外等着，只开那辆悍马，带着大龙和董丽一起往那个小土屋开去。但他没想到自己找对了人，却来迟了一步。还没进院子，他就注意到门口有几道清晰的轮胎印。院子里没有车，只有几只稀稀拉拉的羊，老知青一家都没车，这轮胎印又是哪儿来的呢？鲁道魁这才想起昨天忙了一天给累坏了，都忘了查查罗华龙那个老王八蛋的行踪。

大龙说的人是个二十多岁的毛头小子，高高瘦瘦，一头蓬乱的卷发夹杂着稻草，身上的衣服也脏兮兮的，一条不知道穿了多少年的牛仔裤裤脚吊着，短了半截。鲁道魁皱皱眉，这家伙家境的确不怎么好，就算真有线索，兴许给点小钱就能把他唬住。

老知青不在家，屋里就卷毛小子一个人。可没想到大龙一说来意，卷毛小子就摆开了手，"你们是来寻宝的吧，其实上次你来我就看出来了，你就是来找宝的，问东问西，就是不拍照，还骗我说是记者。"

"老弟你眼光真毒。"大龙怪不好意思的。

"你们来晚了，宝贝昨晚上被我卖了。"卷毛小子倒不含糊，直率地说道。

"你说什么？"鲁道魁一听就愣了。

"不瞒你说，那口井我爸去过好多次，听人说五几年的时候那边就发现过文物，后来他每次去那边放养都去仔细翻找。去年旱，井里的水都快干了，我爸就下去了，在里头找到了这么个宝贝。"卷毛小子挠着头皮，不紧不慢地说。

"什么宝贝？"大龙的担心不亚于鲁道魁。

"反正已经卖了，告诉你也没关系。一块红色的玛瑙印章，上头有些看不懂的图案。我爸说，那玩意儿叫红玉髓，大小是个宝。"卷毛小子那眼睛瞄着几位来客。

"你卖给谁了？"鲁道魁担心的是罗华龙。

"一位很有学问很斯文的老先生，京腔，他可是识货人。对了，他还带着个姑娘，那姑娘是上次跟你一起来过，管老先生叫干爹。"卷毛说到姑娘那儿，特意盯着大龙和曾丽，鲁道魁也盯着他俩，二人被盯得很不自然，居然被贾梅抢了先，这可没想到。

不用说，买走印章的一定就是罗华龙了，这可真是怕什么来什么。

"他给了多少钱？"董丽接着问道。

卷毛小子嘻嘻一笑，伸出一巴掌。

"五万？"董丽猜道。

"是五十万！哈哈，你当我真傻啊，我不傻你们这些人能回头找我吗？那可是真宝贝，遇上正主我才说呢，现在我爹妈已经上达来呼布（注2）买房子去了，我们就要搬家了。"卷毛小子嘻嘻笑着盯着大龙和曾丽，那绝对是发自内心的笑。

"要是昨晚我们直接来这儿就好了。"鲁道魁一拍大腿，从腔子里喷出一口怨气。

"现在来也不晚。实话告诉你们，那是块印章，我闲着没事儿就在上边抹上印泥盖了一个，纹路很清楚。你们拿不到章，印迹要不要？"卷毛小子眉毛一挑，狡黠一笑。

"多少钱？"鲁道魁问道。

卷毛小子歪着脑袋想了想，最后还是伸出一巴掌。

"五十万？你想钱想疯了吧。"大龙激动得站了起来。

"我没疯，是五万，买了房子不还得装修嘛，我得把装修钱给挣回来。"卷毛小子拿手指绞着头发，若无其事地解释道。

"好小子，生财有道。我问你，你一共印了几张？我怎么知道五万块买来的是不是唯一的，要是你手里还有几十百把张，回头再卖别人，那怎么办？"鲁道魁其实粗中带细。

"你可以搜，要在我家再搜出第二张，那我不要你一分钱。"卷毛小子表情变得很严肃，跟刚才傻头傻脑的模样完全不同，"我不知道那印章能找到值多少钱的宝藏，但我知道我这人就这点福分，能离开这鸟不拉屎的地方我就满足了。你们能赚到多少我一点儿也不眼热，也不会跟任何人说。"

鲁道魁跟卷毛小子目光相接，结结实实地对望了好一阵儿，最终他先收回了视线，"好，五万就五万，我们带着电脑，可以用手机上网转账，你先给我看看那张印迹。"

"放心，包你物有所值。"卷毛小子站起来，在他家的羊皮褥子下翻出一张纸头，只有A4纸的一半，两寸见方的一块图案，红彤彤的，是组繁复的花纹。鲁道魁刚想凑近些看个仔细，卷毛小子就飞快地把那张纸放到了背后，朗声道："别跟我耍花招，你们人多，明抢我可干不过你们。马上付款，否则的话我就把它给烧了。"

鲁道魁夺宝心切，不肯再错失良机，五万块对他来说也不算什么大数目，他赶紧答应下来，让大龙回车上取来笔记本，登录网上银行把五万块转到了卷毛小子指定的账户上。卷毛小子也说话算话，把那半截纸递给了鲁道魁。

"那个啥，收了你们的钱，我就不招待你们吃饭了，再免费透点风给你们吧，地质队的人在温图高勒那边也挖到了宝。听说也是块儿红玛瑙，队长收着，谁都没见过。你们要去的话可得赶快，今早上那位老先生出门前我也把这个消息告诉他了。"

"嗨，早说啊。"鲁道魁本想在屋子里再搜索一番，看看这小子有没有藏私，现在可来不及了。把那半截纸往怀里一揣，赶紧上车，车开出了院子，他又不放心地问了一声："小子，你怎么知道地质队的事儿？"

"我对象在那儿呐。"卷毛小子站在院子里，冲鲁道魁他们使劲地挥了挥手。鲁道魁这才发现，刚才是屋子里的阴暗遮挡了这小子的帅气，在遍地沙砾和简陋的蒙古包做背景下，小伙子英俊的脸庞并未被那身堪比农民工的造型影响，笑得异常阳光。

D

"大龙，你还说这小子没见过世面，给点甜头什么都说，我看他简直是个人精。"鲁道魁临走时扔下这么一句话。事态紧急，他必须不能再比罗华龙慢了，得尽快赶到地质队那边去，奇怪的是罗华龙的车在监控软件上完全丢失了信号，十有八九他已经发现了追踪器，把那玩意儿给毁了。

大龙不想解释什么，他只要过那张刚花五万块买来的印迹，跟董丽一起细细研究起来。还是董丽眼尖，没多久就发现印迹上的某个花纹能跟羊皮卷左下角的一处图案对上。而那一组花纹越看越奇怪，似乎是变形的西夏文，可究竟是不是西夏文暂时还不能确定。这一发现已经能让鲁道魁暂时放下了心，至少卷毛小子没骗他，这东西真是没见过面的玛瑙印章盖出来的戳。在GPS里搜索到卷毛小子说过的那个地方，鲁道魁把油门轰到底，一路狂飙。

温图高勒在达来呼布的东边，这地方在额济纳算特别的，这里的牧民都是1956年从外蒙古集体迁回来的。温图高勒在蒙语里是肥沃的河的意思，整个苏木有两万平方公里，辖区内有戈壁滩有沙漠有山地也有沼泽，在整个额济纳都算地形最丰富的。

走着走着，戈壁滩渐渐变了颜色，路边不时冒出一些五颜六色的石头。大龙让鲁道魁先停会儿车，下车看了看，路边随手捡起一颗石头都是深深的碧玉色和玛瑙红，小的只有手指甲盖那么大，大的倒有饭碗大小，虽然成色不太好，但遍地都是这样各种形状的石头也让人惊叹。

"这也是玛瑙？"鲁道魁随手捡起一块暗红色光洁细腻的小石头。

"没错，是玛瑙。这一带在上亿年前地质活动频繁，这些都是火山喷发后生成的。地质队应该就在这一带。"大龙用双手搭起凉棚，在金灿灿的夕阳中朝着四周看去。他没看到地质队的帐篷，倒是看到了一群白花花的绵羊，正被两只狗赶着，慢腾腾地往某处走。

跟着那群绵羊，半小时后他们找到了附近的牧民。在牧民的介绍下，他们终于找到了就在附近两公里外安营扎寨的地质队。地质队人多，帐篷也大，东西放得乱七八糟，看那日用品的陈设就知道，这里应该有十多个人住。奇怪的是帐篷里只有一个人。帐篷外面倒是停着一辆破旧的大切诺基。

"你们这是找谁呐？来得可不巧，今儿我们队里有人结婚，大伙儿都进城去喝喜酒了，只剩我看家。"说话的人是个胖子，黑胖黑胖的，一络腮的大胡子，戴着顶大大的绒线帽，一身的酒气。

"我们找这里的队长，请问他也喝酒去了吗？"大龙彬彬有礼地问道。

"我就是队长，可咱们好像不认识吧。"胖队长打量着几位不速之客。

"不认识我们没关系，认识钱就行。不啰唆了，找你是来买东西的。"鲁道魁经历一次失望，没多少耐心了。

"找我买东西？"胖队长觉得莫名其妙。

"听说，你挖到了宝贝，一块玛瑙印章，我们就买那个，你开个价吧。"鲁道魁一边说着，大咧咧地在帐篷里找了张椅子坐下。

"为什么你们都是这样，动不动就开价什么的，有钱了不起吗？我可是堂堂地质队的队长，国家干部！请你们不要用钱侮辱我的人格。"胖队长很激动，捏着嗓子叫了起来。

"你说我们都这样，除了我们还有谁来过？"大龙和董丽对望一眼，意识到了什么。

"跟你们一样，一大帮子人，张开口就是让我开价，那架势好像我不答应就要杀了我似的。"胖队长并不知道眼前这一帮子人并不比那一帮子人好说话，一个劲地发着牢骚。

"他妈的，老子开了一天的车憋了一肚子火，不想再听你啰唆，你给我说清楚，东西到底在哪儿？"鲁道魁觉得解决问题最有效的办法就是粗暴，他用力一拍桌子，震得杯子里的水都洒了出来。

"被……被那帮强盗给抢走了。"胖队长被那突如其来的一掌吓了一跳。

"奶奶的腿儿，姓罗的也敢动手抢了！"鲁道魁一听更火了。

"他们给我银行账户转了五十万，不过……虽然是给了钱，可他们那架势跟抢一样啊。那印章绝对不止五十万啊，那可是……"胖队长痛心疾首地说着。

"可是什么？"鲁道魁的鱼泡眼一瞪，血红血红地盯着胖队长。

"没，没什么。"胖队长意识到自己说错了话，赶紧捂住嘴。

"明人不说暗话，我们知道那玩意儿是做什么用的。不过既然东西在你手上弄丢的，你就得帮我们找回来。否则的话，哼。"鲁道魁恢复了流氓本色，他出来混可不讲规矩，"搜，把他身份证找出来，再找出他家里人。要是不把东西交出来，我就找你全家人的麻烦。"

大哥一声令下，守在门口的两个壮汉立马冲进来，一个像抓小鸡似的提着胖队长的领子，另一个在他身上摸索起来，那熟练的动作和冷峻的脸色表明，这种事他们已经干过许多次了。

"别别别，有话好好说，我配合，配合还不行嘛。"胖队长吓得哆哆嗦嗦，说话都结巴了，"东西虽然不在我手上，但是我给它拍了照，底面印文也扫描了，我可以把扫描版给你们。"

几分钟后，鲁道魁得到了印迹的扫描版和三百六十度的照片，他第一次看到那红色的玛瑙印章，古香古色的四方圆章，柱头并无雕刻，看起来再简单不过，只是比普通印章大了许多，有巴掌心那么大，印章底下复杂又神秘的图案表明这枚印章的不凡身份。

鲁道魁这次做了真正的劫匪，一分钱也没给胖队长留下，还把地质队的帐篷搞得乱七八糟，最后把帐篷里的所有仪器连同笔记本和扫描仪全都砸了，临走还放了把火。看着后视镜里胖队长急得跳脚，恨不能扑进火堆里抢救东西，鲁道魁才放心地离去。

"你这么做简直就是强盗。"一直没有说话的董丽终于忍不住了。

"您不是还给卷毛五万块了吗？为什么不给他钱，那队长没得罪您啊。"大龙也觉得鲁道魁这么干不地道。

"老子想怎么样就怎么样，不需要任何理由。"鲁道魁白了一眼大龙，轻蔑地说。

这个答案显然不是大龙他们想要听到的。沉默了半晌，车里充满了火药味，董丽环抱双手怒视窗外，大龙的脸上看不出内容，心里不知在想些什么。

"你们那姐们儿很牛逼，居然帮姓罗的搞到两块印章。我不管你们用什么办法，总之下一块印章如果还落到他手里，你们都别想活着走出大漠。"

E

乌兰泉吉是个嘎查。嘎查，村的意思。虽说是村，可面积有四百六十一平方公里，三分之二个新加坡那么大。辖区生有蒙古扁桃四千八百多亩，是大漠中的花园。距离四月初桃花盛开还有半个多月，桃枝上还没生出叶子，倒是打出不少小小的花苞了。这种桃树能活七八十年，耐贫瘠耐旱耐寒，还能结出像样的果子，就像貌美如花又纯良本分的小媳妇，婆家一穷二白，也能把日子过得美美的。

"梅子，你真是太聪明了，没有你，可没那么快拿到这两块印章。别做我干女儿了，当我儿媳妇吧，回去我就让儿子跟你见见。"坐在后排位置上的罗华龙满意地看着身边的姑娘，这几天来是她出谋划策，每一步都抢在了鲁道魁的前头。

"这事儿您说了可不算。"贾梅扑哧一笑，低下头继续研究手里的两枚印章。这两枚印章花掉了罗华龙一百万，对他来说这只是九牛一毛。扫描版的羊皮卷早就被打印出来，两枚印章在图上拼来拼去，有两处图案的重叠就在乌兰泉吉，可车子在这片沙漠扁桃林里转了好几个小时连个人影都没见到，"咱们还是想想怎么拿到第三块印章吧。"

"你不是说，乌兰泉吉是红色烽火台的意思吗，要不上烽火台看看去。"罗华龙最关心也是宝藏，当即吩咐司机往肉眼可以望见的沙堆那边开去。大漠一马平川，除了扁桃树，就只有远处断断续续连绵着的沙堆格外醒目。那就是烽燧线的所在了，这里靠近国境，越过烽燧线再往北走，就是蒙古国的诺颜宝格德山脉。

走近烽火台，这里比黑水城还要破败，千年的风沙把古长城啃噬得只剩一点骨头渣子，到处都是尘土，随便走上两步都能激起厚厚的沙灰。忽然从角落里跑出一只顶着硕大羊角的盘羊，那羊见到人，不知是怕还是惊，绷起细腿，飞快地消失在远处的扁桃林中。

"这可是珍稀保护动物，今儿咱们碰上了，缘分。"罗华龙心情不错，望着那盘羊消失的身影，眼中流露出一丝失望，"我什么羊肉都吃过，就是没吃过盘羊肉。"

这句话让贾梅盯着罗华龙的背影看了好久，她的眼神成分复杂，不过最后什么也没说，她转身朝着刚才盘羊跳出来的方向走去。那是烽火台下的东边，走了几步就发现一口水井，井旁满是大大小小的干燥粪球，不知多少动物把这里当成饮水点。贾梅仔细看，井沿粗粝，不知经历了多少年的风霜，井水污浊，却见不到底。

"不知道这井里会不会有印章呢？"贾梅一边说着，一边往井里扔进一颗大石头也不知井有多深。

"看什么呢？"罗华龙走了过来，围着井边转了一圈，自言自语道，"老知青是从井里找到的印章，地质队的队长也是从一眼枯井里挖到的印章，不知道这眼井里有没有内容。"

罗华龙是个想到就立刻动手的人，马上吩咐手下开快车去最近的城镇搞一台抽水机来。有钱好办事，就算是把这口井给扒了他也做得到。

"先别抽水，这么大片地方，就这一个地方能让动物们喝上水，要是抽干了它们可怎么活？"贾梅守在浑水井边，哀求道。

"还挺有爱心啊。"罗华龙笑得很假，不客气地说，"听你的，那你说不抽水怎么办。"

贾梅没有回答，围着那眼井看了又看，忽然转身回车上找来一把工兵铲，在井沿下挖了起来。井沿下方被贾梅挖出一尺深的整整一圈来，终于有了发现，井围边有雕刻的痕迹，因为风沙大，才被埋住了，不过那是蒙文，贾梅一下子也认不出究竟什么意思。拿相机拍了下来，回车上对着蒙文辞典认真研究了一会儿，最后才确定那上面写的是巴润素木，是一座曾经在额济纳很有名的喇嘛庙名。

"看来这井是喇嘛打下的，可以去找这座庙的喇嘛问问看。"贾梅合上辞典，郑重建议。

"好是好，可上哪儿去找？"罗华龙也知道找喇嘛比抽水挖井要快得多。

"巴润素木，曾经叫做西庙，清朝光绪年间就有了，上次我们接到日本人的任务后，做了许多资料搜集工作，如果没记错，这座庙现在呼和陶来那边。"

"梅子我可真没看错你，跟你合作真是太省心了。"罗华龙满意地夸奖道，忙拍拍司机的肩命令道，"还等什么，往呼和淘来开吧。"

"等等，能不能再等我一下，我……下车去方便一下。"贾梅不好意思地说。

大漠上可没有公厕，一路上大家都在路边解决，男人好办，站在野草丛边胡杨树旁，都没问题，大姑娘可就不那么方便了。眼下这古长城倒是很好的屏障够高也够宽，可以避免不必要的尴尬。

"当然可以。你去吧，我们等，不急。"罗华龙赶紧点头，不过他注意到贾梅下车时特意带上了手机。

这个小动作引起了罗华龙的警惕，出北京城后，贾梅的手机就处在长期关机状态，白天都放包里，只有晚上才开机看看有没人找。现在可是白天，她带着手机出去做什么？莫非她跟那个叫大龙的藕断丝连？毕竟是青梅竹马的小两口，感情深着呢，真这么快就断了？昨晚上她的帐篷里可是亮了好久的灯，罗华龙越想越不放心，可他又不方便跟着贾梅去上厕所，这才觉得没带个靠得住的女人监视贾梅，实在失策。

F

"蒙古人本是信萨满教的，元世祖忽必烈统一中国后，为了利用宗教安定民心，把西藏的喇嘛教在草原上推广开来。在额济纳，曾经有过一项规定，上至王公贵族下至平民百姓，家里有两个儿子的就得送一个去当喇嘛。当时当喇嘛有不少优惠政策，可以免税免差役，还有物质津贴，社会地位高，跟现在当公务员一样，人人抢着去。结果不少男人当了喇嘛，许多女人就找不到老公，只能嫁给一把皮鞭或者一块木头。"大龙很精神地坐在驾驶位上，GPS显示他们已经进入呼和陶来。

"真的假的，这可比计划生育还来得快啊。"鲁道魁懒洋洋地坐在副驾驶上，正闭目养神，连着开了几个小时的车，已经累坏了。

"不管真假，喇嘛跟和尚一样，也可以还俗。还俗了结婚生子，再出家继续当喇嘛也可以嘛。"后座上的董丽插了一句。

"哎，你们看，那儿好像挂着个经幡。"大龙加大油门，朝着前面开去。大约两百米开外，有一株高大的胡杨树干做成的尼玛杆，迎风飘荡的经幡在纯净的蓝色天空映衬下，显得破破烂烂，连上面绣着的图案也都褪了色。尼玛杆后面有一个同样破烂的蒙古包，早已失去了原本的白色，变成了灰色，还到处打着补丁。

"你们那位姐们儿不会耍我吧，这破地方真能有宝？"下车时，鲁道魁很怀疑地看了大龙一眼。

"要不您在车上等着，我不确定罗先生的车会什么时候到，万一再被他们抢了先……"大龙故意放缓了语速，没有把那个可能的结果说出来。

"好好好，我们先去看看。"鲁道魁打起精神来，走在众人的最前头。

两位穿得破破烂烂的老大爷正在蒙古包外面晒太阳，眯着眼睛很享受的样子，他们胡子都白了，身上穿的像喇嘛，但没戴喇嘛的帽子，手里都抓着串念珠。

"老人家，请问这里是巴润素木吗？"大龙很有礼貌地问道。

听到声音，两位老人都睁开了眼，其中一位迷迷糊糊的，很像老年痴呆，另一位老人家还算清醒，颤巍巍地点点头，朝着旁边大片沙砾指去，"是啊，这里就是巴润素木。"

"我看这老人家不行，准是糊涂了。"鲁道魁对老人格外不待见。

"年轻人，我师兄是糊涂了，我还好着呐。"老喇嘛指指身边痴痴呆呆的老喇嘛，咧嘴一笑露出满嘴的黑牙，"我在这里守了十五年，就是等着你们来呀，我知道你们会来帮我修好巴润素木的。"

"还说不糊涂，我们又不认识等我们干什么呀。"鲁道魁没好气地说。

"等你们来带走我的宝贝呀。"老喇嘛慢慢地站起来，笑眯眯地说。

"宝贝？"鲁道魁忽然觉得这老头有古怪，不过时间太短，他来不及分析。

"没错，宝贝。"老喇嘛张着嘴，嘴里缺了三颗大牙，神秘兮兮地说，"十五年前，我师父临终前交代，宝贝已经收了这么多年了，要是再不取出来，埋在大漠里也没有用。要是遇上有缘人，就把宝贝拿出来，让有缘人去把宝藏取出来吧。"

"您说的宝藏是……"大龙一听来了兴趣。

"你们不知道？那算了，你们要是不知道就不是有缘人，再见，不送。"老喇嘛变脸比翻书还快。

"别，别，我们知道，您说的是黑将军的宝藏！"董丽生怕真的被老喇嘛拒绝，赶紧说出了此行的真实目的，不过一说完她就后悔了，正主是鲁道魁呢，他还没发话可不好瞎说。赶紧瞧一眼鲁道魁，还好他没理会自己。

"我说呢，昨晚上做了个梦，师父托梦给我，说有缘人今天回来。来来来，先坐下，我给你们烧点茶。"老喇嘛乐呵呵地说着，给那个痴呆的老喇嘛盖好毯子，转身要进蒙古包。

"别张罗了，我们不渴，您还是先跟我们说说怎么回事吧。"鲁道魁一把拉住老人的手，不让他进去。

"什么怎么回事？"老人明知故问。

"不就是宝贝的事儿嘛，既然我们是有缘人，您就把宝贝放心地给我们吧。"鲁道魁是个急性子，他可不愿意浪费时间。

"你先别急，听我慢慢说。"老喇嘛一屁股坐下，转了转手里的念珠慢慢地往下说，"这宝贝呀，听说是当年黑城的黑将军留下的，师父交代过，这是属于大漠的财富，必须用在大漠上才行。黑将军把开启宝藏的钥匙分成了几分，交给他的随从，地图留给了心腹，在汉人最后追杀他们的时候，黑将军让这几个人带着东西往四面八方逃走，把钥匙藏在东南西北四处的水井里。保住这笔财富，将来起兵也好，造反也罢，西夏人就都有希望了。我师父的师父，就是黑将军心腹的后人。他带着地图连夜骑马走了一晚上，天亮时走到了呼鲁赤古特，那地界就是现在跟蒙古国交界的地方，方圆百里全是沙漠。他在流沙旁捡到了半枚钥匙，原来那个随从已经连人带马被流沙给吞了。就这样，黑将军的秘密传到我师父手里时就有两样宝贝。"文革"时，师父怕东西被红卫兵抄走，藏在了乌兰泉吉的一口井里。现在我手里只有那枚钥匙的一部分，师父临终前把地图留给了我们这些师弟，叮嘱我们遇到能拯救大漠，拯救巴润素木的有缘人，才能把东西交给他们。"

"等等，这位是您的师弟吗？"大龙听着听着，赶紧从包里取出一张照片。

照片上正是那个得了老年痴呆症后，被大龙他们找到羊皮卷的老人。鲁道魁抢过照片仔细看了看，照片上的老人和眼前这位痴痴呆呆的老喇嘛看起来的确有七成相似，不过眼前这位似乎更胖一点，脸上的肉多些。

"没错，师弟跟我师兄是一母所生。"老喇嘛瞪大眼睛看着照片，有些伤感，"师父去世后，师弟带着地图也走了，去寻找有缘人了。看来几位施主的确是有缘人。我们巴润素木啊，解放前香火旺盛的时候也有百多个喇嘛，现在啊，只剩下……"

"打住，您说了这么多，我们都听明白了。请放心，我们绝对会把宝藏用在大漠，您把东西交给我们就是了。"鲁道魁不爱听那些喇嘛庙的事，粗暴地打断了老喇嘛的话。

"你还是没明白我的意思。"老喇嘛摇摇头，接着往下说，"师父交代过，我们要遇到能够拯救大漠，拯救巴润素木的有缘人，才把东西拿出来。"

"这大漠怎么拯救？植树造林可没那么快，等个十年二十年您也不一定能看得到了。"鲁道魁两手一摊，急吼吼的。

"你们可以拯救巴润素木，就看有没有这个实力了，必须是有实力的有缘人才配得到宝藏的钥匙。"老喇嘛这话是盯着鲁道魁的眼睛说的，异常严肃地说。

"说了这么大一圈，原来是让我们捐钱修庙。"鲁道魁冷冷一笑。

"不是我让你们捐钱修庙，是命运安排你来这里拯救我们的庙。"老喇嘛轻轻地摇着脑袋。

"都一个意思，你开个价吧，修庙得多少钱。"鲁道魁抱起双臂，挑衅地看着老喇嘛。

老喇嘛不说话了，眨巴眨巴那双浑浊的眼睛，笑眯眯地伸出一根手指。

"一万块，没问题，现金我有，你等着我这就去拿。"鲁道魁当然是往小里猜。

"施主且慢，我要的是一百万。"老喇嘛立刻纠正道。

"你怎么不去抢啊，搞了半天你他妈比谁都黑，穷疯了吧。"鲁道魁一听这价钱就火了。

"大哥，您先别急，让我来问。"大龙怕鲁道魁的急性子把事情搞砸了，赶紧出来周旋，"您说手里的是钥匙的一部分，一百万不是小数字，您至少得给我们看看货吧。"

"不用看，东西是一方红玉髓的印章。共有四方印章，各有高低，宽窄也不同，合在一起就是钥匙，有缘人自然清楚我说的是真是假。"老喇嘛歪着头，说得头头是道。

"老不死的，信不信我削了你。这茫茫大漠杀个把人谁都不知道，要想保命就少说废话，赶紧把东西拿出来。"鲁道魁一分钱都不想出，从靴子里抽出了半尺长的匕首，他打算像抢地质队那样把这老鬼给抢了。

"我等了这么多年，每年总有几个你这样的，你觉得我会怕你吗？"老喇嘛倒很镇定。

"我他妈先杀了你，再掀翻你的破蒙古包，一定能找到。"鲁道魁可不是吃素的，他把刀尖抵住老喇嘛的心口，冷冷地说道。

"你可以试试。提醒你一句，我要是死了，你连最后的机会都没有了，只有我知道东西藏在哪儿。"老喇嘛并不害怕，反而悠悠然地闭起了眼睛，一副要杀要剐悉听尊便的态度。

"大哥，你先放下刀，有话好好说。"大龙把身体挡在老喇嘛前面，杀出家人，那可是了不得的罪孽。

"年轻人，实话跟你说，关于宝藏的事是师父告诉我们的，究竟有多少宝贝我不知道，这么多年来，有没有被人挖走我也不知道。嫌贵，你可以不要。但我和师兄弟们为了这个秘密浪费了一辈子，怎么都得一百万才够本。"老喇嘛说得很坦诚。

"您一个出家人，要那么多钱做什么呀。"董丽忍不住问道。

"我要修草原上最大的庙，我要为佛像塑金身，我要整个额济纳所有的牧民每年都来朝圣。一百万，只有少，不会多，你们不给就请走吧。昨晚师父托梦给我，今天一定会有人来把那枚钥匙带走。"老喇嘛既自信又固执。

"一百万就一百万，去城里找银行，还是在网上银行转账？"鲁道魁心里算了笔账，罗华龙为了两方印章已经花了一百万，他只花了五万块就得到和抢到了两方印章的印迹，并不算太吃亏，只要手里有东西，就有条件跟姓罗的谈判。

"网上转吧，我知道那玩意儿，很快很方便。"老喇嘛的眯缝眼忽然晶亮。

半个小时后，老喇嘛带着鲁道魁他们去了附近的一处枯井。在井边的胡杨树下，挖出一个和沙子一个色的木匣子，匣子里装着一枚红色琥珀印章。这还是鲁道魁他们第一次见到真正的印章，印章底面只有一寸见方，印迹和另外两方印章的印迹花纹类似，奇怪的是印章的顶端是个斜面，很像钥匙中插进钥匙孔最前面的那一段。

鲁道魁拿着印章仔细看了看，先是从靴子里抽出匕首，对着印章上划了划，接着又找了块木头，把印章往着木头使劲摩擦。老喇嘛问他这是做什么，他说这是看究竟是不是真货。真的玛瑙硬度高，小刀刻不进，在木板上摩擦的话木板发热玛瑙不热，假玛瑙的话肯定会发热。虽然是土办法，但检验效果还不错，鲁道魁满意地把印章揣进了怀里。

得了钱的老喇嘛心情大好，对鲁道魁他们也是有问必答，关于最后一枚印章的下落，老喇嘛只说当年有个随从没能逃出去，后来被人发现了尸首，东西应该留在城里。最大的可能，是被那个俄国人给挖走了，可惜谁都没见过他当年究竟带走了多少东西，连个目录都没有。

当所有车都从地平线上消失，这片大漠又恢复了安静和平和，老喇嘛才舒了口气，忙着把痴痴呆呆的老喇嘛嘴里塞着的两团棉花掏了出来，自言自语道："作孽呦。这辈子第一次扮喇嘛，也第一次骗人，会不会有报应啊？"

"骗坏人，没事的。"痴呆老喇嘛一开口，却把老喇嘛吓了一跳。他眼里闪出截然不同的精光，哪还有痴呆样？

"老哥哥，你没事？"老喇嘛惊讶地看着这位一直没说过话的老头，听那帮年轻人介绍他姓韩，也不知怎么称呼才好。

"我没事，放心吧，骗坏人真的没事。"老韩嘻嘻一笑，那双眼里透着精明。

"可我们打着巴润素木的名号，真正的巴润素木还得往前走二十里啊，那里面现在还有喇嘛的，这算不算欺骗佛祖啊。"老喇嘛惶恐得很。

"佛祖神通广大，一定知道你是为了屯子好，他不会怪你的。"老韩拍拍老喇嘛的肩膀，大咧咧地从他腰里取下个羊皮酒囊，往嘴里灌了一大口马奶酒。

"唉，骗也骗了，现在你说什么就是什么了。咱们还是赶在天黑前，把这两身衣服还给人家吧。"老喇嘛叹了口气，搀着老韩走近蒙古包里，他们为了等这一天，已经在这破蒙古包里住了十来天了。

注1：

敖包：蒙古语，意为木、石、土堆。旧时遍布蒙古各地，多用石头或沙土堆成，也有用树枝垒成，今数量已大减。原来是在辽阔的草原上人们用石头堆成的道路和境界的标志，后来逐步演变成祭山神、路神和祈祷丰收、家人幸福平安的象征，在荒无人烟的草原上看到敖包就知道附近有人了。牧人每次经过敖包，都要在敖包上放几块石头；客人每到敖包前，一般都要按蒙古族习俗顺时针绕包三周，同时心中许愿，并在敖包上添加石块以求心愿得偿。

注2:

达来呼布：内蒙古自治区额济纳旗旗府所在地，现有人口2.5万人，基础设施完善。除了矿产资源外，盛产蜜瓜和棉花。

第六章 博物馆计划

A

又半个小时后，鲁道魁他们的车在离开呼和陶来的路上，遇上了迎面驶来的路虎。罗华龙显然来晚一步。两辆车擦身而过的瞬间，罗华龙满脸的惊诧让鲁道魁非常受用，他忍不住笑出了声来，他就喜欢看比他牛逼的人输掉的模样，那些自以为了不起的文明人伪君子，在他眼里都一个屌样。

可就在那之后，鲁道魁发现罗华龙车里的姑娘和坐在他身边的大龙，眼神接触了一下。那绝对是有内容的眼神，是他鲁道魁解读不了的内容。这个发现让他不得不定下心来，好好分析究竟有什么可能。

原本罗华龙的车上还有追踪器，可进入大漠以后就失灵，明明自己先动身先到的额济纳，偏偏他罗华龙头两次都抢了先。另外找宝的过程也太顺了，只走空了两个地方而已，没费太大的功夫就找对了人。姓罗的可是人精，要真有古怪，他不会搞不清。那么最可能出问题的就是大龙和曾丽，这两个找上门来的家伙，虽然他还没搞清这两个家伙究竟在搞什么名堂，但心里已经对他们不信任了。刚刚大出血换来的这方印章，究竟该如何处置他还没想明白，总之东西在自己手里，谁都拿不走，倒是罗华龙手里的那两个印章该怎么弄，他必须先思考这个最重要的问题。

罗华龙的心里此刻也是说不出的滋味，这两天来一路领先，原本那个监听手机也好好的，昨晚上竟然忽然失灵，莫不是贾梅这姑娘吃里爬外给他们通了消息？否则的话，他们怎么会往这边走，很可能东西已经被他们弄走了。

半小时后，罗华龙赶到了刚才鲁道魁他们去过的地方，也见到了他们刚刚见过的两位老喇嘛。正如罗华龙所想，东西真的被鲁道魁买走了，失望的他并没有马上爆发怒气，而是下令让手下循着鲁道魁他们的车轮痕迹往前开。一路上他冷静地分析着究竟是什么状况。

"梅子，你跟我说实话，是不是给大龙打过电话？"罗华龙决定直接问当事人。

"什么都瞒不过您的眼睛，没错，我是给他打电话。"贾梅倒落落大方地承认了。

"能跟我说说，为什么吗？"罗华龙心里止不住地失望，看来自己差点就看错了人。

"当然，您不问我，我也要对您坦白了。"贾梅冲罗华龙笑笑，"其实，我们是为了赚钱。"

自从接到日本人的那单生意后，大龙、贾梅、董丽三个好朋友就做了大量的调查，来额济纳之后，很巧地，他们碰到了那位老人，在他手里得到了这份地图。经过研究后我们发现，日本人最终要找的，很可能就是传说中黑将军留下来的宝藏。这可是价值难以估量的宝藏。三个年轻人都不满足日本人给他们的那几十万薪水，于是，他们开始想办法，找一个最合适的办法为自己尽可能多地赚钱。两个月前，学过俄语的董丽接到一个翻译工作，正是这项工作为这个寻宝计划打下了深厚的基础。

"您如果能找到两个月前的报纸，就会看到，那个俄国人来中国捐赠了一件宝物，唯一的条件就是请专家解读上面究竟说了些什么。"贾梅一边说一边从手机里调出照片，那是对某张旧报纸拍下的照片，放大图像后上面的字迹清晰可辨。

"你该不会想说，宝物就是琥珀印章吧。"罗华龙接过手机认真看起来。

"您可以去博物馆亲自看看，那印章和您手里的这两枚根本就是一套的。印迹上写的并不是西夏文，因为黑将军时代在西夏国开国皇帝李元昊之前几百年，所以俄国人怎么都看不懂。印章刻着的是变形蒙文和几个小篆汉字，我们已经解读了博物馆里的印章里的内容，所以才知道了整个宝藏的秘密。在跟您联系之前，我们又对藏宝地更深入地研究过，所以这次您来额济纳，可以顺利地找到三枚印章的下落。"关于那些研究，贾梅说得轻描淡写，但罗华龙从她手机里看到了更多在此之前的照片，狂风肆虐的雪原，黄沙漫天的戈壁，这三个年轻人是付出过极大努力的。

"可我不明白，这跟你打电话给大龙有什么关系？"罗华龙把手机还给贾梅，似乎相信了她的解释。

"其实我们是故意分作两边的，我们并没有吵架，关系很好。我们只是需要两个买家，只有一个买家不足以付出我们需要的价钱，两个买家才有竞争，我们的赚头才大。"贾梅认真地解释着。

"抱歉，听到这里我还是没搞明白。我第一次见到你时，那帮追你的人，难道不是鲁道魁的人？"罗华龙知道自己接近真相了，可他还不敢确定自己的判断，这几个年轻人的所作所为实在太超出他的想象。

"他们是鲁道魁的人，只不过他们追我，是因为我为了引起您的注意，故意偷了他们一样小东西。如果我们三个刚出来混的小字辈直接找上您，跟您说有这么个宝藏，您会相信吗？"贾梅反问道。

罗华龙摇摇头，似乎明白了什么。

"我们也知道您不会相信，所以我们需要让您亲自来额济纳看一看，让您知道，真有这么一大笔宝藏存在。凭着我们三个资历浅薄的新人，就算把地图和印章全都搞到了手，也不可能有办法把宝藏带出去并且变成钱，那些肯定是国家级保护文物。但是您和鲁道魁大哥都有这个能力，所以我们只赚小头。我，大龙，董丽，可以合作去偷博物馆里的那枚印章。然后，我们需要一次竞价，就像拍卖会一样，我们需要竞价决定把那枚最珍贵的印章卖给谁，才能保证我们的收入最大化。现在我把这个计划的所有内容都告诉您了，到目前为止都还挺顺利的。如果您出的价钱高，把博物馆里那枚印章买下，作为售后服务，我们会把在鲁道魁手里的那一枚印章也给您弄来。"贾梅语速不快，从始至终直视着罗华龙的眼睛，显得相当自信。

"这就是为什么现在那两个年轻人，还在鲁道魁身边的原因？"罗华龙皱起了眉头。

贾梅点点头。

"你们真是太狡猾了。"罗华龙不得不承认后生可畏。

"抱歉骗了您，现在退出还来得及。"贾梅认真地提醒道。

"来得及个屁！如果仅仅是手里这两枚印章，是没法开启宝藏的。这两枚印章本身，根本不值一百万。我已经花了一百万，又被你们带着，在这鬼地方转了那么久。梅子，我甚至不知道这是不是你的真名。"罗华龙长叹一声，看向贾梅的眼神格外复杂。

"那您是接受了？"贾梅反而笑了，俏丽的眉目中流露出一份得意。

"想我一世英名，被你们这帮小崽子……唉。"罗华龙没有否定，只是心不甘情不愿地接受了眼前的情况。

同样跟罗华龙一样接受了现状的，还有鲁道魁。

他发了很大的火，还要动手给大龙那个浑小子一点颜色看看。没想到董丽忽然站出来，随便一出手就把他弄了个大马趴，摔得他云里雾里。鲁道魁怎么也想不明白，这还是打从娘胎里出来头回被女人给摔了，还摔得那么狠。手下的弟兄们一看不对，都冲上来对付董丽，没想到五六条粗壮汉子，全都被董丽轻轻松松撂翻。鲁道魁见状不好，朝手心狠狠地啐了两口，铆足了劲扑了上去，这回更快，还没搞清怎么回事，就被董丽那双白白嫩嫩的手一碰，再次失去平衡。这回董丽下了重手，他弄闪了腰，躺在地上半天爬不起来。

鲁道魁指责大龙不爷们儿，靠女人帮忙不像话。

大龙笑嘻嘻地赔礼又道歉，把他搀了起来。说来也怪，就被大龙那么一搀，鲁道魁原本只腰疼的，现在浑身都疼，两只手又酸又麻。他惊讶地看着眼前这个脸上总挂着笑，看起来格外好说话的小子，这才意识到他才是比董丽更深藏不露的高人。

对付恶人，最有效的办法就是以恶制恶。鲁道魁输得心服口服，为了钱，也为了已经投入的钱不打水漂，他不得不接受了已成事实的欺骗，还愿意支持他们去博物馆偷出那枚最后的印章，跟罗华龙正式竞价。

B

好莱坞大片里，不乏抢劫金行、银行、金库，还有博物馆名画名珠宝之类的情节，现实世界里，这类劫案也的确发生过。1911年8月21日，卢浮宫清点库存，三名化装成清洁工的大盗，在光天化日之下把蒙娜丽莎给带走了。后来以三十万美元的价格卖给了六位私人收藏家，一共被卖了六次。当时名画被盗的消息已经传遍了欧洲，每位收藏家都以为自己买到的是真货。

此类盗案在国外层出不穷，各国博物馆都有过失窃的记录，中国的博物馆也同样遭过贼手。1992年9月，开封博物馆发生了震惊中外的文物偷盗大案，价值超过亿元的69件文物珍品一夜被盗，这是建国以来最大的一起文物盗窃案。1994年6月，辽宁省博物馆也被盗了，失窃14件新石器时代红山文化玉器、13件春秋战国时期青铜器等一批价值连城的文物。2008年9月，敦煌博物馆一级文物白天被盗，被盗的这件国家一级文物是魏晋时期的铜镜。

同样是做贼，小偷小摸蹲点守居民区的只能算初级，能摸进别墅区的算中级，只有能搞定金行金库和博物馆这类高级别保安系统的才算高级。入行这么多年，陆钟他们还从没试过挑战博物馆，不过事关黑将军宝藏的玛瑙印章，他们无论如何也要试试。

"等着看新闻吧，能不能成功，电视上会报道。"

这是大龙和贾梅，留给鲁道魁和罗华龙最后的电话留言，三方已经约好，一旦最终成功，就可以准备报价了。

这天是周末，省博物馆里的观众不少，一所中学组织学生们来参观，人气比平时更是多了许多。上午十点半，一位穿着时髦，把头发染成刺眼黄色的妖艳女子，随着人流来到了新辟出来的西夏文化展厅。这个新展厅隶属民族文物展厅，展出的大多是内蒙古境内发掘的西夏时期的文物，金质的头冠，党项女子的金步摇，还有绿松石制成的腰饰……各色异域风格的首饰摆放在防弹玻璃制成的展柜下。那个俄国人捐赠的红色琥珀印章也位列其间，对于这枚印章并无太多注解，只写着由国际友人捐赠的字样，显得并不起眼。

每间展厅的四个墙角都有抗电磁干扰的摄像头，确保监控无死角无盲角，摄像头会把实时传输的镜头图像传给保卫科，保卫科里有专门看守的人员，一旦有情况就可以直拨公安局专线。

那位妖艳女子随着人流，在各展台前流连，看得还挺认真。就在这时，一群穿着蒙古族袍子的牧民小孩吵吵嚷嚷地冲了进来。这群孩子顽劣得很，大的有十一二岁，小的不过四五岁，身边没大人，像群小耗子，毫不顾忌地越过警戒线，黑黢黢的小脏手摸完了鼻涕又在禁止触摸的展柜玻璃上到处乱碰。讲解员忙召唤保安过来帮忙，几个大人七手八脚才勉强把孩子们稳住。

"谁带你们来的？"

"大人呢？"

面对问题，小孩子们叽里咕噜地说了几句蒙语，讲解员和保安都听不懂。大概是害怕，孩子们都被吓住了，哭的哭闹的闹。不许到处跑，孩子们便拿出各自的玩具来玩。说来也怪，看起来邋里邋遢的孩子们居然有遥控汽车玩。

闪着光的小汽车在地上乱跑，不时撞到旁人的脚，保安们追着那些小汽车，搞得鸡飞狗跳，孩子们却哈哈大笑。几个大些的孩子居然掏出小型遥控飞机操作起来，那些小飞机像没头没脑的苍蝇，嗡嗡嗡地到处乱飞。这时候保安队长跑了过来，还是他厉害，让手下把孩子们手里的遥控器给没收了。

没了遥控器，小汽车们马上就跑不起来了，可飞机却不知怎么回事，好像程序失控一般，兀自乱飞，抓也抓不到。保安们忙着把这群小捣蛋们送出去，一时半会儿也没人顾得上天上乱飞的小飞机。

经过这么一闹，展厅里已经没多少人了，谁也没发现那些小飞机好像自己长了眼睛，居然全都飞到监控摄像头旁边，把镜头遮挡起来。没人看见，有个胖胖的男人躲在角落里用改装过的高频遥控器操纵着这些小飞机。

就在这时，在陈列着身长26米、高达12米的亚洲白垩纪最大的恐龙查干诺尔龙化石骨架的古生物展厅里，挤在围观人群中的三个男人，同时往角落地上扔出一个什么东西。几秒钟的工夫，大厅里浓烟滚滚，烟雾感应器感应到有浓烟，立刻响起了警报并开始自动喷水。现场的观众们见到忽然冒出来的浓烟，再被冷水一浇，都给吓得尖叫连连，四散而逃，谁也搞不清究竟发生了什么，附近展厅的保安人员马上接到无线电通知，都朝这间面积最大的展厅赶来。

刚才那两个扔下烟雾弹的男人却淡定地逆着人流躲在展厅的角落，把外套一脱，露出一身保安制服，他们往附近那间陈列着西夏文物的展厅跑去。同时脱衣服的还有留在西夏文物展厅的妖艳女子，摘掉假发露出原本的黑头发，也同时脱掉大衣露出裹着的讲解员制服，她随身背着的皮包里有个化妆小包，包里三根伪装过的钻头藏在化妆刷的空心杆里，钻机的发动机和电池部分被拆开来藏在两位假保安身上。

假保安赶到西夏展厅时，游客已经走光了，刚才操控小飞机的胖男人也走了出来，留守在这里的真保安早已赶去了恐龙厅。距离他们再赶回来大概还有一两分钟的时间，不过这已经足够了。三把切割机组装的同时，女子从随身的包里又拿出一罐发胶样的东西，飞快地把那罐东西往防弹玻璃上猛喷。

那是液氮，一接触空气最低温度达到-196度，在这种温度下即便是防弹钢板都会脆弱。白色的液氮在接触到玻璃面时表面部分迅速蒸发，形成一个类似迷你雾状的冷空气层。白雾笼罩下，玻璃已经在极低温度下失去了平时的坚强。但即便如此，夹在玻璃中间的聚碳酸酯纤维层还是保有一定韧性，用锤子的话也不一定能顺利砸烂，不过用电钻就不同了，很快防弹玻璃中出现一个拳头大的洞来。黑发女子伸手进去，警报再次响起，这次响起的是安全警报。不过没关系，保安人员赶到之前，足够把那枚玛瑙印章给掏出来。

东西是搞定了，可怎么带走呢？

警报一响，整个博物馆都被封锁了，唯一的出入口被保安和刚刚赶到的警察重重封锁，刚疏散的人们都被拦在大厅里，得接受全身检查才能出去。就在大家排着队接受检查的当儿，忽然有个学生指着外面惊讶地喊道："快看！"

博物馆外墙街边的一个气球路边摊上，不知是谁故意恶作剧，剪断了整个铺子上的气球线，而气球小贩也不知去了哪里。数百个五颜六色的气球飞上了天空，每一个气球下面都绑着一个同样的小盒子，气球的造型各不相同，有喜羊羊灰太狼还有奥特曼和海绵宝宝。

站在周围的人都没感觉到有风，可气球们却朝着博物馆上空飞去，孩子们乐坏了，蹦啊跳啊拍着巴掌，开心地看着那一片彩色的气球云随风飘去。

就在这时，一个摇摇晃晃的气球也偷偷从博物馆隐蔽的绿化丛林里起飞了，还没等博物馆的领导和保安们回过神来，这个同样下面绑着小盒子的气球已经汇入了那片气球海洋，大家都傻眼了，谁都没经历过这种事。虽然还不能确定博物馆究竟损失了什么，还得赶快报警，追踪这批气球才行。

但是谁能控制追得上气球呢？起先警察们还开着车在下边追，没多久，来了阵风，把气球军团吹散了，警察们再也追不上，再说，就算追上了，也无法判断哪一个才是刚才从博物馆里飞起的那个了。

当晚，气球劫案出现在新闻里，经过事后清点，博物馆方面被盗的是一枚玛瑙印章。主持人特意强调了一下，玛瑙印章是前不久由一位国际友人捐赠，目前专家尚未对印章做出价值判断。

"真有你们的，气球也能运东西，你们怎么能操纵气球的？"鲁道魁看到新闻后，第一时间给大龙打了电话。

"早在二战时期，日本的飞象计划就是利用氢气球运输炸弹轰炸美国本土（注1），咱们又不要运太远，只要出了警方的视线把气球打爆东西自然就下来了，基本上没什么难度。"大龙倒也不藏私，大方地介绍道。

"可那么多气球，盒子又都一样，你们怎么知道哪个才是真正带了宝贝的气球呢？"鲁道魁问得还挺仔细。

"这简单，那几百个气球里只有一个是白雪公主的，白雪公主带着的盒子里垫着厚厚的海绵，里面放着宝贝呢。"大龙解释得很清楚。

"好，兄弟，我算是服了，你们是能人啊。这最后一方印章，我愿意出两百万。"鲁道魁在电话里豪爽地喊道。

"谢谢您的夸奖，这年头没两把刷子混不到饭吃。请您先等等，我们得听听罗先生的报价。"大龙并没有马上应承下来。

贾梅那边，只比鲁道魁晚了几秒钟，罗华龙的电话也打来了，跟鲁道魁一样，他也开价两百万。两边一样，当然不行。大龙选择电话竞价，就是避免双方见面，就像解放前的古玩市场，袖笼里面买卖三方谈价，只有信息不透明才能多赚钱。

大龙告诉鲁道魁，罗华龙愿意出三百万。贾梅也告诉罗华龙，鲁道魁愿意出三百万。经过两轮最后的加价，鲁道魁和罗华龙最后都同意付出三百八十万。

C

"蒙娜丽莎"一画六卖的先例为大龙提供了灵感。这方印章，最后以三百八十万的价格分别出售给鲁道魁和罗华龙。

两个买家先收到了那枚从博物馆里偷出来的印章，又过了几天，得到了他们手里欠缺的另外印章的复制品。四方印章终于凑齐，印章上的字义也被完全破解，换成汉语就是一句诗：月落胡杨林，树影相交地。这个重大发现很是振奋人心，罗华龙是第一个解开了秘密的，他也是第一个在羊皮卷上找出藏宝点的人。藏宝点居然是鲁道魁最先去过的，位于马鬃山下的那个小屯子。

罗华龙心急火燎地赶到了屯子，还特地带去了不少礼品，可屯子里的人神神秘秘，好像在刻意掩饰什么。直到他答应捐钱为屯子修一座希望小学，纳而图大爷才透露小屯子最大的秘密：整个屯子的人之所以在这片鸟不拉屎的地方定居，为的就是守护宝藏，这是先人们传下来的祖训。

"实话给您说吧，这么多年过去了，当年祖先传下来的地方我们也不确定。不过我听爷爷说过，要想真的找准宝藏的方位，就得先恢复地图上那片胡杨林，然后有个什么开启宝藏的钥匙，上面有口诀。"

"口诀不用担心，我只问原来的胡杨林在哪儿？"罗华龙料到不会那么快就找准地方，毕竟千百年了，能有个大概的方向都不错了。

纳而图大爷把罗华龙领出屯子，对着屯子后面那一大片茫茫戈壁信手一指："就是这儿。"

"您确定？"罗华龙有些惊讶了，这无边无际的一大片，往小了说几十亩是肯定的，往大了说几百上千亩都够得上。

"那是我爷爷说的。我可是看在你为屯子盖希望小学的份儿上才说的，信不信由你，哼。"纳而图大爷见对方怀疑自己，没了好脸色，掉头就回屯子去。这朴实的老牧民，不知经过何人指点，在罗华龙第一天答应捐款修希望小学的那天，就叫来了报社的记者和电视台的人，罗华龙本想忽悠一番，得了好处就走的。不想事情搞得很大，谁知得了捐助风声的省里都很重视，很快来人跟他联系，确认捐款落实的事宜，最后只好将错就错地又捐了几十万。

人家说什么就是什么，罗华龙没办法了，都已经投了几百万了，再多片林子算什么，不继续投入，这几百万都得打水漂。罗华龙买来大批胡杨树苗，请屯子里的牧民帮忙种树。至于确定宝藏方位，怎么也得等到这些树生出叶子来，至少得大半年了。

半个月后，鲁道魁也找到了屯子里，纳而图大爷对他说了跟罗华龙同样的话，只不过需要植树的方向在罗华龙那片胡杨林的旁边。

纳而图大爷在屯子外围转来转去，看着那些刚刚扎根的胡杨苗，老脸上笑得像开了朵花。有人出钱买树苗，还出钱请大家为自己种树，这么好的事儿可往哪儿去找。这戈壁滩上有了树，就有希望了，等胡杨扎下根，树荫下面还能长点苁蓉甘草和苦豆子，甭管这帮贪财的家伙能不能真的找到宝藏，反正牧民们的日子会越来越好。

三个月后，一则额济纳有宝藏的帖子发布在国内人气最旺的天涯论坛上。帖子里分析得头头是道，指出有四枚玛瑙印章是开启宝藏的钥匙，还贴出了羊皮卷地图的扫描版，博物馆里玛瑙印章神秘被盗的消息。

不论什么时代什么国家，关于钱的话题总是传得最快的，很快这则未经证实的藏宝消息引发了空前的寻宝热潮，大量游客来到额济纳马鬃山下，这个默默无闻的小屯子火了。草原游，住宿，吃饭，各种消费让屯子里的人忙得屁颠屁颠的，钱也是越挣越多。

纳而图大爷指着墙上贴着的那张旧报纸给每一位客人看，瞧瞧，这枚被盗走的印章就是开启宝藏的钥匙。他还绘声绘色地给游客们讲述来自京城的大佬们寻宝的全过程，一个个神奇的地名，还有三枚玛瑙印章出世的经历，因此而发大财的地质队长，老知青的儿子，甚至喇嘛庙里的和尚，全都成了故事中的人物。

不少人在那张旧报纸下拍照留影，虽然没有见到真正的宝藏，但他们见到了神奇的玛瑙印章，还有着大漠上好喝的马奶酒，香喷喷的手抓肉，和牧民们载歌载舞的热情，让每一位游客不虚此行。

"佛祖啊，借您的名声为咱们带来了好日子，恩人真没骗我们，请原谅我们撒的谎吧，也请您保佑恩人们。"

每天晚上，纳而图大爷和他兄弟乌尔图大爷都会为恩人们祈祷。乌尔图大爷就是跟老韩一起扮演过老喇嘛的人，他是纳而图大爷的亲兄弟，也在屯子里住着，过年那阵子走亲戚去了足足两个月，鲁道魁和罗华龙都没见过他，作为临时演员来客串相当成功。

四个月后，省博物馆的工作人员收到一封电子邮件。邮件里说，被盗走的玛瑙印章藏在博物馆办公区卫生间的水箱里，当日放飞那些气球引起骚乱，只是一场闹剧。

注1：

1944年，二战中日本节节败退，日本政府采纳气象学家的建议，利用太平洋上的西风带，将气球改装后放上炸弹放出。同年8月1日，日本四国岛一个秘密军事基地内，几百只乳白色大气球携带炸弹升空。气球的吊篮中有三十个2~7公斤沙袋，由于气压作用，飞行到不同高度时固定沙袋的螺栓会自动解脱，沙袋落下使气球升高。飞行高于一万米时，气囊的阀门会自动打开，排出氢气，以便降低高度。

空袭初期，美国人被莫名其妙的轰炸搞得晕头转向，没有有效方法对应。后来发现可以利用飞机产生的气流影响气球的漂流方向，才将损失降了下来。进行有效防卫的同时，他们断然采取新闻封锁措施，日本人无法了解攻击的结果，动摇他们坚持气球炸弹作战的信心。在6个多月中，日本共放出了9 000个气球炸弹最后因为没有得到美国方面的消息，高层不断质疑效果，最终终止此计划。

第七章　触犯门规

A

离开内蒙古回北京的路上，陆钟他们很有些得意。不仅赚了钱，还让马鬃山下的牧民们从此改变了生活和环境，孩子们即将有新学校，这些比钱更重要。离开额济纳之前，他们还去了趟呼和陶来的那座真正喇嘛庙，布施五十万，让他们把原有的庙好好修整修整，再给佛像塑个金身。

司徒颖扮演贾梅，陆钟扮演大龙，曾洁扮演董丽，这三个人的小恩怨和儿女私情扰乱了罗华龙和鲁道魁的判断能力。加上一开始进入额济纳的成本并不需要多少，而那个传说又显得格外真实，于是贪财的他们动了心。

脑筋已经变得不那么灵光的老韩不仅参与了整个骗局还扮演了两个角色，照片上得了老年痴呆症的老牧民，以及呼和陶来的痴呆老喇嘛。借由梁融的妙手化妆，再往嘴里塞了两团棉花，老韩看起来就像是两兄弟而不是同一个人了。

另外还有梁融扮演的地质队长，单子凯扮演的老知青儿子，使整个寻宝历程变得丰富起来。再加上鲁道魁和罗华龙的利益冲突，一次次的夺宝竞赛，三枚琥珀印章问世的过程中，不断被人为带领走了少许弯路，就像钓鱼时大鱼上钩后轻轻提一下鱼竿并不马上收线，让鱼儿把鱼饵吞得更深，最终这场骗局才得以完美呈现。

更重要的，是不断保持两位买家的新鲜感，新鲜的环境，神秘的传说，以及一路上听得到却得不到，或者差一点就得到的宝物。整个过程中他们的占有欲被大大激发，想要获得的欲念在脑海中不断重复。从心理学上来说，这是一种强烈的自我暗示。寻宝路上，他们花费的钱并不算多，可就是这些引诱着他们最后毫不犹豫地要占有那块最后的印章。

不用说，所有的印章全都是假货，这个传说也是杜撰出来的。真实的部分在于用来制作印章的材质，的确是上好的红玉髓。红玉髓作为中档珠宝，本身的价钱并不算太高。整整四套印章全部加起来，连同请老师傅雕刻的工钱在内，也只用了二十来万。这二十来万，最终换来近千万的回报，不能不说很成功。

"这个大趟子做得太完美了，六哥，你该拿本年度最佳编剧奖。"梁融开心地看着电脑上账户余额，恨不能抱着陆钟狠狠地亲上两口。

"是你们都演得好啊，细节，所有细节都那么漂亮，那两个老油条才肯信。"陆钟冲大家一笑，不肯独自居功。

"下一步咱们去哪儿？"曾洁是第一次跟随这个团队，算得上顺风顺水。

"问问大小姐吧，她最了解师父，咱们现在得把师父摆在第一位。"陆钟在后视镜里看了眼司徒颖，她看着车窗外，眼里毫无神采。自从得手后，这种状态就没变过，从前那个温柔不足泼辣有余的大小姐似乎根本就不是她。

"司徒，司徒。"曾洁唤了两声，司徒颖才回过神来。

"干爹以前跟我说过，如果他要死，希望死在拉斯维加斯，全世界最豪华的赌城，做个真正的赌鬼。"司徒颖担心地看着老韩消瘦得凹进去的眼眶，轻轻地说。

"拉斯维加斯，那可是高消费啊，咱的钱不够吧。"曾洁有些担心，虽说这一单收入千万，但分到每个人头上只有几百万而已。

"去美国好啊，咱们赚多点钱的搞个投资移民，去体验体验资本主义到底有多腐朽。"单子凯第一个答应。

"我也同意去美国，美帝那么多资本家，绝对是全球第一的高品位富矿，咱们可以好好挖掘。"梁融也很愿意。

"既然大家都同意去美国，那得尽快赚多些钱才行啊。"陆钟见大家恢复了往日的斗志，似乎走出了澳门那个人留下的阴影，"我有个想法，既然这次的趟子这么成功，不如再接着做一笔。可师父曾经交代过，门规里规定，同样的手法不能连着使。"

"这有什么，换个地方，再重新编个故事，就不算同样手法了吧。"单子凯皱皱眉头，想来对门规之类的老传统比较抗拒。

"我也觉得这个局里，关键是故事，其他一切都是为这个故事服务的，只要换了故事，就像拍电影的换了个剧本，应该不算犯规吧。"梁融也附和道。

"嗯，中国那么大，上下五千年，有过多少人就有多少传说，编个故事不难。既然没人反对，那咱们就先找个落脚的地方，把这事尽快落实。"陆钟见大家支持，赶紧应承下来。

"可是，老前辈要是知道，会反对吧。"唯一持不同意见的是曾洁，虽然刚刚经历了一次成功，但她显然过于保守。

"干爹的日子不多了。"司徒颖没有反对，但事实摆在眼前，老韩的状况一天不如一天。

车里没人再说话，陆钟虽然没有回头，却在后视镜里认真地看了看师父。

老韩正木讷地看着窗外，好像什么都没听见，他已经不再关心这些了，除了选择吃的，他几乎很少说话。但是陆钟知道，如果师父不是遭受了那场他至今不了解的伤害，要是他还是清醒的，大概最着急的不是去拉斯维加斯，而是亲眼看到他把秘籍的最后一本《英耀篇》拿到。关于秘籍，刚才没人提起，不知大家根本不信那个失落的门派会被振兴，还是大家根本不在乎，这只是师父一个人的心愿，甚至，不是他陆钟的。

B

呼和浩特这个地方很适合暂时落脚，地方够大，市区人口才一百多万，只要不张扬，不太容易引起注意。距离远在澳门那个人的千万悬赏，有了几千里的距离，至少心理上也安全许多。

司徒颖和曾洁陪老韩去医院了，做检查，做必须的治疗，虽然没有多少效果，但至少能帮老韩延长几天生命，让他能去拉斯维加斯。陆钟和单子凯梁融，留在酒店里，构思着下一个传说。

有了额济纳的经验，这次再编起故事来就更容易了。要有历史，出过大人物，又有过传说的地方，符合这三个条件就是最理想的宝藏之地。再结合自己的想象，真真假假，假假真真地混在一起，就会真假难辨。

只用了几天时间，符合这三个条件的地方还真的被陆钟他们给找到了。这个地方就是远在湖南跟广东交界的地方——韶关。

韶关是个穷地方，但穷地方怎么会出宝藏呢？这还得从太平天国说起。无湘不成军，曾国藩的湘军赫赫有名。曾国藩有兄妹九人，他是老大，家里最小的九弟是曾国荃，这个曾国荃就是攻破太平天国南京府的人，因攻城大功，官至一等伯爵，太子少保，善于围城，外号曾铁桶。曾国藩上报朝廷，说南京府里藏着的金山银海全都被一把莫名其妙的火给烧没了。当时朝野上下，没人相信，但曾国藩曾国荃手握重兵，连皇上也不敢过问，此事成了悬案。

清朝野史称，有人在曾国荃家见过一个翡翠西瓜，那西瓜曾经是洪秀全的。还有人说，曾国藩的夫人从南京返乡时，居然带了两百多艘船。许多人怀疑，那把火根本就是曾国荃放的。至今，韶关一带都有人说，当年韶关东湖坪因为靠近曾国荃的老家湖南，又距离京城够远，而被看中。曾国荃把从南京府里弄出来的宝贝分成九份，藏在东湖坪一带。

更让人起疑的是，东湖坪的曾氏先人，不仅在县城开设银号，还在自己的家乡修建了银库，那银库至今还在，其结实的建筑构造都表明当时的确储藏过大量财宝。不仅如此，关于这笔宝藏还有个口诀：两江夹一河、江江十八箩。左一丈、右一丈、前一丈、后一丈，跳一跳、让一让，一脚踢出个元宝缸。

听起来口诀似乎有些没逻辑，但细细分析，这里面信息量还是很大的。第一句说的是宝藏位置，第二句说的是宝藏规模，后面的应该就是怎样寻找宝藏的方法了。可按照这个逻辑做一遍，很快就会发现跳来跳去最后会回到原地白耽误工夫。

可这真的是寻宝口诀吗？还是经过人为处理的口诀？或者其中隐藏着什么秘密？这些让人一头雾水的部分就正好是陆钟他们好下手的部分。

不过既然要制造一个故事，而且是靠谱的故事，实地考察是必须的，另外还需要物色合适下手的对象。这一次，陆钟提醒大家尽量避免选有黑社会背景，或者跟黑社会有来往的当一哥（被骗的人）。对他来说，额济纳的成功远不能抹去他心头的澳门阴影，现在他是这支队伍的话事人了，曾经属于师父的责任完全落在他的肩上，他必须带领大家远离危险，再赚到钱。安全第一，每天大家出门他都再三叮嘱小心。平平安安出去，再高高兴兴回家来，成了他挂在嘴边上必说的话，还随时提醒大家注意出门要化妆，包里带着假发假胡子，他变得自己都觉得自己唠叨婆妈，可一旦真忘了说，心里一天都不踏实。他恨不能把这些话做条大大的横幅，挂在车里，挂在床头，做成壁纸，做成每个人开机关机的屏保。师父的现状，时刻提醒着他，再也不能承受任何一个伙伴遭遇危险的考验。

制造那个故事的素材准备得差不多了，其余的部分会在陆钟赶到韶关之后准备好，硬件和软件，每人的角色分工，在陆钟心里已然有了大概的轮廓。为老韩带上药，还有便携制氧机，这队人马再次踏上旅程，奔赴下一个目的地。

让陆钟觉得心里很不痛快的是，司徒颖对他的冷漠。冷到甚至不愿跟他说话，不愿坐在他身边吃饭，甚至也不会看他一眼，就像他是透明的。有话她只对大家说，她不仅不看他，还刻意回避他关注的目光。她瘦了，她总是一个人抱着双臂坐在沙发最里面，她根本不是在看电视，而是让自己看起来不那么失常。

其实早在老韩告诉陆钟，他必须接过复兴江相派的任务，不能跟任何女人结婚，更不能跟司徒颖暧昧的时候，他就告诉过自己，迟早这一天会来。直到澳门小教堂里，那个晚上他正式把话挑明，拒绝了她，他做了长时间的思想准备，也相信自己可以面对这一切的。可事到如今，他已经面对这一切几个月了，却还是不能适应。就好像体内某个器官出了毛病，虽然他还活着，可他已经不健康了。他的感情生了病。听起来太矫情，可陆钟觉得事实如此，他的感情真的生了病。他还不能把病情告诉任何人，也找不到可以医治的方法，只能任由自己继续不舒服下去。

如果……如果师父真的在拉斯维加斯去世，如果大家都愿意留在美国，是否关于秘籍，关于江相派，可否到此为止？而他和司徒颖……

这念头在他脑子里冒了出来，只露了个头就被他打消了。师父还活得好好的，怎么能这么想呢，未免太自私。可世界上只有一个司徒颖，他真的不愿意再这样跟她冷淡下去。他需要寻找一个话题，一个适合目前这种关系，提出来不会尴尬不会伤害到她的话题。

好在还没到韶关，这个话题就出现了。

C

话题是关于一则新闻。

上海一家新成立不久的拍卖公司，居然在最新一期的拍卖中成交率百分之九十，总成交额破了千万元大关，但该公司的一幅山水画随即被人爆出是赝品。赝品也就罢了，但该画原主人是位官员，买方和卖方还有拍卖公司的鉴定师正在为是否赝品的事进行进一步鉴定。

白天开车，大家都乏了，这晚早早睡了。司徒颖睡不着，守在电视机前想心事，陆钟也睡不着，悄悄地站在司徒颖身后假装看新闻，其实是看她。偏巧，这则新闻忽然冒了出来，这可是个聊天的好机会。

"新闻有点意思。"做上千万的大买卖陆钟眼睛都不眨，现在却局促得不敢坐下，还好司徒颖对他没有任何反应，他才没话找话扯开了，"这家拍卖行我看有问题，所以这些当官的，买画的，开拍卖公司的，全是黑的，狗咬狗罢了。"

陆钟说完这几句话，司徒颖却依然无动于衷，一个字也没说，更没看他一眼。陆钟心里叹了口气，看来她还是当自己不存在。木木地坐了一会儿，便起身回房，"我去睡了，你也早点休息吧。"

"我会一直等到干爹去世，帮他办完最后的丧事，就回北京的家。"司徒颖终于开声了，可她说的却像是另一个频道。

"咱们做了这么多趟子，还没对拍卖公司下过手，不如下一个买卖就对这家公司下手，先摸摸底子。"陆钟假装没听到，继续在自己的频道里说着话。

"以后我们不用再联系了。"司徒颖定定地看着电视，始终没有回头。

"你要是没意见，我明天就跟大家说说，去韶关之前，先赚点零花钱。"陆钟的脸色难看得厉害，他不想再继续谈下去了，回避地站起来，最后说了句早点休息就匆匆进房，生怕司徒颖再说出更让他伤心的话来。

门被飞快地关上，陆钟把头重重地磕在门板上，心如刀割。有多爱就有多恨，他理解司徒颖对自己的感觉，她是在自我保护，避免承受任何伤害。她究竟遇到了什么？陆钟不敢想，却又不能不想，但就算想出来了，也不能对司徒颖做出任何弥补，只能加剧自己的心疼。更何况，他现在是这支队伍中唯一的话事人，他完全知道不该这样儿女情长，感性是理性的死对头，也是千门大忌，会严重影响判断力。

作为备受信赖的负责人，陆钟不能由着性子来，只能把心痛埋在心底。第二天一早他果然吩咐大家暂缓行程，改道去上海，先对昨晚那则新闻中的拍卖公司做调查。新身份证，新租的车，走高速从呼和浩特去上海只用两天就够了。大家出门调查的同时，他留在酒店照顾师父，打开笔记本在一个私密博客上浏览起来，老韩讲过的古老骗术都被他记录在此，不对任何人开放。

中国五千年文化的确博大精深，就连小小的千门一行都有无数经典，毒骗，虐骗，购物骗，丹客骗，色骗，盗骗，连环骗……每一种骗法后面都有无数种可能和变化。套用《道德经》中的说法：骗生一，一生二，二生三，三生万骗，只要抓住每种骗法的关键，即可万骗不离其宗。为了让自己更静下心来，陆钟捧着笔记本坐到了老韩对面，师父虽然闭着眼睛在打盹，但也能让他保持精神高度集中，不再走神想司徒颖。

看着看着，一个连环骗的骗局吸引陆钟看了一遍又一遍。

不知道什么朝代的事，有个穿戴富贵的男人，乘坐马车带着两名仆人来到当铺，要当一个金器。掌柜的仔细看过那金器，的确是真金。那人想当五百贯，掌柜的还价到三百贯，这个价钱贵客还算满意，最后双方成交，客人拿着三百贯的当票走了。旁边有个叫花子看到，就把身上的破袄子脱下来，硬要当掉。掌柜当然不收，还骂他想钱想疯了。结果那叫花子说，人家的假金器都可以当钱，他的真袄子却不能当钱，好没道理。掌柜的听着觉得不太对劲，赶紧查看刚入柜的金器，不知什么时候被掉包成假金器了。掌柜的赶紧问叫花子怎知东西是假的。叫花子也不含糊，大咧咧地说那人是城里有名的大骗子，他还知道骗子的老巢。掌柜的为求叫花子带自己去，不得不花了几贯钱。叫花子倒没含糊，领着掌柜的去了骗子的家，果然看到刚才的那匹豪华马车就停在门口。进得门去，掌柜的看见那人正和本城一位大老爷喝酒，大老爷地位高，他不敢冒犯，就让仆人把主人叫出来，跟他对质。结果那人坚持说自己的是真金器，如果是假货的话，掌柜也不可能肯出这么高的价把东西拿走。那人还反咬一口，说掌柜是把入柜的东西又掉包来讹诈他。两人吵了起来，内堂的大老爷听到，出来为二人做主，劝那人说不必跟这些做小生意的计较，免得失了自己的身份，既然人家不想做这个生意就把当票还给他好了，让他把东西退回来。那人装作委屈，用当票把金器给赎了回来。掌柜的很开心，可他拿着当票去银号换钱时才知道，钱早就被取走了，这张当票是假的。等他再回到那人的住处，才发现人去楼空，连叫花子也找不到了。

先用调包的手法，换来一张真当票，取走了银子。再让同伙扮作叫花子拆穿自己，骗一份赏钱，把掌柜的引出来。最后利用大老爷客串一把，用假当票把假金器也给取了回来。一真一假两样金器，在掌柜的手里来来去去，最后全回到骗子手上，掌柜的被连骗三回。虽说假货不值钱，但得做得跟原件看起来一样，需要消耗不少时间和精力。有真假两套东西在手，换个地方再换家当铺，同样的骗局很容易再次复制，在消息传播缓慢的古代，几乎是一招鲜，吃遍天了。

陆钟当然不会把同样的骗局演绎多次，但眼下手边就有十来块真货名表，正好可以在这个连环局中派上用场。

D

不查不知道，上海那家拍卖公司隐藏的猫腻大得惊人。

艺术品投资，是近十年来国内投资界的热点，股市不够坚挺，楼市太容易被人查到户主，只有不记名的拍卖最方便最安全，而且成交价方面也容易打马虎眼。这几年，国内单项成交过亿的艺术品数不胜数，天价频出。聪明人都知道，金钱流动越频繁，数目越大，越容易有猫腻。

举个最简单的例子，某人手里有幅几千块的字画，拿到拍卖市场去卖，再请自己的心腹或者亲戚代为拍下，价格数十万到数百万不等。是真的这幅字画就升值了吗？当然不是，不过是左手换一下右手，这人手里的钱却合法化。这还仅仅是自买自卖，如果有人要想行贿，预先知道这幅字画是某位要人所有，用高出字画本身数十倍甚至数百倍的高价买下，也算堂而皇之。

如果某人要洗的黑钱数目巨大，可能数千万甚至上亿，他也只需买通鉴定师和拍卖公司，付出支付给拍卖公司的佣金。两项开支加起来，跟地下钱庄的收费也差不多，但这办法显然高级许多，不用跟黑社会打交道，少了一道风险，还能光明正大，即便日后有人查账也查不出什么。

除此之外，还不排除有人利用高价购买赝品之类的手段骗保，或者骗取银行贷款。自己搞出来的假货，通过这么一番运作之后摇身一变价值连城，不论是骗保还是骗贷都可行。金银可以用机器检测，钻石可以用克拉划价，艺术品和文物的真伪最难鉴定。国外一家知名拍卖行曾以千万美金的高价，拍出过一枚乾隆御玺，后来被人质疑有假，以至于闹得沸沸扬扬。曾有拍卖公司的鉴定师把珍品判为假货，而后以极低价钱收入囊中，国内的鉴定界本就鱼龙混杂，鉴定技术也达不到国际水平，以次充好以假乱真并非太难。

全国有四千多家拍卖公司，某些资历浅薄的拍卖公司甚至是为了某一次的洗钱交易而诞生的，成功后就宣布破产关闭公司，这么做又干净又利落，即便交易有洗钱嫌疑，也可以因公司不在了而无法调查。

"早知道这么容易赚，咱们不必费神做趟子了，大家参股开拍卖公司多好，不但方便洗白自己，还能打入上流社会。罗华龙那种人就是拍卖公司的常客，肯定还能跟不少高官和看不见的顶层富豪打上交道。"单子凯听完梁融的报告，双手抱着后脑勺靠在沙发上脱口而出。

"查到这家越古拍卖公司老板是个女人，底子很复杂，不知道怎么发的家，只能查到一堆拍卖交易。她名下还经营一家典当行。拍卖公司是去年年底才开的，现在已经开过三场拍卖会了，成交率相当高，不少拍品我都能看得出是假的，但生意很火，光佣金就几百万了。"梁融这次出力最大，网上网下，还打着咨询的名号考察了实体公司。

"你说，老板名下还有家典当行？"陆钟注意到这个细节。

"没错，他们什么都收，珠宝首饰高级名表，还有名人字画，有些拍品就是过了当期的死当。"曾洁跟梁融扮作夫妻，不但一起去了拍卖公司，还去了那家典当行。

"既然有典当行，可巧咱们还带着那十多块货真价实的名表，可以派上用场。"陆钟眉头舒展，幽幽一笑。这一单，不仅仅是出于赚钱的目的，也是因为司徒颖说过的那些话，让陆钟潜意识地希望能跟她多待在一起，唯一能留她久一些，也分散自己痛苦的办法，就是尽快投入一场新的骗局。

第二天一早，陆钟和司徒颖扮作情侣，来到了那家典当行，当他们亮出箱子里十多块货真价实的名表后，立刻引起了典当行经理的兴趣。不过这些表都没有发票和购买证明，很让人起疑。对此，司徒颖解释说自己家境还不错，因为家里人要逼着她跟另外一个男人结婚，才和穷男友私奔出来的，走得急，只带了这些表傍身，发票和购买证明之类的都在家长手里。

这是个很说得通的理由，而且陆钟特意穿得比较寒酸，而司徒颖则是一身名牌的小姐打扮，看得经理都在心里为这位任性的大小姐惋惜，忍不住拉过她私底下交代一句："女人经不得老，男人却经不得穷，终身大事还得从长计议。"任性小姐却一个劲地摇头，说自己看准的人，已经拿定了主意。经理又问，万一家长追查起来怎么办，这些表上面都有编号，一旦变成死当拍卖的话是有可能查到的。任性小姐又说，自己已经成年了，这些表都是家长送给自己的，成年人处理自己的财产天经地义。

听到这里，经理有些动心，价值百多万的名表，九九新，看起来跟没带过一样，其中还有三款是限量版，这小姐只要八十万的价钱，着实划算。不过这么大的买卖他做不得主，打电话给老板娘请示后，又狠狠地把价钱压到六十万，才最终成交。

当票签订，当场划账。这两个年轻人走后没多久，一位高个子帅哥进了店来，一眼就看上了那几款刚入柜的名表，尽管经理说这几块表都没到当期，但他还是请柜台小姐拿出来看看。拗不过客户的要求，帅哥的打扮看起来也是个出得起价钱的人，柜台小姐不得不请示经理，在得到许可后拿出一块表来给帅哥过目。没想到，帅哥只入手看了两眼，就不屑得断言这是假货。

经理心道不好，再把名表仔细鉴定一番，没错，的确是超A货，最多价值一两千。刚才压价那么低，对方却答应得痛快，他越想越不对劲，可明明是看着任性小姐从同一个密码箱里拿出来的名表怎么看怎么真，怎么可能掉包。眼下人也走了，这几十万的损失可得自己负责，怎么办才好，他心乱如麻。

没想到这位高个子帅哥自称是出来混的，人面广，说不定认识这两个骗子。经理病急乱投医，赶紧调出刚才营业厅里的监控录像，帅哥认真看了两眼，断定这二人是惯犯，他一个朋友前不久还被这两人骗过，不过帅哥的一帮兄弟找到了这两个骗子的老巢，逼着他们把钱吐了出来。

真有那么巧？偏偏今天被骗就遇上了同样被骗过的人？经理心里存着大大的疑惑，生怕稍有不慎，跌进另一个骗局，犹豫着要不要把眼下的状况给老板汇报。

帅哥坏坏一笑，就像看穿了他的心思，马上说自己不会白给消息，要经理出两万元才肯带他去找那两个骗子。究竟是自己承担几十万的损失还是付出两万的消息费，帅哥让经理考虑两分钟，他还有事，如果经理不同意的话，他就要走了。

两害相权取其轻，这是每个人都会做的选择。最终心烦意乱的经理答应个人支付给帅哥两万，请他带自己去找那两个骗子。后面的事不用说也能猜到，帅哥带经理找到了那两位骗子，他们在很便宜的里弄里租的房子，帅哥拿到钱后还挺仗义，热心肠地帮经理忙，逼着那两个骗子把刚刚转存的六十万的银行卡给拿了出来。四个人去了典当行最近的提款机，验证过银行卡里的确有六十万，经理担心报警会让老板娘知道自己的失误，多一事不如少一事，就把当票存根连同那些A贷表还给他们。

原来这年头出来混的还真有好人。折腾了大半天，经理出了一身的汗，不过好在有惊无险，把损失减少到最小，只有两万，他就当一个月的薪水打了水漂，但结交到一个仗义的有背景朋友也算值得。不过他怎么也想不通，那些表究竟是怎样在他眼皮子底下换掉的，他查了好多次监控录像，始终没发现其中的端倪。

下班前，老板娘过来巡视，特意提出要看看新收的名表。经理是个老实人，经不起老板娘的讯问一五一十地把所有事都给说了，还给老板娘看了监控录像，不过经理又赶紧说好在公司的钱没有损失，那张六十万的银行卡他打算明天交给会计入账。

没想到话还没听完，老板娘就脸色大变，断言经理还是被骗了。经理不信，说是亲眼看到且在ATM机上查过的，等到他和老板娘一起再去查，才发现手里的根本就不是那张六十万的卡，连密码都不对了。

"这帮人能把这么多表调包，怎么就不能把一张小小的卡调包呢？"老板娘虽然气，却不急。细细看过监控录像后她没怪经理，只说那帮骗子太可恶，她一定会找到他们算账。

E

调包一张薄薄的银行卡很容易，只需眼明手快而已，但在监控录像下，又是如何调包十多块名表的呢？

这不仅仅是眼明手快就能完成的了，需要借助道具。这个道具就是经过改装的密码箱，箱子内部有个夹层，第一次打开时，露出来的是表层，表层上放着的是十几块真的名表。把箱子合上后再打开，机关就发生作用了，这次表层就缩到了箱盖的里面，露出了夹层，夹层里装着的自然是A贷表。但经过前面的一番检查和鉴定，经理已经不再怀疑表的真假，在他打电话给老板询问是否接手的时候，陆钟他们只需把箱子盖上，再打开就是成交时，经理未仔细看，就毫不犹豫地把这些A贷表收了起来。

陆钟他们以自己的方式，给这家赚黑心钱的拍卖公司老板造成了六十万的损失，另外的两万，对那位经理来说也是个教训，至少他以后再收东西时会更加仔细。

这次得手的六十二万，只用了三天时间，虽然钱不多，好在周转快。按照规矩，收入的三分之一做慈善，把钱捐给福利院，剩下的可以当作路费药费和新宝藏计划的启动资金。大家需要尽快离开上海，就在车行换了辆道奇商务车，晚餐美美地吃了一顿后，等单子凯把车开到加油站，加满油就可以往广东方向出发。

能和司徒颖假扮私奔小情侣，这让陆钟很开心。虽然短暂，虽然虚假，但至少被司徒颖挽着，看着她笑，那种甜蜜幸福的感觉是真的。司徒颖是个优秀的演员，无需交代就能随机应变，应付一切突发状况。自欺欺人也好，他能察觉到司徒颖对自己的笑是真的，如果他不是处于现在这种位置，也许他们的关系还有转机。

加油站里，大家都沉溺在成功带来的快乐中，这次的成功来得太容易，以至于大家忽略了完全问题。等到一路跟踪而来的职业保镖把他们团团围住时，已经晚了。六个人，连同老韩，一齐被带到拍卖公司老板娘的别墅里。

老板娘三十多岁，苏杭女人白皙的皮肤，身材极好，全身的夏奈尔服装，不过对于一位经营大生意的老板来说，她过于漂亮了些。她跷着二郎腿，斜眼看着眼前这六位弄走了她六十万的人。在她身边，还有个四十出头，中等身材，一脸精明模样的心腹男子，两人一看就像有奸情。

陆钟心道解释无用，倒不如先把事情应下来，博一个好印象，接下来再见机行事，找个合适的借口为大家开解。

他落落大方地冲老板娘一拱手，笑道："拿了您六十万，终于见到本尊了，失敬失敬。"

"瞧瞧，笑得多好，这笑就像是天生长在脸上似的。"那个心腹男子也笑了，细细打量着陆钟他们，"看得出，你们是走江湖的，而且是专业的。"

"让您见笑了，我们手艺不精被您抓到，情愿将损失奉还，还请您大人不计小人过，放我们一马。"陆钟笑嘻嘻地讨饶。

"你们手艺倒好，要怪也只怪这里是我们的地盘，凭着我们的本事，要想在上海滩找出几个人还是不难的。"心腹阴森一笑，继续替老板娘说话，"只是我们不明白，上海滩这么多有钱人，为什么偏偏对我们老板娘下手。"

"其实您不问，我们也要说了。其实啊，我们找您下手，就是为了跟您结交。"陆钟凑近两步，对着老板娘说道，"只不过说来话长，能否让我们先坐下，慢慢聊呢？"

"哦？你这话倒说的新鲜，我倒要听听，究竟是什么道理，要认识我反而要先骗我钱。"老板娘终于开腔了，朝手下使了个眼色，让他们搬了几把椅子来。

见面不过两三分钟，陆钟已经暂时缓解了大家可能面对的危机。他脑子转得飞快，趁机把关于韶关的宝藏故事说了出来，一边说，一边还加入了自己临时构思的不少情节。到了最后，这次骗取六十万的过程，真的变成了他要跟老板娘不骗不相识的目的。

"不久前，我们从电视上看到您旗下的拍卖公司闹出的一档子新闻，凭着职业敏感，我们就发现您的公司可能会帮上我们一个大忙。您也知道，宝藏这种东西是属于国家的，就算是我们真的找到，也需要把它洗白，再变成现金。谁能把这么大一笔财宝洗白又变成现金呢？最理想的选择当然就是您这样的拍卖公司，为了让您知道我们是干什么的，也为了跟您认识认识，今天的那六十万，就是为我们自我介绍的最佳方式。当然，宝藏这么大，凭我们几个小菜鸟吞下可能会消化不良。如果您有兴趣参与这次寻宝，对于我们将来的合作，甚至整个寻宝计划的实施都是相当有帮助的。不知道我这么解释，您理解了没有？"陆钟口若悬河地说了这么一大通，连坐在他身边的自己人都愣了。

可老板娘和她的心腹对望一眼，随即二人哈哈大笑，笑得很夸张，好像陆钟讲的不是关于宝藏的故事，而是个天大的笑话。

"你一定就是传说中的六哥了吧。"老板娘捂着笑痛了的肚子，好不容易才说出连贯的话来。

"你不说宝藏倒好，一说我就想到了前不久内蒙古的一桩博物馆失窃案，再加上京城两位大佬几乎同时赶到内蒙寻宝，我马上就猜到只有你这么聪明的人，才会想得出这办法赚钱。不知道你究竟赚了多少，不过今天你们一帮子人落到了我手上，就是我的财运到了。把你们送去澳门，一千万的悬赏，还有那位大哥的人情，相比起你们从我这里骗走的六十万来说，可是划算得很。"心腹男围着陆钟他们转了一个圈，盯着他们每个人仔细地看了一遍。

"你们究竟是……"陆钟心里一惊。

"我们当然不是正经商人，做这行的，没点江湖消息怎么能混。实话告诉你，我们以前也跑江湖，现在不但安定下来还洗白了底子，可不像你们，还在跑江湖。人人都说你六哥了不起，我看不过如此嘛，居然还落到了我们手上，哈哈，这要传出去，我们可要出名了。"老板娘和心腹男相视一笑，掩不住的得意。

"把我们送去澳门换一千万，大可不必，我们可以帮你们赚到两千万。"陆钟希望故技重施，用钱打动这两个家伙。

"住嘴，现在可没你选择的余地。"老板娘凤眼一瞪，露出几分凶光。

"您别动怒，既然都是江湖中人，也不必赶尽杀绝，要把他们真送去澳门，那肯定……"心腹男没把后面的话说下去，但手却做了个抹脖子的动作，暗示陆钟他们会难保性命，"不管怎么说，你们骗到我们头上也算是缘分，今天请你们好好休息，有什么事都明天再说。"

老板娘没再反对，挥挥手，让手下把陆钟他们带到楼上的客房里，严密监管起来。

关上门，单子凯就说开了，要是师父还清醒，一定知道这两个家伙究竟是什么来头。梁融却嘀咕着看着那女人和她的手下都不是好人，估计不会那么好应付。司徒颖依然沉默不语，曾洁摇着头叹息，也许大家真的不该违背门规，师父说过，同样的局不能做两遍。

是啊，陆钟也想到了，如果不是他自作聪明提出宝藏的事，这两个人兴许还没能发现自己的真实身份。毕竟听过六哥这两个字的人多，见过他的人却少，见过他真实面目的人更是少之又少。

"师父，对不起。"陆钟跪在老韩面前，狠狠地磕了三个头。

老韩一脸茫然，仿佛不明白究竟发生了什么，大家赶紧那把他拉起来，劝他不必内疚，碰上这档事纯属巧合。可他怎能不内疚，是他得意忘形急功近利，是他把大家带入目前这种被动的状况，是他把师父的交代置之脑后，违背了门规。

第八章　临时性合作

A

　　一夜忐忑。第二天一早，越古拍卖行的老板娘带着心腹男来了。显然他们商量过了，虽然接受赚回两千万的代价，不把他们送去澳门的条件，但老板娘发话，让陆钟和老韩留在这里做人质。

　　"早就听说你们这支队伍厉害，每个人都能独当一面，留下这个老糊涂和六哥，你们还有四个人，应该没问题。"老板娘披散着一头大波浪的卷发，显得格外妖媚，三十多岁了，走起路来腰肢扭得像条水蛇。

　　"我也会全程陪同，跟几位高手去见识见识，顺便打打下手。"心腹男两腿一并，朝大家点点头。

　　"这怎么行！"

　　"陆钟是头，没有他，我们可做不来两千万的买卖。"

　　梁融和单子凯异口同声道。

　　司徒颖和曾洁倒很冷静，几个人交换了一下眼神，似乎都不同意这个决定。

　　"哎呀，不试试怎么知道不行，不留下六哥，芬姐可不放心。"心腹男一听立刻反对，被他这么一说大家才知老板娘叫芬姐。不过既然他们跑过江湖，名字没多少意义，什么都可能是假的。

　　"你们可以选择不合作，这么一来，我只好把你们送去澳门换那一千万赏金了。"芬姐的纤纤玉指一摊开来，若无其事地打量着大家。

　　"好，他们留下，我们去赚两千万给你。不过我提醒你，师父身体很不好，万一他老人家有什么三长两短，你一定会后悔遇见我们。"司徒颖咬着牙根狠狠地说，温柔消失得无影无踪，眦眦毕露凶得像狼。

　　这种眼神还是陆钟第一次见到，不由得心里一惊。等他回过神来，心腹男已经带着司徒颖他们走了。也许怕时间拖长了事情有变，他们甚至没留时间给大家道别，直到这四个熟悉的身影从视线中消失，陆钟也没能等到司徒颖的回头。老韩坐在椅子上，直直地盯着陆钟，孩子般揪住他的衣角，完全不明白发生了什么。

"那位小姐倒是又年轻又漂亮，你们该不会——有私情吧。"芬姐轻轻一笑，饶有兴趣地打量着陆钟，"放心，我不会为难你们，只要乖乖地配合我们，每天晚上你们都可以通电话。"

陆钟意识到神不守舍的眼神有些不妥，被人看穿心思乃千门大忌，他命令自己换上招牌笑容，在师父身边坐下，握住师父的手，让他不要害怕。

"难得能碰到你，当然不会只是请你在这里度假，其实我也有个忙想请你帮。"芬姐可不是省油的灯，那边要赚两千万，这边还单独有任务。

"眼下这种情况，我似乎没有拒绝的余地，您就吩咐吧。"陆钟倒也坦然，丝毫不惧地迎着芬姐的眼神，跟她对视。

"六哥果然名不虚传，虽然年纪不大，气魄可真不小，姐姐可是佩服得紧。"芬姐冲陆钟抛了个媚眼，柔声说，"其实也不是什么大事，不用赚钱，你别太大压力。就是想……请你帮姐姐把这家拍卖公司的名声搞得响亮一点。你昨天也说了，看到最近的新闻，搞得我们有点被动。"

"可你们不是跟我们一样，也是跑江湖的嘛，这公司做一阵子就可以关张，何必费事搞什么形象？"陆钟觉得好笑，两个骗子开公司，居然还想搞形象。

"这次能遇上你们是天大的运气，好不容易在这上海滩落下脚来，就不想再走了，以后安安生生过日子，所以公司打算一直做下去。"芬姐倒也坦率，自言比不上陆钟他们的本事。

"芬姐这么客气，好像倒是求着我办事似的，还真有点不适应。"陆钟冷笑一声。

"诶，你要这么说可就见外了，有缘碰上互相照顾嘛，您帮我解决难题，我帮您好好照顾老头子，孙龙在外面照顾你的兄弟们，都是应该的，六哥一定懂得分寸的哦。"芬姐表面上客客气气，其实话中有话，拿老韩威胁陆钟。

如果说每一个优秀的老千都是一条狡猾的蛇，师父就是陆钟的七寸，被人捏住了七寸，就没有选择的余地。能让师父得到好些的照顾，做什么都值得，陆钟应承下来，让芬姐带他去公司看看。

大名鼎鼎的六哥在自己面前也毫无办法，芬姐心花怒放，马上把公司的底子一五一十和盘托出。典当行是从别人手里接手的，有五六年资历。拍卖公司则是在典当行的基础上新搞起来的，开业至今也只有半年，举行过两次拍卖会，第二次就闹出了新闻。芬姐人漂亮，做事还算认真，陆钟查过公司名下的几位鉴定师和拍卖师，资质统统合格，没有大问题，只是账有些不清不楚，其中有一位就是给涉嫌赝品交易的官员送拍的字画做鉴定的鉴定师，已经移民海外。因为他的离开，使相关机构的调查陷入困境，也因此招来更大非议。

公司情况不太复杂，规模也有限，短短一天，陆钟基本上了解了情况，也有了不错的计划。见陆钟配合，芬姐很满意，特意问过老韩的病情后，晚上吩咐厨子做了不少好菜，白芷炖燕窝，五味子老鸭汤，都是利肺的好药材熬制的。

"您希望这家公司有个怎样的形象？"师父满意陆钟就满意，饭还没吃完他就主动提起了正事。

"像那些世界五百强大公司，人人一听就竖大拇指。"芬姐脱口而出，显然这个目标早就有了。

"这不可能，拍卖公司的性质跟那类公司不一样。"

"那……至少要让大家忽略目前我们的负面新闻，让公司形象尽快正面起来。"

"您为此打算花多少钱呢？"

"当然是越少越好，否则的话，我去捐个几百万给慈善机构，再搞几家希望小学，同样能让公司形象好起来，但是我自己都能做到的事，也就没必要劳驾六哥你了。"

"我明白了，您的意思是想花最少的钱达到最好的效果。"

"没错，能办到吗？"

"能。"

"说说？"

"现在捐款的人太多了，不少亿万富翁还裸捐呢，全部身家都捐出去，但是效果呢？很难说，他们的目的跟您不一样，他们是要真的做好事，您却是搞面子工程，出发点不同方式就不同。"陆钟端起茶润润嗓子，不紧不慢地说了起来，"就捐款这种方式来说，您不论花了多少钱，对观众来说都只是一个数字，但如果您能做出一件什么事情，让大家关注，说不定效果比您捐出全副身家都来得要好。"抛开纷纷扰扰的杂念后，陆钟完全进入了状态，令芬姐不得不认真听他述说。

"那你说，我该做件什么事情才能让大家全都关注呢？"

"就拿美国选举总统来说，并不是谁捐出多少钱，就能获得民众支持当选总统，而是比谁能为老百姓解决最实际的问题，如就业率，通货膨胀之类的。知道奥巴马为什么能当选吗？他提出新的医保方式，替不少穷人解决了医保问题，为此得罪不少大财团，但是他最终成功当上了总统。"陆钟故意把话题扯大了些。

"中国可不能竞选总统，我也没那么大野心，就别跟姐绕弯子了。"芬姐有点急。

"您觉得，国人现在最担心也关心的问题有哪些？"陆钟诱导着问道。

"那可多了去了，房价太高，物价上涨太快，还有什么毒奶粉，地沟油。可这些事情我们怎么可能插手，就算姐进了政协都搞不定。"芬姐还是不得其法。

"您说的这些都是国家大事，不可能插手，但是您想没有，对于每一个家庭来说，什么事情是最大最重要的？"

"不是房子，那就是——孩子？"芬姐猜道。

"没错，对每个正常家庭来说，孩子就是这个家最最重要的事，孩子出一点小事，对大人来说都是了不得的大事，如果孩子出了大事，那简直跟天塌下来一样。"陆钟说得头头是道。

"在孩子身上做文章？"芬姐皱起眉头。

"你想想，如果有人帮助一个被人拐卖的小孩，平安地找到家，全过程又正好被人关注到，网络、报纸、电视，各类媒体同步报道，会怎么样？"陆钟直视着芬姐的眼睛，露出一丝微笑。

"会诞生一个英雄。"芬姐眼睛亮了。

"知道超人和蝙蝠侠为什么那么受欢迎吗？古今中外，人们永远需要英雄。这件事做到位后，还可以借此机会成立一个慈善基金，把名誉最大化。基金也不用您花什么钱，组织一场慈善拍卖，征得的拍品的所有拍卖款项都捐出来成为慈善基金的启动资金，既有了面子，还有了里子，用别人的钱做善事，您觉得好不好？"陆钟帮师父斟了杯茶，漫不经心地瞟了芬姐一眼。

"好！真是太好了！六哥果然非同凡响，但是这么做真行得通吗？"芬姐被这个计划彻底打动了。

"有什么行不通，这可是做好事，外国的明星名流都这么干。您把慈善拍卖筹到的款作为启动资金，找一家民政单位挂靠，等到基金上了规模，持续增加媒体曝光度，强调基金会的成效，说不定您真的可以进政协呢。另外这个基金会的账户是以您的名义开设，资金的监管……不用我多说，您懂的。"陆钟狡黠地眨了眨眼。

"我也可以用自己名义来监管？"芬姐面露喜色，媚眼翻飞，"六哥，你真是坏死了！"

"当然，所有基金都有监管费的，监管费您可以自己控制。"陆钟点点头。

"还有最后一个问题。"芬姐眼珠子滴溜溜地转，很快就想出新问题，"到哪儿去找这么一个孩子呢？又能保证找到他的家人。莫非要找人贩子？"

"这还需要砟子行的人插手？"陆钟眼神中透着轻视，仿佛很失望，"古时候，有点名头的侠盗如果走错了人家，从哪儿拿的东西再给人家还回去，很简单。"

"人家哪有六哥这么厉害嘛。"芬姐发着嗲媚笑横生，倒叫陆钟起了一身鸡皮。

B

按照陆钟的办法，就是先去偷走一个孩子，然后再假装意外地碰上这个孩子，再把他送回家。全过程都要有人跟踪报道，在网上实时转发，以达到最大宣传效果。

可究竟要偷走谁的孩子，才能引起足够高的关注度，又能博取大众的同情呢？太平凡不行，勾不起人们的兴趣，官二代和富二代也不行，会惹来绑架的嫌疑，搞不好惹上大麻烦。这晚，电视里一个名为《特别关注》的社会报道节目引起了芬姐和陆钟的注意。

节目里介绍了一家外地工人的艰苦生活：夫妻俩都是清洁临时工，没有编制也没有三险一金，两口子都是外地来的，收入加起来也只有一千六七，每个月还得挤出三四百给农村的老人寄去。微薄的收入如果租了房就吃不上饭了，只能住在街道上改建的桥洞下，用空心砖砌来的小屋里。十平方米的小屋里只有一张床，什么家具都没有，床底下摆着几颗大白菜，还有一大堆捡来的空瓶子攒着准备卖钱。更可怜的是这家的孩子，因为没户口上不了公立幼儿园，而再差的私立幼儿园每个月也要六七百块，交了学费，全家人吃饭都要成问题。上不起幼儿园，没人看孩子怎么办？只能每天锁在这间小屋里，孩子已经能熟练地使用放在角落里的痰盂。为了能抽空照看一下孩子，两个大人只能干工资最低的街巷保洁工种，就这样，也得每天四五点钟就起床赶在人们出门前把责任区打扫一遍，六点多钟回家把孩子弄起床，给他带点热乎的包子馒头当早饭，八点钟又出门，一直得干到十一点半才回家做饭。两口子都很珍惜这份工作，所以做得任劳任怨。

镜头中一再出现这家的孩子，一个三岁半的小男孩，皴裂的小脸，头发黄黄的，穿一件颜色很土的罩衣，脏兮兮的小手上生了好几个冻疮，偶尔使劲一撸把鼻涕擦在袖子上，见到生人就不好意思地躲在妈妈屁股后面。节目的最后，善良的女记者表示会帮忙联系有关单位，帮没有三险一金的外来务工人员争取更多福利。

节目结束了，芬姐兴奋地冲陆钟嚷道："就是他了！"

小男孩作为目标，的确很理想。那孩子糙，看起来特别好养活，砟子行的人最喜欢拐带这么大的小男孩，卖到福建和广东，给那些想要儿子却生了一打女儿的人家。

陆钟的策划让芬姐很满意，当晚兑现承诺，打电话给孙龙，让陆钟和司徒颖他们说上话。这才出门第一天，司徒颖他们暂时还没行动，在孙龙提供的人选中寻找着合适的目标，只有目标选定，下一步才是构思计划。听单子凯说，大小姐第一次当话事人，格外认真严肃，虽然有不少专业保镖在暗中监视，但有曾洁在，不用太担心安全问题。

芬姐手下除了拍卖公司和典当行的正规工作人员，还有一支人数颇为壮观的私人保安队伍，一来为了保证拍卖公司的安全，二来也是为了充门面，每次遇上接送拍品和贵宾之类的事情，这群穿着黑西装的家伙能在视觉上和心理上增加不少安全感。现在这支队伍中有一半人跟随芬姐的心腹孙龙监督司徒颖他们去了，还有一半人可供芬姐调遣。但是偷孩子这种事芬姐得多加小心，对手下千叮万嘱，更是亲自上阵监督。

第二天一早，芬姐和手下分别开着三辆车朝昨晚电视节目中说过的改建屋驶去。他们远远地把车停在相隔小屋十来米远的地方，等待芬姐用手机发布命令。

虽然昨晚才上过电视，但并没影响这家人的作息时间。这份工作是不能请假的，就算请假也没人替班，朴实的小两口穿着工作服，推着保洁车早早出门。芬姐派一辆车盯着两口子，每十五分钟汇报一次，自己则守在视线有利的位置，和陆钟一起观察着改建屋那边的动静。简陋的改建屋并非只有这一家人居住，同样的环保工人还有十多户，大部分孩子没有上学，年纪大些的在外头玩，年纪小点的大多被锁在屋里，这个位置人来人往，白天里不时有行人经过，不太好下手。观察了一整天，下午五点半，两口子带着大堆破烂和菜回家了，他们的作息时间很准。

既然白天这里有人，那就只好天黑的时候动手了，陆钟回忆起昨晚的节目中提到过，这家人每天早上四五点就要起床，天不亮就要出一趟工。那个时间段，附近应该没有多少行人，附近的孩子们应该也没起床，应该正好下手。

这天大家无功而返，回去的路上，陆钟让芬姐请一位专业影视化妆师来，又请芬姐为他准备了一套衣服。经过精心的筹备，第三天半夜三点多，大家再次出发。依然是三辆车，停在改建屋附近，大家刻意保持着距离。

在车上等了一个多小时，这排改建屋里先后亮起了灯来，没多久，每扇门里走出一两个打哈欠伸懒腰的环卫工，在整个城市尚未苏醒的时候，他们已经推着各自的环卫车，去履行职责。改建屋里昏黄的小灯，又一盏盏地灭了，短暂的清醒后，这一带又恢复了睡眠状态。

夜色的掩映下，一个光头男子下了车，路上无人，这一带又有些偏僻，连经过的的士都少之又少。那个光头悄无声息地来到改建屋中的一扇门前，掏出一根铁丝，在锁眼里捅了捅，大概只用了不到十秒的功夫，毫无防盗能力的小锁就被捅开了。吱呀一声，生锈的活页发出一声呻吟，木头门被轻轻打开，光头手里的电筒，照亮床上被窝里一个不知道梦见了什么，睡得正香的男孩。

抓起床边的小棉袄，光头把孩子裹上，要把他抱起来的时候，小男孩忽然醒来，瞪着圆圆的眼睛，警惕地看着陌生得恐怖的男人，这个男人不但光头，脸上还有很可怕的疤痕，吓死人了。

小男孩吓得要哭，一个劲地往被窝里钻，试图躲过这场劫难。

"别怕，叔叔带你去找妈妈。"光头虽然面目可憎，但说起话来却很柔和，从口袋里掏出一辆小汽车，说，"你看，这是你妈妈给你买的，她和你爸爸都在帮你买玩具，叔叔来接你去见他们。"

屋子里没有一件玩具，只有两本捡来的破书，和一个印着广告的促销气球，小男孩见到小汽车，两眼放光，一下子放松了警惕，用稚嫩的嗓音问道："你是谁？"

"我是你叔叔，你爸爸妈妈给你买好了玩具，一会儿还要带你去吃好吃的呢。我们一起去好不好？"光头叔叔笑嘻嘻的，脸上的疤痕看起来也不那么可怕了，"我们小点声，别吵醒了旁边屋里的哥哥姐姐，要是他们听见了，也会跟我们一起去的，你爸爸妈妈可没那么多钱买玩具，乖啊。"

在玩具和好吃的双重诱惑下，小男孩怯生生地点点头，最终任由这位陌生的叔叔把他抱起来，带着他上了一辆从没有见过的小汽车。

C

两个小时后，带着热腾腾的鸡蛋灌饼赶回家的小两口，被眼前的一幕惊呆了。这破烂的小家什么也没有，但他们却拥有老天爷最珍贵的恩赐——孩子，可如今，连这个珍宝也失去了。半个小时后，接到匿名举报电话的电视台女记者，急匆匆赶到现场时，可怜的母亲已经哭得昏死过去，魂不守舍的父亲只知道一个劲地砸门，自责地哭着，咋不换个防盗门呢。

因为之前有过对这个贫苦小家庭的相关报道，这则新闻立刻登上了即时新闻，不知道为什么，今天的热心市民特别多，好几位路人掏出手机纷纷拍照，把这则消息发到本地论坛上。

窘迫的经济状况，可怜的小夫妻，失踪的小男孩，这些元素加在一起，还有大量相关的照片，长期波澜不惊的本地论坛一下子火了，回帖无数，还有热心网民大量转载，短短一天时间，搜索量居然达到了数十万。那位做了连续报道的女记者当晚在本地新闻电视报道里，含着泪讲述这家人的不幸遭遇。第二天的媒体报纸上也登出了大篇幅的报道，社会学家们大声疾呼：拐卖人口必须严厉打击，弱势群体也要得到更高程度的重视。

在全媒体环境的炒作下，这件事立刻变成了热门新闻，小男孩的照片贴得到处都是，热心的大妈大爷们，一看到路边上差不多年纪的小男孩都会多看上两眼。可不论他们怎么努力，谁都不会找到这个孩子。

因为这个孩子从他被抱走的那一刻起，就注定要被芬姐还回去。

通知电视台的匿名电话是芬姐使用变声器打的，那些转载的网络新闻是芬姐雇人包了整个网吧，把这则消息到处转载的，过度的渲染把这家人的不幸夸张到了极致，也许小孩子被人取走了器官，也许被弄残后上街要饭，也许被人卖到了境外，还有那些来路不明的乞讨者，说不定什么时候就闯进家里把孩子抱走。

不过一两天，这个小小的儿童失踪事件变成了比房价和股市还博人眼球的大事件。人心惶惶，连带着有不少家长开始亲自接送孩子，不少人家还更换了新的防盗门和防盗锁。甚至引起了高层领导们的重视和批示。

那个被全城人以为可能被人剖心取肺的可怜孩子，其实过得还不错。陆钟已经拿掉了那可怕的疤痕和光头化妆，恢复了本来面目。为了安顿孩子，芬姐买了大量好玩好吃的，就连衣服也里里外外全都换成了新的，还都是名牌。

这孩子从没过得这么惬意过，有好几个大人陪他玩，大电视机里的动画人物比他个头还大，还有吃不完的好东西。玩累了就睡，睡醒了就吃，吃饱了就玩，这孩子除了晚上想起爸妈会哭上一会儿，白天基本都顾不上哭了。芬姐看得直摇头，说这孩子没良心，陆钟却说，这么大的孩子还没记性，要是真在这儿住上一年半载，怕是亲爹亲妈都会忘了。

芬姐并不喜欢孩子，小男孩平时都是陆钟照顾着，好几次，小男孩居然把老韩都给逗笑了。陆钟一高兴，就带着孩子在师父面前玩，结果老韩跟个孩子似的，还跟他抢玩具，抢着抢着还哭。见老爷爷哭，小男孩也哭，陆钟都不知道先安慰谁好。可怜老韩这一辈子，如果年轻的时候留下一男半女，怕是现在也有个这么大的孙子了，陆钟心里替师父难过。

这孩子只是芬姐用来赢得关注度和社会地位的筹码而已，并不会在她的别墅住太久，三四天后，是她上场的时候了。

带着陆钟帮她想好的台词，芬姐先是坐飞机去了一趟广州。当晚，失踪孩子现身广州的新闻先登上了网络，随即冒出一个超级大热的帖子，现场直播——发现疑似人贩子。此事被那位关注孩子失踪事件的女记者热情报道，并立即通知了孩子的父母，电视台和芬姐取得联系后，通过网络视频确认了那个流着泪喊妈妈的小男孩，正是全城热议的失踪孩子。第二天，芬姐带着孩子从广州飞回来，刚下飞机，她抱着孩子的姿态就被早早等在机场的记者拍了下来。让人没有想到的是，现场等候的除了孩子的亲生父母，居然来了好几百个热心观众,以往只有超大牌的国际明星到来,才有这种阵势,眼下芬姐抱着那孩子站在电梯上冲大家频频挥手致意,在场的所有人都鼓起了掌,孩子的父母也激动得痛哭流涕。

孩子被交还给亲生父母,一家人团聚,孩子的父亲甚至要跪下来给芬姐磕头,感谢她的大恩大德。芬姐赶紧把那位可怜的汉子搀起来,连声说没什么,一切都是她应该做的。随即记者们围了上来,大家纷纷追问芬姐究竟是怎样发现这个孩子的。

芬姐告诉大家,她是在广州办事时,偶然遇到了一名可疑男子带着个跟他完全不搭的小男孩,那小男孩越看越像失踪报道里的孩子。芬姐坦言,当时她也害怕,因为听说人贩子都有同伙,好在她身边还有同事,仗着人多,鼓起勇气一番周旋后,男子大概是心虚,最终放弃了孩子,找了机会逃跑了。整个采访过程,在场的女观众都流下了泪水,大家为芬姐的正义和勇敢而感动。

《正义未死,勇敢还在——一位女英雄的诞生,被拐男孩千里归家全记录》,这个标题很知音体,很啰唆,但所有人只要看上一眼,就都知道上面说的是谁。这篇报道以整版的规模被刊登在全城发行量最大的报纸上,并不是只为芬姐歌功颂德,其中也引用了某位知名少年儿童预防犯罪专家提供的"十人四追法"(注1),告诫市民该如何正确应付孩子失踪的同类事件。文章末尾,提到女英雄芬姐决定组织一场慈善拍卖,为走失孩子的家庭筹款,一方面组织大家把消息广而告之,另一方面也用这笔钱帮助经济困难的家庭。就拿这次被人抱走的小男孩来说,经济收入本来就微薄的家长,如果要去寻找孩子就只能放弃工作,可放弃了工作他们就没有了生活来源,连饭都吃不上,又怎能找孩子呢?

芬姐的提议不仅出现在报纸上,还上了电视,依然是那位女记者,现在简直成了芬姐的粉丝。芬姐原本就漂亮,这么漂亮的女人还能独自经营这么大的生意,还会关注这么重要的社会问题,和其他那些只知道买衣服打扮自己,到处炫富的暴发户太不同了。漂亮的女人特别有号召力,电视台领导也很看重这个新兴新闻人物背后的现实价值,芬姐接连上了不少通告新闻、节目访谈,杂志和报纸的采访预约都通通排满,忙得她脚不点地,都得跑着去换衣服,拿着那些陆钟帮她写好的演讲稿和台词,拍卖行女老板芬姐在镜头前往往比主持人还抢镜。

很快就有群众自发组织了一个帮助孩子回家的义工组织,公开征集失踪孩子的信息后，把这些失踪孩子的照片和义工组织的联系方式，印在芬姐出资定做的十万个可重复使用的购物袋上。每一个购物袋上都有整整齐齐几十个孩子的大头照，下面写着各自的名字、年龄，以及身体特征，夹送在那份曾经刊登过芬姐整版报道的畅销报纸里，免费发送到城市各个角落。

一时间，那些丢失孩子的家庭，早已失望的和即将失望的家长们，心中的希望又被唤醒，他们都相信。如果这些购物袋能再多一点，被发放到全国，多多少少会有几个孩子能被找回来。

至此不过半个月时间，一场由陆钟一手导演的形象工程已经收到了预期的成效，由芬姐倡议的慈善义卖也进入日程，各类拍品的征集十分顺利。芬姐许诺，一旦拍卖会成功，将把首批善款用来制作更多购物袋，要把这些孩子的消息发布到全国。

电视屏幕上芬姐的形象定格，那张美丽的脸上露出慈爱的笑容，对着台下的观众们挥手致意。观众们全体起立，热烈鼓掌，仿佛站在他们面前的是一位货真价实的女英雄。老韩独自坐在电视机前，毫无意识地换着台，眼皮却不住地打着架，坐在沙发上打起了瞌睡。这些日子来，芬姐吩咐好菜好汤招待，只是他和陆钟都不能出门，被软禁在这栋别墅里。

从老韩手里轻轻取出遥控器，陆钟关掉了电视，帮师父在身上盖上一条毯子，自言自语道："师父，虽然这次的出发点是坏的，但就目前看来，咱们做的还都是好事。您放心，我会让整件事最后也有个好结局。"

注1：

十人四追法，由中国人民公安大学教授、少年儿童犯罪预防专家王大伟博士提出，该方法简单快速，是目前儿童失踪后最佳应对方案。

第一步是原地不动，第二步广播寻人，第三启用"十人四追法"。必须是母亲原地不动、父亲发动亲友10人向四个方向寻找。

搜寻分成粗细两层，第一层粗的搜寻就是在2公里以内，沿着大路迅速追赶，这要安排4个人，就是一个方向起码1人以上赶快出去追，细的搜寻就是还是在2公里之内，但要到主要的火车站、汽车站去找，也就是4个人以上，分别去4个车站找。

有时候歹徒把小孩抱走后，会火速赶往火车站、汽车站，买张票马上就上车，要争时间抢速度。如果能比他快，就能把孩子找到。曾经有这样的真实案例，就是母亲一丢了孩子之后，马上组织人，分头追赶。结果到火车站后，犯罪分子正检票，从而顺利地救回了孩子。

以上步骤最少是8个人，还要有2个人：一个去报警，一个人留在家里。有时候，孩子自己能找回来。一旦出现了两三岁的孩子丢失的情况，最少要马上组织10个人分头追查，耽误了时间，后果可能会很严重。

第九章　倒插门女婿

A

春雨绵绵，干净的大街上就像涂满了油，在路灯的照耀下黑得发亮。一个身穿格子衬衣，戴着黑框眼镜的窈窕女子坐在沙县小吃店里，正在等着她的馄饨，同时也等着人。她盯着门外的街，不时地掏出手机看看时间，看看是馄饨先到还是人先到。

小店路口转右有几栋很像样子的写字楼，转左是酒吧街，远远地还能听到一些劲爆的迪厅舞曲。这家沙县小吃店二十四小时营业，老板娘嘈杂得过分，嘻嘻哈哈地跟人讨论着昨晚打麻将的手气，跟那清淡的生意完全成反比。

馄饨刚端上桌，一个瘦瘦的男人就冲了进来，他没打伞，头上顶着一本杂志，封面上的大明星被雨丝淋得痛哭流涕。

"老板娘，老规矩。"男人顺门熟路地找到角落里坐下，店里此时没有多少客人，只有那个格子衬衣女和其他两位客人。

"好，馄饨面一碗，面要多煮，不要放醋，多放酸菜多放蒜，对不对？"老板娘从厨房那边探出头来。

男人点点头，从口袋里掏出一方手帕，擦了擦脸上的雨水，又把金丝边眼睛摘下来，小心翼翼地擦了擦。这年头使用手帕的男人已经罕见了，更何况男人手里这方居然是响当当的国际大牌，还带有精致LOGO刺绣的。再细看他身上穿的，好不花哨，精致的剪裁和完美的版型无不体现出高品质的水准，那是只有识货人才懂得的昂贵。低头的瞬间，他注意到那个格子衬衣的女子，就在和他相距不到三四米的距离，可是——那女子竟然大大方方地朝他看过来，还冲他笑了一下。她笑得真好看，就像每一个大学男生的梦中情人，弯弯的眼睛黑黑的瞳仁，隐约藏着一丝羞涩。

男人的心不由得动了一动，这是他连续第三个晚上在这家店里碰到该女生了，每次见面她都冲他笑，不管是有意还是无意，男人都不该再无动于衷了。男人几乎是狼吞虎咽地消灭了那碗馄饨面，来到那位还没吃完的女生面前，"姑娘，如果你想跟我约会，恐怕要失望了，我已经结婚了。"

男人说完，亮出左手无名指上的宽大的白金戒指。平心而论他并不算个标准的帅哥，只是个头比较高，体形比较匀称，穿得也比较好，所以可能经常遇到大胆姑娘们主动搭讪。若是换成其他男人，碰上艳遇肯定先是暗爽，然后半推半就地勾搭，最后心急火燎地示爱了。可他非但不接受，还主动站出来拒绝，对一个柔弱秀气又学院派的好姑娘来说，未免太过分了。

事实上，小吃店老板娘都不知道这位熟客的底子。这男人虽然表面上看起来很光鲜，其实只是沾了老婆的光，老婆的娘家是大富之家，连同一帮有钱亲戚搞了个规模不小的私募基金。他名片上虽然挂着个基金经理的名头，其实只是被人看不起的倒插门女婿。名车和豪宅，还有这身高级的行头，全都是拜老婆大人所赐，老婆对他要求严格，即便手头无事，每天也要在公司装模作样地磨洋工，磨到九点钟才回家交差。老婆变一变脸色，他血压立刻升高，说不定什么时候老婆厌了他，随时还可以踢他净身出门，他真的不敢在外面放肆，有那心也没那胆。

"太好了，您终于跟我说话了。"姑娘激动地站起来，朝男人伸出手，"刘总，自我介绍一下，其实我来这里等您是有任务的，我们公司希望能从您的基金里贷款，因为不认识人，交上去的申请书被否了。"

"你？贷款？"男人以为听错了，事实上他在公司只不过是挂个名而已，从没经手过任何一单买卖。不过被人称为刘总还是让他有点小得意，挂名也好，至少自己还是个经理。

"没错。作为我们公司公关部的负责人，我打听到您每天都来这里吃宵夜，所以特意来等您的。"姑娘笑起来很美，在这样的雨夜更是有种莫名的温馨。

"抱歉，现在不是工作时间，请先跟我秘书预约后再找我谈吧。"男人还是想推掉这单送上门来的买卖，多一事不如少一事。

"不必那么麻烦，我只想占用您三分钟时间，就三分钟，绝对不超，求求您了，如果您听完我们的计划，觉得没兴趣我就自动消失，保证再也不会出现在您面前。"姑娘说得很诚恳，小模样让人看了不忍拒绝。

"这样吧，我现在要走路回公司，需要五分钟，就给你五分钟。"男人看看外面飘着的雨丝，心想就算借着公事跟这个小妞来个雨中漫步也不错。

"谢谢，太谢谢您了，您叫我乐乐就行。"姑娘乐坏了，满怀感激看着这位刘总。

泛黄的路灯灯光搭配翩翩雨丝，让这条普通的大马路看起来和平时有些不同，如爱情电影里的画面，一对年轻男女登对地走在一起，现实却是这两个人在谈论百分百的公事。

他们聊的是网络。如今的中国拥有全世界最多的网民，随着时代的进步，网民数量只会越来越多，曾经在中国占据霸主地位的电视广告逐渐失去优势，越来越多的病毒式广告，以及各种类型的网络名人不断吸引网民们的眼球，这个数以亿计的网民市场，就是网络公关公司成长的沃土。相比其他传统广告公司公关公司来说，网络公关成本更低廉，理念更新锐，方式更灵活，拥有许多传统公司所不具备的优势。

乐乐所在的大麦网络公关公司正是一家新兴的网络营销顾问机构，在成立短短的一年时间里，五个人的团队创造了几百万的营业额。正因为这行是新兴行业，刚入行的时候竞争比较少，生意做得格外顺利。但是中国人干什么都爱凑热闹，眼看着做这行能赚钱，短短的几个月里国内冒出许多家网络公关公司。为了竞争，不少公司采用超低价甚至免费的模式来争夺客户，竞争相当激烈，如果想要守住江山，并且在这片领域保持绝对优势，必须融资扩展。

短短几分钟，乐乐说得很溜，介绍也很全面，想必这番话在她脑子里已经构思许久。

"等等，你说你们公司有几个人？"刘总忽然停住脚步，问道。

"五个人，董事长，策略顾问，总策划，美术总监，然后还有我这个公关部主任。"乐乐认真地回答。

"五个人一年，赚到了几百万？"刘总眼中有着强烈质疑，"恕我直言，听了你的介绍，感觉像皮包公司，玩的是空手套白狼。"

"您误会了，我们公司虽然人不多，但每个人各司其职，没有一个吃白饭的。能完成几百万的营业额绝对不是空手套白狼，我们也不只有一两个客户。公司成立以来，我们每个人都付出了相当大的努力，每一个计划案，每一个病毒式广告的剧本，分镜，到拍摄都是经过层层把关的，所以效果也相当好。我知道您可能不信，如果有机会的话，我想给您看看我们的一些成功案例，在网上都有着相当高的传播度。"乐乐虽然年轻，但说起话来还是很有分寸的，知道什么比较有分量，"网络公司虽然听得见却摸不着，但还是不乏许多赚到大钱的公司，美国的FACEBOOK，中国的阿里巴巴，一开始也都是几个人几条枪的小公司，现在呢？如果贵公司的基金能为我们提供融资，帮助我们获得更多发展机会的话，作为回报，我们也能拿出一部分公司股权，作为对您和您公司的回报。"

"虽然我不太了解，但是你说的那个FACEBOOK和阿里巴巴我倒是知道的，这两家的确都赚了大钱。"听说会有股权作为回报，刘总有些动心，"我想我们真的需要好好再细谈一次，耳听为虚，眼见为实，我很想见识见识你说的那些成功案例。"

"没问题，明天您方便的话，我把我们公司里的人带来见您。"乐乐见刘总主动提出要见面细谈，脸上露出自信的微笑。她知道这八字有了一撇，剩下的一捺，也不会要等太久了。

B

其实说穿了，这个计划跟骗保没什么区别，说得堂皇，拆穿了就是骗贷，只不过骗的不是国家银行的贷款，而是民间的私募基金。性质一样，但万一要被追究起责任来，罪状可是有差别的。

比起审批程序严格的银行，私募基金利息特别高。一般来说，月利三四分很正常，上不封顶，但是因为私募基金少了不少监管部门，也就更灵活更方便下手。但是整个过程中最关键的一步，是必须把经手人搞定，只要找对了人，下对了药，基本上就没什么问题了。

这个计划的目标是孙龙提供的。刘总，刘桂友，名字可比他本人要土得多，这名字也说明了他的寒门出身，此人是这座城市里规模最大的私募基金老板汪清澄的女婿。汪清澄是芬姐拍卖行的贵宾，曾经以高价拍下过两位高官亲戚送拍的古董。不必说，这位汪董跟高层们有着这样那样的交易和关系，所以私募基金市场刚刚开放，他第一个就拿到了正式牌照。

汪董有个宝贝女儿，从小娇生惯养脾气大得不得了，之所以挑了刘桂友当老公，并不是因为爱他，而是刘桂友在大学里成绩不错，是个研究生，说出去有面子。另外刘桂友人老实，汪家小姐是他的大学学妹，知道他整个大学期间一个女朋友都没有，她自己爱玩，老公当然得找个放心的，于是就选中了他。

从没恋爱经验的刘桂友很容易就被汪家小姐倒追搞到了手，努力读书为的就是早日跳出寒门过好日子的他，单纯地以为好日子到了。结婚后刘桂友倒插门住进了汪家，汪家小姐恢复了本来面目，和一大帮富二代玩伴成天鬼混，一个星期难得有几晚回家。这还仅仅是个开头，汪家小姐对佣人都是吆五喝六，对他这个丈夫也同样口气，一言不合就叫他滚蛋，说他吃汪家的住汪家的，车也是汪家买的，从头到脚没有一样不是托汪家的福。在家里如此，在公司同样得不到重视，岳丈只看重自己的亲戚，他认真写的意见书被老丈人以缺乏实际经验，空谈为由扔在了一边。在汪家人看来，他刘桂友只不过是汪家小姐养的一条不会叫唤的狗。

这样的一个男人，长期苦闷欲求不满，是最容易犯规也最好下手的对象。整个计划就是围绕他设计的。这是价值不低于两千万的骗局，也是司徒颖渴望已久的独自担当话事人的机会。如果是一年前她得到这样的机会，绝对会铆足劲超常发挥，可今晚的她却丝毫不兴奋，就像失去激情的演员对舞台已经不再憧憬。她已经不需要再做什么来证明自己了，一切智力游戏对她来说都没有了吸引力。

告别刘桂友，回到自己的团队中，交代了明天要去公司跟刘桂友正式见面，又叮嘱梁融加紧速度把筹备工作尽早做完，她把自己关进房间，什么话也不想说。和干爹、陆钟分开已经好几天了，虽然每天都能通上电话，虽然心底还有着淡淡的牵挂，但那份感情已经不再像从前那样无法割舍了。哀莫大于心死，在澳门的那几天，她的心已经失去了最后的活性。世界上的人那么多，并不是非他不可，离开谁就不能活。她现在要做的，就是陪伴干爹走完最后这段人生旅程，最后做一场成功骗局，为自己的江湖生涯画上完美的句号。

第二天，大麦网络公关公司的全体成员，如约来到了刘桂友刘总的办公室。

董事长是芬姐的心腹孙龙，此时化名蒋伟；策略顾问曾洁，化名吴芳；运营总监是单子凯，很帅气很会交际的样子，化名陈诚；美术总监自然是梁融，化名江南；最后一个公关部负责人，就是昨天跟刘桂友见过面的乐乐，司徒颖。

今天来谈正经事，这五个人穿得不仅得体，还各有自己的风格。经过办公室走廊的时候，惹得不少同事投来关注的目光，大家都在猜，今天汪家这位倒插门女婿究竟要见谁呢？被众人盯着看的感觉让刘桂友很受用，兴致也就顺带着格外好。

"这位是蒋伟先生，我们大麦公司的创始人，CEO（首席执行官）；这位吴芳小姐，策略顾问，资深营销专家，网络推手；这位陈诚先生，运营总监兼CTO（首席技术官），多年网络服务经验，为我们带来不少客源；这位是美术总监江南，也是知名的网络写手，公司的不少成功案例就是出于他手。"乐乐先为刘总介绍了在座的每一位，然后拿出早已准备好的一个U盘，"昨天已经跟您介绍过我们公司的大致情况，说得更细一些的话，我们很擅长事件营销，网络公关，还有网络红人的打造，别看我们规模不大，但绝对能为任何一流公司提供全方位的网络宣传服务。今天我们带来了不少成功案例，您可以进入百度或者谷歌直接搜索。以下这些全是我们公司相关作品的关键词，请您看看。"

刘桂友拿过那个U盘，打开来一看，很快跟随公司介绍上面的链接，进入大麦公司的官网，网站很漂亮，公司客户有好几家世界五百强公司，公司签约艺人一栏中，还有不少网络名人的照片。刘桂友是个办事认真的人，生怕这个大麦公司的官网只是自己制作用来蒙他的，于是自己在百度上搜索起大麦公司来，没想到同时跳出了几万个搜索，跟官网上介绍得差不多。

"看来你们还真有点本事。"刘桂友摸着下巴，对这家公司真的感兴趣了。

"我们都是靠脑子吃饭的，另外也靠这个互联网时代，只要有网络的一天，就有我们发展的一天。"乐乐能说会道。

"昨天你们说什么来着，股权什么的，我记不清了。"涉及对自己有好处的事，刘桂友当然不会放过，这可是他难得的翻身机会。如果搞成功了，公司上下人人都会对他刮目相看，在汪家的地位也会有所改善，说不定，岳父大人还会让他进董事会。

"昨天我说，如果您的公司真能帮我们融到足够我们发展的这笔钱，我们愿意提供公司原始股权作为合作的代价。股权中也会有您的一份，具体如何分配，还要等我们确定了合同以后细谈。"乐乐说完后觉得有些不妥，赶紧把创始人给推了出来，"蒋大哥，您是这么跟我说的吧？"

"没错，没错。"孙龙不过是整件事的旁观者，不过作为重要人物，他有必要出来打个哈哈。

"你们不是网络游戏公司，不需要大量研发人员和专业电脑；也不是门户网站，需要大量服务器；更不是视频网站，需要购买影视版权。就你们这几个人，究竟需要多少钱呢？"刘桂友问到了点子上，昨晚回去后，他是做过功课的。

"两千万。"身为运营总监的帅哥开腔了，显然，这个数字是早就设定好的，"两千万的话应该够我们在一年时间内招兵买马，扩大经营，我们现在的困难不是没有生意，而是生意太多，忙不过来，势必导致水准下降。这是我们最不愿意看到的事，对客户也不公平。我们需要更多人，需要更全面的企业培训，需要更大的办公楼，更多的服务器，更大规模的网络水军。"

"两千万……这可超出了我的授权范畴，需要经过董事长同意才行。"刘桂友面露难色，这要经他岳父大人的手，十有八九会被咔嚓。

"不急，凡事都有个过程。资料您留着，先走程序报上去，看看上头什么意思吧。"乐乐早有预见，不可能这么快拍板，刘桂友的反应在她计划之中。

乐乐看看几位公司同仁，大家都一致表示愿意等上几天，几千万的大计划不可能这么快就拍板，情理之中。

C

大麦公司的人走后，刘桂友却有些困惑，刚才在电梯里，那个乐乐往他手心里塞了张纸条，跟名片上不同的是，纸条上写着乐乐的私人手机号码。

留下私人电话，肯定是为了谈事，这个姑娘究竟想跟自己谈什么？刘桂友觉得，这年轻的女孩可能对他有好感。不了解他真实情况的人大多如此，看他衣冠堂堂像个人物，唉，刘桂友叹了口气，偏偏自己那么没用，手里没钱，就算现在跟汪家闹翻，跟汪小姐离婚的话，这几年的憋屈就白受了，吃亏的是自己。寒窗苦读，也只混个文凭，可要从现在摆脱汪家的话，一切就得从零开始，他可不甘心。

下午，他看岳父大人闲着翻杂志心情不错，便带了大麦公司的申请资料，敲开了岳父大人办公室的门。把事情一说，岳父大人随便翻了翻那份资料，还没等刘桂友讲到对方申请贷款的金额，就粗暴地打断了他的话。

"不行。"岳父的态度很坚决。

"为什么？这家公司很有潜力，就跟当年的阿里巴巴一样，他们还答应给我们股权……"刘桂友赶紧捡重点说。

"赚钱不能走捷径，我问问你，这家公司除了这几个人外，还有什么？"岳父做了几十年的生意，论经验有经验，论辈分有辈分。

答案在刘桂友心里，他却说不出口。

"你想过没有，为什么人家银行贷款需要抵押？就是怕事情万一黄了，也不至于损失太大。可是你看看这家公司，注册资本只有十万块，简直就是个皮包公司。他们能拿什么作抵押？随时可能破产，这种生意傻瓜才会做。"岳父用批评的口吻严厉地说着，最后一句的傻瓜两个字特意加重了语气。

"您是不是先看看他们做的病毒式广告？在网上传播度很高。"刘桂友知道岳父说的有一定道理，可他的逆反情绪上来了，越是不让他干的事越是想干。

"我不管网上的事情，我也不喜欢跟网络有关的生意，你还是太年轻，根本不知道这些年有多少投资，在跟网络有关的生意里打了水漂。"岳父是个传统又保守的生意人。

"您知道FACEBOOK吗？他们现在已经筹备上市了，华尔街的银行家估算过，他们目前至少值五百亿美元。当初他们做这个网站时只是两个在校大学生，为了……"刘桂友还想最后为自己争取一下，徒劳的解释却被再次打断。

"他们的成功是偶然的，我要做的投资却是必然要赚钱的，没有可比性。你可以出去了，我希望你多花点心思在我女儿身上，而不是浪费时间做这些自以为是的分析。"岳父大人的话是有道理的，他一下就点透了事情的本质。

"是。"刘桂友毕恭毕敬地关上办公室的门。大班桌后面的岳父大人，掌管这家私募基金公司总共十多亿资产，宁可给女儿每年换一部价值数百万的跑车，加上每季一次的国外大血拼，买贵到令人发指的衣服首饰和堆积如山的化妆品，每年的零花钱也有一千来万，却不肯给他两千万做一次投资尝试。就算有可能成功，也不给他半点机会，这让刘桂友再次感觉到自己在这个家里是个外人，在这家公司里是个废人。

这辈子都只能是这样了吗？刚刚还有种心如死灰的感觉，刘桂友走回办公室的路上，又感觉血往头顶上涌，浑身上下都憋着一股子力气想要去发泄一下，连有人跟他打招呼都忘了点头。

没有具体的工作要做，刘桂友在办公室里闲得发慌，他已经厌倦了玩游戏看新闻消磨时间，他并不是容易满足的人，他也有自己的追求，可按现在这样下去，没希望也不能改变自己的生活。最近他在追一部网上很火的穿越小说，一个跟他差不多年纪的男人，穿越到了自己的少年时代，重新活了一次。虽然只是幻想而已，但也能为刘桂友带来短暂的快乐，在现实生活中无比失败的他急需一点梦想支撑自己。

他把脚翘在办公桌上，憧憬起来，如果当初没有选择这位汪家小姐，像其他同学那样，按部就班地找份平常工作，再找个普通女子结婚，说不定现在也很幸福。如果他可以穿越到过去，一定不会跟汪家的人扯上关系，而是谈一场平凡的恋爱，和普通人一样结婚过日子。

大学时代，他虽然没有谈过恋爱，却暗恋过一个比他低一届的师妹。和乐乐一样，师妹戴黑框眼镜，喜欢穿格子衬衣和牛仔裤。师妹毕业后出国深造，听说跟外国人结了婚，还生了个混血孩子。那个遥远的初恋是不能奢望了，他脑海中不自觉冒出乐乐乖巧恬静的模样，她一定是那种会每晚准时回家，就算厨艺不精，也会想办法换着口味为自己做饭的女孩吧……

正想着，手机忽然响了，是个陌生号码，但号码有些眼熟。刘桂友不由得心里一乐，竟然正是乐乐的私人号码。这算心有灵犀吗？刘桂友心里甜丝丝的，赶紧按下了接听键。

"大哥，急死我了，你怎么不给我打电话呀。"乐乐的声音听起来很紧张。

"怎么了，有事？"刘桂友放下了架在桌上的腿，认真起来。

"时间紧迫，您先别说话，听我把话说完好吗？"乐乐的声音里带着哭腔。

"你说。"刘桂友意识到事情的重要性。

"上午我带去见您的那帮人全是骗子，大麦公司也是假的，他们这么做就是想从你们公司骗钱，给你看的那些所谓成功案例全都是假的。这帮人很厉害，什么事都能做，什么事都做得出。我被他们控制住了，我现在想了个办法，即能帮到您又能帮助我自己。不管您信不信，请一定先听我说完。"乐乐说得很快，但意思表达得很清楚。

"我在听。"刘桂友尽量控制着自己的声音，现在他的脸色刷白。

"为了骗到这笔钱，那帮骗子做了不少调查，知道您和汪家人的一切。您虽然在公司没多少实权，但您毕竟是汪家的女婿，可以靠近董事长，拿到他的个人印章，再模仿他的签名，可以不通过董事会得到这笔融资款。他们查过，你们公司的账一月一查，现在是月初，直到下个月都不会有人发现少了两千五百万。我的计划是，您帮忙搞到两千五百万，两千万会打到骗子们的账户上，另外五百万您自己留着，赶紧跟汪家小姐离婚。我有办法把这笔钱洗白了，您再换个身份生活，出国，或者换个地方生活都可以。等到汪家发现您这笔款子有问题时，已经找不到您了。"乐乐像打机关枪一样说完。

"太离谱了。对不起，我要挂断了，请以后不要再打给我。"刘桂友有种深深的耻辱感，他被人耍了，岳父说的很对，他要是认同这笔买卖他就是傻瓜。

"等等，我现在就在您昨晚吃宵夜的小店门口，求您见见我，我有完备的计划，请先别下结论，是否可行请您听我把所有计划细节都说一遍再做决定。我只有二十分钟，您不来那帮人会剥了我的皮，您也会损失五百万，失去一个重新来过的机会。"乐乐不等刘桂友吭声，抢先挂断了电话。

刘桂友觉得耳边嗡嗡作响，乐乐说过的最后一句话在他脑海中回荡。

D

经过一番激烈的思想斗争，刘桂友还是决定去见乐乐。

和上午看起来不太一样，此时的乐乐面容憔悴，眼角还有泪痕，腮帮子上又红又白，好像被人掴了耳光。刘桂友刚要开口，乐乐却伸出手按住他的嘴唇，不让他出声，另一只手在他的上衣口袋里摸了摸，掏出一个纽扣大小的东西来。

乐乐用嘴型说了三个字：窃听器。

刘桂友更是震惊，他都不知道这玩意儿是什么时候跑到自己口袋里来的。乐乐把那个小东西扔进了手中的饮料里，又把饮料杯搁在路边的垃圾桶上，这才放心地舒了口气。

"很专业嘛，有这样的同伙，他们干吗打你，如果不是你打电话来，我都不会发现你们都是骗子。"刘桂友不无讥讽地说道，被人蒙骗的感觉很不好。

"他们对我的表现很不满意。"乐乐摸了摸红肿的脸，挽着刘桂友往小巷子里边钻，似乎在躲避谁的监视，"您先别生气，他们找您作为目标正是因为您的特殊身份好下手。他们已经听到您在董事长办公室里说的那些话了，董事长根本不同意，所以，他们改用了B计划。"

"有话就说，你这样我马上就走。"刘桂友气呼呼地说。

"您想过没有，如果真的能得到五百万，是不是可以放下现在身边的一切从头来过？"乐乐停住脚步，认真地望着刘桂友。

"这不可能。"刘桂友冷笑着否定。

"这完全可能。得到钱后，在被汪家人发现之前，您可以找一个借口离婚。"乐乐的语气很坚定。

"没你想的那么容易。"刘桂友还是不信。

"您从来没想过，怎么会知道可不可能？"乐乐迎着刘桂友的目光，终于说出计划，"如果您的体检报告表明，您没有生育能力，这个理由足够吗？汪小姐可是独生女，汪家让您入赘可是指望您传宗接代的吧。"

"你……"刘桂友忽然发现自己接不下去了，乐乐说得不错，他没想过真的离婚，"好，就算这一点可行，能够伪造一份体检报告，证明我不能生孩子，因此而离婚，他们知道我冒用董事长的身份，偷走两千多万后，怎么可能轻易放过我？这可是犯罪，要坐牢的。那时候我已经跟汪家没有关系了，汪家人要治起罪来更不会手软。"

"如果离婚后，您出一次车祸，意外死亡了呢？有人会追究死人的罪责吗？火葬场那边我可以帮忙搞定，死亡证明没有问题。"乐乐帮刘桂友考虑得很细致。

"这……就算你能帮我作出死亡的假象，就算我能换一个身份，改头换面活下去，那五百万又怎么能洗白？我可不想跟黑社会的人打交道。"刘桂友顺着乐乐的思路往下说。

"大哥，洗钱不一定要跟黑社会的人打交道。"乐乐忍不住笑了起来，仿佛刘桂友很天真："您知道拍卖公司吗？弄点假货宝贝，再帮您把拍卖公司内部的人打点好，到时候您把假东西卖出去，我保证您的钱就变得干干净净。"

"你究竟是什么人？这么干对你有什么好处？"刘桂友眯起眼睛，认真地打量着这个姑娘，她根本不是他想象中那么简单。

"实不相瞒，我男朋友等着换肾，那帮家伙手里有肾源，手术费就等着这笔买卖成功才凑得齐了。这单买卖要是黄了，我男朋友就得死。那帮人手段多，就算您今天不答应，他们也会有办法让您答应。到时候，您不会有机会赚到五百万，还得帮他们偷走公司的两千万。没有我的帮助，将来被汪家人发现，后果，您很清楚。"乐乐推了推鼻梁上的镜框，盯着刘桂友的眼睛，仿佛马上就要一个答复。

"让我考虑考虑。"刘桂友深深地吸了口气，想让自己保持冷静。

"时间不多了，距离下次查账只有二十多天的时间。这么短的时间内，您除了伪造一份财务计划，偷到董事长的印章并伪造签名外，还需要亲自去一趟银行进行转账。此外还需要做一次体检，办理一次离婚，再出一次车祸，最后还得参加一次拍卖。"乐乐一口气说完了全部计划，这是她专门为刘桂友设计的，"如果明天的这个时候您不能给我答复的话，那些人就要开始C计划了。C计划什么内容我不知道，但我知道这是专门针对您设计的，有可能影响到您的家人，您的声誉。"

"你在威胁我？"刘桂友敏感地后退了一大步，试图跟这个可怕的姑娘保持距离。

"我是在讲事实。这对我来说是挽救男朋友唯一的办法，对您来说也是唯一重新选择生活的机会。"乐乐却往前迈进一大步，仿佛自己是站在他那边。

这晚，是汪小姐一个朋友结婚，刘桂友跟汪小姐坐在一起，眼看着身边那些所谓的朋友们兴高采烈地聊天，亮出各种首饰和行头攀比，看他们有意无意地拿眼神藐视自己。他就像汪小姐的跟班，帮她夹菜，帮她拎包，代她喝酒，听她吩咐。不过是夹错了一个肉丸，不过是把芥末酱错放成辣椒酱，她就当着大家的面破口大骂。酒桌上没人帮他，那些势利眼们一个个笑得花枝乱颤，好像他天生就该遭受如此对待。

他们之间并没有爱情，这一点刘桂友早就确定了。早在相识最初，他曾经对汪小姐有过某种好感和崇拜，毕竟他身份低微出身寒门，跟汪家结亲真算是高攀。但在结为夫妻后，她早已把那点好感破坏殆尽。如果没有遇到乐乐，没有听到她说过的种种可能，刘桂友肯定就忍了，汪小姐的刻薄不是一天两天，他本该习以为常。可是现在，一个可以丢掉这可耻的身份，重头来过的机会摆在他的面前，他不可能再无动于衷。

夜里，汪小姐跟其他姐妹们一起闹洞房去了，运气好的话，半夜三点左右可能会回家，运气不好，她可能根本不会回。她在外面有多少男人，刘桂友不敢猜，但可以肯定，她一定是有的。他堂堂一个研究生，曾经同学们眼中的潜力股，被这个不守妇道的女人活活逼成怨夫。

　　酒席上喝了不少闷酒，酒入愁肠，他千杯不醉。躺在床上难受得睡不着，他给自己放了一缸凉水，整个人坐进去，让那冰凉带给自己清醒。春天的夜里气温不高，在冷水里泡了一会儿他冷得牙齿打架。就在冷得受不了的时候，他忽然意识到目前所处的环境，比这水还凉，就算他花上一辈子的好脾气和热心肠，也不可能把这缸水泡到暖。天作孽犹可活，自作孽不可活！他哗啦一下从冷水里站起来，感觉积攒了多时的怨气此时都化作了动力，如果一辈子都这样，还不如冒一次险，放手一搏。

　　距离天亮还有一个多小时，现在是黎明前最黑暗的一段，刘桂友披上浴袍，穿上袜子，悄无声息地打开了隔壁书房的大门。他知道岳父大人的私章藏在书房带锁的抽屉里，那个抽屉有一把特制的钥匙，他也知道那把钥匙藏在哪里。

　　这突如其来的行动让他异常兴奋，他在漆黑中瞪大了眼睛，像一头刚刚苏醒的野兽。

第十章 何小宝

A

这阵子陆钟特别忙，倒春寒来临，气温一下子降低不少。老韩的病变得严重了，整天咳嗽，吃什么都没用，芬姐给请了私人护士，晚上陆钟整夜整夜地陪在床边。白天也很忙，芬姐筹办的慈善拍卖会一天比一天临近，孙龙不在芬姐身边，许多事得陆钟去做。

好在有何小宝帮忙，陆钟很想亲口对这个年轻人说一声谢谢。

这个二十出头的小伙子是芬姐的人，负责监视陆钟和老韩。陆钟知道，通常能得到这种青睐的人大多是心腹级别的，可陆钟总觉得何小宝跟芬姐那帮人不一样。

这小子的眼睛是单眼皮，皮肤白，个子比陆钟略高一些。同样是帅哥，却不像单子凯那么招桃花，是健康阳光的那一类，眼神中透着单纯善良，却不乏机敏。很多时候，不消陆钟说话，只一个眼神何小宝就马上能领会他的意思。在物质上，对陆钟的一切要求都无条件满足，也尽心尽力帮他照顾老韩，好像他不是芬姐的人，而是陆钟的人。

老韩吃不下多少东西了，这天晚上，他咳得直吐，痰都是暗红色，带着血丝。陆钟心痛得就像有把小刀在削，虽然早就知道老韩没多少日子了，可眼下这一天到来之时，他还是接受不了。

何小宝很不错，守在老韩身边，一点也不嫌脏也不嫌累，陆钟累得在床边趴下了，他也不睡。半夜里陆钟脖子酸痛得起来，这小子也困得靠着墙打起瞌睡，陆钟帮他盖了条毯子，结果把他吵醒，赶紧站起来要去帮陆钟煮宵夜。

何小宝年纪不大，厨房里的功夫却挺不错，不像老韩只会吃不会做，他动手能力极强，光是煮个方便面味道都好得不得了。这些天来陆钟要熬夜照顾老韩，每晚都能吃到极品方便面，陆钟已经发现了，何小宝的秘诀是鸡蛋。

新鲜的生鸡蛋打在碗里垫底，再撒上方便面自带的调味料，不用全都放完，每包留下三分之一，吃多了味精和动物油脂并不好。让方便面在开水里滚上两分钟，关火，将热水和面一起倒进碗里。用那蛋清去润滑面条，蛋黄也会给普通的面汤带来不一样的醇厚口感。说起来简单，但做起来可没那么容易，就好像找一百个人煎一百个荷包蛋，会有一百种味道一样，陆钟自己试着用同样的办法煮面，却怎么也煮不出何小宝的味道。

"小何，你的手艺没得说，是不是学过？"陆钟满意地看着热气腾腾的面，赞道。

"呵呵，我爷爷就是厨子，我爸也是厨子，我家的叔叔伯伯全都是厨子，我五岁就会炒蛋炒饭了，六岁能一个人收拾一条鱼。"何小宝憨憨地挠了挠头。

"原来如此，怎么不继承祖业呢？"陆钟一边吃着嫩滑的面，一边问。

"从小闻多了油烟味，不想再当厨子了，觉得挺没出息的，想改行。"何小宝恭恭敬敬地站在陆钟身边，答道。

"当芬姐的私人助理应该赚不了太多吧，跟她干可不省心。"陆钟大口大口地吃着面，把话题引到了芬姐身上。

"是不省心，她不地道。"何小宝瞅瞅周围没有芬姐的人了，这才说道。

"男怕入错行，女怕嫁错郎。跟错人了咱可以不跟，你挺机灵的，好好找份工作，比现在这样混日子强。"陆钟打心眼里喜欢这小子。

"我不想过普通人的生活，总想着趁年轻好好闯一番事业。"何小宝笑呵呵地说出了心里话。

"事业不是闯出来的，是创出来的。你很聪明，一定懂我的意思。"话一出口，陆钟忽然觉得自己的口吻有些像师父了。

"谢谢您的教诲，听芬姐说，您在江湖上名头很大，您肯教导我，是我的福分。"何小宝一听陆钟跟他说真的，赶紧严肃起来。

"嘴甜，不错。会煮面还会说话，将来要是吃不到你煮的面，我一定会惦记。"一口气喝干碗里的面汤，陆钟很满足。

"您要是不嫌弃，我就跟您走，天天帮您煮面，我还会做不少小菜，包个饺子馄饨什么的也没问题。"小何趁机毛遂自荐。

"你可是芬姐的人。"陆钟放下碗，强调道。

"这些天我看出来了，您比芬姐有本事多了，跟您混一定能发大财。"小何靠近陆钟，正色道。

"你不当厨子，只是想发财吗？"陆钟微笑着反问。

"不完全是，我希望能赚大钱，还能做好事，最好，还能边工作边旅行，能把全国走遍。将来老了，跟孙子们说起这些事来，威风。"小何似乎是个简单的人。

"你知道我是干什么的吗？"陆钟继续反问。

"做局骗人，赚大钱。"小何琢磨了一下，答道。

"你知道骗子和老千的区别吗？"陆钟提出第三个问题。

何小宝摇摇头。

"同样是骗人钱财，老千却有着自己的职业操守，不是所有人都骗，也不是所有钱都能骗的。的确是能赚大钱，但绝没有你想的那样随心所欲，我们每天都把心悬在嗓子眼里，万一哪一步走错，轻则惹来牢狱之灾，重则引来杀身之祸。你觉得这样的生活，威风吗？"陆钟说得很慢，让何小宝把每个字都听清楚。

何小宝愣了，这些天的交道中，陆钟只是个和颜悦色的大哥，再辛苦再累也不会对旁人发脾气，但从不会多说任何关于他的生活，关于他自己的话。

"实不相瞒，师父快不行了，在他之后，也许另一位成员也要退出，我们的队伍的确是需要人手。如果你真想加入，我必须要真实情况跟你说清楚。"陆钟盯着何小宝的眼睛，想从他的眼里读出些什么。

"谢谢您的信任，您说的这些，让我对您更有信心了。"何小宝一听有希望，笑了。

"必须告诉你的是，要想正式加入，必须经过考验。不是想来就能来，想走就随便走的，要对队伍里的每一个人负责，也要对自己负责。"陆钟更严肃了。

"没问题，您说了算。考验是什么，被您说得热血沸腾，我就是想要跟您这样的大哥呀。我现在就迫不及待想要试了，要不要我给您再做个蛋炒饭？"何小宝跃跃欲试。

"不必了，又不是招厨师。关于考验嘛，我倒正好有个题目，很适合你。"陆钟认真地打量了一番小何，一个新点子冒了出来。

B

汪家远在市郊的别墅外面倒是安装了监控摄像头，四个在四面围墙的外面，一个在大门前，为了保证家里的安全，还养了两条纯种的藏獒，每一条的身价不比一辆保时捷的价码低。尽管如此，日防夜防家贼难防，没有人知道刘桂友所做过的一切，他已经用岳父大人的印章，在同意放款给大麦公司的合同里盖了章。

银行里的人都知道他是汪家的女婿，又是高级经理，对于他要求转账两千五百万，没人提出异议，有部门负责人提出要不要先打个电话给汪董请示一下。一听这话，刘桂友马上板起脸来，不耐烦地说岳父大人正在国外处理要紧事，这个时间正好是他那边的休息时间。负责人一听这话，马上换上了笑脸，对于这种从头到脚都闪烁着钻石VIP光芒的高级客户来说，只要照他的吩咐去做就好，反正各种手续都齐全，自己也就不必没事找事了。

两千五百万，两千万被转入大麦公司那帮骗子的账户里，剩下的五百万，转入乐乐提供的一个新身份证里。乐乐做事真的稳妥，这份特意为刘桂友准备的身份证，是高价在黑市上买来的，连同户籍证明户口本，一整套。

钱虽然到手，刘桂友还不能动，按照乐乐的设计，他得去做一次身体检查。当然，贿赂一个医生是相当容易的事情，很快，一份精子存活率超低，鉴定为不孕的检查报告出现在汪家人的视线里。

刘桂友假装要把这份文件藏起来，结果被汪小姐无意中发现了。这个恶毒的女人，自己的丈夫出了这么大的事非但不同情不安慰，反而扇了他一个耳光，大骂自己嫁了个太监。在卧室里闹了一场，把刘桂友的东西统统扔到了地上，什么难听的话都说了一遍。

为了把戏演得更真些，刘桂友按照乐乐的交代，在这种时候苦苦哀求，求汪小姐一定不要赶自己出去，就算她在外面做什么都不介意。汪小姐这种人，偏偏人家求什么就偏不肯给什么，冷笑了一声，最后扬言一定要跟刘桂友离婚，斩钉截铁地说汪家不养太监。

当晚，那张检查报告出现在刘桂友岳父岳母面前，两位老人也表示支持女儿的选择，当初同意让刘桂友入赘，也是为了他能有好基因，将来生出来的汪家孙子可以从小接受刘桂友的教导，好好读书。没想到这个倒霉女婿居然生不出孩子，实在太让他们失望了，原本就没有多少感情的汪家人，在这件事上表现出来的效率让刘桂友都惊讶。

当晚汪小姐就让刘桂友搬出了卧室，睡到工人房去。岳父给律师打了电话，第二天一早，他还没睡醒就被叫起来商量离婚协议。在汪家人的强势逼迫以及专业律师的帮助下，这桩婚姻只用了三天时间就彻底结束，刘桂友没有分到一分钱，唯一允许的就是带走他留在汪家的全部个人物品。其实也就是衣服之类的私人物品，这些物品有些是汪小姐买的，有些是他用汪小姐的附属卡刷的，没错，是附属卡。他的待遇跟女人一样，这个家从始至终就没把他当过男人看。

刘桂友很有志气地没要那些昂贵的衣服，只带走了自己最初搬进这个家时带来的那个小箱子，箱子里是他在读书时买的便宜衣服和书。至此，事情还没完全了结。还是那个热心的乐乐，在她的安排下，刘桂友刚刚走出汪家不远，就被一辆突然冲出来的车给撞了。他事先有准备，在前胸后背都垫了钢板，嘴里还含着一个乐乐交给他的人造血袋，口袋里还塞了几个。

虽然汪家人没有谁在乎他是怎么落寞地离开，但路人们和佣人们还是看到，这个汪家前女婿手里的箱子飞了出去，他人在地上滚了好几个圈，浑身是血，嘴里也吐着血。而肇事车很快就逃了，有热心人记下了车牌号码，最后交警却查出这辆车是套牌车，资料无效。

汪小姐不禁暗自庆幸，哼，短命太监，还好已经离了婚，要不她就变成寡妇了，会被人说命硬，影响到下一次婚姻。

刘桂友在这个城市无亲无故，除已经脱离了关系的汪家人外，连个朋友都没有。火葬场里，刘桂友化妆出席了属于自己的葬礼。公司里的人一个都没有来，他的前妻也没有来，也好，他可以心安理得地面对这场带有欺骗性质的死亡仪式。只有乐乐陪在他的身边，这个好心肠的姑娘，果然履行诺言帮人帮到底。焚尸炉里没有烧掉他的尸体，只有他从汪家带走的那箱子东西，从此以后，刘桂友就不复存在了，他的新名字叫做张佳鑫。一个青岛籍的海员，真正的张佳鑫跟他同龄，长得也有点像，去年偷渡去了日本，留下的身份证已经没用了，就被蛇头卖了，几经转手，最后被乐乐买下。这是个很靠谱的身份证，无论怎么查都是真的，而且没有案底。

骨灰盒刘桂友选了个最便宜的，上面工工整整地刻着刘桂友三个大字。乐乐给了焚尸的师父一个厚厚的红包，他从别人的骨灰中分了些出来，凑满了一盒子。这个盒子被寄放在火葬场，一次性交付了十年的保管费。

刘桂友知道，一旦汪家人发现少了两千多万，再查出是自己搞的鬼，肯定会有汪家的人来找自己。为此，刘桂友特意选择放在架子上最低的一排，几乎跟地面平齐。乐乐问他为什么选那里，又潮又脏，扫地拖地都容易弄到。他笑着说，这样不论谁来找他都得先给他敬个礼，得弯下腰才能看得清他的大名。

乐乐跟刘桂友在火葬场分的手，临走时乐乐交代过，三天后去参加上海举行的慈善拍卖会。这场拍卖会就是他最后的一关，只要东西顺利交易，那笔钱就算洗白了，除掉百分之十的佣金，他还能带走四百五十万。

这个数字是早就商量好的，刘桂友很满意。

离开火葬场后，他得去烫发廊，改变发型是改头换面的第一步。按照乐乐的吩咐，他现在头发的长度已经可以烫了，他这几天一直在用美黑霜，那种神奇的面霜只要抹在脸上，一会儿的功夫就会变成古天乐那种肤色。相比他原来白面书生的形象，这无疑是最大的改变，再换掉原来学院派斯文的穿衣风格，尽量选择风格粗犷的牛仔和皮夹克，简直就像变了个人，再戴上隐形眼镜，蓄上胡子，连他自己都要不认识自己了。

要的就是这种效果，连自己都认不出自己，汪家人自然也难认出他来。刘桂友已经做好了迎接新生活的准备，他还需要再想一想，拿到那四百五十万后，究竟该去哪里，又该做些什么。

C

拿到钱，孙龙在第一时间打电话给芬姐，报告了喜讯。他根本没想到这钱来得这么容易，甚至他们几个人都没怎么出场，完全是司徒颖一个人挑大梁。前前后后都是她出面跟刘桂友沟通，也是她充当反骨仔出谋划策，最后还是她把善后计划也全部承担下来。

孙龙不在的时候，曾洁因为戏份太少忍不住在私底下嘀咕，大小姐好不容易等到这个表现的机会，把大家的戏份都砍到最少，简直就是想搏最佳女主角，害她少了个练习的机会。了解司徒颖的单子凯和梁融却替司徒颖说话，也许是她真打算收山，这一单是她第一次挑大梁，也可能是最后一次。

说到这里，大家不由得都有些伤感，虽然没跟其他女老千合作过，但司徒颖一直是大家公认一流的高手。这几天，司徒颖因为要处理刘桂友的后事，经常要出去，闲下来时大家不由得多聊了些。单子凯和梁融问过曾洁好几次，司徒颖在澳门时究竟遇到了什么，可不论他们怎么说，曾洁都是摇头，说她也不知道。

她说的是真话，当她找到酒店里那间看守严密的包房时，司徒颖已经像变了个人似的，再无从前的凶悍和英气。此后，尽管在罗华龙的面前，司徒颖表现尚可，但她已经失了心气，若是跟罗华龙那个老狐狸再多打几天交道，有可能会露出马脚。

钱已经到手，至于司徒颖怎么处理刘桂友，孙龙根本不在乎。本来早就想走，是司徒颖坚持把火葬场的事情处理干净才回去，让他不得不多在这里待了好几天。现在可好，所有事情都打点妥当，孙龙带着这队人马凯旋而回。

孙龙是高高兴兴地跟芬姐汇报领功，司徒颖单子凯他们可没那么好受，老韩的病情每况愈下，现在就连下床都得要人搀扶。大家希望尽快把师父送去医院，可芬姐却坚持要等到拍卖会完成，把陆钟利用得彻彻底底才肯放人。

又等了三天，筹备了半个多月的拍卖会，在媒体的宣传下，征集到社会各界的拍品，有福利院孩子们的画，有某知名歌星演唱会穿过的礼服，还有社会名流捐赠的大大小小的首饰。虽然价值都不算太高，但这次拍卖会原本的目的就是做善事，拍卖会上要体现的主要是大家的爱心，拍品的价值倒是其次。其中最引人注目的，就是两件文革时期的贵州葵花牌茅台。卖家是个不愿意透露姓名的年轻人，据说这两件茅台是他家里修房子的时候，无意中从地窖里发现的，应该是父辈的人手里藏起来的。

芬姐对陆钟提出的这个慈善拍卖会计划特别满意，不光是能赚钱，能为自己和公司都提升名誉，还能借着这个机会让她正式进入上流社会。拍卖会还没正式开始，这些天她的手机都要被打爆了，可她还是不舍得扔给秘书，因为找上门来的，大多是有来头有身份的人。今后她的公司再也不用担心客源了，各种有名堂没名堂的拍卖会，是否洗钱都无所谓，只要有客人，她就能赚到佣金。她甚至已经对媒体放出话去，只要这次拍卖会成功，今后每年都会定期举行同样的慈善拍卖会，她牵头成立的天使回家基金会，也会一直做下去。

激动人心的时刻终于到了，这次拍卖会还获得了电视台的支持，全程转播，芬姐干脆连拍卖师都取消了，换成了当红节目主持人上阵。

一共二十四件拍品，谁举牌电视台的摄像机就对准谁，为了体现爱心，也为了搏镜头，场内两百多位贵宾频频举牌。天真幼稚的儿童画，底价三百，最后被三万块高价拍出，人们欢呼。歌星穿过的定制礼服，被十万块高价拍出，歌星兴奋地冲上台，清唱了自己的成名曲以示感谢，人们热烈鼓掌，歌星走下台来跟大家一一握手，好像在开演唱会，场面一度失控。主持人使出浑身解数才控制住现场，在她的宣传下，没有一件拍品流拍，每一件都以高出原价数倍甚至数十倍的高价拍出。

很快，大家赢来了本场拍卖会最后的压轴拍品，两件文革时期茅台。

葵花牌茅台产于上世纪60年代，最初的式样为大叶向阳的葵花图案，且贵州的"贵"字为繁体。六十年代末改用山东省食品进出口公司的"葵花"牌国际注册商标，并将"贵"字改为简体。1973年4月29日，中国粮油进出口总公司下文通知，将外销"葵花牌"恢复成"飞天牌"。恢复"飞天牌"商标后，约有25万张印成未付使用而封存的"葵花牌"标签，于1978年经上级批准用于内销茅台酒上。文革后停产，葵花酒标告别历史的舞台，此批量茅台存世量极少，据传，可能仅有50瓶。独特的文革酒标，独特的历史背景，以及稀少的存世量，都增加了这两件酒的价值。2004年，上海的一场慈善义拍中出现过一瓶文革茅台，被拍出十万元的高价。

主持人介绍过拍品的来历后，宣布最后一轮竞拍开始，底价是十万块。如果说之前的那些拍品都是意义大过实际价值的话，这最后一件拍品可是货真价实，如今上年份的茅台价钱因为藏家众多节节高升，常常都有价无市，没人肯卖。现在摆在拍卖台上的，可是完好无损珍品级的两件，只是因为存放太久，包装的箱子上有些霉渍。里面足足二十四瓶，谁买谁赚，送礼的话这可是超级大礼，就算放在酒店里也是可以撑得起场面的。

很快就有人以二十万举牌，接下来追涨声此起彼伏，四十万，八十万，九十万，一百万，一百五十万，拍价迅速突破百万大关。在场的人们全都屏气凝神，关注着这一轮的动向。破了百万大关后，举牌的人少了那么几个。经济实力不够的，玩票的，都被淘汰，剩下来的全都是货真价实的有钱人。叫价很快追到两百万，继而是三百万，最终缓慢地达到了四百万，不少买家都在打电话。

主持人开玩笑地说，千万别打给老婆，老婆肯定不同意买这么贵的酒。在座的人都笑了，紧张的气氛暂时缓解，最后价钱不紧不慢地追到了四百五十万，场上只剩下三个买家在举牌。不论谁叫出大价钱，都有个戴墨镜的漂亮女人举牌应价，女人化了浓妆，鼻梁高高嘴唇嫣红，身上穿着最新款的香奈尔套裙，看起来年轻，却又显得格外端庄，不知是哪家的名媛。

最后，这位名媛叫出了五百万的天价。主持人被这个高价搞得异常兴奋，高举小锤大喊，还有更高的出价吗？五百万一次，五百万两次，五百万三次，这两件好酒属于您了！

拍卖大厅里响起经久不息的掌声，和之前那些短暂而热闹的掌声比起来，这一次的掌声显得格外隆重而绵长。每个人都把目光投向那位出五百万买下两件酒的名媛，女人们嫉妒男人们艳羡，那端庄的套裙可遮不住曼妙的美腿和纤细的腰肢，那女人妙着呢。

芬姐最后上台讲话，宣布拍卖会成功，圆满地结束。很快她就会把这笔钱投入到基金会的第一次大型活动的运作上，请社会各界爱心人士多多关注。

刘桂友还有点迷糊，这酒是以他的新身份，张佳鑫的名义送拍的，虽然拍出高价五百万，但这笔钱是善款，如果没搞错，根本不会落入自己的口袋。可是坐在他身边的乐乐拍拍他的肩膀，告诉他不要担心，她自有安排。让他明天去他现在住的酒店楼下的小店等她，他们一起去银行，把干干净净的四百五十万转入他的账户。

既然是乐乐说的，刘桂友就听了。已经听了她的吩咐，做了那么多想都不敢想的事，而且全都成功了，现在他也应该不怀疑乐乐的能力。只不过今晚的她，实在太漂亮，简直艳光四射，比汪小姐还千金小姐。她可是自己的大恩人，可也是大美人，出于礼貌他不该盯着她看，可不看她，他眼睛都不知道往哪看才好。

战战兢兢一整晚，如坐针毡，好不容易等到结束，刘桂友随着人流离开了会场，明天要接手那笔巨款了，今晚可得好好睡一觉，再想清楚，下一步究竟该怎么走。

E

灿烂的阳光撒得到处都是，春天里，这样的天气并不多。

电视里正播放着一段新闻，某私募基金有两千五百万的巨款被人以融资名义卷走。事发后，基金董事长追究责任，找到银行，因为这笔款根本没经过他的手，也没经过董事会批准。可银行方面却有足够的证据表明，一切都合乎程序，当日来办理转账手续的人是董事长的女婿。最后查来查去，负责的董事长女婿已经于几天前车祸身亡，而那个转入巨款的账号里早已空无一文。据查，那根本就是个私人账户，而且开户人早已出国定居，开户用的身份证应该是偷来或者捡来的。

刘桂友身穿黑色皮夹克、石墨蓝牛仔裤，坐在路边的小店里，无聊地看着新闻，报以冷笑。他正在等着刚点的小菜，同时也等着人。

他盯着门外的街，忍不住又一次地掏出手机看看时间，看看是馄饨先到还是人先到。菜上齐了，人还没到。刘桂友等到菜都冷了，才一粒粒地开始扒饭，可就算是这样磨时间，直到饭菜全都吃完，人还是没到。最后那一大碗汤都冷透了，他的心也凉了。

抱着最后试一试的心态，刘桂友打了那通烂熟于心的私人号码。对不起，您拨打的号码是空号。无情的电子合成女声冷冷地说。直到这时他才明白，那个守时的女人，那个答应给他四百五十万的女人，永远都不会出现了。

这些天来，他为自己设计的美好未来，去北京定居买房买车的计划在他走出这家小店的瞬间化作泡影。就在刚才吃饭的时候，他不是没想过，这个乐乐会不会是骗子，甚至她的名字，是否也是假的。可这些天来，乐乐鞍前马后地帮忙，让他不敢相信她会骗自己。人对于美好事物的期望，总是源于本能，有时候这愿望太美好，以至于会人为地忽略掉许多可疑的事情。比如说，从一开始乐乐就告诉过他，她身边的那些人全都是骗子，跟骗子在一起的人，肯定也是骗子。是他选择信任她，信任一个才认识几天的女人。

哼，如今的女人没几个好东西。刘桂友狠狠地朝着地上吐了口浓痰，仿佛要把心中的郁结给吐出来，四百多万，说没就没了，人家那可是慈善拍卖会，还有电视台作证的，不论拿到哪儿去说都有道理。这可真是把他连皮带肉和血吞了，连根骨头都不吐。好在现在恢复了自由身，跟汪家的关系也算断得干净，从今往后，他是真的要重新来过了，只不过，是从零开始。尽管身上只有离开汪家时带走的一点点积蓄，不过刘桂友有信心，凭他的个人能力，这笔钱应该够他买一张去北京的火车票，也够他在弹尽粮绝前找到工作。

刘桂友把手插在裤袋里，新换的隐形眼镜让他视线清晰，他可以走得很快，他已经迫不及待奔向全新的未来，为了这一天，他已经攒了许久的力量。

与此同时，就在刘桂友即将离开的这座城市，相距只有十条街的别墅里，芬姐正听孙龙绘声绘色地讲述他们怎么假扮成网络公司的人，大摇大摆走进刘桂友的办公室，把他骗了个底朝天的过程。

"现在他一分钱也没得到，不会找我们麻烦吗？这对他不公平吧。"芬姐虽然开心，但还是不忘这最后剩下的一个活口。

"不会,如果我没猜错,他已经在离开的路上了。虽然现在他的真实身份是个死人,但他还是很怕被汪家的人和旧同事们认出来。"司徒颖很肯定。

"对那个毛小子来说,能用这么一个机会换来自由身,还换来一个教训也是很值当的。至少从今往后再跟女人打交道,他会多留个心眼。"孙龙瞟一眼司徒颖,眼神中不乏钦佩。

"拍卖会很成功,从昨天开始公司已经接到许多拍品鉴定的预约了,两千五百万全都进了我的账户,我很满意,这五百万就归你们了,辛苦辛苦。"芬姐大方地签了张支票,她不想太得罪陆钟。

"谢谢芬姐,没事的话,我们想先送师父去医院,他老人家不能再拖了。"陆钟接过支票,却没有半点笑颜。

"去吧去吧,要不要孙龙送送?"芬姐挥了挥手,没有丝毫再要强留的意思。

"不麻烦了,我们坐自己的车。"陆钟说完,马上回房扶师父下床,让他老人家坐上轮椅。单子凯和梁融在旁边帮忙,三个人把师父给抬下楼,安顿上车。司徒颖和曾洁在后面带着行李,一行人迅速地离开了芬姐的地盘。

"要不要跟去看看?"二楼的窗边,芬姐看着刚刚离去的商务车,有些担心,老头子的确是不行了,这两天她一直担心他会死在这里。

"不必,钱到手就是真的,让他们去,我们的生意才刚刚开始。"孙龙的眼中闪出一丝狡黠的光。

"芬姐,芬姐。"何小宝站得远远的,说话前敲了敲门,"我跟你说个事,刚接到我家里的电话,我爸爸病危了,我得回去一趟,想跟您请个假。"

"那你就去一趟吧,快去快回啊,这里还有好多事呢。"芬姐回过头,不满地瞥一眼老实巴交的何小宝。

"是,我一定尽快赶回来。"何小宝都不敢直视芬姐,低着头看着脚尖,使劲点头。

就在何小宝离开的这天傍晚,全国最红的一个论坛上,有一则火爆的帖子因为人气太旺,被管理员置顶。帖子的名字是:"扒皮帖,看当红女英雄的真面目。"

文中没有点名,却贴着零零碎碎的几段视频。看得出来,视频是手机拍摄的,拍摄者假装打电话，说了些什么，镜头有些晃，不过不难辨别，画面中的美女正是最近人气爆红的慈善基金发起人，刚刚才成功地组织了一场慈善拍卖会的芬姐。

把那些视频中断断续续的话连起来，不难发现一个秘密，原来绑走两位可怜环卫工人小孩的绑匪，正是跟芬姐交往甚密的一个光头。帖子的最后有一张照片，照片上是一个光头男人的侧面，虽然只看得到小小的一部分，但那赤红纠结的疤痕却让人触目惊心。

这个帖子一石激起千层浪，引起了网民们的热烈关注，很快就有人挖出了芬姐名下拍卖公司前不久还涉嫌假拍的丑闻。甚至还有人爆料这个光头疤面男是个臭名昭著的人贩子。

当天晚上，芬姐正准备出发去电视台参加节目的录制时，忽然接到了一通导演助理打来的电话，通知她录制时间有所调整，再另行通知。那位助理的口吻很不客气，这可让芬姐大惑不解，平时电视台那帮人都对她客客气气，今天怎么会变成这样？节目是直播的，不可能改时间，要改也只能是改嘉宾，莫非自己被人给顶了？不可能啊，现在正是她人气最旺盛的时候，没理由被人顶。

芬姐最后把电话打到了那个对她做个专访的女记者那里，结果人家让她自己上网，搜搜自己的名字。芬姐照办，但她马上被那则拥有数十万点击量的帖子给吓坏了，完蛋了，这一定是陆钟搞的鬼，那些镜头只有他有可能拍得到。视频中他自己的声音做了处理，她的声音却相当逼真。这可怎么办？

芬姐马上叫来孙龙，孙龙首先反应就是赶紧查账，无论如何要抢在警方介入之前先把账上的钱转走，有了钱，就不怕没机会东山再起。

可一登录网上银行，芬姐和孙龙都惊呆了，账户上只剩下两块钱。公司原本就有几百万周转款，加上拍卖款和司徒颖搞来的两千万总共三千多万，现在却真的只剩下两块钱了。芬姐两腿一软，整个人瘫在椅子上。孙龙气得脸都红了，把牙齿咬得咯咯响，可他还是想不出账户上的钱是怎么被转走的。

现在，就算他们开上飞机追出去，也找不到陆钟他们了。

就在同一时间，陆钟他们已经登上了新换的车，奔驰在离开这座城市的高速公路上。还有半个小时到达杭州，他们会把老韩送去杭州治疗肺癌最好的半山肿瘤医院。

车内空气不太好，老韩咳个不停，这段日子持续的低烧和高烧接连不断。听着他艰难的喘气和急促的咳嗽，陆钟真有些担心师父会把肺都给咳出来。车上多了个何小宝，与此同时，大家的账上也多出了三千多万，可谁都笑不出来，也没人说话。

"你们再哭丧着脸，我可就真要死了。"老韩好不容易平复了咳嗽，闭着眼睛吐出这么一句。

就这一句，让正在开车的单子凯差点急刹车。跟他同样反映剧烈的还有车内的其他人。

"干爹！您好了？"

"师父，您这是怎么了？"

"师父，您什么时候好的？"

"老前辈……"

"您老……"

司徒颖、梁融、单子凯、曾洁、何小宝，每一个人都因老韩说的那句正常无比的话瞪大了眼。唯独陆钟没有说话，他已经隐约猜到了什么。

第十一章　师父的秘密

A

"不着急去医院，先找个地方吃东西。我快不行了，要死也要做个饱死鬼。"老韩有气无力地说完，翻翻眼皮，看了一眼关心他的人们。

大家交换了一下眼神，最后从陆钟那里找到了答案。

师父根本就没有痴呆，这么多日子以来，他是在演戏，演一场二十四小时不间断的生活实景大戏。老韩是最杰出的老千，在生命的最后一段，他甚至骗过了所有最亲近的人。没人知道，老韩此举为何。

"还不快开车，牛头马面就要赶着来收我了。"老韩倒丝毫不避讳，还跟从前一样毫不顾忌。

"干爹，瞧您说的，这是什么话呀。"司徒颖眼圈微红，却被老韩的话逗得哭笑不得。

"自己的身体自己知道，我这是回光返照。不过你们不用怕，我韩枫一辈子骗人无数，就算到了下面，也一样能继续风光。跟阎王爷好好玩一把，很快就会重新投胎，十八年后又是一条好汉。"老韩微笑着，坦然地面对众人关切的目光。

"师父您坐稳了，我这就开车。"单子凯沉吟片刻，把头转向前方。

宽敞的车厢内充满了异样的气氛，悲喜难辨。悲的是老韩刚才说的话，他没有多久了，大家都不舍得。喜的是老韩并没有痴呆，调侃起来完全正常。

商务车在高速上最近的一个出口拐了出去，那只是个小小的县城，在此之前很少有人注意过这个地方，就算是行走江湖一辈子的老韩，也从未涉足。出了高速，很快上了一条县际公路，虽然是县际，但路面很宽，工程水平很高。浙江省的大部分县城都富裕，这小城虽说是县城，主干道两旁倒也酒楼食肆众多，灯红酒绿好不热闹。寻了个门口停车最多的饭店，大家下了车，把老韩的轮椅抬下车，推着老韩进入店里。

菜单摆在老韩面前，他信手一翻，点了一大桌子菜，什么三元鸡、虾爆鳝、东坡肉、清汤鱼圆、干炸响铃、蟹黄豆腐，不管自己吃不吃得下，图个热闹。这家店人气旺，菜却上得很快，大部分菜色都口味清淡，不少还是酸甜口味，颇不合老韩胃口。

"想不到，我韩枫的最后一顿，竟然吃这淡得出鸟的东西。"老韩动了动筷子，很快又放下了，虽然很想大吃一顿，其实早已扩散的癌细胞已经令他难以下咽，只让司徒颖再盛了碗鱼汤，小口饮下。

"老前辈，别这么说，一会儿吃完咱们就去医院，该住院住院该治疗治疗，您会好起来的。"曾洁宽慰道。

老韩摆摆手，伸出手来冲陆钟做了个夹烟的动作，他是在要烟抽。

"师父，您的病……"陆钟口袋里有一盒雪茄，可他不敢拿。

"我都要死了还不让我抽？"老韩佯装动怒，从澳门开始，他已经很少抽烟了，算起来已经有好几个月没有抽过烟了。

老韩的脸色一沉，陆钟只好乖乖地掏出一支雪茄，帮师父点上，再恭恭敬敬地递到师父手上。老韩满足地吸了一口又一口，拿烟的姿势还是那么帅，浓浓的烟味弥漫了整个包间，仿佛给每个人的面前隔上了一层淡淡的纱，异常消瘦的脸也变得不那么突兀了，恍惚中，这些日子里，那个木讷迟钝、仿佛老年痴呆了的老人家迅速消失，大家眼前又见到了那个风流倜傥光彩逼人的老绅士。

"师父，我忽然想起来，今天是我正式追随您十周年的日子。"单子凯的眼圈也有些红，不知是被熏的还是因为喝多了两杯酒。

"干爹，我做您干女儿也有十六年了。"司徒颖温柔地看着干爹，当她还是个小姑娘时，第一次见到这位超凡脱俗的老人的情景，仿佛就在昨天。

"师父，我也……"梁融也有些动情，放下筷子正想说点什么，却被师父给打断了。

"打住，都给我打住。"老韩拿眼一横，恢复了长辈的威严，"忆苦大会怎的？我这还没死呢，一个个哭丧着脸。告诉你们，我就算今晚真的蹬腿了，也是喜丧，是好事。虽然现在人都长寿，但也不是每个人都能活到我这把年纪。我这辈子吃好穿好，从不缺钱，又没有不争气的儿子女儿来气我，也没有哪个女人可以让我受累，世界上就没有比我更痛快的人了。来，酒，给我满上！"

大概是汤和烟给老韩带来了力量，他一下子恢复了底气，发起威来。坐在他左边的陆钟赶紧帮他老人家添了一杯酒，江浙人爱喝黄酒，三十年陈的极品花雕会稽山，柔和醇厚，酒香馥郁。

老韩端起杯子，一口闷了个干净，把杯子往桌上一放，命令道："今天可能是我们最后一次喝酒，这辈子能走到这一步，是缘分，也是命，来，你们每个人敬我一杯，一个一个来。"

大家面面相觑，师父能喝下那么多酒吗？虽说酒杯不大，但每个人敬他一杯，那也有六杯，对一个健康人来说不算多，但对一个危重病人来说，那可太危险了。

"怎么，现在还不敬，等我死了上坟吗？"老韩的话噎得死人。

"哎呀干爹，您怎么……"司徒颖撒娇地摇着干爹的手，想夺过他手里的酒杯。

"来，好女儿，你带个头，我要是喝不到你们敬的酒，死都死得不甘心。"老韩反倒顺势把一直没动的酒杯塞到司徒颖手里，自己也端起了酒杯，"说说，要祝我什么？"

"我祝您千秋万代，鸿运长存。"司徒颖推脱不过，只好接过酒杯，认真地说道。

"乖，我也祝我最好的女儿能找到世界上最好的男人，将来白头到老子孙满堂，替干爹把这个儿孙福给享了。"老韩笑呵呵地说完，一仰脖，自己先干。

司徒颖心中明白干爹的意思，别对陆钟抱有希望。其实她早就对陆钟失望了，只是没机会跟干爹表明心迹，她苦笑着，把那杯酒喝了个干净。

司徒颖开了个头，跟随老韩时间最久的梁融也端起了酒杯，忍不住眼泪汪汪，"师父，我祝您在不论在什么地方，什么时间，永远逢赌必赢。"

"好，到底跟了我这么久，知道我喜欢什么。来，咱们师徒走一个。我也祝你逢赌必赢，拥有最好的运气。"老韩的脸上泛起微红，举起酒杯一饮而尽。

"师父，我祝您无论人间还是天堂，永远都有最好的桃花运。"单子凯排在梁融后面，也举起了酒杯，眼中莹莹有泪，却强忍着不哭。

"说得好，深得我心。师父也祝你好桃花不断，坏桃花不来。干！"酒精的作用下，老韩有些神采飞扬。

"老前辈，好话都给他们说完了，我就祝您笑口常开，永不烦心吧。"曾洁远在桌子的正对面，她端起酒杯，一本正经地站起来说道。

"好，小曾你是个好姑娘，我祝你一辈子健康，无病无灾。"老韩的酒性上来了，越喝眼睛越亮，一仰脖，再次一饮而尽。

"老……老师父，我也不知道怎么称呼您好。能遇上您也是运气，我这人不太会说话，您别见怪，就祝您财运亨通心想事成吧。"何小宝唰的一下站起来，紧张得把背绷得笔直。

"好一个财运亨通心想事成，还说不会说话，我看你挺能说的嘛。我也祝你心想事成。"老韩笑眯眯地，美滋滋地把杯里的酒给喝干。最后只剩下陆钟一个人没敬过酒了，按照顺序，在座的人已经顺时针方向敬了一圈，老韩喝了酒心情不错，盯着陆钟说道："差你一个，我就打通关了，怎么样，喝吧。"

老韩对陆钟说话的口吻仿佛是在对同辈老友，而不是一个比他低一个辈分差了几十岁的徒弟。陆钟同样红了眼眶，但他端起酒杯的时候还是笑了，跟老韩对望着，两人虽然没有交谈，眼神却似乎已经说了千言万语。

陆钟的嗓子里就像有什么东西堵住，好半天说不出话来，最后这句话几乎是从牙缝里蹦出来的："我祝您，每一个愿望都能实现。"

"你的心意，我领了。我祝你，前程似锦。"老韩的话同样是从牙缝里蹦出来的，只是他笑得比陆钟更释然，仿佛已经看穿了命运。

这是只有他们两个人才理解的祝福，陆钟想说的是，无论老韩是否活着，他答应过要振兴江相派的大事，都不会放下。可老韩的回答，陆钟却有些不明白，不管怎么说，情同父子的师徒俩把最后一杯酒都喝干了。老韩像是了却了一番心事，满意地舒了口气，冲大家挥挥手说："你们先出去吧，我有点话要跟陆钟说。"

B

包厢里，只剩下老韩和陆钟。

手里的雪茄已经熄了，屋子里残留着浓郁的酒香，老韩摆摆手，让陆钟坐下，又自顾自地斟满一杯酒。烟不离手，酒不离口，是老韩一辈子的习惯，有了这两样东西在手，仿佛说话才能更加畅快。陆钟琢磨着师父要跟自己说什么，但他知道，无论自己怎么猜都没用，师父的心思他已经猜不透了。

"我装了几个月的痴呆，就是想活着看看，如果没了我，你们几个会怎么过下去。结果还不错，没了我，你们照样干得很好。额济纳那票干得尤其漂亮，我可以放心地去死了。"老韩把背靠在椅子上，显出刚才没有的疲惫，他的精力真的不能跟从前比了，才说了几句话，喝了几杯酒，就累得要歇气。

"师父，您放心，您交代过我的事，我一定会努力做到。现在多了曾洁和何小宝，就算司徒将来离开，这支队伍的人手也不会不够。"陆钟对老韩交代着自己的计划。

"那个何小宝，你觉得能行？"老韩提出了疑问。

"我觉得他行，这小子虽然年纪不大，但我跟他挺投缘，那种感觉就像……就像当年您遇到了我。对不起，我这么说太自大了，好像自己是跟您一样的人物了。"陆钟不好意思地笑了，在师父面前他永远是个刚入门的孩子，"您有所不知，这次的收入能达到三千万，就是因为他。是他陪老板娘去银行为基金会开户时，调换了一张身份证，户主变成了另一个和老板娘同名同姓的人。最后拿到存折时，老板娘只看到上头的名字是自己的，就放了心。那身份证是高仿的，何小宝找了个女人拍照，请人特意做的。就在账户设定的第二天，他让那个女人带着身份证去给基金会的账户办了个自动转账的业务，时间就定在拍卖会结束后买家们付完款的第二天，账户上的所有钱都会转到另外我开的账户上。"

"这点子是他想的？"老韩只问重点。

"是我想的，他做的，第一次接触这种事，他能做到完全不被老板娘识破，也算不错。"陆钟力挺何小宝。

"我希望你以后对这小子还是多提防点，他的眼神，让我觉得他跟我们不是一路人。还有曾洁，我越来越觉得，她也不像是干我们这行的。"老韩生性多疑。

"师父，您多虑了。曾洁也很好，她……"陆钟正要帮曾洁解释。

老韩摇摇手，让陆钟先别说话，听他说完，"我这么说，自然有我的道理，你听着就是，现在我时间不够了，不能跟你讨论太多。"

"是，师父，有什么事您尽管吩咐。"陆钟低下头，俯首听命。

"其实我最想跟你说的是，振兴门派的事，你不必放在心上了。其实自从上次听了神叨叨说的那一番话后，我就一直在想，究竟我要做的事是对还是错，如今的社会，是否还有必要振兴这个门派。这些日子，我不用操心你们怎么赚钱，怎么应付各种来路的人，每天我都在考虑这个问题。今天，我终于想通了。"老韩本来光是呼吸都痛得厉害，说完这一大堆话，已经有些喘不上气，狠狠地咳了一阵，咳出好大一口血，才喘上气来，"江相派倒了就是倒了，那是时代的进步把它给淘汰掉的，既然被淘汰，肯定有不足的地方。人啊，活着就要与时俱进，咱们干这行也得与时俱进。可不能像古时候的人一样，盲目地为了一个不知所谓的目标浪费了一辈子。你小子聪明，稳重，比起单子凯他们，你更有天分，这一行你是注定要干到底的，但我不希望你和我一样，到老，还是孑然一身，连个送终的亲骨肉都没有，这对你来说太不公平。是我太自私，自己完成不了的事情，却要强加在你头上。从今往后，你就忘了这件事吧。只要好好地赚钱，赚够一大笔钱，然后找个心爱的女人，司徒也好，其他女人也好，无所谓，只要你喜欢，好好地享受那些钱带来的乐趣，多做好事，做一个对社会有价值的人，就行了。"

"师父，咱们已经找到了三本秘籍，现在放弃，岂不是前功尽弃？"师父的决定来得突然，陆钟一下子还不能适应。

"傻小子，告诉你一个秘密，其实最后一卷《英耀篇》在我手里。"老韩说到这里，故作轻松地笑笑，"当年我师爸临终的时候留给了我，叮嘱我一定要光大门楣，干出一番事业。受了他老人家的嘱托，我一直惶恐。后来没多久就解放了，什么三反五反、大跃进、文革，全让我赶上了，这辈子最能做一番事业的年纪都被我浪费了。后来遇上了你，才对你期望那么大。你真的不用给自己压力，谋事在人，成事在天，凡事顺其自然吧。"

"我……可以？"忽然卸掉肩上的重担，陆钟还不能适应。

"可以，我说的话，算数。"老韩微微一笑，点了点头，"神叨叨说的那些话，很有道理，一个真正的老千已经不仅仅是能骗人钱财了，还能左右天下。如今国泰民安，不需要左右天下，你也就不必再去新加坡找那套解读四本秘籍的模板了。从今往后，只消尽量多做好事，对得起自己这身本事就行。虽然门派不要你光大，但是千门的规矩，你还是要遵守，你身边的人也全都要严守，切记。"

"徒弟明白。"这应该是最后一次听到师父的吩咐了，陆钟扑通一声跪在地上，对师父磕了个重重的响头。

"好了，凑近点，我告诉你《英耀篇》究竟藏在哪儿。那其实是本讲心理学的书，是咱们江相派的最高境界的东西。为师的也不能再教你什么了，你把书里的东西琢磨透，就算出师了。"老韩说完，让陆钟靠近自己些，在他耳边轻轻地说了句话。

C

做完最后的交代，老韩让陆钟叫司徒颖进来。两人说了会儿知心话，最后司徒颖红着眼出来，又叫单子凯和梁融一起进去。

这就是老韩最后的时候了，跟单子凯他们的话刚刚说完，老韩就剧烈咳嗽起来，连吐几口鲜血，脸也通红。大家都以为这是因为刚才喝了酒，结果一摸额头才发现，师父在发高烧，烫得吓人，再也说不出话来。大家赶紧打120。

"别紧张，我打怪够多，马上要升级了。"老韩气若游丝还不忘开个玩笑，艰难地吐出最后的话，"记得我说过的话，多烧点东西给我，人啊，就得有派头。我韩枫，从今往后……就是传说了。"

说完话，老韩仿佛是用尽了全身的力气，挤出一丝微笑，那眼角眉梢并无痛苦，倒有几分即将解脱的释然。十分钟后，救护车来了，老韩被七手八脚地送上车，司徒颖和陆钟跟车去医院，单子凯开着商务车，载着大家跟在救护车后，一同赶往医院。

救护车上，护士要为老韩插上氧气管，可他老人家摆摆手，把头扭到一边，冲陆钟做了个抽烟的动作。

护士和医生可不管这些，大声制止，救护车里不许吸烟。

"求您了，老人家就最后一点想法了，您给通融通融。"陆钟给护士和医生一人塞了两百块钱。得到一个白眼后，也得到了护士假装看不见的认可。

这是师父最后的一支烟吗？陆钟的手在发抖，哆哆嗦嗦的，怎么也点不来火。是司徒颖帮忙，两个人费了点劲才点着。这支雪茄被放在了老韩的嘴边，老韩的嘴微微张着，可是他老人家，只有出的气没有进的气了。那双曾经看过人间无数风景看透无数人心的锐利的眼睛，微微眨了两下，仿佛还想挣扎着多看一眼身边的人们，终于失去了气力，永远地合上。

医生摸了摸脉搏，又查看了老韩的瞳孔，吩咐护士准备强心针，做心肺复苏。

"做好心理准备，这么大年纪，又是肺癌，可能抗不住了。"医生下手前，回头对陆钟和司徒颖说。

县城小，小到从吃饭的地方到医院路上只走了十来分钟。老韩的魂魄就像真的被牛鬼蛇神勾走了一般，心跳久久没有恢复。好在马上就到医院了，医护人员迅速把老韩转移到急救室，准备使用心脏除颤器来做最后的抢救。

看着那两个圆形的电击器，听医生和护士们说起需要使用的频率，那么大的电流穿过师父的身体，会不会很痛？陆钟很有些不忍，恨不能马上制止这最后的抢救。可他真希望会发生奇迹，师父会重新睁开眼睛，对他微笑，跟他开个玩笑，就在犹豫的当儿，医生已经下手了。

强大的电流吸引下，老韩瘦弱的身体被吸起来，又重重地落下，心脏监控器里没有动静。调到更大的电流又试了一次，老韩的身体被吸得更高，更重地落下，司徒颖不忍再看，哭着转过身去。心脏监视器里依然没有动静，医生说，最后再试一次，把电流调到了最大，电击器接触皮肤的时候，空气中隐约有些烧焦的气味，陆钟恨不能自己躺在病床上，替师父受这番皮肉之苦。

阎王叫人三更死，谁敢留人到五更。这最后的苦，老韩白受了，心脏监视器的屏幕上，毫无波动的线条像一把直尺，老韩那颗跳动七十多年的心脏，失去最后的活力。

见惯了生死的医生，冷漠地摘下口罩，拍拍陆钟的肩，说："我们尽力了。"一名护士把白色的床单往老韩的头上盖。曾经挺拔如山的老人，躺在那层白布下面，看起来不再高大。另一名护士拿着救护车的出车费和急救费的单子往陆钟手里塞，让他赶紧去交钱。

陆钟觉得脚像是踩在棉花上，整个人轻飘飘的，从急救室走到收费处只有几十米远，他差点摔倒。在他前面还有十来个人，排了好一会儿的队。虽然站了许久，可他已经感觉不到时间的流逝了，脑子里都是空白一片。交完钱，他连找的钱也没拿，拿着那几张单据，又轻飘飘地飘回了急救室。病床上已经空了，师父已经被送走了。

刚刚师父还躺在这张病床上，还要给他插氧气管，要给他做各种检查，在他身边还围满了一堆医生和护士。不过几分钟的功夫，护士们就开始打扫卫生，更换床单了。陆钟只觉得双腿乏力，几乎跪倒在地，把背靠着墙，慢慢地蹲下，眼里含着一汪热泪，半天哭不出声。一个鲜活人，怎么能说没就没了呢？谁也不知道死后的世界，他老人家是否真被牛头马面带走，是否真能骗过阎王爷，尽快投胎转世。陆钟只知道，那个教过他许多东西的老人家，再也不会跟他开玩笑，给他讲老故事了。

"走吧，要关灯了，你老婆带着一帮亲戚去太平间了。"

护士拿过陆钟手里的那些单据，拿走几张，又放回几张在他手里，最后手一伸，啪嗒一声，急救室里的灯灭了，整个屋子陷于黑暗。

人死如灯灭。

陆钟眼前一片漆黑，这一刹那，他只觉自己的魂仿佛也追随着师父的方向，一步一步，朝着无边的黑暗走去。

A

　　火葬场的焚烧池里火苗乱窜，仿佛张牙舞爪得瑟的妖怪，闪着金光的火舌到处乱舔，一人高的纸扎别墅放进去，不过几秒钟，那纸糊的墙和窗就统统化作灰烬，漫天乱飞。院子里停了一辆大卡车，车斗里装满了纸扎铺送来的东西。

　　纸扎汽车从奔驰宝马到劳斯莱斯凯迪拉克，有跑车房车还有加长车，每辆车的车头都用银色的锡箔纸做出精致的车头标，车牌号码一律是六个8。那些纸扎男女更是精致，高挑漂亮肤色各异的美女，身材玲珑凹凸有致，晚礼服加身，排在他们后面的还有十多个菲佣，两个中国大嫂。纸扎男大多高大威猛，有一大半是私人保镖打扮，黑西装加黑潮墨镜，全都有真人大小，另外还有三四名穿着制服的私人司机，中西厨子各两名，以及一中一西两位管家。

　　光是这些，已经吸引了整个火葬场所有人的目光，不少别家办丧事的人也跑过来看热闹。正在往池子里放东西的是六个年轻人，每个人都戴着墨镜，身上笔挺的西装，只是他们没有转过头来。纸扎店的人也很自豪，老板祖孙三代的纸扎手艺，叫上半个村子的人，加班加点赶工三天，才完成这么一大车。这单生意，够他们全家吃上一年的了。车上还搬下几台纸扎老虎机、俄罗斯轮盘、百家乐台子、自动麻将桌，还有牌九和扑克，围观的人不断发出啧啧惊叹。

　　烧完大件烧小件，各种电器、名猫名狗、名贵兰花，甚至自动鱼缸，还有各色名酒，各色名烟，各色各款的衣服和鞋包，墨镜和名表若干。连这些也烧完了，最后是冥币，不仅有中国的冥币，还有欧元和美元。除此之外，还有美国绿卡和瑞士银行写满许多个零的存折。

　　一大卡车的纸扎，最终化作焚烧池里浅浅的一层纸灰，尚未烧透的竹条支架黑黑的支在池子中央，一阵春风吹过，扬起一层纸灰，朝着天上飘去，飘到再也飘不上去了，就洋洋洒洒地回落，被风吹得散了，像下起一场黑色的雪。

最后，这六个穿着黑色西装的年轻人，对着师父的遗像毕恭毕敬地鞠了三个躬，然后有人捧着老人的牌位，有人捧着老人的遗像，一行人离开了焚烧池。

"乖乖，这几个人是不是电影明星啊？"

"不知道，戴着墨镜看不清，咱们这小地方出过明星吗？"

"没有，可要不是明星，那死的是谁呀，派头那么大。"

"知道这死的谁吗？"

"排场真大，我活了八十岁，还从没见过这样办丧事的。"

"别说是您老，我在火葬场干了二十多年，也没见过这号的。"

"这家老人命好啊，晚辈们都这么孝顺，我家老头子刚死，儿子就吵着要把房子卖掉。"

"啧啧，还有纸扎麻将，真是太周到了。"

"妈，回头您死了我也给备上一副？"

"要死了你！"

……

陆钟听到，身后围观的人们发出的种种议论和惊叹，把手里的遗像捧得更高些，对着照片中的师父说："您听到了吗？他们都在议论您呢，东西您收好，您吩咐的事情我们已经办到了，还满意吗？"

陆钟当然听不到师父的回答，只不过这天刮起了南风，气温也升高了不少，毕竟春天来了。就在他说完话不久，忽然一阵暖风迎面扑来，那暖融融的风婆娑着人的脸，就像师父的手轻轻拂过，陆钟的精神为之一振，他相信，师父一定听到了刚才他说的话，他老人家对今天的这一车东西，很满意。低下头看一眼师父的照片，师父仿佛在对他微笑。

那是三年前，在杭州西湖楼外楼见过无非子大师后，老韩自觉时日无多，趁着精神尚好去拍的一张照片。当时的老韩，脸颊还饱满，眼眶还未塌陷，穿白色西装，戴白色礼帽，打黑色领结，十足绅士范儿。这张照片一直被寄存在照相馆，直到老韩去世，才打电话给照相馆，请他们把照片快递过来。看着这张照片，大家印象中的师父依然精神矍铄，风度翩翩。

跟纸扎店的人结完账，去焚尸处领到师父的骨灰，最后要做的事，就是决定把师父埋在哪里。这个问题，司徒颖有话要说，干爹临终前对她交代：等陆钟去南京取回最后一本秘籍，把他的骨灰带去上海，在他小时候跟随师爸生活过的那个老弄堂，找个地方挖个坑，种一棵树，把骨灰撒在树下，就算入土为安了。

"那么说，我们现在就要出发去南京了？"听完司徒颖的话，单子凯马上在GPS上搜索去南京的路线。

"没错，师父唯一的遗物就是那本秘籍。解放前，师父在南京推牌九赢了个宅子，那是师父唯一的房产，他没住多久，把秘籍藏好就云游去了。后来解放，宅子早就被人收了，我们现在去的话，可能也没那么容易。如果宅子还在，里面一定住了别人。"陆钟想告诉大家，此行可能不会太顺利。

"怕什么，咱们现在有那么多钱，买下来就是。"何小宝毕竟刚加入，不知深浅也不懂规矩。

"钱，咱们不能动。师父临终前交代，三千万得全部捐出去，以他老人家的名义，算一份功德。那个帮助失踪儿童的基金会虽然是芬姐发起的，但义工们可不是芬姐的人，芬姐虽然出事了，但基金会的义工们还在，这笔钱得捐给他们，用在那些孩子身上。剩下的几百万，留着周转。"陆钟严肃地说，环视一周，除了何小宝因为自己的冒失吐了吐舌头，没人有意见。

"那还等什么，咱们赶快去南京吧。我答应过干爹，等他入土为安，再回北京。"司徒颖捧着干爹的骨灰盒，目光有意无意地扫了一眼陆钟。

就这不足一秒的一眼，让陆钟意识到了什么。要知道在此之前司徒颖可是极力回避他的，根本就把他当成透明人，都不跟他直接说话了。莫非是师父临终前对她说过些什么？联想起师父对自己说过的那些话，陆钟不难猜到，师父也许对司徒颖也说了同样的话。师父啊师父，我要怎么谢谢您才好。抱着师父的遗像，陆钟百感交集。

上了商务车，原本可以坐七个人的位置，现在只坐了六个人，空下来的座位是最后一排的中间，大家把师父的骨灰盒和遗像放在那里。为了照看好遗像和骨灰盒，这次上车后，原本一直坐在最后排的两位新人，曾洁何小宝换到了中间的两个单人位，最后排变成了司徒颖和陆钟。这微妙的布局，还有司徒颖那不及一秒的目光接触，让陆钟心底对即将开始的新行程充满了希冀。

商务车离开火葬场，大家把手伸出窗外，朝空中扬起一把黄表纸，异口同声地喊道："师父，上路喽！"

B

商务车开进了江苏境内，沿途湖光山色风光秀美，靠近上海这边的是富裕的苏南地区，高速上跑的，也有不少好车。

江苏省是个富裕的省份，繁体字的苏，是草、水、鱼、禾四个字组成的，看这个字就知道，此地乃鱼米之乡。江苏省面积不大，比起远在内蒙古的额济纳旗，还小两万平方公里，却能创造出全国近十分之一的GDP，近几年的生产总值一直紧追广东省，在全国位列前茅。不仅如此，江苏人杰地灵，文人学者众多，省内光是中国科学院和中国工程院的院士都有八十多人，科研能力仅次于北京和上海。不过江苏省被长江一分为二，虽说同为一省，却说好几种方言，长江以南是富裕的苏南，属于吴文化，中间的长江流域附近又是属于淮阳文化，苏北地区则属于汉文化。

"师父以前说，江苏的巨富最多，但江苏的巨富又是全国最低调的，在福布斯排行榜上都找不到。真正的有钱人绝不会随便去买名车名表炫富。都说浙江人和广东人做生意厉害，其实这没什么，只不过是会投机罢了，真正厉害的人并不做生意。"虽然老韩已经去世，但陆钟还是忍不住想起师父说过的话。

"那厉害人做什么？"坐在前面的何小宝好奇地问道。

"你说呢？"陆钟反问道，那腔调颇有点老韩的风范。

"嗯——搞政治？"何小宝猜道。

"政治可不是随便就能搞出来的，那可比做生意复杂多了。"陆钟没有正面回答。

"那到底厉害的人是不是搞政治呢？"何小宝继续追问道。

"自己想。"陆钟就是不给正确答案。

何小宝吐吐舌头，转过头去。

又往前走了一段，路上出了车祸，车被堵了下来，天也快黑了，距离南京大约还有一两个小时的路程，大家需要吃点东西，上上厕所，车也需要加一次油。高速公路旁通常吃不到什么好东西，陆钟让大家先随便吃点，等晚些时候到了南京城再吃顿好的。

从卫生间里出来，陆钟在加油站旁的小超市里挑选着零食，顺便等大家出来。超市规模小，东西也不多，选来选去无非饼干花生巧克力和口香糖。在收银台付钱时，从远处走来十几个农民，老老少少，还有几名农村妇女。和此地的大好风光不同，每个人都灰头土脸哭丧着脸。这么多人没有都进小超市，走在最前头的是两名村干部似的老大爷进了店，其余的人留在外面等。老大爷一见店长就鞠躬，然后敬上一支烟，却被店长拒绝了。

"大伯，你怎么又来了，我这正做生意呢。"店长有些不悦地埋怨道。

"不急不急，你忙完了我再说。" 老大爷赔着笑脸，笑出一脸尴尬的皱纹。

店长不太高兴，不过还是认真地给陆钟找完钱，又用塑料袋帮陆钟把买的东西装好。陆钟见这些村民都脸带委屈，其中不少人脸上还有泪痕，有心听他们说说怎么回事，便把买好的东西留在收银台，借口还要再买点喝的，往超市里面走去。

见客人离开了收银台，刚才那位敬烟的老头毕恭毕敬地跟店长商量道："大侄子，能不能跟你们老板商量商量，把你们加油站的仓库借我们住几天？"

"那怎么行，老板肯定不会答应，里边还放着货呢。再说那是仓库，连个窗户都没有，怎么能住人呢？"店长语气柔和了许多，却没有同意。

"大侄子，我们保证不会拿东西，只要能挤出打个地铺的地方就行。你要不帮我们，大伙儿可就只能去睡猪圈了，我们大人受得了，孩子们可怎么办呐。"老大爷几乎是在哀求。

"大伯，我也是帮人打工，哪能做这么大的主，再说老板人不在，去南京办事了。"店长不是没有同情心，只是他的确没有这个权力。

"唉……这可怎么好。"大爷叹着气，跟身边的大爷对望一眼，为难地看着门外正在等消息的村民们，不知怎么交代才好。

正在两位大爷为难之时，陆钟忽然站了出来，和颜悦色地问："不好意思，刚才你们说的话，我无意中听到了几句，不知遇上了什么难处，为什么要去住猪圈呢？"

"您是？"店长帮大爷问道。

"我就是过路的。"陆钟笑呵呵的。

"小伙子，你是不是记者，您要是记者也不一定敢报道啊，你要是敢报道，我就把事情告诉你。"大爷盯着他打量了一番，陆钟身上还穿着全套黑西装，一看就是有钱的城里人。

"您老真有眼光，我还真是记者，刚刚做完采访回来，您有什么事尽管讲，我先听听看好吗？"陆钟顺水推舟地应承道。

"你的记者证呢？"另一位大爷警惕地问道。

"记者证没带在身上，家里老人去世，今天料理完丧事刚刚回来。您放心，跟我说说不会有什么损失。"陆钟说的也算实情。

两位老大爷盯着陆钟好一番打量，那童叟无欺的招牌微笑打动了他们，最后大爷终于说出了自己的遭遇。他们都是本地的村民，这附近要搞开发区，开发商向村民们征地，原本听到消息时村民们乐坏了。前些年修高速公路，附近的村子被征收的家家户户都拿到了不少钱，足够去城里买套商品房，还能换上城市户口，过城里人的生活。这村子的人不多，地却不少。如果按上次高速公路的征收办法来算，每家都能收到不少钱，大家期望很高。

可后来开发商公布的价格却还比不上当年的老价钱，这物价一年比一年涨，房价涨得格外高。那点钱根本不够大家去城里买房子，当然不同意，于是大家杠着都不签合同，要跟开发商打时间战，谈价钱。开发商是南京的，口气挺硬，死活不肯加价，最后这事闹僵了。那开发商不知什么背景，居然把推土机开进了村，也不管搬不搬家，把村民们的房子给扒了。就这还不算，村长代表大家去上头讨个公道，结果人家却说政府招商都已经办妥了，好几家大工厂正等着开建。是村民们态度恶劣，不肯拆迁影响了工程进度，这是不支持开发区建设才造成这样的后果。无论如何开发区是一定要建的，最多只能帮村民们督促开发商尽快把拆迁款到位。

"我们这些老的，也不能进工厂打工了，没有了土地，能靠什么过活。现在房子没了，连住都是个问题。遇上这种事，古时候还能等皇上微服私访去告状，现在，想去北京反映个情况，还没上火车就被人给拦下来了。我们这帮泥腿子谁也不认识，记者啊，你一定要把这事帮我们汇报给领导，我们真的没签合同，他们就像土匪一样闯进村子把我们的房子给扒了。"老大爷说得眼泪汪汪。

"来来来，你抽支烟，我们也没啥好东西送你，对不起了。"另一位老大爷从口袋里掏出一盒纸烟，掏出一支来一定要陆钟抽上。陆钟恭敬地两只手接下，老大爷又立刻帮他点上，生怕怠慢。

"您说的意思我大概听明白了，不过这搞开发区不是政府操作的吗？怎么能让开发商插手，这是违规的吧。"陆钟狠狠地吸了口老人给的烟，有些糙，糙得他心里闹哄哄的，仿佛憋着股劲儿。

"这上有政策，下有对策吧。别说这是违规操作了，开发区旁边还要建别墅区呢，还是什么高尔夫别墅区，好像还要开个高尔夫球场。反正他们是要搞大名堂，听人说，这开发商上头有人，一般人动不了。"

"听您这么一说，我倒更有兴趣了。您把开发商的名字和公司告诉我，您等着，我一定帮您查他个水落石出。"陆钟掏出纸笔，很认真地记下了村名，以及开发商的名字，"大家别急，一会儿路通了，我会去南京给大家买些帐篷回来，委屈大家在帐篷里住些日子，我会尽快帮你们查清楚问题，争取到应有的赔偿。"

"大记者，咱非亲非故，你这样帮咱，真是……太谢谢了，没啥谢你，我给你跪下……"老大爷简直不敢相信自己的耳朵，激动得老泪纵横，双膝一曲，竟然真的就要下跪。

"您这是做什么，快起来快起来，这可要折煞我了。"陆钟忙不迭地搀扶起老人，正好瞥见外面弟兄们上完厕所出来了，忙喊道，"快来，帮我把老人家搀起来。"

这么一嚷，守在外面的那些村民也听见了，不明就里的人们以为老大爷碰上了什么事，一拥而入把陆钟围了起来。单子凯何小宝他们也不知道发生了什么，见村民们要动手，一下子气氛有些紧张，直到两位大爷解释清楚，两拨人才握手言和。村民们听说陆钟要送帐篷给大家住，全乐了，直夸陆钟是大好人。

单子凯却不知道陆钟到底要做什么，出了小超市，那帮村民还在后面指指点点地，满怀希望地看着陆钟，单子凯忙把陆钟拉到一边，问他究竟怎么回事。

"我刚帮大家揽到笔买卖。"陆钟笑嘻嘻地，回头冲村民们挥了挥手。

"为什么？"单子凯不解地看了看那些不起眼的村民，疑惑不解。

"反正要去南京办事，顺路。"陆钟玩笑般回答。

"老大，我是认真的。"单子凯转到他面前，严肃地问，"你说，到底为什么？"

"如果师父还在，他也会这么做。"陆钟一把拉开商务车的车门，老韩的遗像正在里头微笑地看着他。

不久，拖车带走了事故车，路通了，陆钟带着对村民们的许诺，离开了这个地方。跟在他们车后头的，还有村里唯一的一辆农用汽车，晚上会把帐篷捎回来。

C

来南京的路上，陆钟已经把村民们的遭遇告诉了大家，大家都同意帮这个忙，到南京时已经快九点了，帮村民们采购帐篷，晚饭不得不又推迟了一个小时。跑了好几家户外用品商店，凑齐二十顶帐篷，配上防潮垫和照明灯，足够村里的人们凑合着住一阵子的。

那两个老实巴交的农民，见"大记者"和他的朋友们真的买下了这么多帐篷，千恩万谢，连夜开车赶回去。帐篷是被带走了，留下来的，是村民们的希望。

夜里十点多，这顿晚得不能再晚的晚饭上终于可以开吃，不过时间太晚，经营正宗金陵菜的大店早已打烊，他们只能去宵夜店对付一顿了。虽然大家早就饿坏了，可没人抱怨。反倒是陆钟有些不好意思，第一次擅自做主，就揽下这么大的买卖，总觉得唐突，点菜的时候就多点些，芦蒿炒豆腐干、茭儿菜鲜笋汤、盐水虾、板鸭、猪油饺饵、鸭子肉包烧卖、鹅油酥，每一样都是金陵口味。

这还是老韩去世后，大家第一次认真吃饭，第一杯酒大家都没喝，撒在了地上。气氛有些凝重，每个人都怀念师父在世时吃饭的热闹劲儿，老韩一生云游，对美食颇有研究，跟他在一起吃饭，不但能吃饱吃好，还能学到不少东西，增长见识。司徒颖默默地叹了口气，少了干爹他老人家，这饭，怎么吃都不香。

"这南京是六朝古都，孙中山说过，南京这内陆城市，有高山有深水有平原，是难得的风水宝地，不少皇帝都定都于此。有皇帝老儿的地方，肯定就有好吃的，这南京菜，又叫金陵菜，重火候讲刀工，特别出名的就是做烧烤和鸭子。有著名的'八大叉'：叉烤鸭、叉烤鱼、叉烤乳猪、叉烤鸡、叉烤火腿、叉烤山鸡、叉烤酥方、叉烤鹿脯。满汉全席里，叉烤鸭和叉烤乳猪是列为不可少的两大件，号称'双叉双烤'。"陆钟忽然打破了沉默，一边往嘴里塞着食物，一边叽里呱啦地说了一大堆。

大家被这一大番话给惊呆了，那口吻，那神色，还有那口若悬河时微微得意的表情，跟老韩如出一辙。

"老大，你被师父上身了？"梁融惊讶地看着陆钟，说出了所有人的心声。

"上你的头，乱说话，小心师父晚上找你聊天。"陆钟做样子拍了拍梁融的后脑勺。

"师父找我也不怕，他老人家最疼我了。"梁融嘿嘿一笑。

"要不是师父上身，你也没来过南京，怎么对这些吃的那么熟。"单子凯替梁融说话了。

陆钟得意一笑，亮出手里的手机，原来他正用手机上网，屏幕上是百度出的南京美食介绍。气氛缓和了不少，大家的谈话渐渐多了起来，扯东扯西地聊了一会儿，最后大家都放下筷子时，陆钟布置了未来几天任务。

梁融负责把那三千万善款，分作几批转给那位曾经跟踪报道过芬姐的女记者，要求她在网上公布基金会的状况，和善款的运用。单子凯带新人何小宝，去调查那个开发商。司徒颖和曾洁比较方便行动，调查开发商背后的势力。陆钟自己，负责找到师父遗物所藏地。

这一夜，陌生的城市陌生的酒店，临睡前大家都不约而同地想到了老韩。这是师父去世后，大家第一次正式上路，就像一群失去头狼的小狼，从今往后全靠自己闯荡了。虽然为了料理后事已经两个晚上没有合眼，陆钟躺在床上还是难以入眠。师父临终前的交代，言犹在耳，卸下了心头那副重担，他不必再为重振门派而担心，可将来究竟该怎么走，要怎样才对得起这帮信任他的兄弟，他暂时还没想好，只能走一步看一步了，总之，大方向不能变，门规也必须要遵守。

让单子凯带何小宝，让司徒颖带曾洁，其实是陆钟特意的安排。默契不是一天两天就能形成的，他需要新人们尽快融入这个团队，习惯并接受大家的做事办法。

几天后，凭着大家卓越的工作能力，调查有了结果。

开发商吴仁义，经营房地产，致富的道路和一位官员的升迁息息相关。单子凯他们从当年跟过吴仁义的建筑工人们听说，十年前他还是个小包工头，只能通过层层转包的方式做点小工程，赚点小钱。后来他巴结上了当时房产部门的一位很小很小的科长，在那位科长的帮助下，第一次得到了独自承包工程的机会。那笔买卖让吴仁义赚到了第一桶金，他对那位科长很是孝敬，那位科长后来平步青云，接连几次提拔，很快就到了更有实权的部门。吴仁义跟这位领导的关系也随着一次次的权钱交易而愈发牢靠，把公司挂靠到政府名下，生意也越做越大。吴仁义可不是什么好人，为富不仁，虽然赚了大钱，却经常拖欠工人们的工钱，不到万不得已通常都不结账，宁可放在银行自己赚利息。这次陆钟遇到的村民遭遇，正是由这吴仁义一手造成的，而同样的强拆事件已经发生过两三次了，只不过每次都被他用钱摆平。这一次，他也以为不会有事。

跟吴仁义一丘之貉的官员，叫齐达伦，当了几年普通科员，没有背景升迁艰难。当年系统内闹出一桩丑闻，某领导跟一貌美女下属有暧昧，结果被老婆捉奸在床，闹得很凶。小科长咬咬牙娶了那位比自己还高两级的女同事，主动戴绿帽，换来了平步青云。绿帽没有白戴，那位领导退位前，把齐达伦安排到了最有实权的岗位。凭着积累多年的关系网，他不打算再往上升，捞钱才是正经，跟他合作过的商人都知道这家伙胃口大，而且很会装，人前抽软中华，没有外人就只抽一百五一包的九五至尊。

介绍完二人的基本情况，已经可以断定这两混蛋都不是东西，是可以下手的对象。

陆钟拿过吴仁义和齐达伦的资料细细看起来，陆钟很快发现在吴仁义名下的好几处私宅中，赫然有一处位于老街大板巷的民国时期老建筑，那门牌号码吸引了陆钟的注意，"这可巧了，就算咱们没碰上这一档子事，也注定要找他们的麻烦。你们看，原来师父赢到手的那处老宅被吴仁义买下了。"

那栋老宅陆钟去看过，和北京的一些老宅一样，门不大，里边却不小。二十四小时有人，三四个保姆，一个厨子，还养了狗，他一直没能找到机会进去。就算进去一次，也不能保证一定顺利取到东西，反而可能打草惊蛇，惹来麻烦。

"一定是干爹冥冥中帮我们安排好了一切。"司徒颖拿过那份资料一看，有些感慨。

"既然是师父让咱们干这一笔，那咱们就要干得漂亮。说说，这两个家伙有什么弱点。"陆钟来了精神，很有点要大干一场告慰师父的劲头。

"我们跟了这几天，发现齐达伦很好色，大概是绿帽子戴得太久，他跟老婆关系并不好，在外面很放得开。"单子凯这几天盯得很紧，用观鸟仪监听，齐达伦不睡，他和何小宝也不能睡。

　　"吴仁义这几年赚海了，具体多少我不知道，反正他盖起来的房子都卖得贵，联合几个同行一起捂盘，把房价抬到了三万多一平方米。现在他还到处囤地，钱和地他都不少了，对女人兴趣不是很大，对名声却格外注意，很少有不良新闻传出。"司徒颖这边也很有收获，花的力气不比单子凯他们少。

　　"他好像很想进政协，另外对自己的小学毕业学历很在意，最恨人家说他没文化，前两年买了个国外野鸡大学的文凭撑门面。"曾洁很细心地补充道。

　　"一个爱女人，一个爱名气，这两点够是够了，不过我总觉得还少点什么，两个不缺钱又关系铁的老男人，不是很够发挥，大家再多想想。"陆钟在屋子里踱来踱去，进入了思考状态。

　　房间里静悄悄，大家都在回忆着这几天看到的一切，希望能从中找出一点有用的线索。

　　"对了，吴仁义和齐达伦都有儿子，现在都在南京上大学，这两家的大人关系好，这两个小子却不行，前不久还为了追女生闹翻了。"

　　"这你都查到了？"单子凯惊讶地看着何小宝，这些天他们都在一起，这小子好像也没单独行动。

　　"您休息的时候，我加了点班。"何小宝不好意思地挠挠头，嘿嘿一笑，"富二代和官二代可没他们老子那么低调，穿名牌开名车，在学校里一打听就知道了。官二代觉得富二代全家都是仗着自己老爸才赚的钱，富二代觉得官二代太牛逼，横竖不顺眼。要不是因为他们老子的关系，差点都打起来了。"

　　"好，加上官二代和富二代，这事就妥了！"陆钟满意地拍拍何小宝的肩，一个完美的计划在脑海中迅速形成，不过他还需要进一步完善这个计划，在脑海中对每一步进行推演，直到万无一失。这需要时间，他宣布放假，让大家好好休息两天，等到他最后把计划定下来，再统一行动。

　　大家收拾东西，回了各自的房间，只剩下何小宝一个人不肯走。陆钟问他有没有事，他说想帮陆钟打打下手，学点东西。

　　"小何，我在加入这支队伍后，师父第一次教我的就是看人。这看人也跟看病一样，讲究望闻问切。望就是观察此人的容貌，相由心生，干咱们这行的得第一眼就能看出个四五六来，是良是歹，是大奸大恶还是肚子里面使坏，适合来文的还是来武的，都得有个大概。闻，就是凭着直觉，找出他们感兴趣的事和最讨厌最害怕的事。这问，不仅是要问对方周围的人，也要通过跟他的直接交谈，更进一步地了解此人，不断完善对此人的正确了解。最后这个切，就是给这人号脉，找出最适合他的方式，对他下手。你凯子哥，梁哥，还有司徒姐，他们比我入门早得多，个个都能独当一面，以后你多跟他们学学。"陆钟很喜欢何小宝的好学，在他身上真的看到了自己当年的影子。

"是！六哥，你懂的真多，我一定跟你好好学。"何小宝敬佩地看着偶像，顽皮地冲陆钟作了个揖。

第十三章　双管齐下

A

齐达伦觉得身上的汗水滑腻腻的，很不舒服，胸口也憋得慌，脑袋重得就像塞满了石头。

刚才在他眼前有什么东西闪了两下，仿佛是照相机闪光灯的那种白光，很亮，他闭着眼睛都能感觉到。要不是那两下闪光，他还醒不过来。现在，还不能立刻睁开眼睛，意识却已经开始慢慢恢复了。

如果没记错，他现在应该是坐在车里。

车是单位配的，日产花冠，司机被他早早打发走。对了，为什么要打发司机回家？

齐达伦想了想，很确定地回忆起昨天是自己的生日，一大帮同事和社会上经商的朋友们，欢聚一堂喝了个痛快，后来，老男人们还去唱了歌。对了，唱歌时，他遇到两个美女。那两个美女很特别，记不清长得什么样了，总之是惊为天人，要不他这个风月场的老手，不会被迷得神魂颠倒。如果没记错，后来两个美女都跟他上了车，他们说好三个人玩，就在车上……

后面的事记不太清了，酒桌上差不多一人干掉一瓶五粮液，后来在包房，那些人还开了瓶路易十三。一万多的酒，不知谁买的单，宿醉让他口干舌燥头痛欲裂，甚至也不记得酒的味道了。

齐达伦忽然想起一件很重要的事情，昨晚他把车开到紫金山（注1）脚下，人烟稀少的地方，因为是玩车震，车门和车窗全都关得严严实实。自己现在这感觉，该不会是缺氧到要死了吧。齐达伦的脑海中浮现出不久前看过听到的新闻，某位跟他有同样爱好的官员因为玩车震，缺氧而死在车里。背上像有条冰凉的蛇爬过，他浑身的鸡皮疙瘩都起来了。要是这样死了，他齐达伦的脸往哪搁！

越想越觉得气短，一个激灵，他被吓得睁开了眼，赶紧摸摸胸口，心跳得噗通噗通的。还好，没死，他松了口气，赶紧开窗，让新鲜空气进入浑浊的车内。深深地连吸几大口气，精神好了些，齐达伦开始找衣服穿。一扭头，身边的副驾驶位置上，坐着个高大的美女。对了，他对这位美女印象很深，昨晚见到那两朵姐妹花时，她们出众的身材和精致的妆容，似乎是专业模特，那双黑丝长腿，真是迷死人了。

现在那双长腿就摆在他的面前，丝袜被撕破了，露出几根不太雅观的腿毛，齐达伦觉得有点恶心，昨晚那晦暗的灯光下，竟然没看出这女人这么不讲究。

"美女，醒醒，该回家了。"齐达伦拍拍美女的肩膀，可毫无反应。

"醉了吗？"齐达伦见对方动也不动，绷紧了神经。刚才碰到她的皮肤，似乎冰凉，该不会是……昨晚他们上车后，两位美女似乎都吃了些摇头丸还是K粉之类的东西，一时兴起，她们还要往他嘴里塞。他只想玩人，可不想被人玩，当然是拒绝了，为了不太扫兴，他只是喝下了美女带的一瓶小洋酒。

该不会是吃嗨药吃多了，挂了吧？

齐达伦心头浮出一丝阴影，担心这来路不明的美女出事，赶紧扳过她的头来。

不看不知道，一看吓一跳。浓妆艳抹之下，难掩男人粗大的喉结，粗糙的皮肤，那哪是美女，分明是个男扮女装的伪娘。齐达伦一抓伪娘的头发，假发被掀掉，露出下面的男人短发。

敢情昨晚上玩了男人！虽然细节想不起来了，但看着自己胸口上残留的大红唇印，齐达伦就觉得恶心，只觉腹内有股腐败的东西在翻涌，很有点想吐。可现在不是恶心的时候，那男人皮肤冰凉，嘴也失控地半张，似乎是死了。

齐达伦拿手摸了摸男人的鼻息，气息全无，他的血压瞬间飙高，这个恶心的男人，衣冠不整地死在自己的车里，这可怎么办？

齐达伦可不是毛头小子，他是见过经历过各种人事的老男人了。他先定了定神，认真回想起昨晚究竟发生过什么。之前一大帮子人喝酒吼歌，他还记得很清楚。他的记忆只停留在喝下那瓶小洋酒的时候，实在喝得太多，从那之后，他就什么都想不起来了，甚至都不知道另外一个美女是什么时候走的。

这两个美女是谁送给他的呢？是谁送的就能找谁来带走这具尸体。昨晚在包房里有三四位经商的朋友，其中还有跟他最铁的吴仁义。齐达伦努力回想起来，这两个美女是吴仁义带进包房的，后来那两个美女就贴到他身边来了，甜丝丝地说吴老板让我们好好伺候您。没错没错，就是吴仁义叫来的人。

一想到吴仁义，齐达伦的心就放下来了。姓吴的年前才从他手里拿了块好地，居然搞个伪娘来哄自己，他胆子也太大了，哼，就让他来收拾这残局。

齐达伦拿出手机拨通了吴仁义的电话，埋怨道："老弟，你可把我害惨了，找的都是些什么人嘛。"

"老大，您说什么？我没给您找人啊。"吴仁义对齐达伦一直很恭敬。

"昨晚上那两个家伙不男不女，你是想害我吧。"齐达伦毫不客气地质问。

"我怎么敢害您呐，昨晚上我没找人啊，那两个妞不是老李找来的吗？她们找不到房间，我只是在走廊上碰上了，把她们带进包房而已。怎么，她们没伺候好您？那我可得去骂老李。"吴仁义陪着小心解释道，他对财神爷可从来不敢怠慢。

"真不是你找来的？"齐达伦知道吴仁义不敢对自己撒谎。

"当然不是，不信您问老李，昨晚我抢他不赢，是他买的单，那两个妞的钱肯定也是他付的。"吴仁义倒也坦诚自己没买单，厚道地问，"怎么，那两妞惹您生气了？"

"没有。"挂断电话，齐达伦心里的疙瘩变大了。

他跟老李并不算太熟，才认识半年，还没给过他生意做，老李对自己倒是殷勤，但他对老李还是有点提防。受贿这件事，虽然违法，但在某种程度上来说，也是对人的认可。他齐达伦要在相当程度上认可一个人，才肯收他的钱。行贿和受贿都是违法的，这笔金钱交易建立的同时，也建立起一种互相信任的利益关系。他不会打电话去问一个不信任的人，现在摆在面前的事也不是小事，人命关天，处理不好，会惹来天大的麻烦。齐达伦能走到今天这一步，后面不知道多少人戳脊梁骨，同事表面上和和气气，暗地里都巴不得他出事。只有他栽了，其他人才有机会顶上这个最有油水的位置。

怎么办？那具尸体每在他身边多待一分钟，就多一份危险。齐达伦又气又恼，狠狠地抓了几把头皮，希望能让宿醉带来的头疼减轻一点，好想出处理尸体的办法。好在这里是荒郊野外，齐达伦下车去看了看周围，现在是上午，朝四周打量一番没发现人。一不做二不休，干脆把尸体扔在这山上，反正没人看到，正好走个干净，早点回单位早点洗脱嫌疑。

齐达伦这么想了，也这么做了。

尸体很沉，足有一百三四十斤，这男人足足一米八几，他的身体还没完全冰凉，可齐达伦已经没时间再试一试他的心跳和脉搏了。齐达伦费了不少力气，才把尸体拖下车，扔在一蓬野草后，随便抓了几把杂草和树叶给盖上。男人的皮包里可能会留有身份线索，齐达伦没留下证据，把包带走后扔在附近农家的荷塘里。带着满身的大汗，他急匆匆地开车回市区，办公室里有卫生间，可以洗澡，一会儿可得把身上那些乱七八糟的痕迹给洗彻底。

虽然扔掉了尸体，可齐达伦心里还有个阴影。昨晚的另一个美女到哪去了？她什么时候走的？知道同伴死在车里吗？

他真的很想知道究竟怎么回事，可他却不敢打电话问老李。只能让时间去解决这个问题了，他必须做好这几天的工作，这几天多回家，制造不在场证据，就算尸体被人发现，也不会那么容易扯到自己身上。

车开得飞快，尽管把领带和衬衣扣子全都解开，齐达伦还是觉得有些憋闷，心里的恐慌就像一颗种子，在他心里发了芽。

B

齐达伦打电话给吴仁义时，他正在跟一位很有来头的女士，谈一件重要的事。

那位女士姓杨，是位有海外工作经历的资深理财师，光是那写满英文的资格证明就让他肃然起敬，加上她端庄大方的气质，手中那款貌似低调却要几十万才能买到的名表，让他对这位女士的资历更是青眼有加。

杨女士和吴仁义的相识，说来很挺巧。

昨天为送寿礼，吴仁义特意去了趟齐家。杨女士是客人，比吴仁义先到，两人正聊着天，似乎聊得很投机。吴仁义进门后，他们却敏感地止住了话题。齐达伦也不给他介绍杨女士的身份，只是不太高兴地把他带到了隔壁的小书房，收下了他的大红包。当时他就只觉这个女人跟齐达伦之间有秘密，连他都要瞒过的秘密，一定是大秘密。

吴仁义对齐达伦身边的人都很在意，是竞争对手，还是可以结交的朋友，都需要分清。吴仁义送完东西后没走，留在齐家楼下等那位女士，想碰碰运气，没想到还真给他等到了。

吴仁义热情地跟杨女士打招呼，攀谈起来。杨女士自称齐达伦的远亲，不过吴仁义却觉得，多半有假。多少高官能够顺利携款出国，就是因为他们在国外都有靠得住的人帮忙，带走那么大笔的钱，还不能引起注意，也不能违法，肯定不容易。杨女士又正好是做理财的，所以……吴仁义得到一个大胆的推论，齐达伦赚够了钱，要出国了。

原本今天把杨女士叫来，吴仁义是想从侧面打探打探齐达伦的消息，没想到杨女士说的洗钱办法，却把他深深吸引。

"您是做大生意的，但是您有没有想过，做某些小生意，反而更容易赚钱呢？"杨女士开诚布公地说。

"我不太懂您的意思。"吴仁义谦虚地答道。

"坦白说吧，做大生意的谁没有笔见不得光的银子。让这笔银子见光，就是我最擅长的。"

"您是专业人士，还请您指点指点。"

"您太太一定上过美容院吧。"

"没错，可这跟我们要谈的事有什么关系？"

"您觉得美容院赚钱吗？"

"可能赚吧，我不太了解，小生意我是不做的。"

"一家美容院是小生意，十家二十家连锁美容院呢？您还觉得是小生意吗？"

"这，我还真没想过。"

"这么说吧，我有办法帮您开设这样的连锁美容院，还能帮您找到成百上千名钻石会员，每一位会员都会为您的美容院带来成千上万的消费，这些就是利润。"

"我越听越糊涂了，会员什么的要长期经营吧，这事好像很麻烦。"

"一点也不麻烦，因为我们的美容院都是专为洗钱而开，位置偏僻，租金低廉，服务员也不必，只要做个样子，在工商税务登记备案就行。只要有会员登记表，就可以虚拟地做出营业记录，以及现金账，您就可以大大方方地去税务局报税，税务局的人可不会无聊到查您的客户，他们也不会知道您的美容院全都是假的。您就当税金是手续费，那些见不得光的银子，也就因此变成正当收入了。"

"原来如此，我得再好好想想，您说的这个办法好像可行。"吴仁义心里活动了一下，政府下拨的拆迁款有一大半被他搜刮囊中，数目可不小，而开发区和别墅还没开建，也没搞预售，万一有人查账，恐怕会有些麻烦，这位杨女士的办法或许可以一试。

"不是好像可行，而是的确可行，我们在中国的事务所，已经有二十多家跟您公司差不多规模的客户了。"杨女士很自信地笑笑，从包里拿出一张名片，"这只是我们事务所众多可行性模式之一，关于其他模式，下次咱们再详谈。这里有我的联络方式，我还有约，今天不能跟您多聊了。您跟齐大哥关系铁，我知道，下次给您介绍个好朋友，您绝对会喜欢。"

"那敢情好，能不能问问，您那个好朋友是做什么的？"

"他呀，神通广大，算社会活动家吧。对了，比尔盖茨成为清华大学的荣誉博士的事您知道吗？"

"这我可听说了，世界首富的新闻我还是很关注的。"

"那就是我朋友帮忙联系的。"

"厉害，这您可一定要帮我引见引见。"

送走了杨女士，吴仁义拿起那张名片看了又看。他要打听的事没打听出来，看来这位杨女士还是很有职业操守的，避而不谈齐达伦，不过对于她说的那两件事，吴仁义也都挺有兴趣。开美容院洗钱，还有捞到一个荣誉博士之类的名头，对于他的社会地位，会有相当大的提升，清华的荣誉博士他就不奢望了，能当上南京大学的荣誉博士他都很满足。

钱是什么，赚了就是给花的，如果不用掉，放在银行里只是一堆数字，毫无意义。他对女人没什么兴趣，对社会地位，对当官，却是大大的有瘾。齐达伦不是个好伺候的主子，讨得他开心，得把自己逼成太监。当然不是身体上的太监，而是形式上的，主子要办的事从不能说不，主子要听的话，就算再难听也得说好了说圆了。这些年来，鞍前马后地讨好齐达伦，每天都纠缠在虚伪和谎言中，谎言的大小和他的收获成正比。这些年他赚钱可比当小包工头更累，不过他乐意，能哄得过齐达伦，也就能哄得过其他人。

世界就是这样，骗得了掌权的那个人，也就间接地得了那个人的天下。吴仁义可不甘心一辈子当太监，他早就看透了，齐达伦其实只是拿着国家的资本供自己豪赌，赌赢了他就自己赚钱，赌输了也是国家买单，并不比他聪明多少，只是占据了一个绝对优势的位置而已。如果他能进政协，那可是迈入人生另一个新境界，就算齐达伦出国了也不怕，他会找到比他更坚挺的靠山，一样把生意做下去，做到风生水起。

C

黑色的捷达刚刚靠近街边，就有泊车的小弟满脸堆笑地过来帮忙停车。

这辆车的主人是酒店的熟客，在富二代中颇有名气的吴家大少吴天宝。这辆捷达可不是普通的捷达，新车买来不过几万块，但里里外外的改装却用了好几十万，基本上除了外面那个壳子没换，能换的地方全都换了。这辆车在南京城里也颇有名气，据说能飚过法拉利，熟悉吴天宝的人只要远远听到他的发动机引擎声，不用回头就知道是他来了。究竟有多少妞上过他的车，他自己都数不清，不过据说吴天宝每次来这家俱乐部，都会带走至少一个美妞，而且每次都不重样。

吴天宝本人倒没那辆车拉风，跟他老子吴仁义是一个模子里印出来的，中等个头，中等长相，如果不是有钱，丫就一路人。但阔少就是阔少，即便长了路人脸也跟路人不一样，全身的名牌打底，再加上那股子趾高气扬的派头，走几步就把路人甩出几条街。

其实吴天宝不太想来这家俱乐部的，以前这里是他的福地，他可以在这里呼风唤雨，但自从半个月前，他看中的妞被齐浩哲在众目睽睽之下抢走后，他就觉得丢了面子，再也不想来了。要不是今天他的一帮死党把电话打爆，逼他参加拉风党的例行活动，他还不想来。拉风党就是一帮厮混在一起的富二代官二代们，吴天宝是副主席。

今天来的目的是见个新朋友，也是个富二代，据说父母在国外做生意，他也一直在国外念书，刚刚回国不久，家人也打算回国拓展生意。吴天宝的朋友跟他在酒吧认识，然后很快就变成了死党。

物以类聚，人以群分。有钱人就喜欢跟有钱人打交道，富二代们也只喜欢跟同样有钱的同龄人来往，一来大家志趣相投，二来这帮小年轻也为将来进入社会做准备，跟未来的生意伙伴提前建立交情，只有好处没有坏处。

吴天宝走进包房的时候，纨绔子弟们已经先玩了起来，桌边放着两箱啤酒，有人随着音乐摇晃着身体，有人在跟女生玩骰子。其实也没什么意思，每次都玩这一套，吴天宝都有点腻味了，在果盘里拈了颗葡萄，正准备吃，一眼瞟见在座的生面孔。

"来来来，介绍一下，赵大宝，刚刚加入咱们的拉风党，他家在国外经营两家米其林二星餐厅，摇骰子很有一套，要不要来较量较量。"吴天宝的死党拿起麦克风，介绍那位生面孔。

"算了，你们玩，我今天不太舒服。"吴天宝摆摆手，无心玩乐，倒是被这个新伙伴的名字给提起了兴趣，"你真叫大宝？"

赵大宝点点头。

"巧了，我叫天宝，你叫大宝，咱们都是宝，来，喝一杯。"吴天宝觉得这个赵大宝挺合他眼缘的，跟他一样都是路人脸，不太帅也不太高，穿衣服也挺低调，跟这样的玩伴在一起，至少不用担心他抢女人。

交朋友这回事，第一眼看对了眼，只要对方不是太离谱，后面就没多大问题了。都是年轻人，又都爱玩，都有钱有闲，有的是大把挥霍的青春。几瓶酒下肚，大家就聊开了。其他人聊车聊女人，这大宝和天宝却相见恨晚地聊起了事业。当然，他们这些还没有正式接班的富二代没有么事业，但在这帮人里，还就只有这两个宝还有点事业心。

吴天宝的事业心来自他老爸。吴仁义发财发的辛苦，伺候齐达伦换来的，在人前他老爸是个好脾气，谁都能拿他开玩笑，但一回到家，吴仁义就总板着脸。懂事后，吴天宝就想为老爸分忧，也为自己担心，希望将来自己接他的班不要再伺候谁才好。平时就算最铁的死党也只知道他家大人和齐达伦的老爸关系密切，内情并不了解。

吴天宝很少跟人掏心窝子，当然，这天他也没对刚认识不久的赵大宝说心里话，他主要在打听赵家做的生意，还有海外的情况，如果可以，他很希望能出国深造，最好能在国外混开了，把家里的生意做出去，再也不用看当官的脸色。可惜，听赵大宝的说法，国外也没那么好混，中国人在国外开公司能赚到钱几乎没有，赚到钱的大部分人都是为世界五百强的大公司打工，要不然，就是开餐馆。这让吴天宝很失望，不过他对赵大宝印象还不错，这小子跟其他人不一样，不吹牛，不装逼。

相见恨晚，大家都喝了不少酒，吴天宝心情不佳，喝了个烂醉。拉风党成员大多都醉了，赵大宝是醉得最轻的，开车送吴天宝回家。那是赵大宝第一次进入吴家的位于大板巷的老宅，有着将近两百年历史的老院子看起来阴森森，不知深浅。吴家有佣人，很快就有人搀着少爷送回房，吴仁义不在家，赵大宝没理由再多在吴家停留，只好恋恋不舍地四处张望了一下，走了。

喝酒这种事，有第一次就有第二次。吴天宝第二天酒醒后，回学校上了两节课，无心听讲，念着赵大宝的好，边上课边就发短信要请他吃饭。正好，赵大宝就在附近见女朋友，中午三个人一起去了学校附近的饭店。

赵大宝的女朋友叫小米，金黄色头发，蓝色美瞳，双层假睫毛，香奈儿包包外加超短裙，说她是香港嫩模也会有人信。虽然有点做作，但绝对拉风，走在校园里回头率百分之两百。吴天宝被小米的漂亮给惊呆了，吃饭时，他一个劲地冲赵大宝竖大拇指，小子能耐。

赵大宝却无精打采，小米对吴天宝比对他热情多了。赵大宝说话，她不搭腔，赵大宝夹菜，她爱理不理，搞得赵大宝很尴尬。

上初中就开始泡妞的吴天宝经验丰富，立刻看出两人在闹矛盾。为了缓和气氛，他一个劲地说笑话，试图帮兄弟一把。尽管如此，场面还是十分尴尬，饭还没吃完，小米接了通电话，起身就要走，赵大宝怎么留也留不住。没多久，小米走出饭店，上了一辆宝马MINI。

"你认识齐浩哲？"吴天宝敏感地看一眼车牌，问道。

"不认识，不过我偷偷看过小米的手机，追她的人好像姓齐。"赵大宝无精打采地回答。

"靠，早说呀。我怎么都拦着小米不让她上那个混蛋的车。"吴天宝猛地一拍桌子，把赵大宝吓了一跳。

"你认识他？"赵大宝对吴天宝的反应有点吃惊。

"那个狗娘养的，也抢过我的妞。"看着远去的宝马车，吴天宝恨不能从眼里射出两颗子弹，"兄弟，咱们应该合起来想个办法，收拾收拾这个混蛋。"

"我跟小米其实才认识一个月，感情倒不是太深，就是咽不下这口气，吃我的用我的，花了我十多万也就算了，招呼都不打跟了别人，我可不是凯子。我要把她再追回来，再好好甩掉。"赵大宝也不是省油的灯。

"好，就得这么干。要是齐家的大人倒了，我就不信齐浩哲身边还能留住谁。"吴天宝计上心来，拉拢赵大宝，联手对付齐浩哲，也许他面都不用出就能达到目的，"这里不是说话的地方，一会儿去我家，我们商量商量。"

下午，赵大宝被吴天宝请回家，第二次进入吴家的宅子，这回，他可是有备而来。

D

就在这个下午，吴仁义并不知道宝贝儿子带了个朋友回家，此刻他正在酒店里，跟杨女士介绍的那位了不起的朋友见面。

"这位是杰出的社会活动家，著名学者，乔纳森博士，乔博士是耶鲁大学的双料博士。"杨女士对乔博士相当恭敬。

"失敬失敬，我还是第一次跟这么有学问的先生打交道。"吴仁义见过各种商人和当官的，唯独跟搞学问的人没打过交道。他这个小学毕业水平的半文盲，对于有文化的人，打心眼里崇拜。

"客气，我比较佩服你们做生意的，学问谁都能做，但钱却不是谁都能赚到的。"乔博士微笑着点点头。他是个不太胖的胖子，金丝边眼镜，用发蜡打理得服服帖帖的三七分，经典的西装三件套，嘴里叼着个海泡石烟斗，很书卷气，很有气质。

"您真是太谦虚了。"吴仁义得到这么有来头的人认可，高兴得不知道说什么好。

"吴先生，您不必太拘谨，乔博士是个热心肠，经常帮朋友们的忙，这点在圈子里可是很有名的。比方说，您如果想成为某所大学的荣誉教授，或者荣誉博士之类的，我们乔博士可以帮您做到。今天来，我们是交朋友，也是谈生意，您有什么想法有什么疑问，都可以提。"杨女士请二位坐下，又叫了一壶茶，这次私人性质的商务会谈就算开始了。

"您说的可是真的？荣誉教授，荣誉博士，想当就能当上？"虽然吴仁义根本不知道杨女士说的圈子指的是谁，但可以确定，他不是那个圈子的人。

"哈，小杨，你是怎么跟吴先生介绍我的，他好像不太明白。"乔博士有点埋怨地看向杨女士，顺便抬起手来看了眼时间，好像很吝啬时间。

"吴先生，我这么跟您说吧。当今世界，还真没有钱买不到的东西，只不过，要看您肯付出多大的代价了。"杨女士进一步解释道。

"或者说问题的关键，就是你想要的东西，究竟值多少钱。国内的和国外的价钱不同，一流的荣誉和二流的荣誉价钱又不同。怎样通过物质交换的手段，获得精神境界的满足，这是门学问，也是门艺术，同时，也是门生意。"乔博士抬起高贵的下巴，轻蔑地瞟了吴仁义一眼，"不知道我这样解释，吴先生明白了吗？"

"明白，不，不太明白。"吴仁义觉得博士的话文绉绉，越听越迷糊，"您的意思是说，只要想当，又付得起价钱，就一定能当上？"

"理论上，没错。如果操作得当，一切顺利的话，是这样。"乔博士幽幽地吐出口烟，点了点头。

"您能不能跟我说说，这要怎么操作。"到现在为止，吴仁义觉得这位乔博士挺神的。

"你知道不少港澳台的富豪，都在国内的高校捐钱吧。图书馆，体育场，游泳馆，还有活动中心，这些地方大多都是以捐赠人的名字命名的。"乔博士开始摆事实。

"这我知道，就跟希望小学一样，捐个二十万就能盖个希望小学，就能把自己的名字挂在校门口，让孩子们记一辈子。"吴仁义擦了擦额头上的汗，咖啡厅里并不热，只是跟高级知识分子说话，让他紧张。

"对，就是这个道理。但是，图书馆体育场之类的投资都很大，少说几百万，现在这种物价环境，随便出手都得上千万。另外，学校虽然是搞学问的地方，但现在的教授们早就市场化了，一个个都开名车住别墅，他们都知道自己的价值，他们不会求你去帮学校，得你去求他们给你一个机会让你出钱出力。"

"等等，我听您这么一说，好像这代价不是一般的高，如果要花个几千万买一个荣誉什么的名头，那我还是不必了，去找个外国的野鸡大学办个文凭花不了多少钱。"吴仁义心里打着小算盘，他的钱也不是大风刮来的。

"性急了不是，吴大哥，您先听乔博士把话说完。"杨女士为吴仁义添了些茶。

"呵，几千万就把你吓着了，看来还是老齐说的对，你是真没见过世面。"乔博士把背靠在沙发上，跷起二郎腿来，再看吴仁义的眼神里，有了几分不屑。

"老齐是……"吴仁义心里暗念齐达伦，杨女士正好冲他点点头，肯定了他的猜想。

这可让他心里多转了个小九九，齐达伦跟杨女士和乔博士打听自己做什么，这话当然不能问，这种情况下，多听比多说更好，"我就一土老帽，是没见过多少世面，您见笑，还请您接着往下说。"

"知道实验室吗？每所大学都有不少实验室，其中有一些重点实验室，承担高级研究任务，很重要。"乔博士有点不耐烦了，再一次抬起手腕看时间。

"我有个儿子在大学里学国际贸易，听说过实验室，但是不了解。"吴仁义赔着笑脸，往下听。

"实验室大多是物理、化学、生物之类的院系，现在的大学分得很细，以前的系现在都变成独立的学院了。从前的系主任，都变成了院长，手里也有了一定的权力。如果有人牵线搭桥，帮助学院搞一个高级实验室的话，有可能院长一高兴，就给捐赠人授予荣誉教授了。"乔博士继续吸着烟斗，晃着二郎腿，看吴仁义的眼神就像在看一个土财主。

"捐赠一间实验室，比起捐赠一栋图书馆，花的钱可少多了，吴大哥，你说呢？"杨女士似乎很想促成这桩好事。

"没错没错，实验室嘛，就是一间高级点的教室。不过实验室里的设备可能要不少钱吧，那可都是高科技。"吴仁义做了这么多年生意，对钱方面的事尤为在意。

"亿万富翁有亿万富翁的玩法，千万富翁有千万富翁的玩法，咱们就来说说最便宜的吧。老吴你是做建筑的，如果用自己的人工，捐赠一所游泳馆，那是最便宜的了。也不用添置多少设备，最多安装一个过滤泵，花费最多的就是点瓷砖钱。"条件一降再降，乔博士的眉头已经皱了起来，显然他这单生意能否谈成已经不抱多少希望。

"这个好这个好，乔博士您别生气，我不懂规矩乱说话惹您生气，您有大学问的人，可要大人不计小人过呀。"吴仁义赔笑脸赔惯了，赶紧站起来帮乔博士斟茶，心里已经又算计了一遍。游泳池没多大技术含量，就是挖个坑贴层瓷砖，真花不了多少钱。如果只要挖个游泳池就能换来荣誉，那还算划算。

"可以接受的话，那你就先跟杨小姐谈谈吧。我还约了人，失陪。"乔博士冷着脸，一副爱信不信的傲慢，起身就走。

"唉，您这是……"乔博士的态度让吴仁义心里很不是滋味，有点尴尬地瞅着杨女士。

"您看我也没用，乔博士真是大忙人，不瞒您说，今天是政协副主席请吃饭，迟到了不好。"

"乔博士跟政协的人也有来往？"吴仁义最关心的话题忽然出现了。

"您跟乔大哥那么铁，也不算外人，我就告诉您吧，乔博士是北京人，他家的人可都是……"杨女士很有技巧地打住了。

"难道他有政治背景？"吴仁义激动了，至今为止他来往的最高级别的官员就是齐达伦，北京，那可是想都不敢想的高层。

"这我可没说，是您自己说的。咱们接着谈吧，乔博士帮您的忙，也不是白帮的，您除了为学校做贡献外，还得付出一点劳务费。"杨女士做了个数钱的动作。

"应该，应该。要多少，您尽管说。"吴仁义连声答应。

"我上次跟您说过那个开美容院的生意，您还没告诉我，考虑得怎么样了。我帮您介绍乔博士，您是不是也要帮我做点生意呢？"杨女士很会趁火打劫。

"杨女士，你可真是……厉害！"这女人忽然把事情扯到了自己身上，这让吴仁义有点措手不及，"既然你都摊开来说了，那我也就直说了吧。如果乔博士真能帮我拿到一个名牌大学的荣誉什么的名头，咱们就肯定能合作，而且还是长期合作。"

"好，有您这句话，咱们就接着往下谈。"杨女士得到了肯定的回答很满意。

吴仁义和杨女士谈了很久。

同样谈得很久的，还有远在吴家的吴天宝和赵大宝。

吴天宝对赵大宝的信任建立在两个人共同的情敌身上，另外，赵大宝刚回国，家人也不在这边，不用太担心他跟谁泄密。

吴天宝把家里的情况跟赵大宝全都说了。赵大宝分析来分析去，得出以下结果：吴家辛辛苦苦赚的钱，要分出很大一部分给齐达伦，这不仅不公平，还很危险。主动权掌握在齐达伦手里，他愿意跟谁合作谁就发财，他要是不愿跟谁合作，谁就玩不下去。齐浩哲之所以那么猖狂，就是仗着家里大人的势力。

吴天宝的问题是，有没有一种办法，能让齐达伦必须跟吴家人合作，还得对吴家人客气些呢？

办法当然有。赵大宝说，如果齐达伦有把柄在吴家人手里，被动就能变成主动了。大人要是收敛了，那个仗爹势的官二代，也就没了嚣张的本钱。

"你家跟他家合作那么多年，什么账，什么礼之类的，不可能一干二净。"赵大宝说起这些事来，显得很内行，"这些就是要挟姓齐的本钱。光脚的不怕穿鞋的，就算把事情搞大，你们家顶多会被调查一下，早点把钱转去分公司啊海外账户什么的，没多大事。他们家可就不容易了，丢官不说，全家人都没得混了。"

"对呀，我怎么没想到。我们起点低，随时可以翻身，他们当官的可不行，一次栽，一辈子爬不起来。他们要不肯就范，我就来个鱼死网破，姓齐的肯定不敢跟我们玩下去。哼，我要让我爸知道我的本事，让我们吴家，从此抬起头来。"吴天宝踌躇满志地凝望着远方，仿佛已经见到了齐浩哲垂头丧气一蹶不振的模样。

"男人不狠，地位不稳。"赵大宝最后补了把火，趁吴天宝不注意，把一枚纽扣大小的东西贴在了椅子下面。

注1：

紫金山：位于南京市东郊，汉代称钟山，主峰海拔448.9米(2007年)，周围约30公里，是全国重点风景名胜区。山势险峻蜿蜒如龙，早在三国时期，即负盛名。钟山周围名胜古迹甚多：其山南有紫霞洞，一人泉；山前正中有中山陵；西有梅花山，明孝陵，廖仲恺和何香凝墓；东有灵谷公园，邓演达墓；山北有明代徐达、常遇春、李文忠等陵墓。在六朝时期，山上的庙宇很多，现仅存灵谷寺一处，位于山左。

第十四章　祸事连连

A

桌上扔着个牛皮纸袋，是秘书代收的快递。

齐达伦刚开完会，端起茶杯来喝了一口，打开电脑准备玩两局牌。等待开机时，他顺手拿过牛皮纸袋。他经常能收到各种快递，有时候是公司赠品，有时候是下属送的礼品。掂量了两下，他猜不出里面放着什么，顺手撕开，掏出里面的东西来。那是一叠十寸大小的照片。

第一张照片，齐达伦正和一位妖艳的美女面对面坐着，美女帮他解开衬衣纽扣，旁边还有一位美女，正拿着一瓶小洋酒往他嘴里送。那是张彩色照片，尽管光线黯淡，却还能看出他面孔赤红，兴奋的汗水打湿了他的头发。那几缕地方支援中央的头发歪到了一边，显得十分可笑，他那贪婪急切的脸更是丑陋不堪。

第二张照片，天已经亮了，齐达伦闭着眼，在驾驶座上睡着了，在他身边坐着的，是那个死掉的伪娘。他的脸还是红的，伪娘的脸却是煞白，嘴唇也是那种死人特有的浅色。两个人衣冠不整，齐达伦的胸口赫然印着醒目的唇印。

第三张照片是齐达伦正扳过伪娘的脸，伸手去试他的鼻息。

第四张照片是齐达伦咬牙切齿地把伪娘拖下车。

第五张照片是齐达伦把尸体扔到了路边上的树丛里。

第六张照片是齐达伦开着车扬长而去。

放下相片时，手在微微颤抖，齐达伦的衬衣已经被冷汗打湿了。十寸的照片，看起来格外清晰，他鼻头上的小痣，他额头上的抬头纹，还有他的车牌号码，每一个细节都清清楚楚。他一下子想起了出事那天，他在车里苏醒前感觉到的两下闪光。那一定就是照相机的闪光了。

是什么人，会预先准备好带闪光灯的照相机？是什么人，会一路跟着他去荒郊野外，偷拍他玩车震？是什么人，会在哪里蹲守一夜，第二天还拍下死人和弃尸的照片？

他第一个想起的就是那个不知何时离去的美女，她是最有机会接近自己的人，不过第一张照片上，也有她的身影。显然，这些照片是精心策划拍摄出来的。虽然齐达伦并不知道在这些照片的背后，藏着的是谁，但他清楚，这人拍这些照片绝对不会出于偶然，他肯定要被人勒索了。

一想到这里是办公室，这些照片刚刚还经过秘书的手，齐达伦忍不住担心。赶紧把照片扔进碎纸机，又把牛皮纸袋翻来覆去地看了好几遍，确定里面再无其他东西，连张小纸条都没有。快递单上填的住址是用打印机打出来的，发件人的地址一栏已经模糊不清，显然经过了处理。一个有心勒索的人，是不会轻易留下线索的。

电脑早已开机，墙纸是一张全家福的照片。照片上，齐达伦和他的绿帽老婆和儿子，坐在温馨的美式碎花布艺沙发上，用力地笑着，露出满嘴的牙。那照片上的温馨全是假的，用来给别人看的。

那不是他理想中的家，老婆，只不过是用来换取地位的筹码，他们没有感情，只有共同的结婚证和一套房子。他对女人的狂热，很大程度上是因为娶了这个老婆。她在外面乱搞，他也在外面乱搞。她只能跟老头子领导搞，他却可以搞很多年轻貌美的女人，只有不断的背叛，他的心才能获得些许平衡。

至于儿子齐浩哲，生得太像他妈，齐达伦也不知道是不是自己的种，一直不太待见。要不是因为自己是党员，是领导，他早就在外面生个自己的儿子。现在钱都捞够了，如果再有个儿子，这辈子也算圆满了。前几天，他见到了一位移民专家，通过那天的谈话，他发现自己完全具备移民的条件。

如果一切顺利，专家会先帮他在国外开个账户，把钱一笔笔转移出去，当然不是以他的名义，而是以某家公司的名义，好逃脱政府部门的检查。钱都出去后，他就可以准备辞职和离婚了，然后以海外公司股东的身份，申请投资移民。那位杨女士很专业，也已经有了很多成功案例，他相信最多只要一年，就可以安全出国定居。他还只有四十多岁，对于一个男人来说，是最理想的年纪，有了钱，完全可以再找个年轻女人，或者洋妞也说不定，还能生个混血崽子，开始享受真正的人生。

这些年来，一切都太顺利了，齐达伦本打算按照杨女士的计划一步步走，明年的生日说不定就能在国外庆祝，大别墅，名车，真枪，他可以合法地买下，花花绿绿的资本主义世界充满了诱惑。他崭新的第二人生，几乎就要开始了。万万没想到，那次寻欢中，闹出了一个恶心的男人，还死在他的车里。要不是手里的照片，他简直都忘了自己曾经碰过那么一件事，不知是潜意识中的刻意回避，那晚两个身边人的模样他几乎想不起来了。

有些事情是躲不掉的。齐达伦现在体会到电影里那些被绑架了孩子的家长那份紧张。如果是齐浩哲被绑架了他倒不会在意，现在是他的名誉和安全被人给绑架了，他的一切都捏在那个不明身份的人手里。如果是一个正常的男人，出了什么事还能跟家里人打个商量。可在他家，这事想都不用想，没半点可能。天大的事，只能自己兜着。

齐达伦把碎纸机里面条般粗细的照片碎片搅成稀乱，揉成几个小团，扔进卫生间里的马桶，又把那个牛皮纸袋也撕粉碎，放水冲了个干净。等着吧，那个人迟早要开口，现在他肯定是玩攻心战，让齐达伦紧张，失控，自己打败自己。

手机响了起来，是吴仁义的电话，又到了下午安排吃饭和晚上活动的时间，他和平时一样打电话来请示。齐达伦心烦意乱，不想再跟那帮人搞在一起，说不定寄照片的人就是那帮人中的一个。他粗暴地拒绝了吴仁义的好意，挂断电话，提前下班。

没让司机送，他自己开着车在街上乱逛，不想回家，也没胃口吃饭。直到天黑，他才在玄武湖边把车停下。希望能借着那平静的湖水理清思绪，好好考虑一下各种可能出现的状况，以及对策。工作这么多年，他早已不是心浮气躁的小伙子。有问题就解决，他相信自己的能力，越是对方想让自己慌张，越是不能慌。

B

和煦的晚风吹来，带来一丝桃花的香气。春天来了，尽管气温还不算高，爱美的姑娘们纷纷穿上了超短裙，在朦胧的夜色中展示着美腿高声说笑，引得过路的男人们不住回头。

齐达伦在湖边坐了一会儿，眼前是双双对对谈恋爱的年轻人，还有吃完饭散步的中老年人，可他谁都看不见，脑海中还浮现着那几张照片中自己的形象。

照片上的自己，用荒淫无耻、丑陋不堪来形容是很贴切的，要是真被曝光，纪委肯定会来人调查。他的一切还没有转移走，这可是最大的罪证。他脑子里忽然冒出一个念头：尽快转移一些钱出去，只要没了罪证，就算有人来查，最多也就是个私生活不检点。而且那个男人吃过摇头丸又喝了酒，很可能是药物反应而死，跟他完全无关。就算尸体被人发现，查起来，最多是见死不救，杀人罪安不到他头上。

哼，钱可没那么好赚。齐达伦这么一想，马上掏出手机打电话给那位杨女士，咨询转移财产的事。专业的杨女士，要价高得离谱。全套手续做好，要收他一千万，预付五百万，把钱转出去再付两百万，最后他拿到国外的正式身份时，付最后三百万。如果不是嫌价钱太高，齐达伦不会考虑这么久，本来还想拖着砍点价。

可杨女士正好很忙，电话转到了语音信箱。这种事不当面谈是说不清的，齐达伦干脆约了杨女士明天见上一面。挂断电话，他的心情好多了，起身准备去吃点东西，没想到在停车场居然见到了儿子的车。

提起那辆车他就恼火。早就跟这个败家子说过，像他们这样的家庭一定要低调，不要给人落下话柄。这小子倒好，跟他妈要钱买了辆宝马MINI，整天大街小巷地转来转去，生怕人家不知道。齐达伦正一肚子气没地方发，干脆守株待兔，等这个婊子养的出来，结结实实收拾他一顿。

这晚天气好，齐浩哲正带着新女友小米来游湖，才玩了没多久，他正想要深入发展一下，小米却推说今晚有急事，闺蜜病了得回去。小米人漂亮，也特别麻烦，齐浩哲都认识她一个多星期了，还只能牵牵手，连亲都没亲过。不过他不急，容易到手的妞不刺激，反倒是这种得花时间花心血才能追到的比较有成就感。小情侣手拉着手回了停车场，齐浩哲打算送小米回去。

"齐浩哲。"齐达伦从没叫过儿子小名。

冷不丁地老爸冒出来了，齐浩哲给吓了一跳，虽说在外面他挺花挺牛逼，但在老爸面前，还是比较胆小。现在手里还牵着小米，被老爸一吓，手立刻松开了。

"爸。"齐浩哲有点心虚，不过很快就发现老爸脸色很难看，他很少摆臭脸的，除非是心情极度不好。心道这可不是介绍女朋友的好时机，掏出一百块钱，赶紧让小米自己打的回去。小米乖巧地拿了钱，一句话也没问，扭头就走。

"她是谁？"齐达伦觉得那姑娘居然有些面熟。

"小米。"齐浩哲知道老爸在外面花，经常回家时带着一身的香水味，小声回答道。

"我是问她是什么人。"齐达伦口气很不好。再一细看，那姑娘也正好回过头来瞟了他一眼，目光有些躲闪。那姑娘的确很美，尽管只是回头一个侧影也美艳无比。齐达伦立刻想起了这女人的身份，正是那晚跟伪娘一起上了他车的美女，刚刚平复的情绪，重又激动起来。

"她是我们学校成教部的师妹，刚认识不久。"齐浩哲看老爸眼神不对，赶紧一五一十地坦白了。

"认识多久了？"齐达伦继续问道，心里却立刻分析起来。现在的大学生已经有不少乱七八糟的了，成教部那种地方更乱，能交学费就能报名，这姑娘打着大学生的招牌去娱乐场所当小姐完全可能。

"不久，才几天。"齐浩哲乖乖地回答。

"怎么认识的？"齐达伦的眼睛继续盯着已经远去的姑娘，她已经上了一辆的士，临行前再次回头看了一眼。

"吴天宝她追得厉害，她不喜欢吴天宝，找我帮忙，就这么认识了。"齐浩哲说的是实话，当初小米找到他时就是请他帮忙，说是知道吴天宝谁都敢惹，就是不敢惹他。他平时最看不惯吴天宝这个暴发户的儿子，最喜欢挤兑吴天宝，所以小米这么一说，他马上就答应当她的护花使者。

"吴天宝追她？"齐达伦意识到了问题的严重性，这事情八成跟吴仁义有关。他极力回想起出事那天，他第一个电话就是打给吴仁义，可吴仁义不承认自己送了妞，非说那两个妞是老李送的。可是后来，他旁敲侧击地在老李面前提起那两个妞，老李无动于衷。再一细想，老李跟他的交情，还远不到勒索自己的程度。

"爸，爸，你在想什么？脸色这么难看。"

"没什么。我没吃晚饭，你陪我去吃点。"齐达伦忽然想跟儿子待会儿，不管是不是自己的种，终归跟他姓齐，他交代道，"别再跟那个小米来往了，她不是好人。"

齐达伦心里很不舒服，无论如何那个女人上过他的车，虽然记不太清了，但那晚他们应该是发生过什么的。现在这个女人又跟他儿子在一起，尽管不知道吴仁义这么安排的目的是为何，但是可以肯定，他别有用心。这姓吴的，自己真是小看了他。

父子两个上了各自的车，朝着市区吃饭的地方开去。

在怀疑和焦虑中，齐达伦等待了两天。杨女士似乎很忙，跟他通了一次电话，据说人在外地，要过两天才能来南京。这无疑打乱了他的计划，原本以为只要他同意支付那高昂的手续费，就可以尽快把钱转移出去，现在看来没那么容易。

第三天，预料中的勒索信终于来了，他再次收到一份快递。牛皮纸袋里只有一张A4纸，纸上打印着两行字，第一行是三个字，六百八十万。第二行是一个银行账号。

该来的终于来了，可为什么是六百八十万，这是个值得思考的问题。齐达伦并不是拿不出这笔钱，对他来说，这只是他积累多年黑色收入中的一个零头。但同时，这个数字对他来说也有着特殊的意义。

吴仁义的公司也是挂靠在齐达伦单位名下，去年他帮吴仁义搞到一大块地，总共六千多万的拆迁款，不知究竟赔出去多少，又昧掉了多少，反正过年时，吴仁义孝敬他的就是六百八十万。那是个香港渣打银行的存折，以吴仁义的名义开的户，密码就是齐达伦的生日。那笔钱他依然存在渣打银行，转成了信托基金。

如果这个套真是吴仁义设下的，这是否意味着，吴仁义在跟自己示威？他身边围绕的地产商们也越来越多，谁都想在他手里拿到便宜的地，恨不能把他捧成菩萨，日夜烧香叩拜，红包一个比一个大。他对吴仁义的态度却一年不如一年，除了跟吴仁义合作外，他还跟好几个地产商打过交道，吴仁义表面上当然没意见，心里却恨，付出的越来越多，收获却越来越少。

好吧，就算还他个人情。念在他这么多年鞍前马后，没有功劳也有苦劳的份上，且忍一回，把这笔钱还给他。

六百八十万，转到了那个账户上。

齐达伦把牙齿咬得咯咯响，且先不挑明，看吴仁义这个狗娘养的家伙还有没有后招，顺便拖延时间，尽快跟杨女士取得联系，是时候把剩下的钱全都转出去了。

C

破财免灾，齐达伦以为至少可以拖延一阵子。没想到，日子还是不太平，他一闭上眼睛，脑海里就浮现出那具恶心的尸体。就连做梦也是，不论是睡在办公室还是家里，总能梦到那个穿着丝袜短裙，浓妆艳抹的男人。

尸体还躺在城郊那个小山坡上，树叶覆盖在他身上，蛆虫从他嘴里眼里鼻孔里爬出来，他的耳朵流出脓液，他的头顶上聚满了苍蝇。那些苍蝇个头很大，绿色的脑袋，飞舞起来嗡嗡做响，像蜜蜂一样。成群的绿头苍蝇飞舞着，那是它们的盛宴，他们把卵产在不再新鲜的尸体上，制造出更多的小蛆虫，小苍蝇。总有一天，这些吵闹个不休的苍蝇会惹来路人，到那时候，人家就会发现尸体了。

如果没有尸体，是不是就不用再担心剩下的问题？没有了尸体，也没有了钱，他把账户清空，就算吴仁义手里有照片又能怎样，最多就是个人作风问题，正好找这个借口辞职。齐达伦一拍脑袋，之前怎么就没想到呢！

会也不开了，假装身体不适请了病假，赶紧开车去城郊。天气一天比一天好，艳阳高照，气温也在升高。路上齐达伦还在担心，这么热的天，尸体不定腐烂成什么样子，该怎么收拾好。

他去买了几个大号编织袋，又买了两卷粗绳子，打算把尸体先装进袋子里，再在袋子里填上些石头，开车走省道，一直开到长江边上，直接扔江里。谁能从长江里捞起一具尸体，就算日后有人发现，他人已经不在国内了，再也不用担心。

齐达伦越想越兴奋，把车开得飞快。城郊还是没什么人，这片地方和前不久看起来差不多，只是随着升高的气温，杂草们都长高了不少。齐达伦按照印象中的方向找去，可寻了好半天，什么都没看到，只发现了一个老鼠窝。

莫非记错了地方？齐达伦在这片山坡上浪费了大半个上午，一无所获，最后时近中午，人也累了，肚子也饿了，只得放弃。回城的路上，齐达伦的脑子里反复回忆着上次弃尸的地方，莫非自己记错了？还是被吴仁义发现后把尸体藏起来了？最可怕的结果是，那个男人根本就是吴仁义杀的，他还栽赃嫁祸给自己，拍下了那些照片。事到如今，就算他浑身是嘴也解释不清。

心乱，齐达伦越想越气，根本没注意身后有辆黑色普桑，从下山起就一直跟着他的车。等到普桑砰的一声撞上车尾，把他给吓了一大跳。

操！居然敢追老子的尾！齐达伦火大了，正想停车发飙，却从后视镜里看到那辆车，灰蒙蒙的，没有车牌，也没有要停的意思，还在继续加速。还没看清楚司机长什么样，那辆车已经再次撞了过来，这一次，显然比刚才更有力气。那人是故意的，故意要撞自己。齐达伦心慌意乱，本能地加大油门把车开快些，试图摆脱。可普桑却紧追不舍，再一次加足马力朝着齐达伦的车撞了过来，有点不要命的劲头。

普桑虽然便宜，却是德国人生产的，架子硬扎经得起撞。齐达伦的日本车是单位配的，虽然也要二三十万，但壳子软，板子下夹着的都是泡沫，根本不经撞，就那么几下子，日本车的屁股已经被撞得凹下去一大块。

齐达伦心道不好，再次加大油门开始狂飙。普桑紧追不舍，一前一后，两辆车在大马路上展开了追逐战。齐达伦毕竟不是专业司机，面对对方的穷追猛打，没多久就乱了手脚。一不留神，被普桑咬上，狠狠地撞向了前方停着大货车。货车上装着几根电线杆，电线杆太长，货车的后门没关，还有一米来长露在车外。

齐达伦哪里受过这种惊吓，忙踩刹车，可已经来不及了，惯性的作用下整辆车轰的一声撞在电线杆上，防爆气囊猛然弹出，但整辆车的前挡风玻璃都被撞烂，那薄薄的气囊被挤得破了，齐达伦的脑袋重重地撞在电线杆上。

头顶上一热，血如泉涌，齐达伦的脑袋好似从染缸里拔出来，红了个通透。那一霎那，时间变得格外漫长，他先觉得头顶上有点麻，然后才是锥心的痛。瞪着一双被血浸透的眸子朝四周看去，黑色的普桑停在他身边，不到三米的地方。车窗敞开，驾驶座上一个戴着雷朋墨镜，蓄着小胡子的男人，嘴里叼着支粗粗的雪茄，歪着嘴诡秘一笑，然后那辆车开走了。

看到那个笑容的瞬间，齐达伦体会到前所未有的恐惧感，他被那个小胡子男人，还有头顶上止不住的鲜血给彻底吓坏了，死亡，仿佛触手可及。疼痛逐渐扩散开来，迅速加剧，齐达伦的嘴里也流进了血，满口咸腥，惊得他眼皮翻了两翻，昏死过去。

眼睛闭上了，意识却格外清醒。吴仁义，小胡子男人，还有那个叫小米的姑娘，还有那具已经不知所踪的尸体，在他脑子里翻来覆去。

全世界最光明正大的合法杀人方式就是车祸。地球上几乎每分每秒都有车祸发生，就算真的撞死了自己也只是事故，顶多坐几年牢，真正的杀人不偿命。刚才的事，就算警察问起来，他都不知该怎么解释。照实说？不可能，警察会问那人撞他的动机，是否寻仇。

他一个国家干部，又不是公检法的，平白无故怎么会有人寻仇。如果不是寻仇，那就只能是意外了，只能说自己吃了感冒药，头晕。天知道吴仁义会不会派其他杀手，甚至他都搞不清楚，已经付了钱，为什么吴仁义还要下此狠手？头越痛，他越怕，他还有那么多的钱没有花，如果就这么死了，那他做鬼都不会甘心。

好在没多久，就有路人拨打了120，附近不远处正好有家医院，救护车的声音在齐达伦丧失意识之前被他听到。再后来，他闻到了一股浓烈的消毒水味道，有人把他从车里抬了出来，放上担架，送进救护车。从前总觉得那救护车的鸣笛声特别吵，可今天，齐达伦觉得世界上没有比这更好听的福音了。

一个小时后，他老婆和儿子赶来了，单位的人也赶来了。

医生处理了伤口，又做了一系列的检查后，说这只是外伤，没有大问题，昏迷的原因可能是失血过多，也可能是轻微脑震荡。

齐达伦一睡就是一天，第二天醒来时，保险公司的人和交警都来了，正跟家属了解情况。齐达伦正好醒了，摸了摸脑袋，包得像个粽子，因为失血过多，他的头依然很晕。他对交警说，是自己吃了感冒药，有些犯困，纯属意外。

交警是个四十多岁的老警员，知道齐达伦身居高位，他可不会给自己找麻烦。齐达伦说什么就是什么，他全记下来，最后毫不怀疑地在调查结果上写"意外"。

"可是，您那辆车的尾部变形得厉害。您的车前头撞上了卡车，后面不至于会变形吧？"因为涉及赔偿款，保险公司的人却很怀疑这个解释。

"大概是我一个急刹车，后面的车追尾了吧。"齐达伦再次说出早就想好的答案。

"是这样吗？"保险公司的人还是很怀疑，显然他比交警做过更多调查，"就算有其他车追尾，为什么现场没看到呢？我们也没接到那条路上追尾的事故报告。有人说，昨天您的车后面跟着一辆黑色普桑，是那辆车主动撞您的。"

"我已经说过，昨天吃了感冒药，没有车撞我，是我自己不小心。出了这么大的事故，我人都吓坏了，自己怎么回事都不清楚，怎么可能知道后面发生了什么。也许是后面的人撞了我的车，怕赔钱，跑了。也许那人有急事，不想留下，这都完全可能。你们的责任是调查事故原因，不是影响我的休息。"齐达伦把脸一沉，转过身去佯装睡觉。

交警拉着保险公司的人走了，病房里恢复了安静。交警走后，齐达伦那个没感情的老婆也走了，剩下齐浩哲在这里照顾老爸。这是单人病房，旁边也没人，齐浩哲坐了一会儿，忽然转过头来："爸，这里也没别人了，有什么话您尽管跟我说。我看出来了，这些天你脸色不好，有心事。"

齐达伦惊讶地看着儿子，这么多年来，他第一次这样打量自己的儿子，他严肃起来的模样，跟自己竟然有点像。

"我已经长大了，真的，我一定能帮上忙。"齐浩哲的眼中有罕见的认真。

大概所有人躺在病床上都会变得脆弱，齐达伦眼眶一热，居然有点想哭。不管儿子是不是他的种，终归被他养了二十年，就算是条狗，也该养熟了。

D

齐达伦竹筒倒豆子般，把整件事情都说了出来，包括他对吴仁义的怀疑，还有小米的身份。且不管齐浩哲关心的目的究竟为何，他们总归是一家人，一笔写不出两个齐字。他不好，齐浩哲也会跟着完蛋，基于这一点，齐达伦暂时可以信任儿子。

"你想出国吗？我说的不是留学，是出国定居。"齐达伦盯紧了儿子，对于这个玩心不定的家伙，他还需要给予一点诱惑，"如果挺过了这一关，我们就准备出国，如果你愿意，你可以跟我一起去。"

"爸，我愿意跟你在一起。"齐浩哲回答的也很有技巧，在这个家生活了二十年，他知道父母是怎样的人。从小他就懂得一个道理，有奶便是娘，有钱就是爹，对有钱有势的那一个，可以无缘无故地爱。

"住医院比在外面安全，我可能要多住些日子，不方便出去，你得帮我做点事，咱们不能再被动了。"齐达伦已经拿定了主意，躲在医院更安全。

"是要调查吴仁义吗？"齐浩哲已经想到了要做的事，他一直不喜欢吴家的人，找他们的麻烦正合他意。

"到底是我儿子，像我，聪明。"齐达伦慈爱地摸了摸儿子的头，叮嘱道，"要小心，别暴露了。还有那个小米，她也是个突破口，那种女人给她些钱，我估计她会说实话。"

"爸，你放心，我不会让你失望。"

齐达伦满意地笑笑，挥挥手，让儿子赶紧去办正事，他拿过手机，再次拨通杨女士的电话，"网上银行有限额，不能一次转五百万，我从今天起每天打一百万到你账上，请你今天开始就帮我处理那笔钱。"

有钱能使鬼推磨，杨女士这次答应得很痛快，隔着电话仿佛都能看到她在得意的笑。第一个一百万钱到账，她会过来一趟，带走个人身份证明，着手海外账户的事，快则三四天，慢则一星期，她让齐达伦等她好消息。

这种态度让齐达伦确信自己的猜测，之前几天杨女士一直不接他电话，甚至不见他，就是想坐地起价。国内做这种生意的人不止她一个，如果是以前，他还有时间多接触几个，谈谈价。可现在，他不能等了，吴仁义就是颗定时炸弹，随时可能把他炸得粉身碎骨。

挂断电话，齐达伦费力地从床那边把自己的西装拿过来，右手在打点滴，左手很不习惯地在口袋里翻来翻去，摸索着寻找日程本，那里面记着杨女士的账号信息。日程本找到了，本子里却夹着一张半个巴掌大小的照片。

齐达伦的嘴张开就合不拢了，他看到了那具怎么也找不到的尸体，恶心的男人还穿着妖艳的短裙和破了的丝袜，身上泛着白霜，浓妆艳抹的脸，皮肤看起来冻成了青紫色，活像香港恐怖片里的艳尸。看周围的环境，他是被放在一个冰库里。不，还可能是那种专门送冰棒的货车，整个货仓都能制冷，和冰库也没什么两样。

这玩意儿是什么时候放进口袋的？在他昏迷的时候，都有谁进过这间病房？刚刚还觉得住院安全的齐达伦，立刻怀疑自己的判断。

照片的背面写着两行数字，上面那行写的是：两千四百九十八万；下面那行写的是一个新账号。

尽管还处在失血过多的状态中，齐达伦却感觉全身的血都往头顶上涌，他甚至觉得只要掀开缠着的层层纱布，头顶上会涌出一汪鲜血喷泉来。他以为自己够贪婪的了，没想到吴仁义比他更贪婪。

之所以确定是吴仁义，是因为他心里有本黑账，跟他打过交道的开发商，去掉那些零零碎碎送的东西，谁送过多少钱，他心里都有数。关于吴仁义的那个数，正好是两千四百九十八万，而这笔钱里，已经包括了前几天给的六百八十万。看来这次的车祸就是明摆着的威胁，如果他不给钱，他们随时可能要自己的命。

"姓吴的，你他妈也太黑了！"齐达伦气得一拳砸在床上，把床板砸得闷响，他马上打电话把儿子叫回来，重新商量对策。见到那张照片后，齐浩哲也惊呆了。他没想到老爸真的扯上了人命案子，更没想到吴家人的胃口那么大。

"爸，前几天我听小米说，吴家人最近跟一个什么社会活动家来往密切，好像要出钱弄个荣誉教授当当。他一个做生意的，要这种身份做什么，难道还想玩政治？"

"玩政治，玩他妈的鸡巴蛋。"平时最讲究风度的齐达伦气得爆了粗口。

齐浩哲被老爸的反应吓了一跳，不过他很快意识到自己应该报告更多信息，回想起来，这阵子最爱玩的吴天宝也有些反常，"这阵子吴天宝都不太出来玩，天天在家憋着，不知道捣鼓什么。"

"还能捣鼓什么，不就是算计我。听着，盯紧吴家那小子，看他最近都去些什么地方，如果尸体真是他们藏的，他迟早会去看。然后尽快找到那个小米，给她一笔钱，让她赶紧说实话，把她说的每一句话，都录下来给我听。"齐达伦当了多年的领导，下命令很有一套。

齐浩哲带上老爸的银行卡，领命而去。

E

这个下午，齐浩哲把还在上课的小米从教室里叫了出来。上了车，小米还支支吾吾不肯说实话，想狡辩。齐浩哲也不多说，只是按照老爸的吩咐，往外掏钱了，一万一扎，掏到第十扎，换来了小米的真心话。

"其实我什么都不知道，我来这里念书才几个月，跟姐妹们去酒店兼职赚点外快的。那天，一个老伯找到我，说要请我帮个大忙，伺候好一位大官，他就付两万块。"小米猜出齐浩哲知道了自己的身份，不再装纯装矜贵，索性从包里掏出一盒烟，娴熟地抽了起来。

"他说的那位大官，是不是就是我老爸？"齐浩哲从老爸那听说了小米的另外身份，对此并不意外。

小米不好意思地低下头，没有否认。

"那后来呢，那男人跟你很熟吗？"齐浩哲追问道。

"不熟。我根本不知道那是男人，是那位老伯说，他还安排了另外一位美女，我们一起去。我只记得那个美女好高好高，就是说话声音好粗。我们一起拿的钱，每人两万，事前就付了的。"小米看着烟，试图让自己不那么尴尬。

"你不觉得两万块有点多吗，难道他没有特别的吩咐？比如说，其他秘密的任务。"齐浩哲也是出来玩的人，知道行市。

"我还是挺红的，是我们那组的头牌，不信你可以去问，我值这个价。"小米一下子挺起了胸脯，为自己争辩，"秘密任务倒没有，就说一定得伺候好了。"

"那天晚上，你什么时候走的？"齐浩哲开始问到关键。

"上车后，我们吃了摇头丸，还喝了点酒，后来我就什么都不知道了。等我醒来的时候，天快亮了，我好想上厕所，一看他两人都还睡着，就没吵他们，自己下了车。我在附近找了好一会儿，都没看到厕所，后来……我就转到一棵大树后面，在那里……解决了。那小山其实也不大，但是，天快亮还没亮的时候，一个人待在树林里好恐怖。我听到附近有猫头鹰叫，吓得赶快跑，跑了一会儿才发现，找不到那辆车了。"小米回忆着当天的情形，不敢跟齐浩哲对视。

"真的？"齐浩哲不相信事情那么简单。

"真的。我胆小，那天又穿得少，冷得厉害，不敢在林子里乱走，也不敢乱喊。在林子里转了一会儿，看到有条路下山，我就下山了。后来就到了大马路上，天亮起来了，我看到有进城的中巴就上了车。收了那笔钱，我还很担心呢，怕没伺候好……你爸，怕那位老伯找我退钱。"小米不好意思看了昔日男友一眼。

"你说的老伯，是不是他？"齐浩哲从手机里翻出一张吴仁义的照片。

"没错，就是他，他可能胃不好，嘴好臭，说话得隔得远一些。"小米一边说一边皱着眉头。

齐浩哲听到这句话就放心了，吴仁义外号吴臭嘴，满口大黄牙，多年的老胃病加上每天两包九五至尊，一开口就能把人给熏死。

"咱们，还有没有希望？"小米故作优雅地吐出一口烟，问道。

齐浩哲摇摇头，他打心眼里鄙视这种人尽可夫的女人，本来还以为她矜贵才特别用心，没想到居然是这种货色，真是失望透顶。

"那你有空的话，可以关照我生意，保证物超所值。"小米见没希望再跟这位贵公子谈恋爱了，干脆为自己拉起了生意。

齐浩哲心里越发觉得恶心，这女人可以上一秒钟装纯情，下一秒钟卖弄风情。话还没问完，他指指刚被小米揣进包的十万块，继续往下说："这里已经算我光顾你五次了，再多回答我几个问题。是他们让你来接近我的吗？"

"算是吧。那位大伯说的，要我想办法跟你回家，在你家找到你爸的工作笔记还是账本什么的。只要拿到那个东西，他答应给我买套房子。"小米迟疑了片刻，最终还是选择说了出来。

"原来如此。"齐浩哲了然了，原来吴仁义真的要扳倒恩人老爸。小米只是个外人，她没必要骗自己。

"可惜，我们都还没走到那一步，就被你老爸发现了。其实那晚我真的什么都不记得了，你不介意的话……"

"你可以走了。"齐浩哲忍住打人的冲动，打开车门。

"好吧。寂寞的时候，可以找我。"小米拿起沉甸甸的包，下了车。

齐浩哲却再也不看她，迅速离去，把这份录音交给老爸后，他还有更重要的任务去做。齐浩哲从没觉得自己那么重要过，在此之前，他一直是个不愁衣食的纨绔公子。现在，他做的事只能成功不能失败，失败的话，不但老爸会对他失望，更重要的是，齐家可能会面临灭顶之灾。戏剧化的命运忽然到来，让他紧张也让他兴奋，跟朋友借了辆不起眼的QQ车，不眠不休地监视在吴家对面的巷子里，一点也不困。

齐浩哲没有白等，在吴家才守了两天，就有重大发现。

吴天宝跟那个叫赵大宝的人来往密切，赵大宝的黑色甲壳虫几乎天天都停在吴天宝家门口。齐浩哲听拉风党的人说过赵大宝的身份，刚回国的留学生，家里开餐馆的，好像最近要在南京开一家高级西餐厅。吴天宝跟一个刚进入圈子的男人来往那么密切，他又不是同性恋，最大的可能是利用这小子了。

　　齐浩哲监视的第三天，终于有了突破性进展。这晚，吴天宝和赵大宝开车出去，在城里人气最旺盛的商业街，有一家正在装修的店铺，看样子像是家餐厅。赵大宝带着吴天宝进去，齐浩哲也下了车，假装在附近闲逛，守在落地窗边朝里看。他看到了一扇带锁的大铁门，那是高级餐厅内设置的带制冷设备的小型冰库，赵大宝正在开锁，不久后，两个人都进去了。

　　已经看到这份上了，再也不需解释什么。齐浩哲拿出手机，把这一幕拍了下来，立刻发给老爸。

　　听过了录音，又看到了照片，现在算是证据确凿了。齐达伦当机立断，决定跟吴仁义摊牌，他帮姓吴的赚过那么多钱，过河拆桥也就算了，他居然要把自己逼上绝路，无论如何也想不通。

　　"姓吴的，你不要太过分，一而再再而三，给你脸不要脸，到底想怎么样！"齐达伦和平时一样霸道，底气十足地质问。

　　"老大，你这是怎么了？对不起对不起，听说您出车祸了，我这两天忙得团团转，还没来得及去看您，您住哪家医院，我这就过来。"吴仁义的耳朵都快被吼聋了。这几天他忙着跟杨女士筹备开美容院，忙着跟乔博士商量选择哪所大学捐修游泳馆，怠慢了财神爷，自问理亏，赶紧地赔了个不是。

　　"姓吴的，你就给我装吧，有什么咱们来明的，躲在暗地里搞鬼算什么名堂。"齐达伦当吴仁义是在演戏。

　　"老大你先息怒，是不是有人在挑拨我们的关系，我没做过对不起您的事呀。"吴仁义被骂得莫名其妙。

　　"钱我是不会给你的，咱们走着瞧！"齐达伦恶狠狠地挂断了电话。

　　吴仁义被这来路不明的责骂弄得十分恼火，就算他是老大，也不能这样平白无故骂人呀，不过是出了点车祸，又没缺胳膊断腿，居然像骂孙子一样骂自己，真是太过分了。

第十五章　狗咬狗

A

　　齐浩哲开着借来的QQ车，远远地尾随在吴天宝的捷达后面。捷达似乎在故意绕圈子，在城里转了两圈，最后回到了刚才经过的十字路口。齐浩哲正准备抢在绿灯变色前冲过去，没想到还是晚了两秒，他不敢闯红灯，只好等到绿灯再亮，二十多秒过去，捷达车早已不见了踪影。

　　齐浩哲有些灰心，一连数日的跟踪改变了他的作息时间，他打了个大大的哈欠，把车开到路边，准备从副驾驶位置上的袋子里弄瓶红牛来提提神。顺势朝右边一瞟，差点吓了一跳，黑色的甲壳虫不知从何时起跟上了他，就停在他车边，赵大宝正趴在车窗上，不怀好意地看过来。

　　"下车，咱们聊聊。"赵大宝冲齐浩哲勾勾手指。

　　"跟你没什么话好说。"齐浩哲知道赵大宝是吴天宝的人，没好气地说。

　　"不敢跟我聊，是不是心虚呀。"赵大宝故意刺激齐浩哲。

　　"你说话小心点。"齐浩哲很不喜欢这种口气。

　　"你才小心点，别以为你天天跟踪，我们不知道。"赵大宝年纪不大，口气却不小。

　　"谁跟踪了，这么宽的马路是你家的？我爱怎么走就怎么走。"齐浩哲白了赵大宝一眼，平时富二代们在官二代们面前态度还是比较好的，有钱的大多怕有权的，这个不知所谓的浑小子，让他来了脾气。

　　"我不跟你斗嘴，天宝让我给你带句话，老实点，别他妈没事找事。"赵大宝这话说的，很有点狗腿子的味道。

　　"嘴巴放干净点。"齐浩哲还从没被人用"他妈的"这种词说过，极力克制着心里的怒火。

　　"我就这习惯，怎么了？你他妈你他妈你他妈老实点。"赵大宝故意把他妈这个词重复了三遍。

就算是老爸，都从没这样对齐浩哲说过粗话。齐浩哲怒从心头起恶向胆边生，立刻下车，冲到甲壳虫旁一把抓住赵大宝的领子，狠狠地扇了他一个耳光。赵大宝也不是肯吃亏的人，下了车跟齐浩哲厮打在一起，两个人你一拳我一脚，很快滚到了地上。

齐浩哲万万没想到，自己的手被赵大宝掐住手腕的脉门，居然使不上半点劲道，刚刚还占了点上风的他很快就被赵大宝压在身下，赵大宝一屁股坐在他肚子上，两只手左右开弓，一口气扇了十多个脆生生的耳光。

路边许多人围观，有人开始指指点点，可没人上前拉架。众目睽睽之下，齐浩哲哪里这么丢过脸，两边脸颊又红又肿，他只羞得恨不能挖个地洞钻进去。赵大宝太混蛋了，扇了那么多个耳光还不罢休，最后起身了，还哈了口浓痰啐在齐浩哲脸上。

"小心你自己吧，你老子快完蛋了。"赵大宝得意地抖着腿，上了车。临走前，排气管还冲着躺在地上的齐浩哲狂喷了一阵尾气。

赵大宝虽然成功地挫败了齐浩哲的威风，但在吴天宝面前，他却不是这么说的。他没有急着去跟吴天宝会合，而是先拐到酒店，找"乔博士"帮他画了个专业的受伤妆，嘴里再填上一大坨棉花，看起来就像真的被人打肿了脸。

"天宝，我听你的话，跟在齐浩哲后面，没想到被他发现了。我客气地说，请他以后不要再跟踪你，可是你看，他都怎么对我的？"赵大宝带着哭腔，指着又红又肿的脸。

"他敢打你！"吴天宝发现齐浩哲跟踪自己后，的确是让赵大宝去反跟踪来着，没想到会搞成这样。

"没错，他不但打了我，还说如果你在场的话，也要连你一起打。没见过你这么不识相的狗腿子。"赵大宝揉着腮帮子，痛苦地说。

"他说我是……狗腿子？"虽然吴家是仰仗齐家才把生意做大，但吴天宝的自尊心很强，平时都忌讳人家说他巴结齐公子，刻意疏远他，但是就算他抢了自己的妞，他都不敢发作，对姓齐的已经够客气的了。

"他还骂我，说我是狗腿子的狗腿子，还说要你转告……伯父几句话。"赵大宝说到这里，颇有些为难，似乎还有更难听的话不好说出口。

"没事，你就把他的原话说出来。"吴天宝气得浑身发抖，却越发想知道，齐浩哲究竟有多嚣张。

"他说，要我转告你家的老王八，做人要聪明点，不要再惹他老爸生气。我也不知道你们之间到底发生了什么，总之这顿打挨得太冤枉了，天宝，他打我的脸就是打你的脸呀，他明明知道我们是好兄弟，还让我跟你说这些话。"赵大宝的立场是完全倾向吴家的，他家大人不做地产生意，用不着巴结齐浩哲。

"好兄弟，你受苦了，好好休息吧。这几天咱们先不见面，电话联系，我会让你看一场好戏，你的苦，不会白受。"吴天宝拍拍赵大宝的肩，是安慰也是给自己打气，这些天来，他到处搜集齐浩哲的罪证，甚至瞒着老爸，找出了他的账本。

赵大宝前脚刚走，吴天宝就马上把这事报告了老爸。吴仁义也想不明白，这齐家的人，究竟是怎么回事。合作十多年都好好的，就在两个月前还收了他大笔贿赂，不过是最近事忙点，他车祸没去看望罢了，这么点事，翻脸就不认人，也太过分了。

就在赵大宝诉苦的同时，齐浩哲也在跟老爸诉苦。他什么都没说，一个劲地低着头，齐达伦捧着儿子那肿得跟猪头差不多的脸，气得七窍生烟。

"是不是吴家那个混蛋干的！"齐达伦在咆哮。

"不是，是他的狗腿子。"齐浩哲照实说。

"一回事，反了他了，不但要钱要我的命，难不成还想要我儿子的命！"齐达伦从没被人逼到这分上，实在是太过分了。这些天他一直憋着没往那个账号上转两千多万，就是想看看，姓吴的还要怎么对付自己，万没想到，他们居然开始对付儿子。

"爸，他们还让带了话，说是让咱们老实点。"齐浩哲期望老爸为他报仇，虽然话说得平和，眼中却暗藏了怒火。

"老实点。我倒要看看，是谁要老实点，跟我斗，找死！"

还在气头上，齐达伦马上打给吴仁义，只说了一句话，马上到医院来。也不等吴仁义吭声，就重重地挂断了电话。

B

吴仁义也憋了一肚子火，不过还是忍着，赶紧买了个超大号果篮，往里面塞了一万块的现金，开着车往医院赶。

"老大，对不住，惹您生气了，这阵子真的在忙，搞到现在才来看望您。"吴仁义虽然满肚子怨气，见到齐达伦时还是毕恭毕敬地满脸堆笑，"您的伤好些了吗？"

"你出息大了，现在也发大财了，牛逼了，可以不管我死活了。"齐达伦话里有话，意思是对方逼得太过分了。

"瞧您说的，我哪儿敢呀。"吴仁义哪里知道内情，只当齐达伦还是埋怨自己没早点来探病。

"别跟我玩虚的，你还有什么不敢的呀，你看看我儿子的脸，都被打成什么样了。"齐达伦抬起儿子的下巴，把那张猪头脸亮给吴仁义看。

"哎呀，这是怎么回事。"吴仁义假装惊讶，其实来之前就知道孩子们打架的事，只不过没想到齐浩哲也吃了亏，心里暗道打得好，为他出了口恶气。

"怎么回事？你少演戏，还不是你儿子指使人给打成这样的。"齐达伦摆出平日里当官的架子，斥责道。

"天大的冤枉，这可是误会，我儿子的朋友也被……被您家少爷给打得不轻，这孩子们的事，您还别往心里去，他们自己会解决的。"吴仁义最近跟杨女士和乔博士的事情都谈得挺顺利，本来心情不错，这阵子他也在想，是否该改改生意路子了，看人脸色吃饭，总归不爽。为了钱，他可以当几年孙子，但当一辈子孙子，划不来。

"放屁，要是你儿子被打成这样，你能不往心里去吗？"齐达伦见吴仁义很不把自己当回事，越发恼火，命令道，"把你儿子叫来，让我儿子把他打成这样，否则的话，咱们的交情到此为止。"

"大哥，明明是小孩子们自己闹着玩，您家少爷说的那些难听的话我都没追究了，这些天来您的无理责骂我也都忍了，您还要让我儿子送上门来挨打，那可就太过分了。"吴仁义就那么一个独子，最心疼就是吴天宝，他可以不要钱，不能不要儿子。

"我说什么了？我什么都没说过。"齐浩哲为自己争辩，虽然说的是真话，但在眼下这种情况里，他的话显得苍白无力。

"以你我的关系，就算我儿子说什么都是应该，他说的话就是我说的话，他不能说吗？他没资格说吗？他不过是替我说了两句公道话，你就让人把他打成这样，那你的意思，是要我跟你算总账吗？"齐达伦仗着自己位高权重，习惯性地打压吴仁义的威风，却不知这么一说，等于把不存在的事往自己身上揽，反而越发激怒了吴仁义。

"您要这么说，那咱们就算算总账吧。"吴仁义做了十多年房地产，早就赚足了，就算下半辈子什么都不做，只要把手里的钱洗干净了，也够一家人享受一辈子的。受了十多年的气，今天忽然决定结束这种生活，心里竟然有种莫名的轻松。

"好！你有种！"齐达伦怒火中烧，以为吴仁义仗着手里有自己的把柄，有恃无恐，"那两千多万，我一分钱都不会给，你自己看着办！"

"早就料到你是这种人，我给你的时候就没想到能拿回来。"吴仁义心里也有笔账，这些年来，他孝敬齐达伦的每一分钱好处都有数。

"你个卑鄙小人，还要怎么设套陷害我威胁我，尽管来，我不怕。"齐达伦以为吴仁义是对他这几天一直没有打款才这么说。

"我什么时候陷害过你威胁过你？要把罪名加在我头上尽管来好了。咱们散伙，本大爷不伺候了！"吴仁义气得脸都白了，临走前不忘把那个塞了一万块现金的果篮也给拎走了。

"爸，他太过分了，根本不把你放在眼里。"齐浩哲见老爸并没能为自己讨回公道，很有些失望。在他的印象中，老爸是无所不能的，可是就在刚才，连从前摇尾乞怜的吴叔叔也变得这么嚣张，莫非赵大宝说的是真的？齐家要背时了？看着父亲气得咬牙，他又怕父亲气坏了身子，没把这些话说出口。

这是齐达伦和吴仁义最后一次面对面地交流，可惜气氛和语气都相当不好，他们都被怒气冲昏了头脑，多年的利益分配失衡，也让他们对彼此积怨已久。

离开医院，吴仁义有点后悔刚才一时冲动说出的那些话，不过姓齐的也太过分，居然要叫儿子来被他儿子打，这是什么道理。为了儿子，就算今后不再跟姓齐的来往也值得。大概是当孙子太久了，还有点不习惯当大爷吧。吴仁义这么想着，忍不住嘿嘿一笑，可以想怎么说就怎么说的感觉真是太痛快了。活了大半辈子，最痛快就是今天了，比挣钱还痛快。钱已经挣够了，下半辈子可得痛痛快快地活出个人样来，再也不受他妈鸟气了。

吴仁义痛痛快快地开着车，忽然外面砰地响了一声，把他吓了一跳。是谁扔炮仗？他扭头一看，身后一辆没有牌照的黑色普桑，车厢里有个戴黑超墨镜，小胡子的男人正大幅度地转着方向盘朝他的车追过来。

吴仁义的车是德国原产的帕萨特，德国车可能不是最好看的，但绝对是最结实的。就是这辆车，吴仁义有一次不小心撞上了人家门口的水泥墩子，把个水泥墩子撞缺了半边，可他的车只蹭了点漆，什么事都没有。

一想到刚刚才跟齐达伦闹翻，八成此人是齐达伦派来对付自己的。吴仁义可不怕，普桑怎么能撞得过沃尔沃，找死就来吧。他赶紧稳住方向盘，等着普桑来撞自己。吴仁义的算盘打错了，普桑没撞他，而是开到距离沃尔沃不到一米的距离，跟他并排前进。吴仁义正觉得奇怪，小胡子已经放下了车窗，黑洞洞的枪口正对着自己。

砰的一声，枪口冲天上开了一响。

吴仁义吓得差点尿裤子，乖乖，刚才那也不是扔炮仗，是真枪。这齐达伦也太牛了，居然能使唤带枪级别的黑社会，都怪自己，刚才在病房里太嚣张。吴仁义赶紧把车靠边停了，拿上果篮里的一万块，想贿赂贿赂这位黑大哥。

普桑也停了，小胡子没下车，枪口对准吴仁义，做了个上车的动作。吴仁义哆哆嗦嗦地想拿手机先告诉儿子一声，让他来救自己，没想到小动作被看穿，还没按下解锁键，小胡子就冲着他脚边来了一枪。吓得他赶紧把手机给扔了，连滚带爬上了车。

车里就小胡子一个，吴仁义被胶带纸绑住了手脚，又封住了嘴，整个人躺在后座上。现在是晚上七八点钟，就这么着走街串巷也没人能看出车上绑了个大活人。吴仁义最后悔的是，怎么没想到买辆防弹车呢。他可不敢拿自己的命开玩笑，他还等着洗干净了钱，捐个游泳馆当荣誉教授呢，痛快的日子才刚刚开始，他舍不得死。车开动了，他心里也琢磨开了，这人八成是为了钱帮齐达伦做事的，只要自己出比齐达伦还高的价钱，准能保住性命。

他这么想了想，心里踏实了一点。

C

车没开多远，大概十多分钟后，开进了一间车库。车库门落下，小胡子下了车，把吴仁义也弄下车，把他放在一把椅子上，打着一盏超亮的聚光灯。光线隐没了小胡子的轮廓，吴仁义的眼睛都花了，半睁半闭的，刚刚踏实的心重又害怕起来。

"我有几个问题，你一定要如实回答，说完了，就放你走，如果说谎，一句话一颗子弹。"小胡子的声音听起来很怪，显然是用了电子变声器之类的东西处理过。

猛地一下，胶带纸从吴仁义嘴上撕下，半张脸火辣辣地疼，眼泪都快流出来了。不过他可没时间哭，赶紧哀求道："英雄，英雄，是不是齐达伦派你来的，他出多少钱我都出双倍，你放了我吧，我现在就能给你钱，我口袋里就有一万，这算定金，你要多少，开个价吧。"

啪的一声，一个响亮的耳光落在吴仁义的脸上，打得他晕头转向。他看不清小胡子的脸，但听得到小胡子在说："我再重复一遍，我有几个问题，你要如实回答。如果说谎，一句话一颗子弹，跟问题无关的废话，同样一句话一颗子弹。"

说完话，明亮的聚光灯那边传来手枪活动弹夹的声音，接着传来子弹装进弹夹的声音，然后是上膛的声音。吴仁义不敢作声了，真不知道是自己命歹还是齐达伦命好，这位黑大哥还挺有职业道德。跟了齐达伦这么多年，居然不知道他跟黑社会的人有来往，还只当他只是个普通的贪官，看来是自己太看低他了。

"第一个问题，你从谁手里拿的地？"小胡子发问了。

"齐达伦。"吴仁义心里揣测着，这是提醒自己记得齐达伦的好呢，还是另有目的，不过枪在人家手里，刚才射在他脚边的子弹让他担心是否能或者回去，不敢撒谎。

"你从他手里拿地，需要给多少钱？"通过处理的声音，听起来毫无感情色彩。

"一般都是按比例分成的，按照地价总值，有时候十分之一，有时候八分之一，说不定，要看拿地难度和地的价值。"吴仁义回答的比较技巧，并没说具体数目。

"你们合作多长时间了？"

"十多年了。"

"你拿地的价，是自己付的钱，另外还需要支付前期投入的建设费用，怎么有那么多钱付给他？"

"有时候他能帮我搞到政府拨款。我们公司是挂靠在他们单位下面的，有时候能拿到征地款，这些钱都可以自己操作。"

"你的意思是，可以黑掉一部分征地款？"

"当然，要不哪有那么多钱孝敬姓齐的。"回答到这里，吴仁义开始怀疑这个人的目的了，他究竟是谁请来的，莫非是齐达伦的对头？

与此同时，就在吴仁义离开齐达伦的病房后，齐浩哲听了老爸的安排，替他去把杨女士接来。首期五百万已经全部打到杨女士的账上，她也已经开好了海外账户，现在中国是晚上，欧洲那边却是早晨，拿到账号后，就可以开始分批转账了。

事情办得挺顺利，杨女士也很讲信用，得了那么多钱，做事也很负责，笔记本电脑上，他给那个账户转入了第一个一千万，接下来的几天内，会一点点地把他分布在各大银行的秘密账户里的钱全都转入那个账户，然后，就可以准备申请投资移民，出国了。

这件事的顺利，抵消了之前齐达伦的怒火，杨女士只待了十多分钟，办妥事后就要回去。齐达伦让儿子开车送杨女士回去，现在她可是齐家人的大救星，千万别出点什么差错。

病房里只剩下齐达伦一个人了，他正歪在逼仄的病床上，憧憬着出国后的生活。跟这个老婆离婚是必须的，将来到了美国，绝对不结婚。美国公民，离一次婚可得分掉一半财产，那可亏大了，世界上没有哪个女人值得拥有他齐达伦一半财产的。对了这事可得跟儿子好好说说，他爱玩，将来出去了，可得收敛着点。

齐达伦正想着，一个穿白大褂带着口罩的医生走了进来，在他身边还有个同样戴着口罩的护士。

"不好意思先生，您的CT扫描结果弄错了名字，现在得重新做一次。请配合一下好吗？"护士一边说着，一边把轮椅推进来。

"你们搞什么嘛，这都几天了，怎么才发现弄错了名字，是不是想多赚我的钱啊。"齐达伦很生气，他也心疼自己的脑细胞，做一次CT要死不少脑细胞。

"抱歉，这次检查我们是免费的，请您配合一下。"医生一边说着，掏出一块白色的毛巾就往齐达伦脸上招呼。刺鼻的气味直冲过来，齐达伦赶紧躲闪，"你们这是搞什么？"

齐达伦的话还没说完，就已经被高纯度的乙醚给弄晕了，很快不省人事，就算被人家放在轮椅上，一直推出了医院也完全不知情。

不知道昏迷了多久，等到齐达伦再次睁开眼睛，已经身在一间车库，大门紧闭，他的手脚也被捆住，嘴上贴着胶布，动弹不得也出不得声。

"我有几个问题，你要如实回答。如果说谎，一个谎五毫升空气针，跟问题无关的废话，同样一句话五毫升空气针。五毫升的空气，已经足够你静脉栓塞心绞痛而死，要想死得更快，你可以不配合我们。"

声音来自对面，刺眼的灯光让齐达伦无法看清对面究竟是谁。他被这突如其来的恐惧完全惊呆了，心里把可能害自己的人盘算一遍，最有可能，就是吴仁义。这狗娘养的，太不仁义，不合作也就算了，居然还要害自己。嘴上的胶布被大力撕开，好像被人扒了层皮，火辣辣的疼。

"第一个问题，你帮过人违规拿地吗？"话音未落，地上的影子里出现了一只手，不知道是谁的手，手中拿着一支注射器。

"我……"齐达伦当然知道这种问题对自己有多不好，他迟疑着不敢往下说。

"最后提醒一次，我们是很专业的，要杀你，只需要五毫升的空气，你可以不配合我们。"白大褂往前走出一步，高大的身影依然面目模糊。

"我违规过。"齐达伦和所有贪官一个样，把命看得最重。

"现在请你详细地说一说，有过几位合作者，一共受贿过多少钱。"白大褂威严地问道。

"这……"这种事齐达伦怎么好开口，不过一看到那闪着银光的针头，他立刻屈服了，"我说，我说。"

足足半个小时，齐达伦挤牙膏似的，交代了近几年的受贿经过，不过他并不知道，就在那盏超亮的聚光灯后面，还有个正在运作的高分辨率专业摄像机。等他交代完大部分罪行，最后白大褂走出了那片强光，齐达伦看到他脸上戴着墨镜，蓄着两撇小胡子。

"是你？你不是吴……"齐达伦认出这是上次开普桑把他撞伤的那个人，刚想说他是吴仁义的人，仁义两个字还没说完，一块洒满了乙醚的手帕再次掩住了口鼻，他翻翻眼皮，昏迷过去。

D

"小张，大堂有快递，等你去签收。"走廊上，有人冒出个脑袋，冲办公室里的小张喊了一声。

"哦。"小张应了一声，马上站起身来。可一起身又觉得奇怪，刚才是谁跟自己说话呢？那人面生得很。不过电视台里来来往往的人那么多，就是人事科的也不能保证所有同事都认识。反正去一趟大堂也不用多久，一会儿回来再送新闻稿也来得及。

就在小张走出办公室后，刚刚喊他的那个人身影一闪，进了办公室。这个时间段正好没有旁人，此人坐在小张的椅子上，飞快地从怀里掏出U盘插进电脑的USB接口，把一个视频文件覆盖了几分钟后要播出的本地新闻。

几分钟后，白跑了一趟的小张气冲冲地回来，距离新闻开播只有不到三分钟了，他得尽快把节目送去演播大厅。

"各位观众大家好，又到了每天和您见面的本市新闻时间，今天我们的主要新闻有。"主持人对着镜头正在说着每天重复的台词，现在镜头切到了录制节目部分，和平时的新闻不一样的是，屏幕上没有出现平时每天都会有的新闻快读部分，而是出现了一位坐在轮椅上的中年男子。

"我叫齐达伦，犯过错，在领导岗位的这些年来，我利用手中的职权，为自己牟利。我结交了许多房地产开发商，私下里有过许多交易，仅去年临县开发区一块地，我就收了六百多万，还有……"

导播和制片都傻眼了，导演喊了好几声咔，导播才慌乱地按下暂停键掐掉这段视频，把广告插播进来。

"这是谁搞的？还想不想混了？"导演气急败坏地冲着手下们一通吼，可是已经晚了，节目已经播出了几十秒，马上有观众打电话到电视台来了。很快，全电视台的热线电话都被打爆，可谁也说不出刚才电视里的人究竟是谁。

与此同时，本地最火爆的市民论坛上，也被人贴出了全程长达四十五分钟的无马赛克高清晰的真人自述视频。马上有人转帖，不少回帖的观众还说要人肉这两个视频里的男人。整个论坛都快被这条帖子搞得瘫痪，只过了半个小时，这则视频就被管理员删除了。

不过这也不能阻挡这则视频在手机上的流行，最先收到这则群发式彩信的是齐达伦单位的人，很快就有想扳倒他，取而代之的下属开始转发。不到一天的功夫，一传十，十传百，几乎所有认识齐达伦的人，都看到了这条彩信。

事非自然必有因。纪检部门第一时间打电话来单位，得知齐达伦正在住院后，立刻派人去医院调查。与此同时，视频的另一个主人公，吴仁义，也被警方请去了喝茶，要调查他们公司的账本，以及严查之前的全部账目，包括去年年底那笔拆迁补偿款的落实情况。第二天，市里领导特批成立专案组，严查该系统内所有可能涉及权钱交易的负责人，要在全系统内来一次反腐大调查。

吴仁义不在家，吴天宝和他老妈急得像热锅上的蚂蚁，已经有警方的调查人员来过家里，不但给他们录过口供，连家里所有佣人都录过口供。在结案前，全家人都不许离开市区。吴天宝的老妈急得病倒了，吴天宝陪着老妈去医院，本想打电话给赵大宝来帮忙照应一下，可赵大宝的手机却总是不在服务区。

吴家大宅里，只剩下人心惶惶的几个佣人。偏偏少爷不在家的下午，又有警察上门了。

"这是搜查令，请配合我们的工作。"为首的一位女警官严肃地说着，亮出一张证明。

佣人们还没看仔细，女警官已经不耐烦地把搜查令收起来了，带着两名男手下进了屋。这已经不是警方第一次进来了，佣人们也没怀疑，反倒为自己的前途担心起来，听说主人的银行账户都给冻结了，不知道这个月的工资还够不够钱发。不敢阻拦警察，他们都留在院子里等。

半小时后，女警官似乎一无所获，带着两手空空的手下匆匆离去。临走前还交代佣人们，这两天随时可能来人搜查，屋里要二十四小时有人，任何东西都不能动，否则的话，都算破坏证物罪。

佣人们恨不能早日离开，只好无奈地点点头，目送着警官开着车离开。

E

陆钟脱下从干洗店"借"来的真警服，从怀里掏出一本变成了褐黄色的小册子。这本书被师父藏在一个极其隐蔽的暗格里，几十年过去，老宅几经易主，却从无人发现这个秘密。

"这就是《英耀篇》？"单子凯凑过来瞧了一眼。

陆钟点点头，虔诚地把书放在自己胸口上，闭着眼，在心中默默呼唤着师父：您的宝贝终于到手了。

如果说千门红宝书《阿宝篇》是讲理的，讲当一个优秀的老千需要懂得的道理，其他三卷《扎飞篇》《军马篇》和这本《英耀篇》就都是讲术的，具体怎样当一个好老千。三卷秘籍中，《英耀篇》尤为重要。英指家底，自身之意；耀是用非常高明之手法获得。英耀二字合起来，就是讲述如何用高明的手法，让对方吐露自己的家底和身世。

知道一个人的过去，就能预知和设计他的未来，就连老韩自己，也只学过这一卷《英耀篇》，却能行走江湖一辈子，足以看出此秘籍之精妙。回到酒店，陆钟认认真真地焚香净手，对着师傅的骨灰这才敢打开《英耀篇》，细细看来。

一入门先观来意，既闲言切莫踌躇，天来问追欲追责，追来问天为天忧。八问七，喜者欲凭子贵，怨者实为七愁。七问八，非八有事定然子息艰难，士子问前程生孙为近古，迭迭问此件定然此件缺，频频问原因其中定有因。一片真诚自说慕名教，此人乃是一哥。笑问请看我贱相如何，此人若非火底就是畜生。砂砾丛中辨金石，衣冠队内别鱼龙。僧道纵清不忘利欲，庙廊达士志在山林，初贵者志极高超，久困者志无远大，聪明之手家业常寒，百拙之夫财终不匮，眉精眼锐白手兴家之人，碌碌无能终生工水之辈，破落户穷不离鞋袜，新发家初起好炫金饰，神暗额光不是孤孀亦弃妇，妖姿媚笑倘非花底定宠姬，满口好对好久居高位，连声是是出身卑微，面带愁容而心神不定家有祸事，招子闪烁而故作安详祸发自身，好勇斗狠多遭横死，怯懦无能常受人欺，志大才疏终生咄咄空把恨、才篇性执不遭大祸亦奇穷，治世重父学之士，乱世发草莽英雄，通商大吧竞工商，穷乡僻壤争林田，急打慢千，轻敲而响卖，隆卖齐施敲打审千平用。十千九响十隆十成，敲其天而推其比，审其一而知其三。一敲即应不妨打蛇随棍上，再敲不吐仍妨拨草以寻蛇。先千后隆无往不利，有千无隆帝寿之材，无千不响无隆不成。学者可执其端而理其绪，举一隅而知三隅，随机应变鬼神莫测，分寸已定任意纵横，慎重传人师门不出帝寿。斯篇玩熟定教四

海扬名。

陆钟翻看两页，只见通篇都是端正的颜体小楷，每一句话都是用江湖上的老切口写成，若是外行，就算拿到也看不明白，就算资历浅些的同行，也未必能懂。细细看来，文中归纳英耀最重要的部分，就是审、敲、打、千、隆、卖，六个法门。

审，是察言观色，审时度势。敲，是旁敲侧击的意思。打是趁人不备，忽然发问，让"一哥"自己泄露真相。千就是连哄带骗，刺激恐吓，营造心理优势。隆是褒扬赞美加安慰鼓励。卖，就是掌握对方的底细后，从容冷静地和盘托出，令"一哥"折服。

早期的江相派中人，大多以相士身份行走江湖，虽然只是说的看相的学问，但其实也是讲的如何跟"一哥"打交道。说法虽然不同，目的全都一样，那就是获得对方信任，笼络人心。六个法门可以单独使用，也可以搭配结合使用，运用娴熟，"一哥"就乖乖地听话，要杀要剐悉听尊便了。

陆钟细细地翻看着这本秘籍，发觉师父行事的许多方法和秘籍中交代一样，许多曾经有些困惑的细节，在这最后一本秘籍上算是了然大悟，那感觉就如降龙十八掌练到了最后一重。虽然师父已经不在身边，但他老人家留下的这本秘籍教会了陆钟应该学到的东西，他是真的可以出师了。

合上秘籍，陆钟不由得想起了神叨叨前辈所说的那套解读模版，如果真有那套模版，是否真能学会经天纬地之才呢？大概只有老天才知道了，经历了周遭种种，他已经有心无力，不想再为此奔波。

F

陆钟正想着心事，那边兄弟们已经结束了最后的扫尾工作，回来了。

"最新消息，纪委查到齐达伦给联合国教科文组织的募捐账号转了一千万，觉得很奇怪。"司徒颖摘下头上的齐肩短发，往沙发上一坐就开始卸妆，这些天来她扮演小米，交了几千块学费进入成教部重新当大学生，感觉很不错。她虽然没有真当过坐台小姐，也没收过吴仁义的两万块，给齐浩哲讲的只不过是早就编好的台词，结果白赚了十万块。

"当然，如果他们查到他把五百万分五次转给天使回家基金会，会觉得更奇怪。"曾洁这次扮演稳重端庄的杨女士，跟踪了齐达伦两天后，在一家茶馆里假装摔倒，手里的资料掉得满地都是，正好被齐达伦碰见，帮她捡起资料时，正好看到了她的公司资料和客户名单，因此二人结识。一边跟吴仁义搭帮洗黑钱，一边以移民专家的身份跟齐达伦接触，两边套话。曾洁入行不久，年纪却最大，作为资深新人获得了奸商和贪官的双方认可，这次的表现可圈可点。

"可是咱们这一单，没收到一分钱，真的算白做了吗？"何小宝提到了钱。

"当然没白做，等到吴仁义的账目调查清楚，村民们会拿到应得的赔偿款，那可是几千万，足够他们每家每户都买上新房子，好好过日子的了。这件事闹得挺大，其他贪官们，至少一两年内都不太敢受贿，全城其他地产商们，也得提心吊胆好一阵子。"梁融这次扮演的大牌的"乔博士"，另外担任全程造型，成功地塑造了单子凯的伪娘和司徒颖的90后美少女形象。

"六哥，我是说，咱们真没一分钱收入？"何小宝还是惦记着钱，他假扮赵大宝，跟拉风党的人混在一起，更是获得了吴天宝的信任。是他数次进入吴家，留下了摄像头和窃听器，这才知道吴仁义在家里藏了些账本的秘密。因为看过账本，陆钟才得以安排六百八十万和两千四百九十八万。

"你们觉得遗憾吗？"陆钟转过头去看向其他人，不论其他人什么感觉，总之这次他扮演小胡子杀手，超爽。

单子凯，梁融，司徒颖，曾洁，全都表示无所谓。

"我也没什么遗憾的，就是，只是，这是我跟您干的第一笔买卖。"何小宝敏感地发现大家都看着自己，声音越来越小。

"记住，老千和骗子的区别还在于，骗子们每笔都想着为自己赚钱，老千就不一定了，老千做事不一定是为了钱，有时候做件好事，比赚钱了还满足。"陆钟板起脸来说道。

"就像吴仁义吗？第一次大着胆子跟齐达伦对骂，一定爽歪了。"何小宝挠挠头，想起了在监控镜头前看到的画面。吴仁义并不知道，他的手机早就被监听了，每次出门都有人跟踪。

"现在最伤脑筋的应该是警察，等到他们从齐达伦那里查到死掉的伪娘，还有小胡子杀手的时候，该去哪里找尸体呢？"单子凯这次的自毁式出演，让这场好戏从一开场就达到了高潮。齐达伦无论如何也想不到，他亲手拖下车的男人竟然没死，甚至之前那晚狂欢他们之间什么都没发生，单子凯和司徒颖当然也没吃什么摇头丸，只是两颗维生素片罢了，倒是给齐达伦喝的那瓶小酒里，下了不少料，所以他一喝就倒。算准了时间，在齐达伦第二天苏醒之前，司徒颖用一瓶干冰对着单子凯身上喷了一阵，再用几片专业级凝胶假皮贴在颈动脉和手腕脉门处。等到齐达伦被照相机的闪光灯唤醒，伸手试探单子凯鼻息的时候，屏住呼吸，再一摸脉搏全无，魂都快吓飞了，哪里来得及细看究竟怎么回事。再后来，单子凯还画了个死尸妆，拍下照片，由陆钟假扮成医护人员，趁着齐达伦住院的第一天，来往人多，把照片放进了口袋里的记事本中。

"要是连吴仁义也说杀手是小胡子，警察会不会觉得这两个人串供了耍他们呢？"梁融从化妆包里拈出一条假的小胡子贴着玩，神秘兮兮地压低了声音，"最后告诉大家一个好消息，你们忙着当杀手当恐怖医生，忙着混进电视台时，老大让我和曾洁单独执行了一个任务。"

"我们以拍卖公司高层的身份，联系了市内的好几个地产商。告诉他们齐达伦即将倒台，这事是有内部的人在操作，齐达伦经手签出的问题土地会被查处，政府将取消这些交易，重新拍卖。只有事先报名，交付两百万诚意金登记的人，才有资格参加新一轮的拍卖。拍卖会将在案件结案后第一时间召开，我们公司会负责拍卖会所有流程。"曾洁很详细地介绍了任务过程。

"那些地产商大多看到过我们和吴仁义还有齐达伦来往，当然他们都不知道我们的真实身份。虽然他们接到这个消息很意外，不过两天后，亲眼看到了齐达伦和吴仁义出事，对我们的话深信不疑，截至今天上午，已经有四家地产公司表示愿意参加竞拍，我们的账户上，已经有了八百万。"梁融打开手机银行，登录那个账户，给大家看到一个振奋人心的数字。

"是芬姐的拍卖公司带来的灵感，咱们就搂兔子顺便打了把草，反正这些地产商的钱赚得黑。"陆钟轻描淡写地笑笑，好像赚的不是八百万，而是八万块。

"老大万岁！"何小宝兴奋得振臂高呼。

"就只有一个人万岁，我们呢？"司徒颖可不干了，不满地反问道。

"司徒姐万岁！凯子哥万岁！曾姐万岁！胖哥万岁！"何小宝激动得围着大家跑了

两圈。

"对了，这几天我看你一回来就跟你曾姐腻在一起，是不是姐弟恋呀？"梁融冷不丁冒出一句，他虽然不多话，这并不表示他什么都不知道。

"有吗？刚进门就闹绯闻，可以呀小子。"单子凯幸灾乐祸地拍拍何小宝的肩。

"误会，曾姐那么厉害，我就是有那心也没那胆儿呀。"何小宝赶紧解释。

"别解释，越描越黑。"司徒颖乐得看这小子着急。

"别怪我没提醒你啊，队伍里的人不能谈恋爱，这是规矩。"作为老大，陆钟得表个态。

"我真没跟曾姐那个啥，就是想求她教我两手来着，那天你们不也看到了嘛，我把齐浩哲揍得多痛快。"这些天，何小宝的确跟曾洁来往得比较密切，不过他是真的学到了几招挺管用的拳脚功夫。

"好了，知道就行，我们也就逗逗你，新人进来，照规矩都得被大家当活宝逗上三年。现在才刚刚开始，你就做好思想准备吧。"陆钟半真半假地说。

"天呐，这是真的？"何小宝惊讶地问。

"不信你问他们。"陆钟赶紧板起脸来。

"哥，姐，你们告诉我，是真的吗？"何小宝笑嘻嘻地追着大家问，可大家也都笑眯眯地谁也不告诉他，大家追打笑骂。

成功的喜悦让这个下午变得十分愉快，看着亲爱的兄弟们，手里捧着师父唯一的遗物《英耀篇》，陆钟的心情不再沉重。就像现在这样，自己能赚钱，但能帮老百姓们做点他们做不到的事，不也挺好吗？师父说过，将来的路可以按照他的想法去走，也许，这条路一直都在脚下，只是他从未意识到，可以继续这样走下去。

一切都好，唯一的不妥，就是司徒颖。她说过，将干爹的骨灰送回上海安葬后，她就退出江湖，回家当大小姐。难道这种刺激又充实的生活，对她来说真的失去了吸引力？难道自己，已经不再值得她留下来了吗？

他朝着司徒颖看去，正好碰上司徒颖也远远地注视着他，两个眼神刚一碰撞，火花都来不及闪出，司徒颖就收回了目光。女人心，海底针。陆钟能猜透这世上绝大部分人的念头，唯独不能猜透这个至今为止，除了母亲之外，最让他在乎的女人心里的秘密。

第十六章　身陷囹圄

A

　　报纸上已经登出了大幅报道，这两天闹得沸沸扬扬的贪官和奸商互相揭发的视频门，已经有了初步进展，可以确定的是，去年年底的临县开发区土地征收过程严重违规，不仅涉及权钱交易，所有村民都没拿到应得的征地款，就被扒了房子，以至于村民们只能住帐篷。政府新闻发言人表示，已经冻结吴仁义和齐达伦的全部账户，大部分赃款尚未转移，会尽快帮村民们补发征地款项，并进一步深查深挖其他该系统内的大小蛀虫。

　　事情已经办妥，秘籍也已经取得，没理由再在南京待下去，得尽快赶去上海。

　　从南京到上海，走高速四小时就能到，可是陆钟一反常态，偏偏挑了吃过午饭才动身，而且还不让走高速反要走省级公路。算算时间，等大家赶到上海，大半个下午都要过去了，找地方落脚，还得找地方吃饭，这一天做不成多少事。这不是陆钟的作风，他不会做这样浪费时间的计划，但是今天不同，一旦把事情办妥，司徒颖就要走了，他是真舍不得，可开口挽留，却不是那么容易的事情，就算他说，她也不一定能答应。

　　大家都在车上，有些话还真不方便说，可能共同相处的时间越来越少，再不说，怕是要没机会了。"咳咳"，陆钟有意无意地咳嗽，试图引起司徒颖的注意。可司徒颖抱着师父的骨灰盒，无动于衷地看着窗外。

　　"去过上海，大小姐可能要回家，大家没什么想说的吗？"陆钟不好意思自己挽留，只好把话题引到大家身上。

　　"司徒姐，你要退出江湖？"何小宝惊讶地问道。

　　司徒颖不做声，微微点了点头。

　　"干得好好的，为什么呀？姐你那么厉害，要真退出，绝对是全国男性'一哥'最大的损失。"何小宝调皮地反转过身子，问道。

　　"臭小子，这是夸我吗？"司徒颖摆出大姐头的架势，反问道。

"不走行吗？我舍不得你。"梁融出言挽留。

"我也舍不得你，你要是走了，全国最拉风的视觉系老千二人组就算完蛋了。"单子凯跟司徒颖也搭档惯了，虽然被长期压迫，但这么多年的同门之情的确深厚。

"妹子，真的不能再多待一阵子吗？我跟小何才刚刚加入，还不算太懂行，你要是这时候退出了，绝对是这支队伍最大的损失。"曾洁真诚地说。

"我知道大家对我好，你们的好意我心领了，这个决定我考虑过很久，而且早就跟陆钟说过，相信他早就做好了准备，将来的事，不用太担心。"说到这里，司徒颖终于看了陆钟一眼，只不过目光的接触是在后视镜的折射下发生的，显得有些不自然。

"其实……"陆钟满肚子话在肚子里翻来覆去，几乎顶到了喉咙，最后关头，却又说不出口了。他看着后视镜里，司徒颖失望地垂下眼帘，重又看向窗外，"别走"两个字几乎脱口而出。

就在这时，单子凯来了个急刹车，所有人都被巨大的惯性带得离开了座位，好在司徒颖一直紧紧地抱着骨灰盒，否则的话，老韩的骨灰很可能撒得满车都是了。

"出事了！"单子凯扔下这句话，就冲下了车。

本来走得好好的，前方也没多少车，可就在刚才，路边忽然横冲出来一辆摩托车，也不知有没有撞上。车内的人都没感觉到碰撞，但是摩托车倒在了地上，骑车的男人也大叫着滚到了地上，嗷嗷地叫起疼来。

这一带是城乡结合部，路边都是菜地和大片的山，骑摩托车的人八成是附近村民。万一真的撞伤了本地农民，后果可大可小。万一这人的叫声喊来了村民，大家很可能被团团围住，不诈个几万几十万的数村民们可不会罢休。

单子凯去看倒在一边的摩托车，陆钟来到那个正在哭爹喊娘抱着腿叫疼的男人面前，弯下腰认真地看了几眼。那男人显然是感觉到了自己被人打量，却依然不乱节拍地继续嚎叫。世界上这样嚎叫的人只有两种，一种是真正受了重伤，痛不欲生，另一种是装出来的，完全没伤也不痛，这种人就是碰瓷的。

陆钟才看了几秒钟就发现问题了，这小子不够专业，相当不专业。

碰瓷可以算得上高级诈骗行为艺术，对智力和体力有双重要求。不是随便谁都能玩碰瓷的，必须通过许多次身体力行的练习，掌握好撞车时的角度和力度，还有倒地时的位置，要恰好能拦住车轮，又不至于对自己的人身安全形成威胁。

据不完全统计，全国至少有五千人曾经从事，或者正在从事碰瓷这门古老的传统骗术。最末流的就是把假碰瓷变成了真事故，刚入行的新人，技艺不精，很可能第一次出手就伤了自己。真正的高手，却能把一场貌似车祸却不是车祸的事故，演绎得轰轰烈烈令肇事司机叹为观止。

虽然陆钟没干过碰瓷，但听师父说过，几十年前，他老人家还在上海滩混时，师爷门下有位相当不起眼的大爷，专靠碰瓷维生。专业碰瓷，首先穿着就有讲究，不能穿得太坏，显得人没档次，人家不会赔多少钱；也不能穿得太好，真正有档次的人不屑于当街痛哭和撒泼。第二重要的地方，就是出事地点，通常以城区内的小街小巷为主，这种地方容易刮蹭，也容易引起路人围观。第三，就是演技，什么时候该摔，把假摔摔得比真摔还像那么回事，又什么时候该哭，该怎么哭，怎么喊疼，这都有技巧。第四，那就是要备好装备了。那位专业碰瓷的大爷，每次出工都带一个灌满鸡血的鱼鳔，藏在嘴里，出事后咬破鱼鳔先吐口鲜血，那视觉效果格外惊悚。第五，得靠天份和苦练了，古代没有汽车，碰瓷的大多撞马和马车，到了民国那会儿才有汽车。大部分干这行的，都得练些外门功夫，最好能连硬气功一起练，能被撞得飞出去老远，或者在地上打上好几个滚也丝毫无损。

以上几点，面前这位乡村摩托车手没有一点做到，穿劣质的假皮夹克，被车撞了连点缓冲和反应时间都没有，倒在地上就开始有节奏地嚎，身上也没见红，太不专业了。

B

"哥们儿，演过了，你这假摔也太明显了。"陆钟觉得好笑，这是假把式碰上了真行家。

"我的腿断了啊，我的腿。"男人还抱着膝盖作死地嚎，不到一分钟，附近就有一群扛着锄头的村民冲了过来。

陆钟觉得好笑，回头看一眼弟兄们，大家也都下了车，来看到底怎么回事。单子凯看过了摩托，车上没有碰撞的痕迹，那人是从小山坡上溜下来的，地上的胎痕也能看出，隔着陆钟他们的商务车还有一米开外的距离，根本碰不到，另外地上的摩托连发动机都没响。出事后这么短的时间内，就冲出来这么多村民，显然，是早就设好了埋伏。

"早知道我们真该把车直接开过去，轧断你的腿。"何小宝气呼呼地说。

"说吧，你们要多少钱。这么多人一起出来，出场费肯定要一点的，虽然你没受伤，但我们也不是冤大头，价钱合适的话，马上就给你。"陆钟不想跟村民纠缠，中国最厉害的人其实并不是城管，农民们团结起来，什么事都做得出。

"谁要你的钱，撞了人就要负责。走，跟我们回村里去，咱们请村长来评评理。"说话的村民四十多岁模样，看起来丝毫不土，眼中透着一丝精光，应该是个能人之类的角色。

"我们还得赶路，不能耽误时间，不如你们直说吧，究竟要多少钱。"围在身边的村民越来越多，陆钟开始感觉到威胁。

"呸，谁要你的臭钱，我们要评理！"另一个龅牙村民高举着锄头，冲了过来，揪住陆钟的领子就要把他往村里拖。

村民们的人数是陆钟他们的两三倍，如果单凭武力，这帮人不是陆钟他们的对手，就算只有曾洁和司徒颖出手，也能把他们全部摆平。但这帮人是农民，不是奸商不是贪官，大家下不了手。最后大家被村民们簇拥着，就要往村里走去。

这怎么行，谁也不知道村子里有什么在等待大家。未知的就是危险的，这是每一个老千都应有的觉察。被推搡着走了几步，陆钟忽然分开双腿站定，从怀里掏出一把粉红色的人民币来，对着天上一扔，立刻下起一场粉红色的钱雨。尽管刚才还口口声声说不要钱，可一旦有人蹲下身子去捡了第一张钞票后，立刻有不甘落后的其他村民效仿，很快，刚才还拥着陆钟他们准备往村子里去的村民们，一个个都撅着屁股捡起地上的钱来。

"别捡，别捡了，抓人要紧！"那个为首的村民大喊着，可惜没人听。

就在撒钱的同时，大家已经默契地明白了陆钟的用意，趁村民们不备赶紧撤。所有人同时飞快地跳上车，关好车门，猛踩油门，以迅雷不及掩耳之势离开了这个鬼地方。

"八成是看咱们车好，虽说咱是商务车，但这辆福特个头那么大，太打眼了，这帮土匪才不知瞄了多久，好不容易逮着咱们，现在又捡了那么多钱，准乐坏了。"单子凯一边开着车，心有余悸。

"就这么假摔一下就捡了一万块，便宜他们了。"何小宝不甘地说。

"要是被他们真弄进村去，那可不是损失一万了，那个打头的，我看出来了，心狠着呢，能把咱的皮给扒喽。"

"不管怎么说，平安无事就是万幸。"曾洁倒是很容易满足。

"看来咱们不该走这条路，走高速可没人碰瓷。"司徒颖颇有些不满。

陆钟听出司徒颖的埋怨，并不解释，他只是想多跟她待上一会儿，哪怕只多一天，多几个小时都好。

车内陷入尴尬的沉默，为了缓解气氛，曾洁说起她经历过的另类碰瓷事件，"两年前，我养过一条金毛。养过狗的人大多知道，金毛性情温顺智商也高，一般不会主动攻击人。一天傍晚，我正牵着狗出去散步，一个女的见到我的狗就过来逗，她故意把手往狗嘴边凑。正好手机响了，趁着我接电话的工夫，那女的就说我的狗咬了她，也不知道怎么弄的，伸出手一看，果然有个红红的血印。那女人一下子变凶了，开口就要一千，说是要打狂犬疫苗，我知道那根本不是金毛咬的，就说身上没带钱，不如打110，让警察来处理。"

"后来呢，打110了吗？"司徒颖好奇地问。

"那女人见我真要拨号，有些心虚，就骂骂咧咧地走了。后来我在地上看到一团染红的棉花，那女人根本没伤，是假的。当时那种情况，天色又暗，那女人还挺凶，换个弱点的小女生，恐怕就真赔钱了。"曾洁记忆犹新。

"这办法好，不占用上班时间，晚上吃饱了饭出门散步顺便赚外快。只要瞅准遛狗的人，一晚上能骗到一个就能赚一千，每天骗一个月就是三万，低风险零投入，还不用交税。"何小宝调皮地说。

"好个屁，这办法骗的都是不该骗的人。我得给你补补课，咱们这支队伍只能骗贪心之人，不仁之人，坏人，不能骗好人，你千万得记住，要是敢违规，别说我饶不了你，师父他老人家也会来找你。"陆钟做威严状恐吓道。

"我也就是一说，您放心，我不会骗好人的。"何小宝吐吐舌头。

"不好了！"司徒颖忽然失声叫道。

大家都回过头来，只见司徒颖惊惶地到处乱看，声音都变了："骨灰盒不见了！"

"刚才那帮村民有人趁乱上了车，赶紧掉头，往回开。"陆钟的反应最快。

没人说话，但不祥的预感已经像团乌云笼罩在每个人的心上。那帮村民可不是良善之辈，找上门去会遇到什么，谁都不敢说。单子凯赶紧掉头，把车往回开，好在才走出不远，不过三四分钟，就回到了刚才出事的地方。

那帮农民捡完了钱，已经走得干干净净不剩一个，刚才还横在路中间的摩托车，连同坐在地上喊疼的男人，也消失得仿佛不曾存在。不过就在刚才摩托车躺过的地方，停着一辆奔驰，一个穿白衬衣的光头男人正靠着车，身边一个副手模样的人给他点烟。商务车经过奔驰旁边时放缓了车速，陆钟从车窗里看到，光头男惬意地吸了口烟，眯缝着眼睛冲他们似笑非笑。

这人有名堂，有种邪恶的气场。不过师父的骨灰要紧，大家不能放弃。陆钟让单子凯再调转车头，把车停到了奔驰车旁。对方只有两个人，陆钟他们有六个人，暂时不用太担心。大家都下了车，四下打量着，希望能看到那拨村民的影子。

"丢东西了吧？"光头男依然眯缝着小眼，扫了大家一眼。

"听您这么说，应该是看见了。"陆钟回过头来站定，似乎料到光头男会搭腔。

"算是吧。"光头男继续抽他的烟。

"请您告诉我们，是谁捡走了，上哪儿找好。"陆钟朝光头男走近了些。

"接着。"光头朝陆钟扔了个手机，叮嘱道，"别关机，他会打给你的。"

说完话，光头就上了车，副手坐上了驾驶位，关上车门，朝着上海方向开去。

陆钟他们面面相觑，此人留在这里应该是等他们，之前那拨村民十有八九是他们安排的，究竟是谁这么做呢？他们的目的又是如何？会不会是黑道上的人发现了自己的身份，目的是那一千万的暗花呢？

想是想不出结果的，中国太大人太多，陆钟他们这些年干过的人也不算少，陆钟让大家先上车，耐心等电话。几分钟后，陌生的来电铃声吸引了所有人的注意，一个女声在高声唱着：你这个骗子骗子骗子骗子骗子骗子骗子骗子骗子，一脸无辜的样子，你这个骗子骗子骗子骗子骗子骗子骗子骗子，想骗到何时为止……

这首特别的曲子，让车里的每一个人都瞠目结舌，陆钟皱着眉头按下了免提键，让车里的每一个人能听到这次通话。

"六哥？"一个声音略带磁性的男人声音。

"是我。"陆钟应道。

"来电铃声很特别吧，哈哈，专门为你们挑的，我可是费了点心思。打你们在上海搞那个开拍卖公司的女人开始，我就注意你们了。看出你们有点能耐，所以就叫人多盯了一阵，你们不错呀，帮政府挖出条蛀虫，帮人民铲除个奸商，简直就是活雷锋嘛。当然，顺便还赚了八百万，我欣赏。"男人大咧咧地说道。

"有什么话请直说。"陆钟话虽说得不动声色，心里还是一惊，自打上次被贾教授勒索过，大家的行事已经谨慎了许多，没想到又遇上这种事。

"爽快。我也是道上的，知道澳门那边有人出一千万的暗花找你们，不过我不打算把你们交出去，就凭这个，你们也欠我一个大人情。有事想请你帮个忙，我知道你本事大，又不缺钱，怕你不答应。所以呢，想了个办法，把你师父的骨灰盒给借了出来，放心，这玩意儿我收着没用，等你帮了我的忙，一定原物奉还。江湖上人人都说六哥讲义气，所以我就得罪了。"

"你要我们做什么？"在师父的骨灰面前，陆钟没有拒绝的余地。

"不急，请先去上海，等你们到了，我再打电话告知。"男人说完话，先挂断了电话。

C

"还真没完了。"虽然每个人都生气，但火最大的还是司徒颖，毕竟骨灰盒一直在她手边放着，间接地说，也算在她手上丢的。

"别气，咱们干这个，本就防不胜防。"梁融安慰道。

"所以我是真不想干了，这回无论如何，我安顿好干爹的骨灰就走，这摊子破事，你们爱谁谁。"大小姐脾气爆发。

陆钟做了个噤声的动作，拿出自己的手机，在短信的页面下打了两个字：窃听。

没人再接话茬，这帮人可以趁乱把骨灰盒都偷走，当然也有足够的时间安放一个窃听器或者追踪器。空气中有种让人看不见的紧张，自从离开逃脱澳门那个人的阴影后，这还是头一次如此被动。被动，对于老千来说，几乎就是危险和致命的同义词。只有能把握全局的人才能玩到最后，可是现在，这支队伍里的每一个人，都不再自信，他们甚至不了解自己要面对的是什么人。沉默的每一分每一秒，逐渐积累成压力，这宽敞的车厢内，即便是开了窗户也让人喘不过气来。

商务车朝着上海开去，距离越来越近，那股无形的压力却越来越大。不知道车上是否真安装了窃听器和追踪器，刚进入市区，那个光头给的手机就开始大唱骗子之歌，陆钟再次按下了免提键。那个人指定了一家酒店，让陆钟他们全都去餐厅，请大家吃一顿。

说好了是餐厅，而且又是请吃饭，大庭广众之下，就算是鸿门宴，也不用太担心。还是担心被监听，陆钟再次在手机上打出几个字：不用担心，见机行事。老大沉着，大家也相应地放松了一点。半个小时后，大家来到了那家酒店。光头男已经在门口候着了，依然是那副似笑非笑的表情，让人一眼看不穿。

"大哥已经恭候多时了，几位请。"光头人不怎么的，说话倒还算客气，引着陆钟他们往里走，来到一个包房里。一位平头中年男子，坐在正首，一见到陆钟他们立刻笑眯眯地起身相迎。平头男个头不高却剑眉大眼，长得倒挺正气，尤其是那双眼睛，跟人对望时有种说不出的亮堂。

菜点的不多，几乎都是本帮菜，南方的天气已经开始热了，没叫白酒，叫了一箱啤酒。原本在大酒店，容易让人感觉生分，不过这些酒菜却又深得人心，叫人对平头男不由得生出几分好感，如果不是那个有点邪门的光头男坐在他身边，简直会感觉是老友相见，而不是被逼着来的。

"你们的身份我都知道，盯着你们也不是一天两天了。我的身份你们恐怕还不了解，自我介绍一下，鄙人姓杨，杨刚，算做生意的吧，有时候也赚点快钱。"杨刚把话撂下，挥挥手，让服务员出去，让光头男给诸位斟酒。

"不必客气，您还是直说吧，要我们做什么。"陆钟对此人的身份没兴趣，他只想尽早拿回师父的骨灰。

"爽快，江湖人都说六哥雷厉风行，只要你愿意，就算是天上的星星也能弄到手。今日一见，果然非同凡响。用这种办法把你们请来，我也有点不好意思，请诸位放心，老韩师父的骨灰，现在放在一个安全的地方，早晚烧香，日日供奉。"杨刚拿起酒杯，冲诸位做了个敬酒的动作，先干为敬，虽然无人响应，但并不妨碍他往下说，"要请诸位帮忙的事，说大不大，说小不小，其实只是去一个平常人进不去的地方，帮忙偷一样东西。"

"您就说吧，要我们去哪儿。"陆钟直奔主题。

"海关。"杨刚脱口而出。

"海关？"何小宝忍不住插了一句。

"没错，海关的缉私局仓库。说来话长，前不久我在国外拍卖会上拍得了一件宝物，进关的时候，因为一部分手续没有办齐，被海关部门暂时收了起来。"杨刚毫不顾忌地说了出来。

"既然是拍卖得来，手续应该齐全。"陆钟直视着杨刚的双眼，想从那双眼睛里读出些内容来。

"没错，手续是齐全，是我故意没交齐，为的就是能让东西暂缓通关。只有东西还在海关，我才好动手脚。这么说吧，我要你帮忙的，不仅仅是把东西拿出来，还得放一件看起来差不多的东西进去。"杨刚环视一圈，似乎在观察在座各位的反映。

"东西都是你的，调包没有意义。"陆钟的眼睛没有离开杨刚的身上。

"老弟，你听我慢慢说。那件宝物，其实我是打算捐献给国家的，这么一来，多少能换取一点社会地位，而且只有捐给国家的东西，入关的时候是免税，否则的话，尽管是国宝，但进关的费用也不低。我希望，你们帮我去把假货放到仓库里，并且弄坏一点，我还能从保险公司拿到一笔赔偿。然后我再把宝物捐给国家，他们会安排专家修补，看起来不会差别太大。另外，调包后的真货，你得帮我带出来。"杨刚解释得很详细。

"钱让保险公司出，真货自己拿，假货送国家，还白落一名声，您这算盘打得可真是没得说了。"司徒颖听完全部计划，冷笑一声。

"我说过，我是做生意的，有时候还赚点快钱。保险公司我也是花了钱投保的，拿回赢得的收益应该不算什么吧。"杨刚笑呵呵地说着，好像这对他来说是最正常不过的事。

"这可是诈骗。"梁融质疑道。

"没错，可你们不就是专门干这个的吗？"杨刚居然马上承认了。

"给我具体地点，还有时间。这种地方，不是想去就随便能去的。"陆钟从杨刚那双眼里似乎没能读出想要了解的内容，只好作罢。

"先不急，我还得请你们帮忙把赝品给做出来。钱，我付，我知道你们有门路。"杨刚冲光头男递了个眼色，光头男立刻奉上一个文件夹，"这里是宝物的资料，请先吃完这顿饭，回去再看。"

接到这种任务，谁还能安心吃饭。就算是银行、博物馆、金店什么都好，偏偏是海关，那可是有部队驻守的，跟直接去公安局偷枪也没什么区别。每个人都食之无味，原本可口的家常菜菜居然都没吃完。

离开酒店，陆钟他们开着车在街上转了一会儿，不知道为什么，才走了不远，商务车就被一辆黑色的别克给拦下了。车上下来个穿着灰色夹克的中年男人，好不客气地敲开车门，亮出一张警官证，兀自上了车，看了所有人一眼，自我介绍道："这是我的警官证，我叫贾伟，不信你们可以跟我去警局看看。你们进城前经过收费站时，正好被我撞上，后来我又跟你们去了酒店，你们胆子大，居然不化妆也敢出来走，不知道你们的照片早就发出来了吗？树大招风，你们在澳门做的事，黑道白道上的人都晓得了。你们身价高，不过我不想赚那钱，一个公务员，要这么多钱也没法消化，搞不好还会被扯上勾结黑社会的罪名。我只想升官，所以，这次你们要做的事，一定要跟我汇报情况，我不抓你们，我抓那个逼你们做事的人，你们把东西交给他的时候，来个人赃并获，帮你们也把仇给报了，怎么样？"

贾警官的警官证上写着，二级警督，陆钟看过，那的确是个真的警官证。可他说要帮陆钟他们报仇，顺便自己也得个大案子好邀功，这靠谱吗？

当老千的，不能相信警察的话，就像警察也绝不会轻易相信一个老千说的话。警察和老千，原本就是天生的对头，不过也有例外，比如仇其，还有于成荣（详见第二卷《盗亦有道》）。

"您来得太突然了，让我们考虑考虑吧。"陆钟盯着贾警官的双眼，很快发现此人眼神有异绝非良善，一旦被他利用了这一次，将来很可能就摆脱不掉了。

"这还考虑什么。我帮你们过关，在海关，我可是有人的，你们帮我立功，我帮你们报仇，我们双赢，皆大欢喜嘛。"贾警官两手一摊，装出好人的笑，说到海关有人的时候特意加强了语气。

"好。既然您都这么说了，我们要是不答应，那可太不给您面子了。大伙儿说是吧。"陆钟立刻亮出招牌笑容，冲大家使了个眼色，"只要我们在海关没有大麻烦，一定帮您来个人赃并获。"

"你们太谦虚了，以你们的本事，就算没我，你们也遇不上大麻烦，哈哈。"贾警官没想到对方答应得这么爽快，很满意。

"那咱们说好了，双赢！"陆钟冲贾警官挤挤眼睛。

"千万别耍我呦，否则的话，嘿，那一千万我就算自己消化不了，还有大把人可以帮忙消化，你们懂的。"贾警官一个人敢上这辆车也算胆大，最后一句话尽管是威胁，却也说得婉转。

最后，贾警官跟陆钟交换了手机号码，满意地下了车。

D

"刚被个黑老大吃住，那么巧，马上就遇到个黑警察，一个威胁咱们偷东西，一个威胁咱们当内奸，就算您再牛，也难以应付吧。"何小宝担心地看着远去的别克车，忍不住叹了口气。

"等等，我马上查查这个姓贾的底细。"梁融立刻用手机上网，搜索贾警官的名字，结果很快跳出来一大堆报道。这家伙原来立过好几次功，他的大头特写照被记者拍得清清楚楚，连脸上有几根胡子都数得清。什么样的警察每次立功时正赶上记者呢？当然是有准备的警察，每次神奇地预感到了立功的机会，并且预约了记者做特别报道。

"败类，每次的大案要案都是他自己设计好的。"司徒颖看过梁融手机上的新闻后，立刻想到了真相。

"你们看，他现在所在的位置很敏感啊，领导们对他期望很高，只要再破获一两次大案，很可能被升为副局长。"单子凯亮出自己的手机，他也搜索了贾警官的名字，而且跟梁融使用了不同的搜索网站，得到的资料也各不一样。

"看来这家伙也不是省油的灯。"曾洁有些担忧地说。

"你和曾洁都加入不久，如果后悔，现在退出还来得及，他们并不知道你们的底细。"陆钟收起了刚才的笑脸，换上有些严肃的表情，"这个麻烦来得太突然，到现在为止我还完全没有头绪，也没有灵感，根本不知道该怎样应付。"

"我不走，我对你有信心，对你们全都有信心。"曾洁微笑着，看向大家。

"我也不走，你们是我见过最牛逼的人了，不管将来会怎么样，我都不后悔。"何小宝也立场坚定。

"好，就冲着你们俩说的这话，我就算想破脑袋，也得把这一关给过了。"陆钟一听这话，信心百倍。

"哪用想破脑袋，最多五成功力，准行。"单子凯跟着拍了个马屁。

"才不要五成，三成就行。"梁融拍马不落人后。

"喂，现在才刚刚开始，还什么都没做呢，你们别搞得好像在庆功了好吗？"司徒颖觉得气氛不太对头。

"对对对，咱们还什么都没做呢。先找个地方落脚，然后咱们好好看看那个姓杨的究竟让咱们去偷什么宝贝。"陆钟举起了手里的文件夹，正经事还等着他做呢。

崭新的困境没能给这支队伍带来任何伤害，正相反，大家变得更团结了。路遥知马力，日久见人心。陆钟觉得自己很幸运，虽然总能遇到各种各样的麻烦，但谁又没有麻烦呢，只要身边有这么一帮好兄弟，什么都不用担心。

找了家交通方便的酒店落脚，开了两个商务套房，关起门来，陆钟打开了那个文件夹，原来杨刚所说的国宝，竟然是张古琴。

古琴在收藏中算比较冷门的，大部分人以各类古董、珠宝、名贵家具和字画为主。但是近几年来，古乐器渐渐由冷转热。2003年7月，中国嘉德拍卖公司，成功拍出一张唐代的九霄环佩琴，当时的三百多万创造了世界纪录。从这家九霄环佩开始，中国古琴就不断创造一个又一个的新高，同年11月，大收藏家王世襄老先生的大圣遗音琴，以八百九十一万的高价成交，给古琴收藏注入一剂强心针。2009年，还是嘉德公司的秋季拍卖会中，明代的月露知音琴，以两千一百八十四万的天价再创新高。当年的另一家拍卖公司古琴专场中，另有三张名琴分别以两千多万、一千多万和五百多万的高价成交。

价高就能催生市场繁荣，但是古琴和其他种类藏品不同，在中国的传统文化中，琴就如文人的剑，非死不能相舍，如果要把琴拿去送人或者换钱则是有辱斯文。数千年来，传承有序又数得上号的名琴，一共也没多少，所以只要是真的，几乎每一张都是精品，极品。

古琴有四看，第一看断纹，龟背断、牛毛断、梅花断、蛇腹断、冰纹断等，一般来说，琴不到五百年不会有断纹，因为常年的风化和演奏时琴弦带来的震动而造成，年代越久的古琴断纹越多。这是鉴定古琴最重要的依据。第二就得看形制了，传世古琴式样繁多，仲尼式、蕉叶式、伏羲氏、列子式、连珠式、灵机式、落霞式等等许多种。三要看铭刻，古琴也和字画一样，有铭刻的款识。琴背和琴腹的款，又有不同。第四就要看名家收藏，如果是王世襄老先生，和吴景略大师这样的人物，那价值自然也低不得。

杨刚要"捐献"的古琴，是有名的春雷琴。

说起来，这春雷琴还真有点来头。唐琴第一推雷公，蜀中九雷独称雄。这是清末著名琴家——杨宗稷咏唐代雷琴之句。传世古琴，以唐琴最珍贵，堪称神器。唐琴中，又以雷公琴为最。蜀中九雷，以雷威成就最大。而雷威一生所斫之琴中，又以春雷为最。说起来，春雷确实当得上国宝。

北宋末年，宋徽宗赵佶收罗天下百工待诏宫中，创作出无数艺术珍品。春雷琴正是宣和内府"万琴堂"中所搜罗的绝顶神品。北宋覆灭之际，金人掳掠宫中文物艺术品整整装了两千多车运往燕京，春雷琴也随之来到燕京，藏于承华殿，题铭"承华殿春雷"，再一次成为明昌御府第一，深得金章宗喜爱。金章宗完颜璟视琴如命，"临终时挟之以殉"，然而在地下仅埋藏了十八年，春雷琴就又复出于世，"略无毫发动，复为诸琴之冠"，被献给草原霸主，成为了元宫中的珍宝。

入元宫后，春雷琴被赏赐给了当朝宰相、大琴家耶律楚材。耶律楚材非常喜欢春雷琴，有诗为证："有我春雷子，岂惮食无肉。"他后来将春雷琴赠予最尊敬的佛法大师万松老人。而离开了知音耶律楚材，春雷琴再一次展开了"不住不灭、千百回转"之旅。元代中晚期，春雷琴再一次被元朝内府收回，并先后赐予文人学士傅初庵、赵德润等人。入明之后，春雷琴讯息绝迹，琴坛少有人谈论或见到这张千古宝琴。

时隔五百多年，现在存世有三张题名"春雷"之琴，均自号为宣和府春雷，分别是旅顺博物馆春雷、台湾著名画家张大千春雷、北京著名收藏家汪孟舒春雷。现在，杨刚从国外买回来的这一张春雷，也同样经过专家鉴定，年代是没问题的，至于是否春雷，谁也说不清。

"没想到是这么个宝贝，我小时候学过一阵子，一张琴一米多长，怎么好随随便便带进海关，再拿出来呢。"看完全部资料，司徒颖犯起愁来。

"是啊，要是小东西还好说，可以揣兜里，这么大的东西，又不像金子可以溶了，也不能像书和画一样可以卷起来，目标实在太大。"单子凯为难地放下那份资料。

"除非把仓库用铲车铲走，否则的话，我是想不到能有什么办法能明目张胆地从有边防武警镇守的大门通过。"就连梁融也皱起眉头。

"好办法，铲车！"陆钟忽然眼前一亮。

"不会吧，真用铲车？除非先地个震，楼都塌喽，否则不可能开进去。"何小宝一着急就挠头。

大家还没讨论出个结果，忽然响起了敲门声。大家对望一眼，全都不做声了，没人叫房间服务，也没人叫东西吃。

"请开一下门好吗？刚才在大堂登记处忘记发放早餐免费券了。"一个女声传来。

何小宝去开了门，门口站着一位并不美丽却足够妖娆的中年大姐，大姐的打扮不太像酒店的工作人员，手里还夹着根长长的摩尔。大姐身上有种彪悍的气场，让何小宝忘记阻拦，她不请自入地进了门，环视众人，清了清嗓子，用带着股花椒味的川味普通话说道："六哥，别来无恙啊。"

第十七章 国宝再造

A

"你是——孙姐？"陆钟简直不敢相信自己的眼睛，眼前这位分明是重庆的大姐头，孙莉莎（详见第二卷《盗亦有道》）。

"都两年多了，亏你还记得。"孙莉莎吐了口烟，拿眼一横，不客气地说，"你个瓜娃子，把我害得好苦。"

在座的除了何小宝和曾洁不了解孙莉莎的来头，单子凯和梁融还有司徒颖，全都脸色大变。"一哥"找上门来，是千门第一大忌。更重要的是，两年前陆钟他们不仅仅是搞走了孙莉莎的钱，还让她身败名裂，借她的手把跟她有利益往来的当官的全都拉下了马，她再也不能在成都混了。

"我坐了半年牢，家产差不多都没了，改名换姓逃到外地才没被人搞死。打离开成都的那天起，我就下了决心，一定要找到你们，你们从我手上拿走的，我都要拿回来。"孙莉莎狠狠地吸了口烟，咬牙切齿地说，"这一年多我什么事也没做，好不容易找到你们，我就一直跟着，你们做过些什么，骗过谁，我全都一清二楚。"

孙莉莎甩出一个U盘，梁融赶紧拿过来，插在笔记本上，一张张照片，一段段视频，还有许多段录音，全部文件竟然有7G多，够得上拍一部连续剧的了。让大家惊讶的不仅仅是这些，没想到有人跟踪得这么久，大家都没有发现，原来那个杨刚，并不是唯一跟踪他们的人。

"你准备得这么充分，肯定不会空手而回的，说吧，想要什么。"

"那个人要你们拿什么，我就要什么。"孙莉莎踱到桌边，拿起桌上摊开来的文件，摆在最上面的正好是那张古琴的特写照片，"这个人找过你们后，还有警察找了你们，本来我想等你们的钱攒多些，再切一刀。但是现在想咬你们的人太多了，我怕再不下手，就没机会了，上次那么大的亏都吃了，这次我再吃点亏吧。"

"这可是价值几千万的国宝！"梁融听不下去了，这女人居然还说自己吃亏？

"反正你们要去偷这个东西，把它交给我，U盘里的东西我就给你们，既往不咎，否则的话，我现在可是光脚的不怕穿鞋的，就算我死，也要咬着你们一起死。"

"要是把这个给你了，那师父的骨灰怎么办？"单子凯在那场骗局中，居然成功获得孙莉莎的信任，成为她的心腹，孙莉莎最恨的其实就是他。

"我们之间是敌对的关系，又不是朋友，这我可管不着，你们当初骗我的时候，也没想过我没了钱怎么办，那些被我拖下水的当官的家属又会拿我怎么办。"

"你说的有道理，是我们对不住，这件事，我们的确没有选择的余地。"陆钟诚恳地点了点头，算是默认着接受了孙莉莎的要求。被一哥发现，还抓了痛脚，这算是自己的错。

"好，别再跟我耍花招，这一次，我会把你们盯得死死的。"孙莉莎对着单子凯喷了口烟，目露凶光。

临走前，孙莉莎留下了联系方式，也留下了那个U盘，她手里还有备份。

"真希望这只是一场噩梦，全都是假的，等我一觉醒来，这些东西都消失掉。"司徒颖揉了揉太阳穴，有种头晕目眩的感觉。

"这些东西可是真的。"单子凯指着桌上那些东西。

"还有比咱们更倒霉的人吗？"梁融沮丧地叹了口气，把那枚U盘格式化了两遍。然后用一把钳子把U盘插头从外壳中剥离出来，把那个芯片放在凳子腿下，一屁股坐了上去，只听见咔嚓一声，存储芯片彻底破碎。这是处理U盘最安全的办法，否则的话，格式化之后的数据还是有可能被人恢复，事到如今，必须更小心行事，可不能再招来仇家。

"比这更倒霉的，就是连续被三个人要挟后，又遇到了第四个。"

门口一个男人的声音传来，刚才孙莉莎走后并未反锁，大家都看着梁融破坏那个U盘，没人注意门口，孙龙正双手插在裤袋里，眉毛挑挑地看着大家。

"别以为你们真是艺高人胆大，自打你们扳倒了芬姐，我就一直跟在你们后面，螳螂捕蝉黄雀在后，我可是拿着弹弓在树下瞄了很久。"孙龙把门关上，大摇大摆地坐在沙发上，跷起了二郎腿。

所有人面面相觑，这一天来遇到的人已经够多的了，现在又多了一个，肩上又压了一座大山。

"如果你来是为你的主子讨债，很抱歉，我们做不到。"陆钟有种心力交瘁的感觉。

"事实上，我才是真正的老板，庞芬给一位高官当过二奶，颇有点人缘，公司以她的名义存在，会方便很多事。那间公司本来就是用来帮人洗钱的，我只要在幕后坐收渔利，万一被你们这样的人盯上，就算被调查也是庞芬麻烦，仅此而已。所以，不是我要帮她讨债，我来是为自己讨个公道。没想到，那个女人抢了我的先，也好，让我看到你们麻烦更大一点，更有满足感。"孙龙轻晃着脚尖，白了何小宝一眼，在他眼里，何小宝应该算个叛徒。

"是我打眼了，失敬，小弟不才，您是真正的深藏不露。"陆钟客气地拱了拱手，强作镇定道。其实包括他在内，大家全都被孙龙的这番话给惊呆了，原来芬姐只是个傀儡，他才是老板。

"少说这些，刚才那个女人的话我在门外都听见了。我行走江湖这么多年，一直是单打独斗，去年才跟庞芬合作，没想到栽在了你手上，虽然有点心痛那些钱，但我心服口服。我来，没别的意思，看到你们遇上麻烦了，想帮你们一把，多我一个，你们这支队伍只会如虎添翼，如果干得好，咱们以后就长期合作。怎么样？"孙龙试探着看向陆钟。

"孙大哥，您一个人都能独当一面，我们这些虾兵蟹将怎么敢跟您比，我怕耽误了您的前程。"陆钟当然不能答应，看到孙龙的第一眼就觉得他人不地道。

"你这么说可就是嫌我不够资格。你要是不答应，咱们就来比试比试，就是这玩意儿吧，看咱们谁先拿到。"孙龙一边说着，已经拿起了摆在桌上的文件夹，饶有兴趣地翻看起来。

这么个动作引起了所有人的警惕，这老小子原来是想拿这个，八成他跟孙莉莎一样，是来敲诈勒索，他比孙莉莎可狡猾多了，打着合作的名头，其实心怀叵测。司徒颖看在眼里急在心上，有种把文件抢回来的冲动，房间里有六个自己人，孙龙只有一个人，不必太把他放在眼里，正要上前却被陆钟一把按住，司徒颖气得狠狠剜了陆钟一眼。

"误会，我怎么敢嫌您，这次我们要做的并不只是拿走这个东西，如果您要比试，取走东西还只做到了一半。蒙您这么看得起，那我们就却之不恭了，请孙大哥帮小弟一次，事成之后，小弟自有重谢。"陆钟盯着孙龙的眼睛，微微一笑。

"好！等的就是你这句，你说话我放心。我就住在你们隔壁房间，有什么事，随时招呼。"孙龙也笑了起来。

分明是仇家，却这样笑着对望，这是种奇怪的场景。其实陆钟和孙龙比的是心理承受能力，他们都想从对方的眼中多看出些内容。孙龙也留下了手机号码和房间号码，显然并不害怕安全问题。临出门时，他朝司徒颖上上下下地打量了一番，那目光几乎要穿透衣服，看穿皮肉，让司徒颖感到恶心，手紧紧地攥了个拳头，如果他再多看一秒，很可能会被揍个乌眼青。

"别担心，人多才好唱戏，谁笑到最后，谁才笑得最好。"陆钟送孙龙出门，立刻把门反锁，转过身来，看着大家期待的目光，冲大家自信地笑笑，"不管这些牛鬼蛇神，到时候我自有办法。咱们还是先来搞定这张古琴吧。大小姐，你家可有什么故交，能仿出这样的琴来？"

"你不是挺有本事的嘛，干吗问我。"司徒颖刚才被孙龙那样打量，陆钟什么都没说，这让她很恼火。

陆钟这么一说，大家便都望着司徒颖。以前听老韩提到过一位高手，仿制古琴的技术如果他称天下第二，怕是没人敢称天下第一。此人长居京城，是老韩的故交，跟司徒家一定也有些来往。

"小生给您赔个不是。"陆钟毕恭毕敬地作了个揖，"实在是不方便在眼下这种情况下，再惹出什么麻烦来，所以刚才没帮您动手揍那个家伙，还请多多包涵。您就看在大家的面子上，赏个脸，帮帮忙吧。"

其实陆钟也是客套，都是自己人，什么帮忙不帮忙，他这么说只不过是想让司徒消消气，堆满了一脸的笑。

"哼，我可要考虑考虑。"司徒颖抄起双手，摆出大小姐的架子，气已经消了大半。

B

古琴，是中国最古老的弦乐器，迄今为止，已有三千多年的历史。琴棋书画，是中国传统文人的必修课，古琴因其清和淡雅的品格，被中国文人列为琴棋书画的第一位。

　　有句古话说，琴雅筝俗。传统上来说，古琴是文人雅士弹奏的，古筝和琵琶之类的乐器大多为青楼女子所操。诗仙李白有诗为证：蜀僧抱绿绮，西下峨嵋峰。为我一挥手，如听万壑松。客心洗流水，余响入霜钟。不觉碧山暮，秋云暗几重。

　　司徒颖的爷爷曾经把这首诗写下来，送给一个白胡子老木匠，老木匠如获至宝，把这首诗挂在床头。在司徒颖的记忆里，那位白胡子老木匠曾经在司徒家住过两年，做了两年的工，住在京城却天天想着大山，恨不能抱着木头睡，干完活儿就急着回山里去了。

　　司徒颖打了通电话回去，跟爷爷打听老木匠。不打听不知道，原来老木匠就住在河北的一座大山里，幸运的是，老木匠会做古琴。

　　陆钟跟四位找麻烦的家伙——通了电话，杨刚预付了十万块的定金，算是古琴的费用。杨刚对陆钟很放心，告诉他海关这边只要他不通知拍卖行把全部手续发齐，东西就不会通关，一直放在海关的仓库里。

　　贾警官和孙莉莎也没什么好说的，只让陆钟跟他保持联系，别耍花招。只有孙龙麻烦点，坚持要跟他们一起走，是陆钟说杨刚和贾警官都会派人盯着自己，最好先不好暴露他的身份，孙龙这才作罢。

　　在上海只待了两天，带着一身剪不断理还乱的麻纱，陆钟和一班兄弟们暂别上海，奔赴河北省。

　　老木匠姓丁，大名丁德劲，住的那座山叫云梦山。中国大，叫云梦山的共有四座，分别在河南鹤壁，河北邢台，山西交口，还有陕西铜川。四座云梦山都是深壑幽云环雾绕，林密树茂层峦叠翠。如今四座山都被开发成旅游区，河南鹤壁的规格最高，是4A景区。

　　相传鬼谷子就隐居在云梦山，神龙见首不见尾，至今为止也不确定他究竟住过哪一座云梦山。想起神叨叨老前辈那番千雄说，鬼谷子才是江相派真正的嫡祖，也是中华千门第一雄，此番来云梦山，是巧合还是命运的安排，抑或师父冥冥中安排，真是不得而知。

　　丁老头住的云梦山在河北邢台，不论究竟有没有鬼谷子住过，这座山都有它的独到之处。这座山是山西和河北的分水岭，面积25平方公里，植被覆盖率95%，这北方地界上也有九潭十八瀑，有着北方九寨沟的美誉。这里的树种多，木质好，水质也好，老人家在远离游客的半山腰上，自己盖了几间小房，挖土种菜，闲来就上山去寻点好木材，自己做点东西。

上山的这天，司徒颖记得爷爷叮嘱，老木匠爱喝酒爱吃卤猪耳朵，特意在山下买了些。可寻到小屋里，却空无一人。老人家也没个手机，大家只好在院子里等，足足等了一两个钟头。突然他们的眼前出现了一条半大土狗，见到生人立刻汪汪地叫起来，过了一会儿，一位个头不高的白发老人，抱着块湿漉漉的木板从山路上下来。

丁老头认得司徒颖，一见面就叫大小姐。司徒颖嘴甜，一见面就叫爷爷，大伙儿都跟着叫爷爷，把个孤老头子乐得心花怒放。可是听过了陆钟他们拜托的事，丁老头立刻摆起手来，"不是我不帮忙，哪有你们想的这么容易。一管箫只有十个洞，却不是人人能做好。这古琴看起来就是两块板，做起来可不容易。光是一个漆，就得底漆，裱布，刮鹿角灰，灰胎上底漆，中涂，上涂，推光，揩清，彰髹十多个步骤。就光是那木头，也麻烦得不得了，新砍的树至少得在干净的流水里泡上两年，出水后又得阴干半年以上，才能用。还有那鹿角灰，得自己磨；还有那龙龈，得用最坚硬的黑檀木；那胶也得用最好的鱼鳔胶，就光是做好这些准备，就得最少三四年功夫。"

"丁爷爷，难道真的一点办法也没有吗？"司徒颖撒起娇来。

"大小姐，如果你们要的是一张普通点的古琴，或许我还有办法帮忙。十年前，我自己做了一张玩，至今还没做漆，木底子倒是没问题了，你们要的话，送给你就是。可你们要做的居然是春雷，那可是琴圣的最高水平。旁的不说，你们知道那琴被蒙古皇帝，被佛门高僧都演奏过吗？你们知道那琴上都有什么样的断纹吗？"丁老头不仅会做琴，对琴史还真有研究。

"爷爷，您先给我们上上课，虽然咱们不懂琴，但说不定能想出个什么办法来。"陆钟对这位朴实的老人有种难言的好感，一辈子只做一件事的人，都是了不起的人。

"断纹那东西，可不是一两年能成的，那是被高高低低韵律不同的琴声震动才生出来的。也不是没有人仿，先用猛火烤，再往冰雪里塞，热胀冷缩把断纹给激出来，也有人把蛋白掺进鹿角灰中做大漆，然后上火蒸，用高温让它裂；还有人用小刀一刀一刀地刻，要什么纹就刻什么纹。但假的就是假的，真断纹流畅，纹尾自然消失，纹峰如刀如刃；假断纹经冷热催化或人工刀刻，肯定有失自然，细节地方经不起看。"丁老头一点也不藏私，把自己知道的全都说了出来。

"原来如此。那如果用大功率的琴声音波日夜激荡，加速断纹形成，您觉得有可能会自然一点吗？"陆钟有了个灵感。

"这可我没试过，不能打包票。"丁老头不敢肯定地摇摇头，又对司徒颖说道，"对了，大小姐，这琴究竟是用来做什么的？"

"用来换我干爹的骨灰。"司徒颖叹了口气，把遇到威胁的事说了出来。

"早说呀！你干爹我认识，三十年前，我老娘去世的时候连棺材都买不起，他给了半根金条，靠着那半根金条，我才能把丧事给办了。这件事，我无论如何也要帮忙！"丁老头一拍大腿，苍老的脸上竟有股凌然之气，"你们住几天，我就算把这房子拆了，也要把这张古琴给做出来。"

C

把这房子给拆了，琴就能做出来吗？

答案是肯定的。陆钟他们算是开了眼界，别看这半山上的小破屋不起眼，平时锁都不锁，屋里的各种木料却都是顶呱呱的，紫檀、鸡翅、铁梨、酸枝、柞榛，床板都是金丝楠，就连丁老头用来种菜的铁锄头那根木柄也是黄花梨。

早些年黄花梨还不像现在这么矜贵的时候，丁老头在海南干了两年活儿，结账的时候工头说没钱，他就拉走了整整一车上好的黄花梨木料。这柄锄头还是那时候落下的，被丁老头使了几十年，经人手摩挲，那木柄光滑润泽，当头的一端还有个清晰可辨的鬼脸狮子头。黄花梨的家具多件，农具却罕有，这锄头曾有人出五十万，丁老头却不卖，理由是使惯了顺手。和锄头一样的还有扁担锅盖，就连门口随随便便的小马扎都是鸡翅木的。起初陆钟他们只是觉得丁老头家里的东西都好看，住了两天才知道，这满屋好看的木器真正的价值。

丁老头说话算话，拿着陆钟带来的资料，一头钻进小木工房里，就不出来了。他原来做着玩的那张琴被端了出来，又从一大堆积满了蜘蛛网和灰尘的朽木堆里，翻出两张烂木头般的古琴，将老琴剖开，和新琴放在一起比来比去，小心翼翼地动起刀来，在腔内刻上新款。按照资料上的细节照，琴底颈部刻上春雷二字行草书，填绿。龙池左右分刻隶书铭：其声沈以雄，其韵和以冲；谁其识之出夔中。照片上还有一枚钤印，但是印文已然模糊。龙池下似曾存一大方印，但经漆补，隐晦不清，需在做漆前全部做到位。

宋代以前的琴，大多是黑漆，偶尔也有用金银珠玉八宝灰做胎。春雷是唐琴，在宋代之前，用的是通体黑漆。丁老头的漆是自己调的，动手的那几日他还关起门来，谁也不知道他究竟是怎么做的，只看到扔出来许多弄脏了的真丝小帕，陆钟猜那漆并不是用刷子刷上去的，而是用丝团一遍遍擦上去的。

漆不止一遍，等到第一遍干透还得细细打磨，然后再上。看丁老头忙进忙出，陆钟他们每次下山采购日用品和食物，他也总列出一张乱七八糟的单子，让他们去买。偶尔木工房的门打开时会冒出一股子奇怪的味道，想必每一遍的漆配方也不相同。

"所有乐器中琴是最难做的，我师父的师父说过，雷威当年造琴取材，都得等在大风大雨的天气，一个人跑林子里去，看狂风震树，听各种树材发出的声音。我也是觉得这法子好玩，几年前趁着身子骨还硬朗，冒着大雨钻了几次林子，最后找到这方良木，把它取了出来，自己做了琴玩。可惜我不会弹，一直没做漆，只上了个弦试了试。这漆是新的，你们拿去找人弹弹看，再用你们的办法试试能不能做成逼真的断纹。"丁老头略显疲惫地说完，打开了木工房的门。

这张让大家期待已久的琴，被裹上一块红布捧了出来。丁老头不知用什么办法，让新作的漆居然没有半点刺鼻的味道。丁老头把琴放在桌上，请大小姐亲手掀开红布。

古琴亮出真身的瞬间，大家切身体会到了蓬荜生辉这个成语的意思。饱满圆润的琴身，每一条弧线都符和中国传统审美，玉徽、玉轸、玉足、龙池圆形、凤沼长方形，漆色浓而不艳，宝光暗藏，细细看来，除了不具备原琴上那满布周身的细密流水断纹外，丁老头还拿出了尺子，把长宽高各地方都量给大家看，每一个数字，每一个细节，都跟资料上写明的一模一样。

漆工和木工本是两个相近却不相干的职业，但丁老头不仅能担当两任，还都做得这么好，实在让人佩服。

"看得我手都有点痒了，不行，这好琴得让我第一个弹。你们等着，我去去就来。"司徒颖说完，转身就回房，大家见她说要弹琴，却又回房，不知何故。

丁老头笑呵呵地说："你们有所不知，我那年在司徒家做工的时候，帮大小姐做了一套琴桌琴凳。教大小姐学琴的师父可是位了不得的大师，给立下了一套规矩：疾风甚雨不弹，尘也不弹，对俗子不弹，不坐不弹，不衣冠不弹。"

"没想到还这么多规矩，到底是大户人家的小姐，咱小时候最多蹲在巷子口跟人滚铁环，别说学古琴了，学个钢琴都供不起。"何小宝瘪瘪嘴，羡慕地说。

"这还不算，大小姐每次弹琴之前，还得沐浴焚香刷牙漱口，里里外外都干净了才能碰琴呢。"丁老头摇头晃脑地说了起来，似乎对这套礼仪很喜欢。

大家足足等了半个小时，大小姐才走出门来，也不知她从哪儿变出一条宝蓝色旗袍，头发也挽了起来，整个人焕然一新，平日里大家朝夕相处，这会儿却有种惊艳的感觉。

丁老头为司徒颖端来一方圆凳，司徒颖坐好，一抬手那架势还真有点像那么回事。她的手轻轻地放在琴弦上，似乎在回忆曲子，又像在感受这张琴特有的气质。司徒颖那双这么些年来未曾沾过阳春水的玉手，碰到了琴弦，飘逸的泛音把人带入烟波浩渺、云雾缭绕的意境。清袅的古音仿佛穿越时空从另一个世界而来，陆钟忍不住闭上了眼睛，似乎不看奏琴的美人，更能体会古曲的妙处。

弹琴最忌头动身摇，手指也宜润不宜燥，指法既要简静，又须气韵生动。每一点，司徒颖都做得很好，一曲云水之音，加上这云梦山上独有的清新空气和晚风，让人浑然忘我。陆钟虽不知这曲的来历，渐渐地，却听出这曲风变得凌厉，有了铿锵之音。

闭着眼，脑中似有一部电影在播放。画面正是孙莉莎拍摄的超长视频，他们这帮人，潇洒出场艳惊四座，能感觉到一场精心准备的骗局完美开场，然后渐入佳境至轰轰烈烈，每一个音符都扣人心弦。可让人失望的是，这炽烈的高潮部分并不长，很快琴声转淡，琴声寥落，音色渐渐淡去，恍惚中似有凄风苦雨飘摇而至，寥落之情让人心寒。这分明是司徒颖在诉说着这些天来自己的心声，她用这种最婉转的方式在告诫陆钟，她怕这种结局。这条路，是他在带大家走，每个人都要对自己负责，他却要对每个人负责，责任重大，眼下这种境况，他不能再掉以轻心。

淡然中，最后一个音符悠然结束。陆钟睁开眼，正对上司徒颖一双怒目望着自己，一时语塞，只好问道曲子的来历。

"这首《潇湘水云》，是南宋琴家郭沔所做，当时金兵南下汴京失守，官场腐败，朝廷偏居江南，作者站在南岳衡山之上，感慨时势飘零忧国忧民而作。"司徒颖的解释让大家有些震惊，原来是忧国忧民之曲，可刚才每个人似乎都想起了同样的问题，那就是目前的困境。

"姐,你弹得真好,简直就是专业的。"何小宝活脱就是个小马屁精。

"多年不练,手都生了,咱们已经拿到琴了,还是赶紧回去把事情给做完,我也好早点回家,多练练琴。"司徒颖把话撂下,就把那块红布重新盖在琴上,认真谢过丁大爷,是他老人家手艺精绝,否则的话,这样的好琴没有三五年是断然出不来的。说完这些话,司徒颖自顾自地回房换衣服去了。

等待司徒颖的时候,陆钟让大家都回去收拾行李,是时候回去了。临了,陆钟在枕头下给丁老头留下了十万块的现金,知道他老人家不看重钱,可这笔工钱,的确该付。

D

在山上休养生息了这么多日子,陆钟的脑海中已经对回到上海即将面对的事有了个计划。事缓则圆,多亏了等琴的这段日子,陆钟脑子里那个原本只有轮廓的可行性计划已然成型。

拿到琴后,并不能立刻采取行动,琴上的大漆还是平滑如镜,没有一丝断纹,而那张从拍卖会买来的古琴身上却通体流水断。两相对比,光是第一关就过不了。在山上的日子,梁融和单子凯商量出一个可行的办法,把资料上的细节照片扫描进电脑,再在电脑上把这个图案不断复制并微调做成遍布琴身的效果,最后把这些断纹用打印机打印出来。接下来的事就好办了,撤掉琴弦,把图纸效果投影在琴身上,再用自己改造过的牛毛刀,小心翼翼地依葫芦画瓢。

熬了整整三天三夜,梁融的眼睛熬得跟兔子一样,最后终于大功告成,乍一看上去,那层细密的流水断仿佛给整个琴身罩上了一层特别的蕾丝花边。真正的断纹会因为乐声的震动而产生更细小的肉眼看不见的裂纹,为了做到这一点,梁融最后还是采用了陆钟随口说到的那个办法。把高功率音响接驳在琴弦上,然后接连不断地播放古曲,让音波自身引起的震动催发更细小的,人力不可及的断纹。

几天的时间想要复制数百年的岁月留痕,这本身已经是个了不起的尝试了,最后等待现代音波功催生更多断纹的同时,单子凯他们已经开始了前期的行动。上海海关,是中国最有历史的海关，清朝康熙24年就成立了，换成公元纪年法那是1685年，距今已有三百多年的历史。当年的海关还不叫海关，叫做江海关，这个称为一直沿用到直至解放后，1950年2月，江海关才正式更名为中华人民共和国上海海关。上海海关是全国海关机构部门最多的一处，包括浦东、机场、吴淞、浦江、外高桥保税区、洋山等14个隶属海关，此外还有驻邮局，车站等各类型派驻机构，下属法规处，监管通关处和缉私局在内的另外十多个职能处室，共计46个职能机关。

这么多地方，究竟那张古琴被放在哪儿，是打听不出来的，必须打入海关内部。贾警官曾经说过，会利用自己的权力为陆钟他们提供便利，现在是他派上用场的时候了。在贾警官的安排下，司徒颖和曾洁进入保洁公司当临时工，混进了海关大楼。

"保洁人员"要做的事很多，不仅仅是搞卫生，有时候她们会亲自动手，为下水管制造一点小故障。很自然地，会有人致电给自来水公司，请人来修。电话号码也是被"保洁人员"亲手修改过的，看起来还是原来的号码，其实拨出去已经转拨到了另外的号码上。接到保修电话的"水管工们"会很及时地赶过来，一路绿灯，直达办公室内部。谁也不会知道，水管工其实是单子凯和何小宝假扮的。

"保洁人员"还有一个任务，打扫办公室时，趁人不备用U盘给电脑放点小病毒什么的，病毒是梁融自己做的，其实并不破坏内部文件，只是制造大量垃圾让运行速度缓慢，而且该病毒会自己在计算机内随机复制一个已存在的文件名，将该文件名自动复制并覆盖在自己身上。这么一来，海关的工作人员都不一定能杀掉此毒，需要请"专业人士"帮忙。"专业人士"当然就是梁融，他自己下的毒当然很容易就搞定，只不过他重新做系统的时候会再放一个远程监控的程序进去，电脑是连接了内部局域网的，之后如有关于值班表和检查，还有库存之类的关键词，都逃不过他的眼睛。

毕竟这次的地点太特别了，大家不得不小心从事，前期工作足足用了半个月，最后才确定东西收在哪里，鉴于春雷琴的价值和意义，它被妥善保管在有边防武警看守的最高级别仓库里。为了确保万无一失，陆钟决定先探一次路。无奈孙龙看得太紧，生怕他搞出什么动作，探路的行动他也要参与。

要不是门规有令，不能杀人，不能伤及性命，单子凯和司徒颖早就动手把这小子给咔嚓了。陆钟他们是流水作战，从不固定在一个地方，但孙龙不同，他早已金盆洗手，做些更合法的千钱生意，在上海也混了好几年了，人脉和资源比陆钟他们来得灵通。诸多不便，最后陆钟还是决定先不动他，在他的计划中，多出这么一个小角色，无关大局。

探路是个大任务，还得准备一件超大号的道具才行。道具是买到了，但还得经过改造才能带进海关，为此，陆钟他们还得等上两天。陆钟没有闲着，打电话约了孙莉莎和贾警官出来，请他们帮个大忙。

"帮我搞定那个贾警官，否则的话，东西就算拿到，也到不了您手上。"陆钟的口吻可不像是请人帮忙，分明是下命令。

"我可是坐过牢的人，你让我去搞警察，这不是把我往火坑里推吗？"孙莉莎瞪圆了眼。

"这事您绝对擅长，简直是拿手好戏。"陆钟看了孙莉莎一眼，他可是记得有多少高官要员栽在这个女人手上，"这不是帮我，是帮您自己。您想好了答复我。"

跟孙莉莎的谈话后不久，贾警官出现了。

"好兄弟，事情都还顺利吗？"贾警官一见面就笑，这只老狐狸，是个笑里藏刀的主。

"还行，就快要动手了。不过有件事得拜托您。"陆钟故作为难地说。

"尽管说。"贾警官豪迈地一挥手，仿佛什么都不在话下。

"那天在酒店您也听到了，那个姓杨的偷走了我师父的骨灰，我们这么多人费这么多力去偷那张琴，为的就是用琴交换师父的骨灰。您要我帮忙举报，您立功，没问题。但是您有没有想过，您立功了，我师父的骨灰呢？"陆钟一五一十地说出了最大的苦恼。

"明白了，你是想让我把骨灰拿到。"贾警官反应很快。

"就算您怪我拍马屁我也得夸您了，真是聪明，都不用我说透。"陆钟讨好地掏出一支雪茄塞在贾警官手里，推心置腹地说，"骨灰在您手里，我不得更听您的了吗？这事对您只有好处没有坏处。"

"好，这个忙我帮。你等着，在你正式动手前，我一定想办法把骨灰搞到，你就把心放到肚子里吧。"贾警官拍拍大肚子，胸有成竹地答应道。

这两个人的答应是在意料之中，事到如今，陆钟走的每一步棋，已经逐渐从最开始的被动变为主动。多亏了云梦山里的好山好水好空气，让他思路清晰嗅觉灵敏，那短暂的休整期如同一次真正的闭关，让他有时间真正坐下来，把那四卷秘籍好好研究了一遍。如同习武之人，内功精进了一层，整个人的功力都连带着一同提升。

从云梦山回来后，司徒颖并无多话，每日里只完成好自己的工作，小心翼翼地穿着工装，带上龅牙牙套，往脸上点着雀斑，好遮掩天生丽质的本色，以免引起不必要的麻烦。就在这两个人离开后，司徒颖冷眼打量着陆钟，尽管他这步棋走得不错，可她也猜不透，接下来的棋，他会怎么走。

第十八章　三花聚顶

A

傍晚五点二十分，是个人心涣散的时刻，所有人忙碌了一天，精疲力竭，恨不能提前走人。海关仓库办公室的电话铃响了起来，有人通知，刚刚检查出来，准备出海的货轮上，有个巨大的木箱，藏着疑似高级别文物的佛像。货主联系不上，东西已经被扣，在文物人员鉴定之前，这尊佛像连同木箱一起，需要存放在这个高级别的仓库里。现在东西已经上路了，请仓库方面查收。

挂断电话，工作人员忍不住嘟囔了两句，什么时候送不好，偏偏快下班了才送，等到东西入库，做好全部登记，又要拖延半个小时。

好在在门口没等多久，就看到了送木箱来的卡车，工作人员也有点奇怪了，这个时间段应该到处堵车的，怎么会这么快就送到。司机是个外地人，满口塑料普通话，跟操一口正宗上海话的工作人员说不清楚，叽里咕噜地讲了几句，大概意思可能是他两个小时前就出发了，路上已经堵了一个多钟头，可能是打电话那边的人自己耽误了吧。

工作人员看了看时间，距离下班只有五分钟了，有气也不能撒，只好把手续办完，把箱子入仓。木箱太大，足足有三米高两米宽，工作人员叫来叉车班的同事，一起把这个大箱子存进了仓库。

各种登记，各种封条，最后程序也完成，最后仓库门从外面锁好，工作人员长长舒了口气，下班享受周末去了。半个小时后，最后几位留守加班的工作人员也吃饭去了，偌大的仓库区，静得只有窗外的风声。一阵轻微的声音在仓库里响起，大木箱里顶上的两枚螺丝掉在了地上，有人在木箱里面使用电动螺丝刀。不到两分钟的功夫，大木箱顶盖被打开了，一双戴着手套的黑手扒在木箱顶上，两个全身上下穿着黑色干式潜水服的男人从箱子上跳了下来。他们脸上也带着黑色的口罩，遮住大半个脸，只露出两只眼睛。

"GPS开了吗？"

"开了。"

"那咱们兵分两路，开始探路吧，每过一个路口，记住把方向和长度写下来。"

"对一下时间，三十分钟后，咱们回来这里。"

两个人说完话，背对着背开始了各自的征程。个头稍矮稍胖些的是孙龙，另一个则是陆钟。两人分手后大约三分钟，孙龙已经距离仓库起点大概有一两百米的距离，来到了一间更小、安全级别更高的仓库，只是他完全不知道陆钟早就回到了木箱旁边，拿着电动螺丝刀，对着木箱最下面一块木板，下起了手……

半个小时后，按照约定，孙龙和陆钟再次回到了仓库木箱。他们爬回木箱，钻进那尊空心石佛的肚子里。这两套干式潜水服既保暖又防水，还能完全掩盖身体轮廓，方便活动，即便被大楼里的监控摄像头拍到，也不用担心会留下多少有价值的资料。

这一招，是陆钟从于成荣说过的传统老招"蛇吞象"里得到的灵感，这回的蛇，是他们定做的大石佛，肚子是掏空的，底下用两个经过装饰的千斤顶做支架，可以自由升降，留下半米高的余地足以让两个成年男人进出。石佛的肚子里还装有食物和水，足够让人在里面度过二十四个小时。

回到石佛肚子里，陆钟和孙龙并不能闲着，得把刚才那半小时内走过的地方坐标和长度汇集起来，做一份全方位地图，这才是来这里最重要的目的。只有得到了确切的地图，才能更精确地拟定下一步行动计划。

陆钟和孙龙都不是生手，合二人之力，只用了两个小时，不仅制定了完备的地图，还拟好了全新的计划。陆钟比孙龙先找到存放那张古琴的仓库，并且借助梁融用一根伸缩簧管改造的，可随意弯折，吸管粗细的针孔摄像头，看到了仓库里保险箱的型号。大概是出于有边防武警看守的放心，保险箱很老式，要打开并不难。下次再带着东西来，就如探囊取物般容易了。

做完了正事，两个人都喘了口气，正事办得差不多了，可以休息一会儿。闲下来的工夫，两人开始聊天，孙龙一心想加入陆钟他们的队伍，便把自己的出身和盘托出，原来他也算千门子弟，只不过出道时跟的师父是下八将（注1）里一位小有名气的种将。跟随师父以来，孙龙学到的最大的本事，就是如何掩盖自己的真面目，这一点用在了他利用芬姐当拍卖公司的董事长上，很成功地为自己洗脱了罪名。芬姐如今还在被羁押，等待审讯，而他却可以置身事外安然脱身。

"你真的不怪我？那些钱可是你辛辛苦苦赚来的，就这么被我一下子曝了光，拿不回了。"陆钟不信孙龙不在乎，干脆把话摊开来讲。

"技不如人，自当认输。"孙龙颇有些认命地说。

"你能这么想，很好，我师父生前就告诉过我，如果一个人没有足够的能力去控制他的财富，那他也不配拥有。"陆钟一边说，一边盯紧了孙龙的眼，从一个人的眼神中，能看出许多内容。

"老哥我虽然虚长几岁，但是本事比老弟差太多，以后还请多多关照，多多教我。"孙龙虽然是出身下八将，但跑了多年的江湖，装个样子并不为难。那双饱经人事的眼，也敢跟陆钟对望。

"教，不敢说，但是您要是真的跟我们合作，有些规矩还是必须守的。"陆钟似乎什么也没看出来，最终放弃了，取出随身酒壶，喝了两口，暖暖身子。

"愿闻其详。"孙龙问见了酒香，不由得咽了口唾沫，石佛的肚子里阴凉。

陆钟大方地把酒壶递给孙龙，又把师门规条，捡最重要的说了几条。孙龙有些吃惊，他可从没听说过还有人不能骗，得来的钱还得拿去做好事的。

"没想到，你们这帮最不按规矩出牌的老千，规矩却那么多。"孙龙的眼神挺复杂。

"算是职业道德吧，如果大哥以后真想跟我们合作，就必须按我们的方式行事。您可得想好了，以后不论做多大的买卖，赚到的钱都得拿出三分之一做善事，剩下的三分之二，还得七个人分，算起来，赚到的钱肯定没您一个人单干赚得多。"陆钟把话都挑明了，跟孙龙之间相隔不到一米，他可以很清楚地看到他眼中一闪而过的犹豫。

"单干了那么多年，我是真想尝尝集团军作战的滋味儿。听你的，往后我会按你们的规矩办。"孙龙一拍大腿，仿佛下定了决心。

这一夜，二人在冰凉的石佛肚子里度过，看不见外面的天色，外面巡逻的武警也看不见里面的动静。第二天早上五点半，陆钟的手机定时响了起来，两个人从石佛肚子里爬出来，重新打开木箱顶上的盖子，先后爬了出来，然后用电动螺丝刀打开仓库里另一个大木箱，钻了进去。

这个木箱是前一天入库的，某外贸公司涉嫌走私高仿的名牌箱包。陆钟和孙龙各自钻进一个大的拉杆箱里，用特制的钩子把拉链拉好。两个小时后，贾警官带着他的"熟人"来提货了，因为走了内部关系，这箱高仿箱包可以减免一部分罚款，并且提前取走。

大周末的，要不是贾警官的一个大红包，工作人员可不乐意来私下放货。拿人手短，工作人员收了钱很快在放行单上盖了章，贾警官的"熟人"开箱粗看了两眼，又给工作人员塞了一条软中华，这才把货搬进商务车。

就这样，探路行动共计花费了十六个钟头，还不到半天。

B

探路完毕，接下来就要趁着周末，仓库办公室里人少，尽快把正事给办了。

回到酒店，陆钟立刻召集所有人手，把要交代的事情统统交代了一遍，又给三位要挟者，一一打了电话。

第一个电话是打给孙莉莎的，陆钟问起他拜托的事怎么样。孙莉莎得意地说尽管放心，到时候只要她一通电话，不仅仅是贾警官，连贾警官所在分局的所有人都会遇到点麻烦，陆钟他们有足够的时间完成最后的交易。

第二个电话是打给贾警官的，贾警官对陆钟期望很高，他交代的事也办得很好。就在昨晚，陆钟和孙龙去探路的时候，贾警官带着一队手下搜查了杨刚住的酒店房间，以疑似藏毒的罪名，把那盒骨灰带走，现在，东西就锁在他的办公室里，只等陆钟明天完事后一通电话，他出手抓人的同时，就会把骨灰还给陆钟。

陆钟告诉杨刚，新做的假琴经过他们的特别办法催老后，断纹已经真假难辨，只要不是用碳十四测定法测试，肉眼是不能分辨真假。杨刚很满意，不过他并未透露半点骨灰被搜的事，表示只要真琴到手，会在第一时间将老韩的骨灰还给陆钟他们。

挂断电话，陆钟并不在意杨刚的欺骗，反正他最后肯定会拿回师父的骨灰。

孙龙一直在场，虽然大家对他冷眼相看，他倒不把自己当外人，自顾自地倒茶，在陆钟讲解地图分布时，不时地插上两句。陆钟打电话时，他也聚精会神地在旁边听。

对于出入过博物馆和金店的老手来说，这次的任务并不算难，大家很快就搞清了各自的分工。按照陆钟的计划，真正的春雷琴并不会落到杨刚手里。杨刚的底大家都摸不清，通常这样的人是最危险的，所以琴也不能在自己手上放太久，这就需要一个有实力的大买主。司徒颖说，她正好联系到了一个北京的大买家，此人实力雄厚，甚至还有自己的私人博物馆。但是根据陆钟刚刚的分配，眼下大家都有任务，找不出人手去跟买家联系。

"我啊，我可以去。反正闲着也是闲着，要是你们信得过的话，我就跑个腿，把资料送去。"孙龙听说已经找到买家，特别积极。

"琴还没到手，不存在什么信不信得过，既然您开了金口，那就劳您大驾，帮个忙吧。"陆钟顺水推舟地说。

"好，给我地址，我现在就去。"孙龙把手一伸，司徒颖还有些犹豫，见陆钟冲她点了头，这才把那张记下来的名片交给了孙龙。

孙龙走后，大家各自准备，忙活开了。

这个下午，一个中等身材，穿着快递公司马甲的毛头小子，开着小面包车来到位于市郊的海关仓库。他是来送快递的，一个很大的纸箱，快递单上面写明是乐器古筝，收货人是仓库的一把手。

照规矩，这种大件肯定要收货人亲自签收，还得开箱验货。可现在是周六，负责人不在，本人不能签收，门卫有些推托，怕东西有问题领导怪罪。可快递公司的小子却说，他明天就辞职了，这一片区十天半个月都会没人送。门卫左右为难，最后还是在签收单上写了个代签。中午换班，门卫顺便把这占地方的大纸盒送去了领导办公室。

快递小子离开之后，距离仓库最近的消防中队来了两名女大学生，拿着学校的介绍信，自报家门说是新闻传媒的学生，是要为消防官兵们做一次专题节目，放在网络电视台播出。

该中队位于市郊，平时很少有媒体注意到他们，什么好事都轮不上，别说上电视了，就算领导慰问每次都排不上号。两个女大学生其中一个有点老成，另一个却貌美如花，一看就是当主持人的料，平时难得跟美女打交道的消防兵们可乐坏了，热情地介绍起自己小小的中队来。过了一会儿，两位女生的同班男生也来了，其中一个似乎是富二代，还是在校生就有自己的车了，他们还带来了很像样的摄影机和反光板，那个美女还主动为消防官兵们补了点妆，让大家看起来更帅气。

整个中队，除了门口站岗的几名武警外，其余官兵，连同队长指导员和副队长各班长，都坐得整整齐齐地接受采访，美女做主持人，两名男生扛着摄像机举着收音器，那位长得有点老相的女生则帮忙捧着反光板。男生们说要讲究采光，接受采访的官兵全是背对着大门坐的，而站岗的武警是对着外面大街的，这么一来，完全没人注意到停在院子里的车上，又下来一个男人，这个人还抱着一个长方形箱子似的东西，很快就钻到了消防车下。两分钟后，他空着手从车底下钻出来，顺手搂下两套车库旁挂着的消防服，仿佛凌波微步般悄无声息地回到了车上。

此人正是陆钟。回到车上，他立刻打电话给孙龙，问他是否准备妥当。孙龙已跟买家的委托人见过面，此刻正往消防中队的方向赶来。

陆钟在车里看着表，按下了一个遥控装置。与此同时，海关仓库里，石佛的木箱内一个被固定在木板上的电子打火机闪出一颗火星。借着远程监控摄像头，陆钟可以在手机里看到那火星很快熄灭。不要紧，他继续按下遥控装置，一次，两次，三次，最终，火星成功变成火苗，没多久，火苗在木箱壁上生了根，迅速发扬壮大，火舌舔到哪里，哪里就燃烧起来。同时被点燃的，还有被陆钟和孙龙在办公室和另外两间仓库里安放的小装置。

只过了十来分钟，火势就大到了不可收拾的地步，滚滚黑烟伴着熊熊火焰四处乱窜，窗户玻璃被烧得爆裂，劈啪作响。直到这时，相隔几十米外的工作人员才发现，赶紧拨打火警电话。

消防中队的采访进行到一半，正在与队长做单独采访，忽然警报就响了，刚才还坐得笔直的官兵们一下子条件反射地站了起来，往车库冲去，穿消防服，上车，出警。

"能让我们做一次现场采访吗？拜托了，效果好的话，我们会争取送去上海卫视。"美女学生拖住队长的手，求道。

火警是一秒钟也不能耽误的，但队长还是犹豫了一秒钟，面对那双水汪汪的眼睛，面对刚刚中断的访问，他实在是说不出拒绝的话来。

"太好了，走，咱们上车，跟消防车一起出外景。"美女收拾起话筒，领着同学们赶紧上车。

消防车拉响了警报，一路疾驰不顾红灯，直奔海关仓库。学生们的车可没有闯红灯的权利，很不凑巧地碰上了两个红灯，落在后头。也好，没人注意到学生们的这辆车在街口停了一下，上了个男人。

消防车开进了仓库大院，距离仓库只有不到二十米，官兵拉着水管正往前冲。后面紧追上来的学生车还没停稳，美女抢着跳下车，拿出采访证明和介绍信给门卫看。出了这么大的事，门卫也不敢确定是否能让这帮扛摄像机的人进去，美女拽着门卫又哭又闹，苦苦哀求。跟着下来两名男生和一名女生，几个人把门卫围得了个严实。就在视线被挡的同时，两个穿着消防服的人已经混了进去。

官兵们都忙着在灭火，没留意到这两个人，一个打掩护，另一个钻进了消防车底下，一会儿的工夫，又从车底下爬出来了。两人走得很近，把箱子取了出来，趁人不备，两个人跳进被火烧炸了的窗户里，很快就消失在大家的视线中。

最困难的部分已经过去，陆钟和孙龙已经带着百分百赝品春雷琴，进入了仓库最高级别警报等级的地带。在这里，存放着的东西大多是值钱货，涉嫌走私的文物古董、皮草、象牙、虎骨、各类艺术品奢侈品，还有高纯度的海洛因。

时间紧迫，用不了多久，工作人员和领导们就会闻讯赶来，陆钟他们得在最短的时间内完成任务。好在防盗门的锁是几年前的款，没费太大力气就弄开了，两人进入小仓库，老式大保险柜赫然眼前。

陆钟是个追求完美的人，为了搞定这个保险柜，他派出全部人马，去旧货市场上找了个一模一样的回来，梁融先试着打开后，手把手地教给陆钟。现在，虽然不知道密码，陆钟拿着听诊器，认真地听着钢板后齿轮的声音，一个一个数字地试，用了三分钟时间，咣当一声，锁开了。黑色的琴盒伸手可及，陆钟有些激动地把手在衣服上擦了擦，郑重地把琴盒取了出来。打开琴盒，让人惊讶的是，这货真价实的春雷琴跟孙龙手上的赝品没什么区别，看起来简直一模一样。

冰冷的枪口，对准了陆钟的头，孙龙冷冷道："把琴给我。"

"大哥，别开玩笑，把琴给你，我拿什么去换师父的骨灰。"陆钟不敢乱动，强自镇定。

"谁跟你开玩笑，我陪你玩了这么多天，为的就是这张琴，有了它，正好可以弥补你们搞掉的我的钱。"孙龙的声音变得陌生，跟这些天来的亲热截然两样。

"你不是说要跟我们合作？"陆钟慢慢地盖上琴盒，并没做任何要反击的表示。

"我一个人赚多少就是多少，何必跟六个人分，自作聪明的小子，哄你而已。"大名鼎鼎的六哥也被他给耍了，孙龙有些得意。

陆钟满脸惊讶，慢慢地转过身来，"把琴给你可以，但是能不能告诉我，你什么时候带的枪？"

"那天晚上来探路，你以为我只是探路而已的话，那可就太小看我了。"孙龙把枪对准了陆钟的双眉正中，厉声道，"别耽误时间，快把东西给我。"

"你有枪，我认栽。"陆钟无奈地捧出手中琴盒。

孙龙掏出一根塑料捆扎带，把陆钟的手绑在背后，临走前还拍了拍陆钟的脸，"小子，跟我比起来，你还嫩了点。我孙龙，从没吃过亏，以后也不会。"

孙龙留下了赝品琴，背着真品的琴盒，消失在陆钟的视线中。

C

"早就看出你不是东西。"

陆钟嘟囔着蹲在地上，两只手尽量挪到脚边，在鞋帮旁抽出一把刀片，费了点劲，把那根塑料给割断。外面的火势似乎小了些，不过越来越多人赶来，时间依然紧迫。陆钟抱起孙龙留下的赝品琴盒，往最先着火，火势最大，也收藏最多的仓库跑去。多亏身上这套专业防火服，他可以进入火场，并把手里这琴盒，藏到已经被烧光了木箱的石佛肚子里去，当然，他没有忘记使用千斤顶，把石佛抬高半尺，等到工作人员进来查验时，很快就会发现这里的秘密。

做完这最后的任务，陆钟给孙莉莎发了个预先存好的短信，短信上只有一个：）的符号，其意自明。

依然穿着那身防火服，陆钟绕到安全出口，大方地走出火场。所有人都在关注火势，好在火势已经被控制住了，到处都冒着黑烟，队长和副队长正忙着打电话给上级和相关领导汇报情况，没人注意到陆钟。陆钟来到大门前，拍拍还在苦苦哀求门卫，让他们进去拍片的学生们，当着门卫的面说："队长请他们先回去，下次再另约时间拍摄。"

"你看，队长也不同意，你们还是先回去吧，一会儿领导来了，看到你们扛着摄像机，这责任我可担不起。"门卫早就被这帮烦人的大学生给缠得怕了，赶紧把他们往门外赶。

这一次，学生们仿佛真的死心了，沮丧地离开，上了自己的车，乖乖离开。门卫松了口气，终于可以走出岗亭去站在院子里看一眼火势，就在他转过身去的同时，陆钟猫着腰，避开岗亭里的摄像头，小心翼翼地走出大门。

走出仓库监控范围，陆钟上了一辆小面包车，正是这辆车，之前来送过快递。陆钟在车上脱下了防火服，这才掏出手机细看起来。刚才把手机调到了会议模式，没有铃声也没有震动，一查通话记录，贾警官和杨刚都打了好几个电话来。

"喂，东西到手了，你准备好骨灰，一会儿我就来找你。"陆钟给杨刚打了个电话，然后又拨通了贾警官的号码，说："我在火场，半小时后交货，你带上人，准备去拍个人专辑吧。"

得来全不费工夫，杨刚和贾警官同样欣喜，虽然不能看到他们的表情，但隔着电话，陆钟也能感受到他们得意的笑容。挂断电话，陆钟却没像说的那样，去找杨刚，而是换上一套很路人的休闲装，往脸上擦美黑粉底，又贴上拉拉喳喳的络腮胡。做这一切的时候，他的动作不紧不慢，一边对着镜子小心翼翼，搞完了胡子，用牙签沾着睫毛胶把自己的眼皮给处理了一下。几分钟后，他再戴上黑框眼镜，一个形象陌生的单眼皮男人出现了。

就在陆钟的新形象刚刚打理好的同时，两台汽车和两辆警车，同时停在了仓库门口。车上下来几个人，从门卫的表现来看，其中有仓库的领导，还有附近的警察。

"主任，您的快递我帮您送去办公室了，不知道有没有问题，还请您自己检查一下。"

"快递？我没买东西。"

领导忙着看现场，没心思跟门卫多说话。一大堆人赶到事发地，大火已经被扑灭了，现在是清理现场的时候。陆钟完全可以想象得出，当他们进入仓库，视线中最醒目的恐怕就是那尊身高数米的大石佛了，大石佛的肚子下面，还露出一个琴盒。海关的工作人员，肯定会发现这个新的收获，他们也会在石佛的登记单上，发现那家新注册的贸易公司老板，其实是贾警官的名字。

正在等待陆钟电话伺机行动的贾警官，很快接到了同事的电话，说上级接到匿名举报，警队内部有人私通走私犯，可能跟这场大火有关，所有人第一时间归队，配合调查。

贾警官看了看表，跟陆钟约定的时间只差五分钟了。可同事在电话里说一分钟也不能等，听到风声说调查跟他有很大关系。

贾警官一听就犯了急，怎么可能会跟自己有关系？平时上上下下他都打点得很好，莫非有人陷害自己？打了个电话给陆钟，问他什么时候行动，可陆钟说堵在路上了，没有半个小时到不了。

看来不能等下去了，贾警官只好让特意请来的记者朋友先回去，自己把车开回了公安局。

孙龙带着从保险柜里取出来的春雷琴，正加大马力朝着机场方向开去。这一次，他又玩了次无间道，当然还是为了自己。司徒颖介绍的的确是位大主顾，有自己的直升机，现在那位大佬已经从北京飞来了，一会儿见面就可以验货，付款。

两千万的价钱，虽然不算高，但不用交税，不用支付拍卖行高昂的手续费，还不担心被政府的人追查古琴来源，这笔交易还算理想。有了这两千万，就有了翻身的本钱，孙龙不想再待在上海，他要换个地方开天辟地，新的城市，新的公司，新的女人，只是想想就让人兴奋。这琴来得太稳妥，亲眼看着它从保险箱里拿出来，箱子里还有全套海外拍卖会上的资料，买主一定满意。

一个小时后，孙龙赶到了机场，跟委托人取得联系，没费多少力气就在停车场找到了醒目的加长悍马。这辆车里被改装成一个小型酒吧，黑色真皮沙发上，坐着戴宽边墨镜的大佬，黑色大奔头，看起来很有气势，坐在大佬身边的还有两名从京城博物馆请来的鉴定专家。

孙龙很坦然地把琴盒交出，两位鉴定专家打开盒盖，见到古琴的第一眼，两人眼睛都亮了，其中一位把鼻子凑近古琴，用力地嗅，另一位掏出个聚光电筒和放大镜，对准漆面细看起来。看专家的表情，孙龙有些得意，这天底下的宝贝还真是说不清，有些人费尽心思，甚至倾其所有才买来的东西，结果可能到不了自己的手，而他，在此之前压根想都没想过，可这张琴就像财神爷暗地里给他送来似的，只不过稍稍动了些脑筋，就落到了他的手上。这大概就是命，国宝级别的宝贝，竟然落在他的手里，凭这一点，也许某一天他的名字也能写进野史里，但是更重要的是，这件国宝可以改变他的命运，让他在一败涂地之后迅速崛起。越想越开心，孙龙全心全意地憧憬着交易成功后，他要做的事情。

专家的眼神里充满了肯定和惊艳，大佬不动声色，墨镜后的眼睛不知道在看谁。过了一会儿，专家小心翼翼地把古琴反转过来，看那掏空的膛内和下面的款识。这一回，只不过看了两秒钟，专家就抬头了。

"这位先生，这古琴真是拍卖行里经手的原件？"老专家收起放大镜，问孙龙。

"没错，您可以看资料介绍，这照片，还有这些细致的流水断纹，这自然的断纹尾，当然是原件。"孙龙在陆钟那里，亲眼看到了梁融复制断纹的过程，多少有些了解。

"先生，我们认为这是仿真度极高的复制品。从款识这里的漆料可以看出，这是新作的，只是做工真的很好。"满头白发的老专家颇为肯定地说。

"什么……这，这怎么可能……一定是弄错了，请你们再看看，要不，做碳十四检测也行。"孙龙不敢相信这突如其来的结果，感觉就像旺盛的火炉里，忽然被人浇了一盆冰水，他几乎能听到心底那红彤彤的木炭被浇熄后，吱吱的声音。

"小胡，你知道该怎么做。"大佬不搭理孙龙，对委托人挥了挥手，就不再说话。

"孙先生，请跟我走。"委托人把琴盒盖好，重新交给孙龙，做了个请他下车的动作。

"先生，这琴真是刚从海关的保险柜里拿出来的。我可以用性命担保，请您再做一次鉴定。"

孙龙还想解释，可是委托人已经把车门打开，门外站着两名穿黑色西装、高大威猛的保镖。孙龙抱着琴盒，像条死狗一样被人拖下车，拖进旁边另一辆车里。这位大佬可不是随便就能骗的，京城里收藏界的人都知道，敢骗他的钱，简直就是找死。

注1：

下八将：相对于千术正宗，又有出身的上八将来说，下八将相当于千门里比较底层的角色。八将分别为：撞，流，天，风，种，马，掩，昆。

撞将：冒充者，在千局进行不利时，靠化妆和易容，或冒充各种机构人员冲散千局的人。

流将：负责偷盗或者偷换物件、信件的人，类似扒手或盗贼。

天将：儿童，利用小孩子的哭声或打闹引起或分散注意。

奉将：女伴，类似妓女，色诱被骗对象。

种将：反间，安插在被骗者身边的自己人，也有事先直接收买被骗者的亲信，利用他们出卖被骗者。

马将：纠缠者，类似无赖，拖着被骗者或掩护大部队脱身，多为老人，残疾或病人。

掩将：自残者，以自残的形式要挟、恐吓被骗者，磕破头、自打嘴巴，割自己大腿肉，切自己手指等等，制造血腥场面。

昆将：神棍、和尚、术士、算命师、风水师、怪异人士，装神弄鬼以迷信的心里恐吓、迷惑被骗者，对心智不健全的被骗者，能达到"乱神"的目的。

 ## 第十九章　乾坤大挪移

A

贾警官匆忙回到局里，等着他的，是一个莫名其妙却五雷轰顶的罪名。

首先是海关的工作人员发现了保险柜失窃，那张被领导高度重视的国宝春雷琴居然不见了，这可是了不得的大事，东西在仓库弄丢，一干人等可是脱不了干系。紧接着，有人发现春雷琴出现在火场大石佛的肚子里。显然，如果有人来提走大石佛，春雷琴很可能就这么被带走了。虽然石佛的木箱烧成了木炭，但办公室的电脑里有据可查，这尊石佛是某外贸公司经的手，再一查外贸公司的老板，不得了，正是经常来海关走动的贾警官。

贾警官每次来都不是来散步，都是帮朋友找关系，要么请人帮忙通关，要么请人帮忙搞点收缴物资，上上下下都有人知道他，就连公安局内部，大家也都知道要跟海关打交道，找他准行。但是谁都没想到，姓贾的居然仗着自己人缘好，拿自己的名字去开了公司，众所周知，公务员不能经商，也不能参与任何商业活动的。这次的火灾损失不小，海关方面的领导被各种货主还有上级部门催得焦头烂额，正愁没法危机公关，正好出来个贾警官，此人的身份说高不高说低不低，就算他平时得了不少好处，现在危难关头人人自保，这么大的责任不让他担让谁担。

贾警官真的去开了公司吗？

当然没有，他只是丢了个钱包，和大部分人一样，钱包里放着身份证。

警察也是人，当然也可能丢钱包，补办身份证很方便，并没太在意。他当然不知道钱包是陆钟他们拿走的，梁融作了一副凝胶仿真面具，再精心装扮成贾警官的样子，用他的身份证去办理了工商税务登记。请办事处的人吃了顿大餐，吃完又一人送了一个大红包，这事以最快的效率搞定，办事处的人数钱还来不及，哪还顾得上分辨究竟是不是本人。

就这样，在贾警官完全不知情的情况下已经当了老板，公司办公场地的租用合同，还有税务甚至管理费等等，凡是需要交钱需要身份证登记的部分，一个都没漏下。查下来，

就算税务和工商的人发现贾警官并不是当日他们手里登记的人，也不会有人把屎盆子往自己身上扣，他们一口咬定来登记的人就是贾警官，还异口同声地指责他隐瞒警察身份。

警方内部，其实一直都有同事对贾警官的升职方式不满，跟他同期进入警队的同事，比他更努力工作，只不过没有利用媒体的关系，没有往自己脸上贴金，没有走上层路线，直到现在还是个二级警司，跟他差的不是一星半点。

专案组很快成立，调查的方向不仅是古琴，经过对火场的分析，这次的火是人为的，最大的嫌疑人就是贾警官，目的很简单，为了偷走古琴。对于一个经常来海关走动的人来说，知道古琴的价值后，就成立了自己的公司，然后雇佣黑手帮他纵火并趁火打劫，是完全合理的推断。虽然大家并不理解他为什么要用自己的名字去开公司，以他的资历完全可以用更巧妙的办法来处理这次的事情，但事到如今，谁都不愿深究了，无论是内部调查，还是各种外部证据，全都表明一切跟贾警官有关，很快，各种内部揭发举报材料多了起来，贾警官就算浑身上下都长满了嘴，也没法解释清了。

人的地位随时可能改变，有的人，一夜之间一步登天，也有人像贾警官这样，一个跟头栽下来，摔到再也爬不起。怪谁？要不是他自己想走捷径，要不是他要挟的人是陆钟，也许，他的跟头会晚些栽。

就在孙龙手里的琴被鉴定为仿品的同时，陆钟并没有如约去见杨刚，他早已知道杨刚手里已经没有师父的骨灰，就算他真的拿琴去交换，换来的也不过是从火葬场找来的别人的骨灰，犯不着再跟他见面了。陆钟甚至把手机卡都给掰断了，彻底断了跟杨刚的联系，换用新卡的同时，他没忘记发一条短信告诉孙莉莎新号码，他们之间，还有交易。

孙龙手里拿走的是仿品，被人发现藏在大石佛肚子里的那个，却是真品。就算是杨刚，也不能再拿回这张琴，除非，他真的把这琴捐给国家，否则的话，他必须交纳上千万的关税。在云梦山中，司徒颖灵机一动，反正做一张琴要费那么大的心血，不如做两张，同样要用到那么多东西，那么多工序，说不定能备用。

多亏了这个点子，陆钟才得以制定出这个完美计划。

还有一张仿品琴在哪儿呢？

答案是，一张古筝的肚子里。

火灾后，太多事情要忙，领导早就忘了门卫跟他提到过的快递公司给送古筝来的事。

事实上，他办公室里的纸盒早就不见了踪影，门卫也不会没事找事，再提起这事，没让领导亲自签收，算是失职。

事情还得往回说，那晚陆钟和孙龙躲在石佛肚子里，本是来探路，其实陆钟早就在贾警官的帮助下，得到了仓库平面图。之所以说探路，不过是为了他的乾坤大挪移计划做铺垫而已。

就在跟孙龙分头行事的几分钟后，陆钟回到了大木箱旁边，从木箱底部的一个隔层里，拿出了一张假的仿品琴。然后尽快赶到了保险柜所在的小仓库，把保险柜打开，用仿品琴换走了真品。接着，把真品琴藏在领导办公室里的中央空调换气管里。

当然，孙龙也没白跑，他带了把枪进来，并在第二天的正式行动里，派上了用场。他拿走的，就是陆钟事先换掉的仿品琴。古琴本身，也是一块试金石，如果他不是那么贪心，如果他真心合作，绝对不是这个结果。那天下午，一听说需要人去跟买家见面，孙龙立刻暴露了他的野心。那是他唯一一次长时间的离开，陆钟终于有机会把B计划说了出来。孙子兵法三十六计，其实说的只有一个道理：兵以诈立，对于孙龙这样的人，尤其要诈他一诈。

孙龙带走一张仿品琴后，陆钟带上他留下的另一张仿品琴，赶去领导办公室，把仿品琴藏在古筝肚子里，又换掉了外包装的快递单，贴上事先准备好的通关报关单，重新恢复外包装，最后送去手续办妥准备放货的仓库里。

几天后，海关仓库的工作人员收拾完残局，整理出第一批放关货物单，有人给孙莉莎打了电话，请她来取货。就这样，"真品"春雷琴，到了孙莉莎的手里。这天，何小宝守在孙莉莎的车里，亲手帮她拆开古筝，拿出藏在里面的古琴，又从她手里拿到据说是原始数据的U盘，在笔记本电脑上确认里面的确有她搜集的证据后，孙莉莎亲手拿起锤子，把U盘给砸了个稀巴烂。

"你们老大呢？他怎么不来。"孙莉莎放下锤子，这才想起没见到陆钟。

"他啊，不太舒服，休息呢。"何小宝把U盘碎片捡起来揣进口袋，冲着孙莉莎微微一笑，恍惚间，孙莉莎觉得这小子脸上也有陆钟的影子。

B

陆钟并没有不舒服，他精神好得很，只是去取师父的骨灰而已。

贾警官被调查后，已经暂停了工作，关在看守所，他的办公室也被人搜过，所有他经手的案件资料和文档，连同柜子里一坛不知来由的骨灰，都被送去证物室。

好招可以千变万化，常用常新，"蛇吞象"再一次派上了用场。

曾洁假扮成捡到东西的热心市民，把一盆兰花送到了公安局。这花似乎很矜贵，花盆是精致的紫砂，外面还带着一个透明又透气的盒子，盒子底下贴了张写满日文的标签。曾洁说自己是个普通小职员，但也是兰花爱好者，这兰花是在公司门口捡到的，品相很好，应该是名种。在登记表上留下了自己的联系方式后，热心的曾洁还特别跟办事员交代如果真是名种，价值很高，一定要记住养兰的口诀：春不出，夏不晒，秋不吹，冬不湿。她还特意把这四句口诀写了下来，让办事员记住。

办事员是个二十出头的姑娘，大概刚参加工作不久，从没受理过这样的遗失物品，一时间也不知道怎么办才好。上网一查，吓了一跳，原来真正的名种兰花不仅有价值数百万的，还有上千万的，看来那个热心市民所言不虚。

春不出，夏不晒，秋不吹，冬不湿。

写着口诀的小字条摆在面前，办事员翻来覆去看了几遍，很快就能背了，她也不敢把这盆花放在外头风吹日晒，万一被谁不小心弄坏，万一被她养死，可了不得。

想来想去，还是放在证物室里好，那里外人最少最安全，还有一扇窗户，可以通风通气。办事员小心翼翼地捧着兰花，放进了证物室。重新坐回办公桌，距离吃午饭只有几分钟了，这会儿来办事的人也少了，办事员拿出饭盒，琢磨着该吃什么菜好。

就在这时，一个身穿空乘人员制服的帅哥旋风般出现在眼前，"美女，帮我照看一下箱子，拜托，我是李姐的表弟，现在有点急事，一个小时后来取。"

办事员完全没回过神来，地上就多出一个铝制外壳的拉杆箱。李姐也是这里的工作人员，不过似乎没听她说过自己有个帅哥表弟当空少的，刚才那一幕真像是做梦，办事员还没结婚，回想起帅哥笔挺的制服，高大英俊、气宇轩昂的姿态，不觉心中小鹿乱撞。

说不定这就是传说中的缘分，偏偏这么巧，他来的时候没遇上别人，就遇上自己，说不定一段浪漫的爱情故事从这里开始……办事员想着心事俏脸绯红，可肚子饿，就算有爱情也要吃饭才行。帅哥说了一个小时后来取，办事员生怕把箱子弄丢，索性也放进证物室去。箱子有点重，好在有轮子，还自带密码锁，办事员把证物室的门锁好，端着饭盒去外面吃饭了。

证物室的门被锁上了，里里外外都没有了人，静得连根针掉到地上都能听见。这安静只持续了几分钟，很快就有细微的声音冒了出来。啪啪两声，拉杆箱的扣自动开启，紧接着箱盖打开，司徒颖从里面钻了出来。活动活动身子，她开始搜寻老韩的骨灰。

证物室很大，相当于两间打通的教室。架子很高，东西堆到了天花板上，自杀死者的遗物、血衣、腐尸身上的假牙、各类型赌具，还有各种类型的手机，分别存放在大大小小的箱子里，花样百出，看得司徒颖目不暇接。好在贾警官的那一大堆是最新放进来的，没用太多时间就找到了。大堆文件中，那白色瓷盅格外醒目，捧在手里冰凉。

"干爹，女儿来迟了。"司徒颖眼中有泪，可现在没时间让她伤心，办事员随时回来，她得尽快把正事办妥。

兰花被放在窗台上，透明罩打开，司徒颖揪住兰草叶子，小心地连根拔出，把下面的土全都倒出来。接下来要做的就是把骨灰填入花盆，再小心翼翼地把兰草重新放回去。多出来的土则倒进骨灰盒，把地上打扫干净，一切归位。司徒颖再次使出全身解数，小心翼翼地钻回拉杆箱，在里面用钩子把卡扣扣上，又在里面把改装过的密码锁锁好。

证物室里安静如初。办事员吃完饭回来，开始眼巴巴地盼着帅哥回来。真好，还不到一个小时，就在办事员坐回桌子后两分钟，帅哥就回来了。

"谢谢你，我的事办完了。"帅哥很随意地一笑，盯着办事员的眼睛。

"这么快啊，一定很顺利吧。"办事员也不知道为什么会那么紧张，可就是觉得帅哥的眼睛有股难以逃脱的磁场，被他注视着就全身酥麻仿佛触电。

"是的，还好。呃……我是来拿箱子的。"帅哥似乎早已习惯这种反映，不好意思地提醒了一下。

"哦，对，箱子，我这就去拿。"办事员意识到自己有点失态，赶紧拿起钥匙去开证物室的门，把拉杆箱拖了出来。

"请问，你擦粉了吗？"接过箱子，帅哥忽然问了一句。

"什么？没有啊。"办事员以为听错了。

"皮肤真好。"帅哥很真诚地赞了一句。

"谢谢。"办事员欣喜地摸了摸自己的脸，目送着帅哥离去，沉浸在甜蜜的喜悦里。

帅哥离开后不久，曾洁带着一位叽里咕噜说日本话的中年男来了。日本人就是兰花的失主，他在公司楼下拿着一张寻物广告逢人就问，正巧碰上曾洁，曾洁就把他带来了。曾洁帮男人拿出一张广告，照片上正是那盆带着透明罩子的紫砂花盆的兰花。

办事员心情大好，马上拿出签领单给日本人填写，日本人不会写中国字，叽里咕噜地让曾洁帮他忙。末了，日本人捧着花盆，给办事员来两个九十度大鞠躬，一边撒呦那拉，一边还叽里咕噜地说了些什么。曾洁说，日本人说回去要做面锦旗送来。

今儿是什么好日子，怎么那么多好事全让我碰上了呢？办事员笑盈盈地送走了日本人和热心女市民，脑子里开始计划一会儿李姐回来，怎么跟她打听这位帅哥表弟有没有女朋友。

曾洁和陆钟捧着那盆兰花，上了商务车，除了何小宝，大家全都在车上。

"要是能买到再大一号的箱子，就不用折腾这盆花了，我一个人进去就能把骨灰盒带出来。"司徒颖还在转着脖子，在箱子里憋得浑身不自在。

"对了，为什么扮日本人？"曾洁早就想问这个问题，直到现在才有机会问出来。

"骨灰盒里的土迟早曝光，办事员要是因此被骂，就让她恨日本人吧。"陆钟摘掉假发，说道。

曾洁听罢有些惊讶，不过这早已是大家的老招。单子凯让大家坐好，他要开车了。这几天来，已经找到了老韩少年时住的老弄堂，虽然有些简陋，但因为位于市中心，交通很便利。司徒颖亲自选了套带院子的小房子，院子里有一株水桶粗细的法国梧桐，出则繁华入则宁静，是上好的地段。大家凑钱出高价把院子买了下来，作为师父的百年之地。

春天里最美的时候就是这段日子了，春风荡漾百花开放，满街都是漂亮姑娘，这样的老弄堂里，飘荡着生煎的诱人芬芳，还有左邻右舍家传出的粉蒸肉炒小菜的香气。老韩就喜欢这样的地方，带着股生活的烟火气。不必上香火，他的魂魄只需每日来飘荡一回，就能接受人间的供奉。做鬼，也要做个可以看热闹的鬼，他最美好的少年时代是在这里度过，年少成名，他最辉煌的时代也在这里度过，他舍不得离开这里，他的骨血，应该永远留在这里。花盆里的骨灰被埋在树下，老韩终于入土为安。一班弟子跪在树下，供品有一支点燃的雪茄，还有一瓶上好的老酒，为师父烧的纸钱，也足有一尺厚。

这晚，大家一起吃了顿晚饭就分别朝着不同的方向离开了。他们完成了老韩的心愿，想借此收山，国内不宜久留，大家各自收拾好细软，离开上海去北方的一个城市碰头。然后再设法去瑞士。瑞士的账户是全世界最安全的，也是最保密的，有了这个底子，就什么都不怕了。

司徒颖是唯一不走的，吃完散伙饭，她还是打算回北京的家，重新做她的大小姐。陆钟最终还是没能说出挽留的话，事实上，他现在也是泥菩萨过河，连自己都不能保证安全，怎么能保证她的安全呢？真爱一个人，就该为她负责。陆钟已经打算好，在国外避避风头，他就洗手不干了。何小宝和曾洁是否跟他不敢说，至少梁融和单子凯是可靠的，也许开家公司，也许回家当个天使基金投资人，总之，今后要做正行。他想以全新的身份，重新追求司徒颖，给她真正幸福的生活。

C

三天后，北方某小城。

南方城市早已春意盎然，北方的这个小城却似乎还没走过冬天。天冷得出奇，通往南城的南大街上，一个穿着黑衣的男人疾走如风，仿佛对刺骨寒冷并不介意。

拐过街口，有一家只有本地人才知道的小饭店，店里没什么人，年轻的何小宝守着几样菜，直盯着门口。

黑色的人影闪了进来，男人带进来一股新鲜的寒气。

"六哥！"年轻男人很激动地迎上去，面露喜色。

"我一切顺利，你呢？"陆钟摘下帽子，露出一双明亮的眼。有人笑起来眼睛像弯月亮，而他的眼却像一尾鱼，配上黝黑的眸子，眼角还有几条不甚深刻的鱼尾纹，一笑就会自然而然地生动起来。

"我亲眼看着那女人把U盘给毁了，钱也带来了。"何小宝兴奋地回到座位上拎起他椅子后面的密码箱。

"干得好，小何，我就知道你能行。"陆钟也很高兴，何小宝负责带来的是他一个秘密账户里面的钱。

"可我担心那女人的U盘有其他拷贝，她可不是守信用的人。"小何面露忧色。

"待会儿胖哥和凯子哥他们到了，咱们就走。就算她想找茬，也找不到咱们了。"陆钟接过箱子打开看了一眼，里面放的满满的全是齐崭崭的绿色钞票，世界通行的美金，一箱顶人民币七箱，散发着让人愉悦的气息。

"六哥，我现在还觉得像在做梦，咱们真的成功了。"小何很兴奋，脸红红的，"一个老奸巨猾的黑社会老大，一个阴险狡诈的警察，一个诡计多端的老骗子，还有那个麻烦的女人，全都被您这个一石四鸟计划摆平了，真是完美得无懈可击。"

"小何，这是咱们最后一次合作了，出国后我就改做正行。"陆钟喝下一杯酒，酒精带来的暖意让他感觉舒服许多。

"六哥，你不是说真的吧。"何小宝殷勤地为六哥夹了些菜。

"我在你这个年纪的时候也以为自己会当一辈子老千，来钱快，又刺激，只要够聪明，这也能算得上是全世界回报率最高的工作了。"陆钟眼中的笑意消失殆尽，取而代之的是一丝忧郁，"不说这些了，你很聪明，出去后重新找个队伍吧，或者，自己拉支人马。"

"我？单干？"何小宝有点不自信，他忽然想起了什么，"六哥，我想看看秘籍。"

"他们怎么还不来？已经晚了十分钟了。"陆钟颇为担心地说，似乎没听见何小宝说的话。

"今天天冷，也许路上耽误了吧。"何小宝也看了看时间。

"走。"陆钟放下筷子，拎起箱子。

陆钟的话就像钉子钉在墙上，一个钉子一个眼，不容置疑。何小宝也不多问，紧跟着出了门。他们走的是计划中的那条路，如果按目前的速度一直走下去，大概还要十分钟就能到达目的地，那里会有个约好的人等到那里。

前方，不知从哪冒出两个穿得很奇怪的年轻人，他们抽着烟吹着口哨，头发染成很刺眼的颜色，穿着夸张的毛皮大衣，眼睛斜看着六哥这边。

"这两个混混有点怪。"何小宝低声道，加快两步跟紧陆钟。

陆钟没做声，只把箱子换到另一只手，拎箱子的手稍微活动一下，很快放进了衣服口袋里。就在那两个混混与陆钟他们擦肩而过的瞬间，谁也没注意身后又冒出一双手。

一把刀在陆钟手腕上飞快地划过，鲜红的热血像争先恐后的虫子爬了出来，人体本能的疼痛反应让他不得不松手，密码箱落在了持刀人的另一只手上。

与此同时，那两个奇怪青年一起扑向何小宝。何小宝有点功夫，对方占不到上风还吃了些苦头。可这两个混混只想拖延时间，何小宝被他们缠住，完全没有机会去帮陆钟。

眼看着密码箱被身后的黑衣人抢走，陆钟二话不说地追了上去，他的另一只手从口袋里掏出一把匕首。他的体型算不上特别壮硕，一出手却迅捷得像只豹子。

黑衣人身高至少一米九，跑起来很快就拉开了距离。匕首变成了飞镖，从陆钟手里稳稳飞出，像是长了眼睛，正中对方背心。如果没看错位置，力道正好扎进对方肺部。可惜衣服穿得厚，没能马上见到血，那人只是表情痛苦地回头看了一眼，就倒在了地上。

箱子落到了地上，距离不到十米，只要陆钟走过去，就能捡起箱子轻松离去。

但就在这时，一辆警车从十字路口的右边那个街口开了出来，应该是巡警，并没开警笛。陆钟加快脚步也不行了，警察已经看到了正在围攻何小宝的两个小子，炫目的白色车灯照了过来。驾驶位上的警察拉响了警笛，副驾驶位置上的警察赶紧呼叫附近的同事过来帮忙。

人的腿是绝对跑不过汽车的，更何况在这冰天雪地的鬼天气里。

就这样，陆钟和何小宝连同那三个半路打劫的小混混，还有装满了美金的密码箱，全都被带上了警车。两辆警车顺着计划好的那条路一直开下去，他甚至透过窗户看见了站在路边等待接应他的那个人。那人不停地跺着脚，嘴里呼出浓浓的热气，一双精明的眼睛却在四下瞄着。警车从他面前经过时，他也看到了陆钟，并露出惊讶的表情。

事已至此，陆钟反倒放下心来，嘴角重又露出一丝不易觉察的微笑。

"总台，总台，4839报告。我们抓到了五名嫌犯，其中一个疑似A级通缉犯陆钟。"坐在副驾驶位置上的警察查看过陆钟的护照后，赶紧抓起了对讲机。

"但愿你的护照不是假的，我们可要立大功了。"开车的警察从后视镜里看了看六哥，兴奋地说。

　　何小宝担忧地看了看陆钟，两人的手都被铐着，他把头靠在车窗上，眯着眼睛均匀地呼吸，像在打瞌睡，又像在思考问题，嘴角还微微上翘着。都这时候了还能笑得出睡得着，他脑子里究竟在想什么？

第二十章　尾声

A

"六哥，你究竟是怎么想的？"蹲在逼仄的看守所里，何小宝正冷得原地小跑取暖。

陆钟没有跑步，他盘腿而坐闭目养神，聚精会神地让丹田之气运转周身，五百钱不仅是暗劲打穴对付坏人，也能让练习者强健自身血脉。被关已经两天了，警方录了两次口供，可陆钟什么都没说，显得很不配合。何小宝也录了口供，虽然是分开录的，也许他什么都没说，因为录完口供他还是跟陆钟关在一起。

听到何小宝的话，陆钟睁开了眼睛，微微一笑，"混了这么多年，从我第一次当老千开始，每天都想着明天可能会被抓，没睡过一个踏实觉，这里虽然冷，但这两天却睡得最香。"

"那您也不能在这里睡一辈子吧。"何小宝替陆钟着急。

"至少我现在心里很踏实。"陆钟依然是笑，虽然暂时还没想好究竟该怎么面对这天大的变故，但他有种难言的直觉，说不定这次是祸之福之所伏。

"他们说，被抓的不仅是咱俩，司徒姐在回北京的路上也被抓了，胖哥在广州被抓了，凯子哥在武汉被抓了。"何小宝头顶上已经开始冒热气了，他停下脚步，蹲在陆钟身边。

"那是他们在攻心，让我们尽快开口。"陆钟冷静地说道。

"不论是不是攻心，难道您一点都不担心他们吗？"何小宝的忧心忡忡显然是真的。

"担心也没用了，到现在这个地步，我已经无能为力了。"陆钟有些无奈，转头看着有些蓬头垢面的何小宝，"后悔了吗？跟我还不到半年，就连累你也进来了。"

"不后悔，跟你们在一起的这段日子，比什么都带劲。要是再让我选择一次，我也愿意。"何小宝挤出一个笑，有点苦涩。

"放心，你跟我们没多少日子，顶多是个从犯，不是主谋，不会判太久。"陆钟摆出老大哥的架势，拍拍何小宝的肩膀，安慰道。

"我觉得吧，您这么厉害的人，就算不混江湖，为警方工作，担任那种特别咨询专家，也挺好啊，不如坦白吧，说不定还能争取宽大。"何小宝话锋一转，言语中隐隐有些动摇。

"你是在劝我？"陆钟饶有兴趣地看着这个小兄弟。

"我是觉得您这样的人才，要是在监狱里浪费几十年大好青春可惜了。老韩师父不也没赶上好时候嘛，跟您一样，最出名最有战斗力的年纪，碰上政治运动了，什么也干不成。"何小宝推心置腹地说着。

"犯罪坐牢，天经地义。是命，就得认，半点不由人。"陆钟垂下眼帘，似乎没什么不甘。

"六哥，你是不是觉得政府部门里都是坏人？"何小宝干脆也在陆钟身边坐下。

"你想说什么就说吧，这里没别人。"陆钟半闭起眼睛，收敛起目中精光。

"我觉得吧，归根结底还是中国人多，十多个亿，全世界总人口的六分之一，干部就有三千多万，要算上拿工资的各种公务员，得有五千多万，光是纪检干部都有几十万。不说其他的，五个手指还不一般齐呢，这么多人里不可能没有害群之马。咱们干的这行，主要是跟坏人打交道，所以吧，您可能有点把黑暗面过分放大，甚至妖魔化。我觉得也不能一竿子打翻一船人，看问题还得一分为二，要看到黑暗面，也要看到光明的那一面。顺天而罚的权利，其实在国家手里。如果您的力量能跟国家的力量联合在一起，威力会放大许多倍，可以罚更多该罚之人，那该多好。"何小宝越说越起劲，一口气说了一大堆。

"小子，我怎么觉得你是来策反的？"陆钟放亮眼神，重新打量起何小宝来。

"如果我是来策反的，您会合作吗？"何小宝半开玩笑地说到，但眼下并不是开玩笑的时候。

"你究竟是什么人？"陆钟早就意识到了什么，现在是该发问的时候了。

"如果我把我的故事告诉您，您保证不生我的气，不怪我，不打我，行吗？"何小宝原来真有话要说。

"你说，我不打朋友。"陆钟没再说"兄弟"这个词。

何小宝考虑了一会儿，似乎在组织语言，又似乎在做更多思考，这小子的城府，远比他表面上看起来成熟。

"说吧。我答应今天不怪你，你要是现在不说，下次再说，可不一定不怪你了。"陆钟换了个坐姿，把背靠在冰冷的墙壁上，摆出一个轻松些的，倾听者的坐姿。

B

何小宝是个警察，一个卧底的警察。

除他之外，连一直帮助自己的曾洁也是警方卧底。陆钟第一次接触曾洁时她在执行任务，寻找玫瑰夫人的证据，当时政府已经开始着手调查玫瑰夫人的传销团伙了，没想到歪打正着，居然跟陆钟他们碰上了。卧底的身份不便曝光，于是一直没有说穿，那件案子，陆钟他们起到了很大的促进作用，引起了警方的重视。

鉴于他们这队人马的特殊犯罪性质，警方并未立刻采取行动，而是采用观望态度。陆钟他们离开四川后，后来警方发现这帮人能做的事越来越大，技法也越来越高超，有心把他们收为己用。后来组织上派出曾洁在香港"巧遇"陆钟一伙人，她的出现不是偶然，借着帮忙的机会，趁机打入陆钟他们的小团队，打算寻找机会策反。

表面上看，陆钟很随和，跟谁都谈得来，其实他是个很难敞开心扉的人，对于异性，更加保守。曾洁和陆钟之间的交往无法深入，导致策反工作很难进行。何小宝是碰巧遇上的，本来他在执行自己的任务，何小宝是男的，跟陆钟很投缘，感觉更容易做通思想工作，于是他和曾洁商量着把好戏演到底。在南京一局中何小宝获得陆钟的信任，以便最后策反成功。

"上次他们说你跟曾洁没事就凑在一起，原来是真的。"陆钟回忆起不久前的事。

"曾姐比我入行早，经验多，我跟她学了不少东西。"事到如今，何小宝也不必掩饰什么了，"六哥，我跟你交了底了，你也给我句实话。咱们能不能一起干，继续干，就听您的了。"

"哈，被你们给涮了。"陆钟苦笑，前所未有的失落感排山倒海般涌来。当老千的，被两个警察蒙在鼓里，还这么久，几乎已经把他们当自己人了，他对这两个人从没抱任何的怀疑。可他们竟然是来卧底的，无论他做成功了多少事，无论他算计了多少人，最终，他还是被人算计了。老韩临终前说过，让他对这小子小心，他没放在心上，看来师父他老人家的感觉是对的。心头一空，不由得叹了口气，人算不如天算，到头来被警察给算计了，算计大了。

"您是我哥，不论您在哪儿，都是我哥，对您的这份敬重永远不会变，还请您慎重选择。如果您拒绝合作，即将面对的也许是一辈子的牢狱之灾，您经手的那些数目，实在是太大了。"何小宝摇了摇头，《刑法》规定，诈骗数额超过二十万的就属于数目特别巨大，最多可以判无期，"合作其实好事一桩，可以继续发挥您的特长，您了解混黑道的人，了解他们的行事手法，了解江湖规矩，没有比您更适合做反诈骗反经济犯罪的工作，只要您愿意合作，之前的案底可以一笔勾销。"

"你走吧，在我动手打你之前。"陆钟闭上眼睛，强压住心头的怒火。

老千和警察天生是对头，如果他变成了政府的人，这意味着要跟所有曾经合作过的老友们站在对立面，甚至可能亲手把他们送进监狱。江湖中人讲的就是个义字，这样的事，他无论如何也做不出。

"相信你会做出正确的选择，顺天之罚，不一定要用邪道，正道上一样能行得通。如果您认罪坐牢，中国将损失最优秀的反诈骗人才，相信老韩师父在天有灵也不愿意看到这一天。如果您肯合作，还可以说服胖哥和凯子哥他们，还有司徒姐，他们通通可以洗清案底，重新做人。"何小宝不肯放弃，继续说道。

"你走！"陆钟睁开了眼睛，深邃的眼底仿佛闪出火光，"要我出卖朋友，办不到。"

"您误会了。您要是跟警方合作，负责的方向将是预防腐败和打击严重金融诈骗的方向，主要目标不是江湖中人，而是像贾警官，芬姐，还有玫瑰夫人这样的败类。您将要做的和曾经做的事一样，只不过赚的少些，只有工资，不过您放心，会有行动经费的，很多钱都可以报。"何小宝知道曝光自己的身份后，恐怕很难再跟陆钟共处一室，抓紧时间把最后要说的话补充了一遍。

"走！"陆钟的眼睛布满血丝，两只手已经攥成了拳头，并不是他真的想打小何，而是出于本能的自我保护，被瞒骗了两年之久，忽然知道真相，有种泰山崩于眼前的感觉。

"您先休息，明天我再来。"何小宝满怀希望地看了陆钟一眼，唤来警卫，开门走了。

监房里只剩下陆钟一个，他保持着那个攥拳的姿势，一双红眼望着虚空，直到天黑下来，铁门外的日光灯亮起，一道刺眼的光芒忽然投射进来，晃得他眼角滴出一滴泪。老千的世界是孤独的，不能对任何人说真心话，不能有真正的朋友，不能结婚生子，甚至不能安稳入睡。这个突如其来的命运安排，仿佛一个童话，忽然出现了。

师父，我该怎么办？陆钟在心底默默回忆着老韩的每一次交代，那些自他入行以来的各种规条，各种恪守，已经像血液一样融入了身体，早已成为生命的一部分。不求认可，不求地位，只不过以自己的方式对这个世界做着最后的抗争，他们并不容易，这需要极大的勇气和耐心，每做一件好事，每帮一个人，口袋里的每一分钱的背后，都是拿着性命在拼，在搏。

合作，是对命运的妥协还是对追求的放弃？江相派，真的就此衰落？

这两个问题是最关键的，师父穷其一生为的也不过是光大门楣，这才多久，如果他也要跟警方合作，这个门派就算真的完了。可不合作，也许梁融，单子凯，还有司徒颖，从此毁在自己手里，一辈子要在监狱度过。

"吃饭！老子要吃饭！"

咣咣咣咣！隔壁的监房里，不知犯人在用什么敲击着铁门，听起来，八成是哪个狠角色在拿自己的头撞击铁门，凶悍无比。隔着墙，陆钟看不见那边究竟住了几个犯人，但是吵闹声越来越大，空气里弥漫着尿骚汗臭还有发馊的饭菜气味。

这还只是看守所，并不是正式的监狱。陆钟在澳门路环监狱待过，他知道这只不过是冰山一角，如果进入真正的牢房，毒犯，杀人犯，抢劫犯，强奸犯，变态狂，什么人都有，他能应付，兄弟们，还有司徒颖，能应付吗？一想到司徒颖，陆钟就不由得心痛，她不能再受任何伤了。这个决定必须慎重，这不是他一个人的未来，是每一个人的未来。

陆钟靠着墙坐了一整夜，脑海中翻来覆去地上映着这些年来经历过的一切，各色人等，各式骗局，各种心有余而力不足，老韩临终前的交代，还有那去世多年的母亲和爷爷曾经对他寄予的重望，至今音讯全无的父亲的背影……

第二天，何小宝再来的时候，陆钟只说了一句话：让我见见弟兄们。

C

在何小宝的安排下，陆钟和单子凯、梁融终于见面了。为了这个见面又等待了两天，从提出申请，到两边的看守所都同意，最后还得在警方的严密监控下上了囚车。

何小宝没有说谎，那并不是攻心，大家都被捕了，警方已经掌握了足够多的证据，无论是愿意与否，似乎摆在面前的只有合作这条路可以走。

"第一次带这玩意儿，真酷，要是可以画点什么上去，我真愿意戴着它上街。"梁融抬手亮了亮腕上的手铐，这种环境里他还能笑得出来，也算是心态好。

"以后咱也是坐过牢的人了，出去喝酒都可以嚣张些。"单子凯也回应地报以微笑。

可惜陆钟没笑，他笑不出来，作为这支队伍的老大，是他没有及时发现两个卧底的真实身份，是他没把好关，牢狱之灾，他应该负全责。笑过之后，是一阵沉默。

"司徒颖呢？"陆钟没看到最想看的人。

"她不愿意见你。"梁融轻声说道。

"她是不愿意见我，还是不愿意跟政府合作。"陆钟面无表情地问。

"不清楚，我们没被关在一起，你知道，看守所男女分开关。"单子凯补充道。

又是一阵沉默，大家似乎都有话要说，却没人挑起话头。

"怪我吗？"最终还是陆钟打破了沉默。

"打第一天干这行，我们就有这个精神准备，都准备多少年了，不这么一回，多浪费啊。"单子凯灿烂依旧，仿佛丝毫不放在心上，也不担心。

"就是，你别有心理负担，这事不赖你。曾洁都跟我们说了，咱们平时设一次局，最多几个月，她调查咱们却用了好几年。"梁融也附和道。

"她跟你们谈过了？"陆钟想到曾洁可能会这么做，并不意外。

单子凯和梁融点点头。

"你们怎么想，愿意跟政府合作吗？"终于谈到最关键的问题了，陆钟表情严肃。

单子凯跟梁融对望一眼，点了点头。

"我们商量过了，总不能这么飘一辈子，师父已经去世了，要是咱们都蹲大狱，清明节给他老人家上坟的人都没有。他老人家在下边会没面子，这两天，我总是梦到他，他笑呵呵地看着我，似乎在对我说，光明就在前面，咱们已经熬出了头。"梁融低下头，拿师父当理由算是够分量。

"我也想要一个可以长期交往的女朋友，要是碰上个可以降服我的，可能会结婚，再生个孩子。"单子凯把背靠在椅子上，摆出舒服的坐姿，眼中满是对未来的期望，对一个真正倜傥的帅哥来说，他还远远没有玩够。

"看来你们已经做出了选择。"陆钟有些高兴，也有些失望。高兴的是，他俩完全不难过，也没受伤，失望的是，他们的选择未免太快，一点思想斗争都没有。是他太僵化，还是他们太散漫，抑或这根本就是注定的选择，他来不及分析，但他已经确信，自己也会做出同样的选择。

"换做任何人，都不会选择坐牢，放弃这个洗白案底的大好机会吧。"单子凯盯着陆钟的眼睛，试探着他的决定。

"所以，这次来，我是想最后再争取一下条件，看看能不能在洗清案底的基础上，再为我们保留一点私房钱呢？"陆钟脸上的冰霜终于化解，粲然一笑，豁然开朗。正如单子凯所说，任何人都不会选择坐牢，其实他需要的，只是多一点适应的时间。

"哈哈，还是你最狡猾。"梁融和单子凯相视一笑，这才明白陆钟的矜持。

曾洁在第一时间内，得到了这个好消息。

"欢迎你们加入警队，很喜欢跟你们合作，警方准备为你们成立一个特别行动小组。还有什么需要，尽管说，我一定帮你们争取。"曾洁已经换上了警装，英姿飒爽。

"我要约法三章。第一，你知道我们做事有自己的方法，我需要最大范围的自由度。"

"这点不用你说，我也已经跟上级申请过了，你们一定能得到最高级别的授权。"

"第二，工资我们可以不要，但我希望能尽可能多地帮我们保留一点积蓄。"

"这点我也跟上级商量过了，工资当然要发，不可能让你们白干活。但是那笔收缴的钱，可能会这样处理，暂时被冻结，每工作一年，或者完成多少任务，就解冻多少。你看这样还满意吗？"曾洁显然是真的为陆钟他们考虑过。

"第三，我希望何小宝继续做我的下属，栽在他手里很没面子，我得给他点颜色瞧瞧。另外，我还希望司徒颖也加入这支队伍，你知道，原班人马是威力无穷的。"

"呵呵，不用你说，何小宝自己就提出过要做你的下属，这点应该没问题。但是司徒小姐，我想，还得你亲自出马做做思想工作。不论我说什么，她都不说话，也许只有你才能让她开口，毕竟到现在为止，你依然是这个团队的老大。"曾洁似乎对司徒颖费了不少心，收效全无，只能把希望寄托在陆钟身上。

"试试吧。"陆钟也没把握，不过他已经迫不及待地想见见司徒颖，想跟她好好谈谈。全新的人生就在眼前，未来就跟刚出炉的面包一样新鲜，那么多的美好在等着他们，是时候给这段感情一个交代了。

在曾洁的安排下，司徒颖跟陆钟很快见面。

还是这间会见室，只不过陆钟手腕上卸去了手铐，还换了身干净衣服，洗了个澡，干净利落地出现在司徒颖面前。这次的见面对他来说很重要，他幻想过无数次，将来在国外洗白身份，衣锦还乡时那些要跟司徒颖说的话，现在却一句都想不起来。甚至，他还有些紧张，无论如何，这一次他都不想再错过她了。

D

朝夕相处了那么多年，开场白寡淡得像凉白开，其实陆钟已经在调动全体脑细胞，构思如何说服司徒颖，"听说，你不打算合作。"

"看来你已经投降了，咱们已经不是一路人了。我要回北京，帮我联系我家的人，他们会给我找律师。"司徒颖故意扭过头去，不看陆钟。

"能不能不走？回去不也是过日子，在外面多好，曾洁说给我们最高级别授权，可以很自由，我们还能跟以前一样，面对各种惊喜刺激的人生。"

"我是女人，女人总归要有个归宿，不可能跑一辈子江湖。"司徒颖甩了甩头发，终于把眼神放到了陆钟身上。

"算了，我直接说吧。只有跟我搞对象才是唯一出路。这样他们才会把你也当作策反对象，你才能洗脱身上那堆积如山的罪名，要知道，你跟师父比我还早，我的案底还没你一半厚。"陆钟的心怦怦地跳着，话在出口之前他也没料到会说成这样，完全乱了章法。

"你现在说的话，我一句也不信。"司徒颖不屑一顾。

"你就犟吧，不跟我搞对象，你要坐一辈子牢。"陆钟决定威逼利诱。

"我宁可坐牢，也不跟你搞对象。"司徒颖耍起了小姐脾气。

"那好，你坐牢我也坐牢，我陪你一起坐，我申请包房，咱俩住一间。"陆钟有生以来第一次耍流氓，说完，自己脸都红了。

"真不要脸。你不是人家重点策反对象吗？罪名都洗干净了，怎么可能坐牢。"司徒颖嘴里虽然这么说，脸上却有点挂不住地偷笑。

"那……我还可以犯个侵犯妇女罪！"司徒颖的笑，给了陆钟继续耍流氓的勇气。

"你！"司徒颖从没见过陆钟这样，一时语塞，不知说什么才好。

"你还不答应，我就自求罪加一等，不是侵犯妇女，直接犯强奸罪了！"陆钟决定将流氓进行到底。

"死不要脸！"司徒颖又气又恼，平日里泼辣的她竟然找不到话来骂。

"为了你我命都可以不要，不要脸怕什么。"陆钟见司徒颖没拒绝，心道好事成了一半。

"干爹留给你的秘籍里都写了什么，你怎么变得油嘴滑舌？"司徒颖气急败坏地搬出老韩来救场。

"想看吗？"陆钟眉毛一挑。

"我能看吗？"司徒颖显然想转移话题。

"当然能，等你当了我媳妇儿，四本秘籍都给你看。"陆钟却把话风又转了回来。

"我是认真的。"司徒颖脸上飞出两朵红云。

"我也是认真的。来，先亲一口，看看你有没有诚意。"冒险的时候到了，陆钟一鼓作气猛然站起，把司徒颖一把按在椅背上，他的唇贴了上去。

……几分钟后，两对如胶似漆的唇，终因呼吸急促有缺氧可能而暂时分开了。

"等等，你这么配合，这该算通奸罪了。"陆钟调整着呼吸频率，悬在半空的心终于放下。

"我不管，现在都被你这样了，你要对我负责。"司徒颖擦了擦嘴，一扫之前的沉默沮丧和颓废，完全转换成平时大小姐的气场。

"我对你哪样了……"轮到陆钟吃惊了，司徒颖以往的尺度从来不小。

"不管，反正你要对我负责，以后你的钱是我的，秘籍是我的，人也是我的。"司徒颖吃干抹净，转过身去不知道在鼓捣什么。

"再等等，我怎么有种受骗上当的感觉。你可是不拘小节，视钱财如粪土，豪气干云的女人，难道说这么多年来，你一直在骗我？"陆钟用仿佛从没见过你的目光重新打量着司徒颖。

"没错，我就是在骗你，其实我是最在乎钱，在乎名，我一点也不大方，我最小气，你们全都被我骗了。别以为你才是干爹最得意的弟子，隐藏最深的人，其实是我。"言毕，司徒颖仰天大笑。

"你……我不跟你玩了。"这回轮到陆钟不乐意了，被最心爱的女人给骗了，这感觉可不好。

"你敢，给我回来！"司徒颖头也不抬，厉声道。

"回来可以，你先答应跟警方合作。"陆钟决定扳回些面子。

"笨蛋，我早就答应了，是曾洁说要帮我搞定你，这才安排演了这场戏。"司徒颖一边说着，已经摘下了手铐，提在手里炫耀地晃来晃去。

"什么！"陆钟简直不敢相信自己的眼睛。

"不信，你自己去问她。"司徒颖信手一指，原来会见室的门缝里正凑着曾洁的脸。被陆钟发现，曾洁吓得吐了吐舌头，把门给轻轻关上。

"好啊，敢耍我，让你知道我的厉害！"陆钟张开双臂，朝着司徒颖扑了过去。

带着惊叫的欢笑声，从门缝里飘了出去。那扇门，曾洁不会再去开了，除非他们自己走出来。门外是个大晴天，在太阳底下站上一会儿，甚至会出汗。天上的云悠然自得地飘，一阵风吹过，把会见室的窗户吹开了，玻璃的反光上，有两个年轻的身影。他们紧紧地拥抱，好像从来不曾这样拥抱过，像一座会动的雕塑，似乎永远不会分开。

不知从哪里飘来几朵蒲公英，手指头大小，莹润丰满的小降落伞随着清风荡漾起来。会见室的窗台上，有一个刚刚填满土壤的新花盆，还来不及种上什么。蒲公英小将们飞过这片小小领空，其中有两朵你追我赶，最终坠落在花盆里，悄无声息地，占领了这块根据地。

番外篇·2022千王访谈录

公元2022年，某日清晨

大家好，昨日像那东流水，一寸光阴一寸金。十年时间悄然流逝，身为作者的何某，就是我本人啦，也已经变成了四十多岁的中年人。

这十年来，随着《老千》系列的不断重印，何许人我可以不用为吃饭生计发愁（嘿嘿，真希望这是真的）。在这里，首先要感谢国家、感谢出版总署、还要感谢我的责任编辑泡泡，以及世纪文睿图书公司的各位同仁，木有你们，我就木有盒饭吃！（观众：何同学，瞧你那点出息！）……当然，最最感谢的，还是这十年来，对千王之王们的故事依然热情不减的读者们！没有你们的支持，我也不会有那么大动力写出"千术世界"的真实面貌。

最近，有不少热心读者对陆钟、司徒颖、梁融、单子凯等人非常关心，很想知道他们现在生活地如何，过得好不好，以至于雪花般的读者来信经常堵塞文睿编辑部的公用邮箱，为了不再影响大家的工作，编辑大人泡泡女王发飙了，命我必须给大家一个交代。

好吧，以下对话就是女王手下最得力的八卦娱记——喵星人吧唧（请注意，这家伙只是一只猫！）与我何许人本尊，一同对陆钟他们进行了视频时况采访。

吧唧：喵喵喵，请问是陆钟陆天王吗？

耳机里传来一阵咿咿呀呀的回应，却听不真切说的是什么。让人惊诧的是那声音相当嗲糯甜，却绝对不是司徒颖大小姐的！

何许人（大吼一声）：姓陆的，你搞什么鬼！这女人是谁？

咿咿呀呀的声音再一次持续了三四秒之后总算消失，陆钟和司徒颖出现在镜头里，两人的面容和十年前没有太大变化。吧唧和何许人刚想说话，镜头下方忽然钻出一个扎着羊角小辫儿的小脑袋，对着镜头探头探脑。

吧唧：喵的！十年不见，难道陆大人你的口味越来越重了？居然找个萝莉……

何许人（白了吧唧一眼）：什么眼神，这是陆家千金吧？

陆钟和司徒颖（相视一笑，点点头）：我们家囡囡今年七岁，刚上小学一年级。

吧唧：令千金真漂亮，大眼睛里透着机灵。跟我们喵星人有一拼啊！

陆钟（苦笑）：机灵是机灵，人小鬼大，连我们都快搞不定她了。

小姑娘冲镜头吐了吐舌头，嘻嘻笑着跑开了。

司徒颖：为了等你们的访谈，我们硬着心肠推掉了一个烤串啤酒局哦。

何许人：这么多年啦，我的魅力还可以战胜烤串加啤酒，真是不胜荣幸！

吧唧：陆大人，先说句题外话，现在全世界经济都不景气，听说您跟司徒嫂子赚钱的本事一流啊，请问有没有什么发财致富的路子，可以帮帮俺们吗？

何许人：对啊对啊，发财的路子，我也很关心。

司徒颖：对不起啊，这几年我们已经退出"千"湖了，收入方面么，完全是在吃老本。

陆钟：所谓致富手段，每个人都不同，我们不炒股也不炒房，人生哪，还是平平凡凡才是真啊……所以抱歉，帮不上啥忙。

小姑娘（突然不知从哪里又冒了出来）：别听我爸妈的，他们明明在计划……

小姑娘话没说完，就被她娘司徒颖一把捂住了嘴。

司徒颖（笑靥如花状）：今天的天气不错啊，哈哈哈~

何许人和吧唧同时抹汗，对司徒美人的变脸神功佩服得五体投地。

陆钟：养个孩子真不容易，自从我们从警署的经侦部特别调查组退出以后，生活的重心就是伺候她了。

何许人（压低声）：你们少转移话题哈，如果有考虑重出江湖，别忘了我啊，精彩的大买卖没有观众多没劲啊。

陆钟小心地挤挤眼。

吧唧：咳咳，那你们知道单子凯的现况么？那个叔叔很帅的！上次他替何许人送稿子给我家泡大人，不但夸我长得可爱，还给我带了个猫罐头呢！……喵，不知几时能再来给我送罐头啊……

何许人（叉腰）：喂，你个小臭猫，不许连名带姓地称呼我！

吧唧：哼，拽什么拽！你都多久没写新稿子啦！上次答应我家泡大人的那本《秘境循踪》呢？怎么还不交稿？不想吃盒饭啦！

眼看着一人一猫快要掐上了，陆钟赶紧转移话题。

陆钟：啊啊，今天天气真好啊！对了，你们说单大帅哥啊？不谈了不谈了，恐怕他最近忙得很，没空给吧唧老爷送猫罐头喽！我们前阵刚收到他的喜帖，单子凯居然要结婚了！

何许人和吧唧（同时放下手和爪子，转头惊呼）：不会吧，他也有收心的一天？

司徒颖（笑嘻嘻的）：这要多谢我们家囡囡，前些年，经侦处的工作还是很忙的，我们也经常要出差，所以只能拜托没有上进心而且"无所事事"的单叔叔去幼儿园接一下囡囡嘛，一接二送的，凯子哥就跟囡囡的幼儿园老师对上了眼……人家那么纯情的小老师，怎么逃得过他的魔掌啊，总之你们懂的。本来我还想跟他说，人家老师是好人，千万不能伤人家的心，没想到他这回动真格的了，当时的求婚场面可火爆了。随我们一起退出特别调查组后，他现在做什么电视台的"娃娃之家"节目主持人去了，据说收视率很高呢！好多小朋友喜欢他的！如今啊，他对老婆言听计从，还主动烧饭煮菜，乖得不得了！

何许人：这可能就是传说中的无招胜有招，凯子哥从今往后不再祸害别人了，朕表示很欣慰。

吧唧：司徒大人，其实我有一事，一直不太明白啊，反正我是只小猫，说错了你也别怪我……

司徒颖：你这个小猫精还有啥不敢说的？快说快说！

吧唧：这个……那个……其实不少读者也一直想问问，陆大人长得又没单子凯帅，你干吗偏偏喜欢陆大人啊？

陆钟：吧唧老爷，多年不见，看来你的确是胡子痒痒了啊！

吧唧立刻躲在了何许人身后，露出一段摇啊摇的尾巴。

司徒颖（与陆钟相视一笑）：我家六哥啊，其实是个外冷内热，冬暖夏凉的居家宝啊！长得帅管啥用，还是他这样又酷又聪明又闷骚的个性才讨我喜欢呢！

何许人（赶紧打断陆和司徒的肉麻对白）：呃……那梁融呢？不知道他过得怎么样。

陆钟：梁融开了个正儿八经的工作室，合作的对象都是国内实力最雄厚的电影公司，也算是他最喜欢的老本行了。不过如今他已经改了姓名，开始了新的人生……他现在生活很正常、很fashion、很主流。可能明年还会开办一所真正的造型培训学校。

司徒颖：对了，梁融还想见见他父母，如今他老妈在美国，他老爸的下落，我也托人在帮他找。

何许人：看到小胖哥混得不错，我也就放心了。

吧唧：还有何小宝和曾洁呢？编辑部的读者来信中，不少人也一直很关心他俩。

陆钟：小宝现在是经侦队特别调查组部门负责人了，升官了哦，前途无量。曾洁么，还是比较喜欢有挑战性的工作，目前在卧底，至于现在是在新马泰还是港澳台不太方便透露。不过我知道，她也一直在暗中调查当年让我家小颖痛苦的澳门黑道，希望能搜集足够的罪证，将他送上法庭！

司徒颖：干爹泉下有知，不知会伤心还是高兴。

陆钟（表情有些黯然）：我们费尽千辛万苦，拿到了那四卷千门秘籍，却并没有振兴江相派。

何许人：吧唧，不如你去问问泡大人，能不能对这四本秘籍进行适当改编，出版个《乾坤之门》什么的，也算把我们中国博大精深的"老千"文化带给世界？

吧唧：这个呢，我就替泡大人直接回答吧——那是不可能滴！这秘籍放在好人手里，或许能发挥好的作用，治国平天下。可如果让坏人都知晓了内容，岂不是要天下大乱……不过，我是好猫，和你们又是多年老交情了，不如陆大人就把这秘籍交给我保管吧，我琢磨琢磨能不能把隔壁家汪星人小花的肉骨头给骗过来……

何许人和视频那头的陆钟司徒一家三口，都被吧唧的"异想天开"憋得又气又好笑，盯着它看了又看。

吧唧（用爪子抹了一把脸）：怎么了，你们看着我干什么？

突然，何许人的手机铃声响起。

泡泡：喂！许人，你上个月答应交给我的稿子，写好了没有？还有，吧唧还在不在你那里？喊它回家吃猫粮啦！对了对了，有空替我向陆钟一行问候哈！记得以后要干"大买卖"，一定要捎上我啊！光看书不给力啊，我也要一起"千"一把！

众人&猫，默默地黑线。注视着嘟嘟作响的手机。

图书在版编目(CIP)数据

国士无双 / 何许人著. —上海: 上海人民出版社,
2012

(老千)

ISBN 978 - 7 - 208 - 10590 - 4

Ⅰ. ①国… Ⅱ. ①何… Ⅲ.①长篇小说—中国—当代

Ⅳ. ①I247.5

中国版本图书馆CIP数据核字(2012)第033664号

世纪文睿 出品

出品人　　邵　敏
责任编辑　　邵　敏　　方蔚楠
封面装帧　　天行云翼·宋晓亮

国士无双

何许人 著

世纪出版集团
上海人民出版社出版
(200001　上海福建中路193号　www.ewen.cc)
世纪出版集团发行中心发行
上海市北印刷(集团)有限公司印刷
开本 720×1000 1/16　印张 16.5　插页 1　字数 263,000
2012年4月第1版　2012年4月第1次印刷
ISBN 978 - 7 - 208 - 10590 - 4/I·991

www.ingramcontent.com/pod-product-compliance
Lightning Source LLC
Chambersburg PA
CBHW080719020726
47502CB00009B/2476